KAPITEL I

Der Winter des Jahres 1629 war hart und ohne Gnade. Er hielt das Land fest in seinen eisigen Krallen, drosselte es, presste den letzten Funken Leben aus ihm heraus. Dieser Winter hieß Krieg. Er dauerte schon elf lange Jahre. Mit jedem Monat, jedem Tag, jeder einzelnen Stunde wurden die Qualen mehr, und die Menschen, die die Torturen überstanden, wurden immer weniger. Wie ein Ausschlag breiteten sich die Kämpfe von Süd nach Nord, loderten zuerst im Königreich Böhmen auf, in Kursachsen und fraßen sich schließlich hoch bis in das auf dem Papier neutrale Pommern. Kaiserliche Truppen, Schweden, Dänen trampelten nieder, was sich ihnen in den Weg stellte, plünderten, saugten das Land aus. Viele, ob Bürger oder Bauer, ob Fürst oder Fischer, waren von Flugschriften aufgehetzt, die den Katholikenhass schürten, andere versuchten alles, um Luthers Werk doch noch rückgängig zu machen, um den Ablasshandel zurückzubekommen, der ihre Kassen füllte. Wieder andere waren einfach nur gierig nach Macht. Doch die größte Zahl derer, die die Gräueltaten begingen, war selbst in höchster Not. Unzählige Fußmärsche vom Morgengrauen bis zur hereinbrechenden Nacht und zahllose Auseinandersetzungen Mann gegen Mann lagen hinter Soldaten und Söldnern, hatten ihnen das Fleisch von den Knochen und damit die letzte Kraft geraubt.

Dörfer, Kirchen und Klöster wurden zu Schlachtfeldern, Frauen wurden unter den Augen ihrer Ehemänner geschändet, Priester im Angesicht ihres Altars zerstückelt. Man schälte ihnen die Haut vom Leib. Ungeborene wurden dem Bauch der Mutter brutal entrissen.

In ihrer Not aßen die Menschen Schnecken, Frösche, ja sogar die Eingeweide der Toten sollen sie verspeist haben, erzählte man sich. Wer das nicht übers Herz brachte, trank lieber gleich Gift, um ein schnelles und gnädiges Ende zu finden. Manche Jungfrau ging ins Wasser und ertränkte sich, ehe einer der ausgemergelten verbitterten Soldaten ihrer habhaft werden konnte.

Warum nur war all das Leiden, all das Elend über die Welt gekommen? Pfarrerstochter Maria Schweidler konnte es nicht verstehen, sooft sie auch darüber nachgrübelte. Sie versuchte dankbar zu sein, dass sie hier oben auf ihrer Insel zwischen Achterwasser und Ostsee weitgehend verschont geblieben waren. Bisher. Noch reichte, was an Angeln und in Netzen landete, um sie zu ernähren. Zwar waren die kaiserlichen Truppen unter Wallenstein durchgezogen und hatten sich eine geraume Zeit eingenistet. Wie man hörte, hatten sie nicht unerheblichen Schaden angerichtet. Die Pfarrkirche von Benz, weiter südlich und westwärts zum Großen Haff hin gelegen, sollte es schlimm erwischt haben. Dann waren die Dänen gekommen, griffen überraschend an und besetzten weite Teile des Eilands. Doch ihr Triumph dauerte nicht lange, ehe die Kaiserlichen sie vertrieben und wieder selbst auf Usedom hausten. In den Mündungen von Swine und Pene waren Wehranlagen entstanden, auf dem Streckelsberg hielten Wächter an manchem Tag Ausschau nach kleinsten Anzeichen eines Überfalls. Maria hätte nicht zu sagen vermocht, ob vom Meer Angreifer hätten kommen können, die noch grausamer waren als jene, die vom Land her überall unterwegs waren. Im Großen und Ganzen jedoch fühlte sie sich so sicher, wie man sich eben fühlen konnte, wenn alle Welt den Verstand zu verlieren schien, wenn Fürsten, Könige, Heerführer und gar der Papst, der sich doch Vertreter Gottes auf Erden schimpfte, an ihren eigenen Interessen festhielten und bereit waren, ihnen das Leben Unschuldiger zu opfern. Maria war dankbar, dass ihre Mutter die Düsternis dieser Zeit nicht mehr erleben musste. Ihre zarte Seele wäre bald daran zerbrochen. Glücklicherweise war die Ruhr dem Krieg zuvorgekommen und hatte sie hingerafft, als Maria gerade einmal acht Jahre alt gewesen war.

Die nackten Füße in einfachen zerschlissenen Schuhen, ein altes Unterkleid ihrer Mutter, das bereits elf Winter mehr oder weniger gute Dienste geleistet hatte und sicher noch einige Winter würde halten müssen, ein viel zu dünnes Baumwollkleid und darüber der alte Mantel ihres Vaters, um den Kopf einen löchrigen Schal geschlungen, so hatte Maria sich auf den Weg gemacht, um zu sehen, ob der Wald noch etwas Essbares hergab. Vielleicht konnte sie an dem einen oder anderen Strauch noch einige rot leuchtende Hagebutten finden, aus denen sich ein Mus herstellen ließe, das den Körper stärkte.

Vor nicht allzu langer Zeit war sie jeden Morgen mit ihrem Vater im dichten Wald gleich vor den Grenzen ihres kleinen Dorfes Coserow gewesen. Viele Bewohner der Siedlung, alte und junge, hatten damals ihre Häuser verloren. Sie hatten sich notdürftig Verschläge gezimmert. Bei der geringsten Gefahr oder auch nur der Ahnung davon verließen sie diese und retteten sich in den Schutz der dichtstehenden Bäume, die dem, der sich nicht darin auskannte, ein nahezu undurchdringliches Revier boten. Pfarrer Schweidler hatte jeden Tag aufs Neue seine Schäfchen zusammensuchen müssen, als wären sie tatsächlich eine Herde wolliger Vierbeiner, hatte mit ihnen gebetet, ihnen Trost gespendet und war ihnen beigestanden. Es war ein Wunder, dass damals Pfarrhaus und Kirche bei dem bis zum heutigen Tage schwersten Überfall kaum beschädigt worden waren. Nur einige Fenster waren zu Bruch gegangen. Aus Angst um ihr nacktes Leben hatten Maria und ihr Vater sich in einer Erdhöhle oben auf dem Streckelsberg verkriechen müssen. Ein Lächeln huschte über Marias Gesicht. Wahrhaftig, dass sie trotz Kälte und Hunger, trotz durchziehender Kaisertreuer überlebt hatten, war auch so ein Wunder.

Ihr Vater hatte sie gelehrt, die Hoffnung nie aufzugeben. Wie stand es schon in Lukas 12, Vers 24? Seht auf die Raben: Sie säen nicht und ernten nicht, sie haben keinen Speicher und keine Scheune; denn Gott ernährt sie. Wie viel mehr seid ihr wert als die Vögel! Maria war gewiss, dass der Herr auch ihren Vater und sie nähren würde. Und so lehrte es sie auch ihre Erfahrung. Die Ostsee und das Achterwasser waren reich an Fisch, der für den Winter getrocknet oder eingesalzen werden konnte. Sie besaßen einen kleinen Gemüsegarten mit spärlichem Ertrag, denn der sandige Boden gab nicht viel her. Und sie besaßen eine letzte Kuh, von der sie immerhin einige Schluck Milch bekamen. Solange es dem Herrn im Himmel gefiel, brauchte sie sich nicht zu sorgen, dass sie verhungerten. Das war einer der Gründe, warum sie einzig dem Herrn im Himmel gehorchte und sonst keinem. So hatte ihr Vater es sie gelehrt. Ebenso wie er ihr beigebracht hatte, beim Beten nicht die Augen zu schließen.

»Du musst stets hinsehen«, hatte er ihr eingebläut, »ob du irgendwo etwas Falsches erkennst, das du in Ordnung bringen kannst. Dir darf nicht entgehen, wenn Hilfe gebraucht wird. Darum halte immer und auch beim Beten die Augen offen!«

Ein Knacken ließ sie herumfahren. Kein Zweifel, der

Laut eines Zweiges, der unter einer Schuhsohle gebrochen war. Maria entdeckte den Mann nicht gleich. Es war ein grauer Tag, nur wenig Licht fiel durch die Wipfel der Rotbuchen. Hinter ihren von letzten trockenen, orange leuchtenden Blättern geschmückten Ästen konnte sich der Fremde leicht verbergen. Doch eine Bewegung verriet ihn.

»Wer bist du? Zeig dich, bitte, mein Freund.« Hoffentlich hatte Marias Stimme in seinen Ohren so fest und unerschrocken geklungen, wie sie es beabsichtigt hatte. Nichts.

»Bist du von hier, von Usedom? Gehörst du gar zu unseren Leuten aus Coserow?« Hoffentlich kein Soldat des Kaisers, ein eingefleischter Katholik womöglich. Eine schlimmere Vorstellung konnte es nicht geben. »So zeig dich doch!«, forderte sie ihn erneut auf. Zwei Wimpernschläge vergingen, ehe der Mann sich rührte. Ein Rascheln, dann schob ein Arm in einem höchst sonderbaren Ärmel energisch einige Äste beiseite. Der Fremde trat aus dem Schutz des Gestrüpps auf sie zu.

»Nein, Ihr seid nicht aus unserem Dorf«, stellte sie leise fest. Nicht nur der Ärmel war sonderbar, der gesamte Mantel war es. Dem Anschein nach bestand er aus mehreren Kleidungsstücken, die jemand zusammengefügt hatte. So war ein buntes Gewand entstanden, das an keiner Seite so lang war wie an der anderen. Ein schneller Blick in sein Gesicht. Viel war davon nicht zu erkennen, denn ein Bart, so dicht wie der Urwald, der große Teile der Insel bedeckte, verbarg seine Züge. Ihm länger in die Augen zu sehen, um einzuschätzen, ob er ein gutes Herz hatte, wagte sie nicht.

»Du kannst ruhig weiter mit mir sprechen, wie dir der Schnabel gewachsen ist. Ich bin nur ein einfacher Mann.« Die Stimme war rau und hatte einen harten Klang.

»Vor Gott sind wir alle einfach und doch alle kostbar.« Sie spürte ihr Herz schlagen. Was sollte sie sagen? Sollte sie sich nicht am besten rasch verabschieden und zurückziehen? Es waren gefährliche Zeiten. Selbst als noch Frieden herrschte, wäre es für eine junge Frau nicht gerade ratsam gewesen, mit einem Fremden allein im Wald einen Plausch zu halten. Nicht einmal wenn Frieden wäre, hätte sie eine Vorstellung davon, wie sie sich ihm gegenüber verhalten sollte.

»Auch dann noch, wenn wir gesündigt haben?« Die Bitterkeit in seiner Stimme ging ihr durch Mark und Bein. »Möge der Heilige Johannes Nepomuk mein Geheimnis bewahren«, fügte er kaum hörbar hinzu. Der Schreck fuhr Maria durch die Glieder, ein Katholik, ein Feind!

»Wenn du mit ganzer und reiner Seele büßt, wird Jesus Christus dir vergeben.«

Ängstlich sah sie ihn an, ihre Blicke trafen sich. Welch ein Schmerz lag in seinen Augen! Was mochten sie gesehen haben? Es versetzte ihr einen Stich. Gleichzeitig glaubte sie, direkt in sein Herz sehen zu können. Das war nicht das Herz eines bösen Menschen. »Woher kommst du?« Sie wusste nicht, was sie sonst sagen sollte. Ihr fehlte jede Erfahrung im Umgang mit Männern, von Alten, Kranken oder anderen Bedürftigen einmal abgesehen. Ihr Vater hatte ihr noch keinen zum Heiraten vorgeschlagen, obwohl sie nun wohl das richtige Alter dafür hatte. In diesen Zeiten hatte er andere Sorgen, und ihr fehlte die Gelegenheit, dem Richtigen zu begegnen. War dies womöglich eine solche Gelegenheit? Unsinn! Der Mann sah aus wie ein Wilder. Schorf auf der Nase verriet, dass er sich verletzt hatte. Wie es aussah, war das nicht die einzige Wunde, die er sich eingefangen hatte. Mit Wasser war seine Haut wohl länger nicht in Berührung gekommen, von Seife gar nicht zu reden. Die Augen lagen in tiefen Höhlen und waren gerötet, die Wangenknochen standen zwischen dem Haargestrüpp spitz hervor. Trotzdem, irgendetwas an ihm rührte ihr Herz.

»Lebst du schon immer auf dieser Insel?«, wollte er wissen, ohne ihre Frage beantwortet zu haben.

Maria lächelte zaghaft. »Ja, mein ganzes Leben.«

»Wie, sagtest du, heißt dein Dorf gleich?«

»Coserow. Mein Vater ist …« Sie zog erschrocken die Luft ein und starrte ihn an.

»Ja? Was ist dein Vater?«

Der Pfarrer hier, ein Protestant, der Feind, hämmerte es in ihrem Schädel. Sie hatte ihm anbieten wollen, sich im Pfarrhaus aufzuwärmen, sich zu waschen. Das war unmöglich.

»Er ist gut angesehen bei den Dorfbewohnern.« Maria starrte auf die Spitzen ihrer ausgetretenen Schuhe, als hätte sie gerade ein weiteres Loch darin entdeckt. »Und woher, sagtest du, kommst du gleich?«, fragte sie eilig, um ihn von ihrem Vater abzubringen.

Zum ersten Mal schmunzelte er ein wenig. Zumindest sah es so aus, denn sein Bart zog sich in die Breite. »Ich sagte gar nichts, und das weißt du gut.« Er legte den Kopf schief. »Wie ist dein Name?«

»Verrätst du mir, woher du kommst, sage ich dir meinen Namen.« Sie reckte das Kinn.

Jetzt lachte er, wobei sein Gebiss sichtbar wurde. Die Ecke eines Zahns war abgebrochen. Vielleicht von altem Brot oder rohen Rüben. »Sollte dieser elende Krieg wirklich einen Menschen übriggelassen haben?« Sie verstand nicht gleich. Er wurde schon wieder ernst. »Du bist weder ängstlich noch eine Gefahr. Ich hatte nicht mehr damit gerechnet, jemandem zu begegnen, der das von sich sagen kann. Du gefällst mir.« Sie zog den Schal über ihr Kinn gegen den schneidenden Wind und um ihre Schamesröte zu verbergen. »Ich komme aus Böhmen«, flüsterte er. »Dort war ich zuletzt. Jetzt bin ich heimatlos.«

Was sollte das heißen, dort war ich zuletzt? Böhmen also, damit konnte sie etwas anfangen. Dort hatte alles begonnen. Ihr Vater hatte ihr an den Abenden, die sie zu zweit im Pfarrhaus verbracht hatten, davon erzählt.

»Du musst lernen, Maria«, hatte er sie immer wieder ermuntert. »Nur wer weiß und versteht, kann klug handeln.« Er hatte ihr das Lesen beigebracht, als sie noch ein Kind und ihre Mutter noch am Leben war. Später hatte er sich mit ihr an den Texten von Ovid, Horaz und Vergil erfreut, mit ihr Aristoteles und Heraklit debattiert und sie lateinische Verse abgefragt. Die gemeinsamen Stunden, in denen sie beieinandersitzen und reden konnten, waren mittlerweile weniger geworden. Doch wann immer sich die Möglichkeit ergab, hatte ihr Vater versucht, ihr zu erklären, was in der Welt vorging, was das bedeutete, was die Zeitungen berichteten. So hatte er ihr auch von den ersten Aufständen in Böhmen erzählt.

»Heimatlos, so, so.« Sie lächelte ihn an. »Usedom ist eine gute Heimat.« Und nach kurzem Zögern sagte sie: »Mein Name ist Maria.«

Sie hatte ihm lange und atemlos zugehört. Nicht einmal die Eiseskälte, die ihr die Zehen abzuknabbern drohte, hatte sie gespürt, so gefesselt war sie von den Schilderungen des Mannes gewesen, der sich ihr als Georg vorgestellt hatte. Als ältester Spross eines verarmten Adelsgeschlechts hatte er es für seine Pflicht gehalten, die Familie zu ernähren. Darum war er Söldner geworden, hatte so die eigene Verpflegung gesichert. Von seinem Sold konnten die Eltern, sein Bruder und die beiden Schwestern leben, wenn sie sich bescheideten. Das wenigstens hatte man ihm in Aussicht gestellt. Was kam, war etwas völlig anderes gewesen.

»Der Herzog hatte wenig Freude daran, in seine Privatschatulle zu greifen, um sein gewaltiges Heer zu bezahlen.« Er schnaubte verächtlich. »Wir sollten uns selbst versorgen. Gefechte gegen den Feind, für die wir doch eingestellt und ausgebildet worden waren, kamen kaum vor. Stattdessen verbrachten wir die Stunden, in denen wir nicht gelaufen sind, damit, Bauern und Bürger zu plündern.« Er machte eine Pause. »Die meiste Zeit jedoch sind wir gelaufen. Gelaufen, bis das Blut aus den Schuhen tropfte, gelaufen, bis du die Beine nicht mehr gespürt hast«, erzählte er heiser. »Es sind wohl tausend Meilen, die ich zu Fuß gegangen bin. Von Bayern quer über den Kontinent bis nach Böhmen hinein. Wir hatten das Töten gelernt. Also töteten wir für einen Kanten Brot oder eine Schale Haferbrei. So hungrig waren wir, so erschöpft.« Maria wäre am liebsten davongelaufen, hätte sich die Ohren zugehalten, doch sie spürte, dass Georg reden musste. Und es hätte ihr das Herz gebrochen, ihn an seinen Qualen ersticken zu lassen. »Der Herzog und sein Hofstaat waren dagegen gut versorgt. Neben ihren Reisekutschen wurden sie von Frachtwagen begleitet, die überquollen an Vorräten.« Er schüttelte den Kopf. »Sogar einen Mönch hatten sie dabei. Denk dir, er reiste in einer Sänfte mit Kristallfenstern! Dass wir nur den Mut nicht verlieren sollten, trug er ein Bildnis der Heiligen Jungfrau Maria vor uns her.« Er bekreuzigte sich und sah sie erschrocken an. Sie tat so, als habe sie die Geste nicht gesehen, die man bei einem Protestanten vergeblich gesucht hätte. »Ehe ich einen der

Frachtwagen überfallen oder den Mönch an Ort und Stelle geschlachtet hätte, bin ich eines Nachts auf und davon.« Wieder ein unsicherer Blick. Maria ließ sich nichts anmerken. »Wie gut, dass du nur eine Frau bist. Du kannst nicht verstehen, was das bedeutet.«

Dass sie ihn aufknüpfen würden, den Deserteur und Verräter, wenn sie ihn zu fassen bekämen, das bedeutete es, dachte sie. »Und nun lebst du im Wald?« Er nickte. »Du bist von Böhmen zu Fuß bis hierher in den höchsten Norden gelaufen?«

»Auf die paar Meilen kommt es auch nicht mehr an.« Seine Augen wurden groß, sein Blick war starr ins Nirgendwo gerichtet. »Ich hatte kein Ziel, bin immer nur weiter und weiter in die stets gleiche Richtung gegangen. Wenn ich Glück hatte, habe ich eine verlassene Scheune gefunden, in der ich schlafen konnte. Wenn nicht, habe ich mich zwischen Sträuchern und Bäumen verborgen, mir eine Mulde gegraben und mich für die Nacht mit Laub und Baumrinde zugedeckt. Als ich bei der Stadt Wolgast das Wasser gesehen habe, wusste ich, dass ich weit genug von der Truppe des bayerischen Schinder-Herzogs fort war.«

»Bestimmt bist du das. Du solltest dich trotzdem in Acht nehmen. Auf Usedom sind Soldaten des Kaisers einquartiert. Mir scheint, sie könnten in deinem Mantel Fetzen einer Uniform erkennen.«

Er sah an sich herunter. »Du hast recht. Ich werde vorsichtig sein.«

Das letzte Tageslicht wich allmählich der Abenddämmerung. Maria und Georg standen sich unschlüssig gegenüber. Er rieb die Hände, die in fingerlosen Handschuhen steckten, hauchte dagegen.

»Warum kommst du nicht mit mir? Mein Vater hat immer eine Mahlzeit für einen übrig, der Hunger hat. Auch ein Lager für die Nacht sollte für dich zu finden sein.«

Was mochte jetzt in seinem Kopf vorgehen? Sie wurde noch ein bisschen unsicherer. Es war ihr nicht vertraut, dass jemand ihr so lange ins Gesicht sah, ohne ein Wort zu sagen.

»Ihr seid keine Katholiken«, stellte er schließlich fest.

Maria lachte auf. »Denkst du, das macht uns zu schlechten Menschen?«

Er schüttelte langsam den Kopf. »Gewiss nicht. Nicht schlechter, als alle Menschen ohnehin sind. Glaube mir, Maria, wir sind nicht kostbar und gut. Wir sind die grausamsten Raubtiere auf Gottes Erde. Ohne Skrupel und voller Selbstsucht.« Hatte er zu ihr gesprochen oder zu sich selbst? »Was ich meine katholischen Brüder tun sah, war so abgrundtief schlecht. Das muss euch Protestanten das Fürchten lehren.« Sie wollte etwas einwenden, doch er sprach weiter: »Ich danke dir für dein Angebot. Du hast ein großes Herz. Doch ich bringe euch nur in Bedrängnis, wenn ich Gast in eurem Hause bin. Das will ich nicht, und darum kann ich es nicht annehmen.«

Es war beinahe dunkel, als Maria an der stattlichen Kirche vorüberhuschte, die Männer an dieser Stelle aus Feldsteinen errichtet hatten, lange bevor ihr Vater und dessen Vorväter das Licht der Welt erblickt hatten. Sie machte sich auf eine Strafpredigt gefasst, denn es war spät geworden. Sie hätte längst zu Hause sein müssen. Als sie das Pfarrhaus betrat, kam ihr Vater ihr bereits entgegen. Hatte sie es doch geahnt.

»Endlich! Da bist du ja.« Sie wollte zu einer Entschuldigung ansetzen. Sie hatte sich genau überlegt, was sie sagen konnte, ohne schwindeln zu müssen, aber auch ohne zu viel über Georg zu verraten. »Ein Bote von diesem unsäglichen Hauptmann von Appelmann war hier«, schnaubte er. »Du glaubst nicht, was dieser ungehobelte Schrat sich herausnimmt!«

»Vater!«, tadelte sie ihn. Maria konnte ein Schmunzeln nicht unterdrücken. Einerseits weil ihr klar geworden war, dass er nicht wegen ihres langen Fortbleibens in Rage war, andererseits weil er für Peter von Appelmann immer wieder die kuriosesten Bezeichnungen erdachte. Der Hauptmann war von Herzog Philipp Julius von Pommern eingesetzt worden, das Kloster zu Pudgla zu verwalten. Gleichzeitig war er für sämtliche Kirchen der Insel zuständig, hatte ihnen regelmäßig Gelder auszuzahlen, die zur Erhaltung der Gebäude, zur Anschaffung von Chorgestühl oder wenigstens Altarlichten und zur Armenspeisung verwendet werden konnten. Kurzum: Von Appelmann war der Schlüssel zur Schatulle, von der Pfarrer Abraham Schweidler abhängig war. Seit Jahren schon war diese Schatulle fest verschlossen, der Hauptmann war dem Pfarrer die Summe, die der Herzog festgelegt hatte, ein ums andere Mal schuldig geblieben. Immer wieder hatte Schweidler ihn ermahnt, hatte Beträge für bestimmte Erledigungen angefordert und war nicht müde geworden, von Appelmann vor der versammelten Gemeinde scharf anzugreifen. Ohne Erfolg. So war es auch dieses Mal. Seit die Scheiben zu Bruch gegangen waren, pfiff der Wind erbarmungslos durch das Pastorat, welches nicht nur Schweidler und Maria, sondern oft genug auch den verbliebenen zehn Familien Coserows als Unterschlupf diente. Zudem waren nur noch Restexemplare des Katechismus aufzufinden, die übrigen waren nach und nach verschwunden. Es war anzunehmen, dass sich mancher weniger an den darin enthaltenen Worten gewärmt hatte als an einem Feuer, das sich durch das Papier hatte entzünden lassen. Pfarrer Schweidler hatte Hauptmann von Appelmann also um Geld für die Fenster und neue Ausgaben des Katechismus angeschrieben.

»Claus Ewing hat er geschickt, diesen verschlagenen Nichtsnutz«, polterte Schweidler aufgebracht und ging vor ihr her in die Küche, in der es noch ein heiles Fenster gab und es daher etwas milder war. »Er hat es nicht einmal für nötig erachtet, ein Schreiben aufzusetzen. Schickt mir nur diesen Knecht, um mir eine Nachricht zu übermitteln.« Er ballte beide Hände zu Fäusten und fuhr sich im nächsten Augenblick durch das volle Haar, in dem Maria kürzlich die ersten Silberfäden entdeckt hatte. Die Geste war ein sicheres Zeichen, dass er soeben einen Fluch unterdrückt hatte. »Für neue Fenster sei kein Geld vorhanden«, sagte er. »Und die Anschaffung der Lehrbücher sei nicht nötig. Wenn wir sie nur schnell und oft genug selber abschrieben, dann bekämen wir warme Hände, und es sei allen geholfen.« Maria schüttelte den Kopf. Dieser von Appelmann war wirklich kaum zu ertragen. Es war immer das Gleiche. »Du kannst dir vorstellen, was es ihm für eine Freude bereitet hat, diesem sogenannten Kirchenvorsteher Ewing, mir diese Antwort des Hauptmanns zu überbringen. Dümmlich gegrinst hat er die ganze Zeit«, schimpfte Schweidler und ballte schon wieder die Fäuste.

~ ~ ~

Seine Wut war auch am nächsten Morgen noch nicht verflogen. Er stapfte mit einer solchen Wucht über den Ziegelboden nach vorne zu seinem Altar, dass es von den Holzbalken der Decke nur so widerhallte. Maria ließ ihren Blick durch die Reihen der Kirchenbänke wandern. Ihr bot sich das immer gleiche traurige Bild, ein kleines Grüppchen zusammengekauerter Menschen mit rotgefrorenen Nasen und Wangen, die meisten von ihnen nur noch Haut und Knochen, aber anscheinend alle noch bei brauchbarer Gesundheit. Nein, doch nicht alle. Der alte

Ernst fehlte, ein Fischer, der unermüdlich dafür sorgte, dass die Leute in Coserow zu essen bekamen. Was er übrig hatte, brachte er in sämtliche Winkel der Insel, um Scholle oder Dorsch gegen Getreide und Gemüse zu tauschen. Wo mochte er stecken? Hoffentlich hatte er sich in dem kalten Wasser, durch das er bei Wind und Wetter watete, nichts weggeholt. Voller Sorge ging Maria noch einmal die Reihen der Leute durch. Vielleicht hatte sie Ernst übersehen. Man konnte ja kaum einen vom anderen unterscheiden, so wie sie alle in derbe Stoffe eingewickelt waren. Ihr schoss der Schreck durch die Glieder. Ewing war da. Ausgerechnet. Ihre Blicke trafen sich, und er nickte ihr zu, die bläulichen Lippen zu einem bösen Lächeln verzogen. Maria erwiderte seinen Gruß so zurückhaltend, dass kaum etwas zu sehen war.

Pfarrer Abraham Schweidler brachte Eröffnung, Anrufung, Verkündigung und Bekenntnis so schnell hinter sich, als erwarte er jederzeit die kaiserlichen Truppen, dic über ihn und seine Schäfchen hereinbrechen könnten. Dann war er bei der Predigt angelangt, dem Kern des Gottesdienstes, dem er sich stets mit größter Hingabe widmete.

»Ich will euch vom Gleichnis vom bittenden Freund erzählen, das uns im Evangelium nach Lukas überliefert ist«, begann er mit donnernder Stimme. Maria ahnte Böses. »Es geht darum, dass Männer Gäste bei sich aufnehmen. Diese Männer haben für ihren Besuch nichts zu essen. Also gehen sie, klopfen an eine Tür und bitten um

Brot. Nicht für sich, sondern einzig für ihre Gäste, die derjenige, der ihnen geöffnet hat, gar nicht kennt. Doch die Männer, die vor seiner Tür stehen, sind ihm wohl bekannt, sie sind Freunde. Darum gibt er ihnen drei Laibe Brot.« Er machte eine wirkungsvolle Pause, in der sein Blick durch die Reihen der Gläubigen streifte. Er blieb an Ewing hängen, Schweidlers Augen wurden zu Schlitzen. »Das hat er gut getan. Und nun hört, was mir widerfahren ist!«, tönte er, ohne sich von Ewing abzuwenden oder auch nur zu blinzeln. »Ich habe für euch an eine Tür geklopft. Gewissermaßen. Ich habe ein Schreiben an Hauptmann von Appelmann gesandt, der uns eine über die Jahre auf bemerkenswerte Höhe angewachsene Summe schuldig ist.« Maria schloss die Augen und atmete tief ein. Ihr Vater verstand es vorzüglich, Dinge nicht direkt auszusprechen, sie so zu formulieren, dass niemand ihm daraus einen Strick drehen konnte, obgleich ein jeder wusste, was hinter seiner Rede steckte. Leider zog er es nicht selten vor, darauf zu verzichten und sogar Namen zu nennen. Das war nicht sonderlich klug. »Wenigstens das Nötige sollte er uns bezahlen, dass wir die Fenster des Pfarrhauses in Ordnung bringen können. Ich habe ihm erklärt, dass es nicht um mich geht, sondern dass ihr, brave Fischer und Bauern, eine Zuflucht braucht, in der ihr euch aufwärmen könnt. Bis ihr euren Hütten wieder ein Dach aus Stroh aufgesetzt habt, bis der Frühling kommt. Doch dieser Hauptmann ist nicht wie der Mann aus dem Gleichnis. Er verweigert den Hungernden das

Brot.« Schweidler hatte die Stimme gesenkt. Ob die Leute wussten, dass das Gleichnis nichts mit Brot oder sonstigen milden Gaben zu tun hatte, sondern dass es bedeutete, man solle nur beten und vertrauensvoll daran glauben, dass Gott die Gebete erhört? »Er will euch den Schutz vor Sturm und Kälte nicht gönnen.« Schweidler hatte begonnen, vor seinem Altar auf und ab zu gehen. »So ist die Obrigkeit! Dumm, schmutzig, den Tieren gleich, das sind Bauern in ihren Augen.« Ein leises Raunen setzte ein. Maria warf einen verstohlenen Blick zu Ewing. Hätte er doch nur wütend ausgesehen oder entgeistert. Doch er lächelte sein teuflisches Lächeln. Wahrscheinlich dachte er selbst nicht viel besser vom Hauptmann. Was er hörte, bescherte ihm Schadenfreude und Munition, um gegen Schweidler zu schießen, den er vermutlich noch weniger leiden konnte als von Appelmann.

»In Wahrheit sind es die Bauern und die Fischer, die das gesamte Volk ernähren«, sprach Schweidler weiter. »Und nicht nur das Volk, sondern die vielen einquartierten Soldaten noch dazu.« Er blickte in die Runde. »Obendrein die Gebildeten und Wohlgenährten«, fügte er voller Abscheu hinzu. Beifälliges Murmeln. Schweidler erhob die Stimme: »Dumm ist der, wer die Bauern und die Fischer geringschätzt. Die, die ihre Seele verhökert haben, statt sie dem Herrn zu schenken, werden seine Strafe zu spüren bekommen«, endete er.

Ewing würde umgehend zu von Appelmann rennen und sich einen boshaften Kommentar nicht verkneifen können, dessen war Maria sicher. Es kam noch schlimmer. Noch ehe der Gottesdienst vorüber war, stahl der Kirchenvorsteher sich davon, so eilig hatte er es, dem Hauptmann die Ungeheuerlichkeit zu berichten. Vor der Kirche musste der Pfarrer Fragen beantworten. Die Menschen in Coserow wollten Näheres über Schweidlers Schreiben und die Antwort des Hauptmannes wissen. Was genau habe der ausrichten lassen? Habe er sie wahrhaftig als dumm und schmutzig bezeichnet? Maria versuchte indes herauszufinden, was mit dem Fischer Ernst sei.

»Er liegt im Bett«, erzählte sein Weib ihr niedergeschlagen. »Glüht wie ein Ofen, mein armer Mann. Ich fürchte, Maria, es steht schlecht um ihn.«

Hoffentlich gefiel es dem Herrn nicht, Ernst schon jetzt zu sich zu rufen. Die anderen erfahrenen Fischer hatten Hunger und Not bereits dahingerafft, oder sie hatten sich aus dem Staub gemacht, um in Wolgast oder sonst wo womöglich leichter etwas zwischen die Zähne zu bekommen. Beklommen ging Maria zurück ins Pfarrhaus und machte sich daran, ihr Tagewerk zu erledigen.

~ ~ ~

Was war das? Maria richtete sich von ihrem Nachtlager auf und starrte in die Dunkelheit. Ihr Herz klopfte. Was hatte sie so abrupt aus dem Schlaf gerissen? Sie lauschte mit angehaltenem Atem. Nichts, kein Laut, außer dem gleichmäßigen Schnarchen ihres Vaters in der Kammer nebenan. Vielleicht hatte sie auch nur schlecht geträumt. Das kam in den letzten Jahren immer häufiger vor. Sie versuchte sich zu entsinnen, doch die Erinnerung war schwach. Da war ein Mann gewesen, ein Mann im Wald. Hatte sie von diesem Georg geträumt? Wie es ihm wohl ergehen mochte? Sie kauerte sich unter ihrer Decke zusammen und fröstelte. Der Ziegel, den sie vor dem Zubettgehen im Ofen aufgeheizt hatte, war längst kalt. Wie eisig mochte es draußen im Wald unter freiem Himmel sein? Allmählich schlug ihr Herz wieder langsamer, ihre Lider wurden schwer. Noch einmal meinte sie etwas zu hören, spitzte die Ohren, dann schlief sie wieder ein.

~ ~ ~

Wie an jedem Tag war sie auch an diesem früh auf den Beinen, obwohl sie noch ein weiteres Mal aus dem Schlaf hochgeschreckt und nun entsprechend matt war. Sie hätte schwören können, sie habe Schritte gehört. Oder sogar Stimmen? Gleichgültig, es war keine Zeit für Hirngespinste oder für Müdigkeit. Maria hatte am Vortag nach Ernst gesehen. Viel war nicht mehr übrig von dem einst kräftigen Mann. Wenn er sich weiter so schindete, um die Bewohner des Dorfes zu ernähren und um seine eigene Familie durchzubringen, würde es böse enden. Wenn es mal nicht schon so weit war. Maria würde tun, was in ihrer Macht stand, um ihm zu helfen. Sie hatte noch etwas von dem Grünkohl im Garten stehen lassen, den sie dem Boden abgerungen hatte. Den würde sie ihm bringen. Er hatte ihn jetzt nötiger als sie und ihr Vater. Sein Weib konnte ihm einen Brei daraus zubereiten. Die schlechten Blätter waren immer noch gut genug, um Umschläge damit zu machen. Maria richtete Haferschleim für ihren Vater und für sich an. Sobald das erste bleierne Licht Coserow erhellte, warf sie sich ihren Mantel über und trat ins Freie. Die Luft stach ihr kalt in die Lunge, doch schwebte nicht auch schon eine Ahnung von Frühling darin? Um wie vieles leichter würde wieder alles sein, wenn die Temperaturen stiegen, wenn die Natur ihnen den Tisch mit Früchten und Getreide deckte. Beschwingt von dem Gedanken daran, dass es bald wärmer und freundlicher sein würde, hüpfte sie die drei steinernen Stufen vor dem Haus hinab und folgte dem Pfad in den Pfarrgarten. An der Pforte blieb sie stehen, als sei sie in diesem Moment zu einer Statue erstarrt, wie sie sie von Gemälden aus dem Alten Rom oder Griechenland kannte.

»Lieber Gott, wer hat das nur getan?«, flüsterte sie atemlos, den Blick auf das Bild der Zerstörung gerichtet, das sich ihr bot. »Und warum nur?« Maria konnte sich ihre Fragen leicht selbst beantworten. Ganz gewiss hatte Ewing nichts Eiligeres zu tun gehabt, als zu von Appelmann zu rennen und zu berichten, was er in der Kirche gehört hatte. Üble Ausschmückungen inbegriffen, versteht sich. Und offensichtlich hatte der Hauptmann in der Nacht seine Schergen geschickt, damit die den Garten des Pfarrers Schweidler verwüsten. Es wäre nicht das erste Mal, dass von Appelmann ihren Vater drangsalierte. Hatte sie also doch nicht geträumt. Wenn sie doch nur ein Licht angezündet und nach dem Rechten gesehen hätte. Vielleicht wären die Feiglinge dann geflüchtet und sie hätte Schlimmeres verhindert. Oder sie hätten sie an Ort und Stelle erschlagen. Unter einem groben Holzbrett lugten grüne Blätter hervor. Maria schossen die Tränen in die Augen. Diese Dummköpfe hatten nicht einmal den Grünkohl gerettet, um ihn selbst zu verspeisen. Dann hätte der wenigstens noch jemandem nutzen können, wenn auch bösen Kreaturen, denen sie ihr mühevoll angebautes Gemüse am wenigsten gönnte. So war er verloren, ganz ohne jeglichen Sinn zerstört. Sie hob das Brett an und warf es zur Seite. Nein, damit war nichts mehr anzufangen. Der letzte Rest Grünzeug, der in dem Beet gediehen war, war dahin. Obendrein hatte jemand eine stinkende Brühe ausgekippt. Sie hielt sich die Hand vor Mund und Nase und bemühte sich, nur flach zu atmen. Was war das? Maria ging die Wege zwischen den Beetabschnitten entlang. Überall dunkle, fast schwarze Flecke. Das konnte Pech sein. Sie blieb stehen, stemmte die Hände in die Hüften und stieß einen tiefen Seufzer aus. Dann ging sie zurück ins Haus. Aus dem Keller, der unter einem Teil des Pfarrhauses lag und in dem man nicht aufrecht stehen konnte, so niedrig war er, holte sie einen Spaten und stapfte wieder hinaus. Mit Wucht trieb sie das Metall in die Erde. Der Boden in diesem Teil der Insel war sandig. Hoffentlich nahm die Krume es ihr nicht zusätzlich übel, dass sie sie in ihrer winterlichen Ruhe stören musste. Schaufel um Schaufel trug Maria ab, bis ihr der Schweiß auf der Stirn stand und den Rücken hinablief. Zuletzt schaufelte sie das lose Material ab, trug es Eimer für Eimer an das hinterste Ende des Grundstücks und bedeckte anschließend das umgegrabene Beet mit Kiefernzweigen, die sie eigentlich geschnitten hatte, um die Kirche für das Weihnachtsfest zu schmücken. Seit ihr Vater davon gehört hatte, dass eine schlesische Herzogin den Brauch eines Weihnachtsbaumes pflegte, bat er Maria jedes Jahr darum, das Gotteshaus mit Zweigen zu dekorieren, in die sie Äpfel und winterliche Beeren zu legen pflegte. Äpfel gab es in den letzten Jahren nicht mehr, doch auf die Kiefern mochte niemand mehr verzichten. Um sie zu verbrennen, hatte Maria sie in dem kleinen Unterstand trocken gelagert, in dem ihre Kuh, das letzte von drei Tieren, Zuflucht vor Wind und Kälte fand. Gottlob hatten die Unholde den Vorrat an getrocknetem Holz in der Dunkelheit nicht bemerkt.

Sie war eben mit der Arbeit fertig und wollte den Spaten zurücktragen, als sie Helena über den Platz vor der Kirche laufen sah. Mit schnellen Schritten kam die Tochter des Fischers Ernst auf das Pfarrhaus zu, rutschte aus und wäre um ein Haar gestürzt. Kein Wunder, es hatte zu regnen begonnen, und das Wasser gefror augenblicklich auf dem eisigen Boden. Maria blieb an der Haustür stehen, das Werkzeug in der Hand.

»Der Pfarrer muss kommen. Schnell«, brachte Helena atemlos hervor, als sie Maria erreicht hatte. »Es geht zu Ende. Mein Vater will die Beichte ablegen.« Sie zögerte, dann fuhr sie leise fort: »Was er wohl zu beichten hat? Ich kenne kein reineres Herz.« Tränen schimmerten in ihren Augen.

»Ach, Helena, nein!« Maria legte der keuchenden Frau eine Hand auf die Schulter. Das war zu befürchten gewesen. Dass es nun aber so schnell ging … »Geh du zurück zu ihm, mein Vater wird gleich bei euch sein.«

Helena nickte, machte kehrt und lief im gleichen Tempo davon.

»Mach nur langsam!«, schrie Maria ihr nach. »Nicht, dass du dir noch die Beine brichst.« Dann ging sie hinein. »Vater? Der Fischer Ernst liegt im Sterben«, rief sie, während sie eilig in den Keller hinabrannte. Als sie wieder hinaufstieg, nahm sie zwei Stufen auf einmal. Der Schweiß von der anstrengenden Arbeit war auf ihrer Haut getrocknet, sie fröstelte. »Hast du mich gehört?« War er nicht im Hause?

»Gehört ja, aber nicht verstanden«, brummte er.

Hätte er nicht antworten und nachfragen können? Maria seufzte. Es war immer wieder das Gleiche. Manches Mal wusste sie nicht, ob er überhaupt in der Nähe war, weil er, wenn er sie nicht genau verstehen konnte, einfach schwieg. Jetzt war keine Zeit, ihm einen Vortrag zu halten. Sie riss die Tür zur Studierstube auf, in der er früher theologische Abhandlungen verfasst hatte und heute noch seine Predigten schrieb und den Kindern des Dorfes Religionsunterricht erteilte.

»Der Ernst stirbt. Helena war gerade hier.«

Ohne ein weiteres Wort stand Pfarrer Schweidler auf und verließ den Raum. Maria hatte ihm noch nicht einmal sagen können, was draußen im Garten geschehen war.

Am Abend saßen sie beieinander. Fischer Ernst war gestorben, gleich nachdem er dem Pfarrer seine vermeintlichen Sünden anvertraut hatte. Er hatte bei einem Tauschhandel eine Möhre aufgehoben, die jemandem zu Boden gefallen war. Die hatte er blitzschnell in seine Manteltasche verschwinden lassen, ohne dass sie in der Berechnung des Warenwertes, den Ernst hatte in Fisch aufwiegen müssen, einbezogen worden wäre. Als ob nicht jeder eine solch glückliche Gelegenheit gerne genutzt hätte!

»Es war ihm wichtig, sein Gewissen zu erleichtern. Verständlich, nicht wahr, wenn derartig schlimme Vergehen es belasten?« Schweidler lächelte matt.

»Ein reines Herz«, meinte Maria nachdenklich, »zerbricht eben schon unter der kleinsten Last. Wie viel leichter hat es da der dickfellige Sünder!«

»Aber nur solange er auf Erden wandelt«, wandte Schweidler ein wenig theatralisch ein. Dann zwinkerte er ihr zu. »Ist er tot, schmort er in der Hölle.«

»Bloß kann er dummerweise seine Mitmenschen mit seiner Boshaftigkeit quälen, bis es mal so weit ist«, gab Maria zu bedenken.

»Du denkst nicht zufällig an diesen Appel-Hauptmann?«

»An den und seine Handlanger.« Sie rückte ein Stück näher an den Ofen heran und rieb die kalten Finger, in denen sie eine Näharbeit hielt. Die Strümpfe, die sie zu stopfen versuchte, waren schon das reinste Flickwerk, doch sie fortzuwerfen, kam nicht in Frage. Maria holte Luft. »Ich kam noch nicht dazu, es dir zu erzählen. Jemand hat sich in der letzten Nacht über unseren Garten hergemacht.«

»Sagtest du nicht, wir hätten noch Grünkohl stehen?« Er bekam große Augen, in denen schlimmste Befürchtungen zu lesen waren.

»Das sagte ich.«

»Jemand hat den Grünkohl gestohlen?« Jetzt ballte er beide Fäuste, kniff die Lippen zusammen und atmete tief durch. »Dann muss wohl einer sehr hungrig gewesen sein. Also ist das Gemüse im richtigen Magen gelandet«, brachte er grollend hervor. Da hatte eindeutig der Pfarrer gesprochen, der Mensch Abraham Schweidler konnte die Enttäuschung nicht verbergen. Er aß für sein Leben gern Grünkohl. Allein bei dem Gedanken daran lief ihm das Wasser im Munde zusammen.

»Leider nicht, Vater.« Sie bat ihn, sich nicht übermäßig aufzuregen, obwohl sie wusste, dass ihr dieser fromme

Wunsch nicht erfüllt werden würde. Dann berichtete sie, wie sie das kleine Feld hinter dem Haus am Morgen vorgefunden hatte.

»Dieser verfl…, dieser Unmensch von Appelmann!«

»Wir wissen nicht, ob er für die böse Tat verantwortlich ist«, lenkte Maria ohne jede Überzeugung ein. »Wir dürfen ihm nicht die Schuld geben.«

»Wer sonst sollte das wohl getan haben? Wir wissen beide, dass er es war. Nicht er selbst natürlich, dazu wäre er zu feige. Er hat den Mut einer Stubenfliege.« Seine Stirn lag in Falten, seine Augen funkelten. Mit einem Mal seufzte er, und seine Gesichtszüge wurden milder. »Ach, mein Kind, man könnte verzweifeln, wüsste man nicht, dass der Herr im Himmel für einen sorgt. So viel Grünkohl war es wohl nicht mehr, was? Das werden wir schon verschmerzen können.«

»Ich hätte ihn sowieso dem Ernst bringen wollen. Aber ihm hätte das Grünzeug auch nicht mehr geholfen.«

»Nein, für ihn war jede Hilfe zu spät. Er ist jetzt beim Herrn und darf sich den Bauch vollschlagen.« Schweidler lächelte zufrieden. Nach einer Weile meinte er: »Ich habe mit dem Paasch gesprochen. Er sagt, unten im Liper Winkel herrsche Frieden.« Maria hob die Augenbrauen. »Keine einquartierten Soldaten, nichts!«

»Wie sollte das möglich sein?«

»Ich weiß es nicht, mein Kind. Aber siehst du, der Paasch ist Tischler. Er kommt viel herum, um seine Dienste anzubieten. Allerorten geht etwas zu Bruch, da sind seine kräftigen geschickten Hände gefragt.« Schweidler stand auf und legte zwei Ziegelsteine in die Glut, damit sie bald zu Bett gehen und sich daran wärmen konnten. »Die Leute im Liper Winkel müssen natürlich auch die stets wachsenden Abgaben zahlen, mit denen dieser Wahnsinn finanziert wird. Geld bleibt ihnen kaum übrig. Aber wie er berichtet, sind ihre Häuser heil, ihr Vieh steht unbehelligt im Stall. Paasch hat Speck von ihnen bekommen, Eier und Brot.« Er ließ sich wieder auf seinen Stuhl sinken. Vergnügt zwinkerte er ihr zu. »Morgen will er kommen und uns etwas davon bringen. Ich soll für ihn beten, dass er auch weiterhin Arbeit findet, die gut entlohnt wird. Das will ich für eine Scheibe Speck und zwei Eier gern tun.«

KAPITEL 2

Wenige Tage nachdem Ernst gestorben war, setzte Tauwetter ein. Die Aussicht auf etwas Wärme, auf die ersten Krokusse, die ihre Köpfe herausstecken und der Welt ein bisschen Farbe schenken würden, war wunderbar. Dummerweise hatte dieser Lichtblick, wie alles im Leben, eine dunkle Seite. Alle Wege, die eben noch knüppelhart gewesen waren, verwandelten sich in Morast. Noch bedeckte der Matsch nur die Ränder der Schuhe. Ging es so weiter, würde man bald bis zum Knöchel darin versinken.

Maria ging, die Röcke gerafft, durch den Garten. Sie wollte sehen, ob sie der Kuh ein Eimerchen Milch entlocken konnte. Am Unterstand angekommen, schrie sie auf. Sie konnte ihren Blick nicht von dem grausamen Bild wenden, das sich ihr bot. Die Kuh lag im Stroh, die toten Augen weit aufgerissen. Überall war Blut. Aus dem Fleisch des Tieres fehlten Stücke, als hätte jemand sie einfach herausgerissen. Die Innereien quollen aus dem leblosen Körper, lagen klebrig auf dem schwarz-weißen Fell.

»Was ist denn los? Ist etwas passiert?« Schweidler eilte herbei. »Du hast mich mit deinem Geschrei erschreckt.« Er blieb wie angewurzelt neben ihr stehen und sagte kein Wort mehr. Doch sein entsetztes Schweigen dauerte nicht lange. »Dieser Teufel!«

»Vater!« Maria starrte ihn an.

»Ich bin ein Mann Gottes, Kind. Sei gewiss, ich erkenne den Teufel oder dessen Handschrift. Und ich weiß, wie ich gegen ihn vorzugehen habe. Ich lasse ihm das nicht durchgehen. Das Maß ist voll«, fauchte er heiser. »Ich werde dem Herzog von Pommern eine Beschwerde senden. Soll der sich mit diesem Scheusal Appelkopp abgeben, ihn zurechtweisen und uns endlich schicken, was uns längst zusteht.«

Maria hatte sich von dem Schock erholt. Sie betrachtete die verendete Kuh genauer. »Und wenn es nicht der Hauptmann war? Dann beschuldigst du ihn zu Unrecht und wirst in Zukunft nur noch mehr Ärger mit ihm haben.« Sie strich sich nachdenklich eine Strähne des rötlichen Haars hinter das Ohr, die aus dem Wolltuch hervorgerutscht war.

»Ich habe der Gemeinde von dem schändlichen Verhalten dieses Appelmann berichtet. Am nächsten Tag ist unser Garten verwüstet, und bald darauf liegt unsere einzige Kuh tot in ihrem Unterstand. Viel hat sie nicht mehr gegeben bei dieser kargen Kost, aber einen Liter oder etwas mehr hatten wir jeden Tag von ihr. Damit ist's nun auch vorbei. Was glaubst du, wer sonst sich jetzt die

Hände reibt und über unser Unglück freut, wenn nicht dieser von Hampelmann?«

»Er wird jedenfalls kein Mitleid mit uns haben, das steht fest.«

»Natürlich nicht, er kennt kein Mitleid. Mit niemandem. Dieser Mann kennt nur seine Habgier. Ein Betrüger ist er und ein Schürzenjäger, der schon mehr als ein Weib verleitet hat, mit ihm in Unzucht zu leben.« Schweidler schüttelte angewidert den Kopf. »Ich werde dem Herzog reinen Wein einschenken. Punktum.«

»Es könnte ein Wolf gewesen sein«, gab Maria zu bedenken. »Die Spuren sehen eher nach Krallen und Klauen aus als nach einem Messer.«

»Hm, ein Wolf also. Unmöglich ist das nicht«, knurrte Schweidler und trat von einem Fuß auf den anderen. »Lauf rüber zum Weber und sag ihm, er soll kommen und das Tier zerlegen. Wenn unsere Kuh schon tot ist, wollen wir wenigstens noch unsere Speisekammer mit ihrem Fleisch füllen.« Er drehte sich um und ging zum Haus zurück. »Das Fell können wir zum Tausch anbieten«, rief er ihr noch über die Schulter zu.

Maria machte sich augenblicklich auf den Weg. Erst der letzte Rest Grünkohl, jetzt auch noch die Kuh. Sie glaubte selbst, dass von Appelmann dahintersteckte, und es fiel ihr schwer, ihren Groll nicht gegen ihn zu richten. Was sie jedoch noch weit mehr beschäftigte, war die Sorge, wovon sie nun leben sollten. Manches Mal war es wahrhaftig nicht leicht, auf Gott zu vertrauen. Wie so oft in solchen Momenten, rief sie sich Lukas 12, Vers 24 ins Gedächtnis. Der Rabe wurde genährt, ohne dass er Vorräte anlegte. Der Herr würde auch sie und ihren Vater nicht vergessen. Das Haus des Schlachters Weber lag etwas außerhalb am anderen Ende des Dorfes Coserow. Sie musste ein Stück auf der Straße in Richtung Damerow laufen. Nicht lange nachdem sie den Dorfplatz mit seiner alten Eiche, das Herz Coserows, und dann auch die letzten Häuser hinter sich gelassen hatte, preschte ihr aus Richtung Damerow ein Reiter entgegen. Sie sprang zur Seite. Schon war er vorüber. Hatte der Kerl den Verstand verloren? Um ein Haar hätte sein Pferd sie erwischt. Sie sah an sich herunter. Na wunderbar, die Hufe des Tieres hatten Matsch durch die Luft geschleudert, der nun an ihrem Kleid klebte. Und sogar an ihrer Wange, wie es sich anfühlte. Während sie sich ärgerlich mit dem Handrücken über das Gesicht wischte, hörte sie, wie der Fremde seinen Gaul mit einem Kommando dazu brachte, langsamer zu werden. Die Flecken auf dem Stoff würde sie besser trocknen lassen und dann ausbürsten.

Das Hufgeklapper hatte aufgehört. Ein dumpfer Schlag auf nassem Boden. Wahrscheinlich hatte der Reiter abgesessen. Maria drehte sich um. Tatsächlich, das Pferd am Zügel führend kam er auf sie zu. Nicht nur, dass er ein Reittier besaß, er war auch noch auffallend gut gekleidet. Es war nicht zu übersehen, dass es diesem Herrn weit besser ging als den armen Dorfbewohnern.

Maria verschränkte die Arme vor der Brust und drückte das Kreuz durch.

»Gottlob, wie es aussieht, ist Euch nichts zugestoßen.«

»Was nicht Euer Verdienst ist. Ich verdanke mein Leben meiner Aufmerksamkeit und Schnelligkeit.«

»Ich bitte Euch um Verzeihung, ich wollte Euch nicht erschrecken.« Er lächelte entschuldigend. »Dummerweise ist dieser Hengst nicht zu kontrollieren. Ich mag sein feuriges Temperament, gleichzeitig fürchte ich es auch.« Er klopfte liebevoll das glänzend-braune Fell.

»Wenn Ihr es nicht im Griff habt, solltet Ihr wohl besser ein anderes Reittier wählen oder zu Fuß gehen«, schlug Maria vor.

Er lachte auf und ließ dabei sein makelloses Gebiss sehen. »Zu Fuß bis hinauf an die Mündung des Penestroms! Ihr seid drollig.«

»Andere gehen tausend Meilen quer durch das ganze Reich mit schlechteren Schuhen an den Füßen, als Ihr sie tragt«, entgegnete sie finster.

Er nickte bedächtig. »Wohl wahr.« Jetzt sah er an ihr herunter. »Ich fürchte, wir haben das Kleid der Dame ruiniert«, sagte er und blickte sein Pferd an, als würde er wirklich mit ihm sprechen. Dann wandte er sich Maria zu. »Sagt, wie können wir das wiedergutmachen?«

»Ich glaube kaum, dass der Hengst die beste Wahl ist, wenn es darum geht, die Röcke einer Frau zu reinigen.« Sie musste lächeln. Die Art, wie er mit dem und über das Tier sprach, amüsierte sie.

»Ich muss gestehen, dass auch mir Übung in dieser Disziplin fehlt.« Der Fremde setzte eine zerknirschte Miene auf. Von Hauptmann von Appelmann einmal abgesehen, war dieser Mann seit langem der erste, den sie zu Gesicht bekam, der nicht unter Mangel zu leiden schien. Er wirkte gesund und kräftig, hatte eine schlanke sportliche Figur. Unter einer Fellmütze lugten blonde Haare hervor. Er mochte einige Jahre älter sein als sie, doch nicht eben viele.

»Wollt Ihr mir Euren Namen nennen? Dann sende ich Euch einige Handbreit Stoff, das sollte für ein neues Kleid reichen.« Tischler Paasch wollte Speck und Eier bringen. Dieser Mann hier versprach Stoff. Sie war der Rabe aus dem Gleichnis, ging ihr durch den Kopf.

»Was belustigt Euch so?«

»Nichts, gar nichts.« Maria sah ihm in die Augen. Freundliche blaue Augen, nicht von den Schrecken und Sorgen des Krieges getrübt. »Ich bin Maria Schweidler, die Tochter des Pfarrers von Coserow.«

Ein Schatten huschte über sein Gesicht. »Das seid Ihr«, stellte er fest. »Euer Vater macht viel von sich reden. Nicht nur Gutes, wenn Ihr mir die Bemerkung erlaubt. Er macht sich nicht nur Freunde.«

»Jesus Christus und Gott der Herr sind seine Freunde. Sie wissen, dass er nicht falsch Zeugnis redet.« Sie reckte das Kinn.

Er nickte. »Nicht nur sie wissen das. Betrüblicherweise ist es nicht ungefährlich, stets unverblümt die Wahrheit zu sagen. Das sollte er bedenken.« Er sah sie eindringlich an. Sollte das eine Drohung sein? »Ich muss weiter, Maria Schweidler. Gebt auf Euch acht!« Damit stieg er in den Steigbügel und schwang sich geschmeidig auf den Rücken des Hengstes. Er hob noch einmal die Hand zum Gruß, dann preschte er davon.

Maria blickte dem Reiter noch nach, da kam Magda, die Frau eines Fischers ihr entgegen, den man vor zwei Wintern erschlagen hatte, als er seinen Fang nach Hause trug. Sie war ganz aus der Puste, so hatte sie sich beeilt, zu Maria aufzuschließen.

»Was hattest du denn mit dem zu schaffen?«, wollte sie wissen und deutete in die Richtung, in die das Pferd soeben davongaloppiert war.

Maria zeigte auf ihr derbes Wollkleid. »Frag lieber, was sein Gaul mit mir zu schaffen hatte. Wenigstens hatte der Fremde so viel Anstand, mir den Schaden ersetzen zu wollen. Ich werde beten, dass er sein Wort hält.«

»Der Fremde? Hast du denn das Wappen auf der Satteltasche nicht gesehen?« Maria schüttelte den Kopf. Da war ein blaues Bildchen gewesen, eine Zeichnung vielleicht, fiel ihr ein. Das hatte sie bemerkt, als er aufgesessen und das Pferd in die andere Richtung gewendet hatte. Es war ihr nicht wichtig erschienen. »Das muss einer aus dem Hause von Neuenkirchen gewesen sein. Vielleicht Hans. Das soll der Jüngste sein. Oder Rüdiger. Von dem hört man nichts Übles.«

Gemeinsam setzten die beiden Frauen den Weg fort. Magda wusste erstaunlich viel über das alte Adelsgeschlecht zu berichten. Seit Hunderten Jahren lebten sie angeblich auf Usedom. Zunächst hörte Maria noch voller Spannung zu. Der Name von Neuenkirchen war ihr natürlich schon untergekommen. Die Familie sollte ein Wasserschloss in Mellentin besitzen. Das lag südlich von Coserow und wäre nicht so schwer zu erreichen gewesen, läge das Achterwasser nicht genau dazwischen. Dann wurden die Geschichten, die Magda zum Besten gab, immer bunter und detailreicher. Es sah sehr danach aus, als ginge ihre Phantasie mit ihr durch. Maria begann, ihren eigenen Gedanken nachzuhängen.

»Die Geldsäcke stecken doch sowieso alle unter einer Decke«, sagte Magda gerade wütend. »Soweit ich weiß, ist der von Neuenkirchen ja ganz dicke mit dem von Appelmann. Na, gleich und gleich gesellt sich eben gern.« Maria seufzte. Wenn der Reiter wahrlich aus demselben Holz geschnitzt war wie der bösartige Hauptmann, dann würde sie lange auf Stoff für einen neuen Mantel oder ein warmes Kleid warten können.

Nachdem sie den Auftrag zur Zerteilung der Kuh überbracht hatte, ging Maria an das Ufer der Ostsee. Der Wind hatte aufgefrischt. Vielleicht hatte sie Glück und fand etwas Treibholz, das sie zum Trocknen in den Unterstand legen konnte. Oder einen Brocken Bernstein. Noch immer war es offiziell verboten, sich ohne Grund am Strand aufzuhalten, das wusste sie wohl. Doch seit der Krieg den Menschen ihren Alltag diktierte, war kaum noch ein Strandwächter an den Ufern der Ostsee gesehen worden, der kontrollierte, ob jemand sich womöglich ein Stückchen Bernstein beiseiteschaffen wollte. Maria hatte keine Angst, ein jeder ging mal am Saum der Wellen entlang, um nach dem baltischen Gold Ausschau zu halten. Der Geruch von Algen stieg ihr in die Nase. Sie schob die kalten Hände tief in die Manteltaschen und holte kräftig Luft. Sie liebte diesen Duft, es roch nach Heimat. Der Wind trieb ihr die Tränen in die Augen, hier wo er ungebremst über den hellen Sand fegen konnte. Maria sah sich um. Da war nichts, was sie mit nach Hause hätte nehmen können. Also wandte sie sich ab, um sich auf den Heimweg zu machen. Im letzten Augenblick nahm sie eine Gestalt wahr. War womöglich doch ein Strandwächter unterwegs? Sie hatte nichts aufgelesen, trotzdem würde sie erklären müssen, was sie hier machte. Es hatte den Anschein, als wolle da jemand einige Schritte von ihr entfernt ebenfalls vom offenen Strand in den Schutz der Wälder zurückkehren. Maria blinzelte gegen den Sturm. War das nicht …? Tatsächlich, das musste Georg sein, der Wilde, der aus Böhmen bis hierherauf nach Usedom zu Fuß gegangen war. Georg hatte auch sie erkannt, denn er blieb stehen und winkte ihr zu. Mit der anderen Hand hielt er etwas in die Höhe. Sie zögerte. Was hatte das zu bedeuten? Sie konnte beinahe glauben, er wolle sie zu sich rufen.

Wahrhaftig, er formte mit beiden Händen einen Trichter vor seinem Mund, doch seine Stimme schaffte es kaum bis zu ihr, denn sie wurde von einer Böe weggetragen. Maria glaubte jedoch, ihren Namen erkannt zu haben. Sie ging auf ihn zu, langsam erst, dann schneller. Der weiche Sand gab bei jedem Schritt unter ihren Schuhen nach. Als sie bei Georg ankam, musste sie husten und nach Luft ringen.

»Sieh nur, Maria, welch reichen Fang ich gemacht habe!« Seine Augen leuchteten, der abgebrochene Zahn war sichtbar, so breit grinste er. Zu ihrer großen Überraschung hingen an der Schnur, die er in die Höhe hielt, keine Fische. »Wacholderdrosseln«, verkündete er, als er ihr erstauntes Gesicht sah. »Ich habe von einem Kameraden gelernt, wie man sie fängt. Komm!« Er ging voraus in den Wald hinein. Im Schutz der Bäume, wo der Sturm ihnen weniger anhaben konnte, war es besser auszuhalten.

»Du bist also geblieben«, stellte Maria fest.

»Du sagtest doch, die Insel ist eine gute Heimat. Du hast recht. Ich bin noch nicht vielen Leuten begegnet, aber die wenigen waren freundlich. Siehst du, ich habe sogar ein paar Stofffetzen im Tausch gegen meine Pfeife bekommen. Jetzt erkennt man nicht mehr drei Meilen gegen den Wind die Uniform.«

»Das ist gut.«

»Ja, das ist sehr gut. Noch besser ist, dass ich bisher nicht verhungert bin.« Er sah sie an. »Du auch nicht.« Er lächelte kurz, dann hatten sie eine kleine Lichtung erreicht. Ringsherum wimmelte es von dichtem Brombeergesträuch. Wenn Maria vom Meer aus auf den Streckelsberg wollte, wählte sie stets eine andere Strecke. Hier war kaum ein Durchkommen. Genau richtig für einen, der in seinem Unterschlupf nicht gefunden werden wollte.

Er hielt ihr die Schnur hin. »Hier, halt mal!« Maria griff folgsam danach, ohne zu überlegen. Neugierig betrachtete sie die drei nackten kleinen Körper. »Ich habe sie mit Vogelbeeren angelockt, gefangen, sehr sauber gerupft und eine gute Weile in Salzwasser gehalten.« Dabei deutete er mit dem Kopf in Richtung Ostsee. »Das wird ein Festessen!« Die Hand im schützenden Ärmel verborgen, schob er ein paar der dornigen Brombeerranken zur Seite. Darunter kam ein Haufen Feuerholz zum Vorschein. Kleine Zweige, sorgfältig zu einem Nest gelegt, in der Mitte ein Stein mit einer Vertiefung. »Das Wetter meint es gut mit mir. Der Wind hat die Äste getrocknet. Nicht lange, dann lodern die Flammen und der Braten wird duften.«

Seine Zuversicht wurde nicht enttäuscht. Er brauchte den Stock nur kurze Zeit zwischen den Handflächen zu drehen, bis ein Funke entstand und ein kleines Büschel Gras entzündete. Georg war geübt in dem, was er tat. Als das Lagerfeuer stabil genug war, baute er eine Halterung, nahm Maria die Vögel ab und hängte sie über den brennenden Scheiten auf. Die Drosseln würden nicht viel hergeben, aber für einen Mann war das besser als nichts. Maria hatte sich hingehockt und sah ihm zu, wie er geschickt die mageren kleinen Körper über den Flammen bewegte, damit sie von allen Seiten Hitze bekamen, ohne zu verkohlen. Sie sprachen nicht viel. Maria erzählte, dass sie in den letzten Tagen Pech gehabt hatten, und berichtete von den Missgeschicken, wie sie es vorsichtig nannte.

»Wenn man dir zuhört, könnte man meinen, da würde euch jemand übel mitspielen.« Er warf ihr über das Feuer hinweg einen kurzen Blick zu. »Die meisten Bewohner dieser Insel sind freundlich. Dumm nur, dass es auch hier welche gibt, die an niemanden so fürsorglich denken wie an sich selbst. Habt ihr Feinde im Dorf, du und dein Vater?«

»Das war niemand aus Coserow« entgegnete sie wie aus der Pistole geschossen.

»Dann hast du also einen Verdacht?«

»Hauptmann von Appelmann ist meinem Vater nicht gerade gewogen. Und mein Vater hat ihn in seiner Predigt am letzten Sonntag mal wieder beim Namen genannt.« Sie streckte die Hände näher zu den Flammen.

»Er wird ihn nicht gerade als leuchtendes Beispiel für die Gemeinde gepriesen haben, nehme ich an.« Ein amüsiertes Lächeln zuckte um seine Mundwinkel.

»Allerdings nicht«, gab sie zurück.

»Dein Vater ist nicht der Einzige, der unter diesem Hauptmann leidet. Ich bin ein bisschen herumgekommen. Im … wie sagt ihr noch? Liper Winkel?«

»Ja.«

»Da hörte ich zufällig ein Gespräch an. Du hättest hören sollen, wie der Kerl über den Hauptmann geschimpft hat.« Er lachte auf. »Einen Hurenbock hat er ihn genannt, der die einfachen Leute verhungern lässt, wenn er nur selbst genug zu fressen hat.« Maria sah ihn mit großen Augen an. Sie spürte, wie ihr die Schamesröte die Wangen erhitzte. »Das waren seine Worte.« Georg zog die Augenbrauen hoch. Dann gehörte seine volle Aufmerksamkeit den Drosseln. »Das sollte reichen«, murmelte er und löste auch schon die Schnur von seiner Holzkonstruktion.

»Du warst im Liper Winkel?« Warum nur war er nicht dort geblieben? Da stimmte doch etwas nicht. »Ist es wahr, dass dort Frieden herrscht?«

Er hielt in der Bewegung inne. »Nicht mehr lange, dann wird dort Frieden herrschen«, sagte er finster. »Grabesstille sozusagen. Wie kommst du nur darauf?«

»Der Tischler unseres Dorfes hat es gesagt.«

Georg nickte langsam. »Er hat schon recht, es gibt dort keine Einquartierungen. Aber die gibt es aus gutem Grund nicht. Der Schwarze Tod geht dort um«, flüsterte er. »Er hat sich schon drei geholt.«

»Oh, lieber Gott, sei uns gnädig«, wisperte sie erschrocken. »Die Pest! Die ist schlimmer als der Hauptmann und der Krieg zusammen. Wenn die uns auch noch heimsucht, sind wir verloren.«

»Das kannst du laut sagen. Ich habe mich sofort wieder

aus dem Staub gemacht, als ich davon hörte. Aber noch sind wir da«, rief Georg aus. »Und solange wir da sind, sollten wir es uns gutgehen lassen.« Er schloss die Augen und schnupperte. Maria musste schlucken, so heftig floss ihr der Speichel im Mund. Wie lange hatte sie einen solchen Duft nicht mehr in der Nase gehabt? »Ich hoffe, du hältst mich nicht für unhöflich«, setzte er an.

»Aber nein«, fiel sie ihm ins Wort. »Du hast sie gefangen, du wirst sie essen. Ich mache mich auch lieber auf den Weg. Mein Vater wird sich schon fragen, wo ich so lange bleibe.«

Er sah sie verwundert an. »Du glaubst doch nicht wirklich, ich esse drei Drosseln alleine, ohne dir auch nur ein Stückchen abzugeben.« Offenkundig beleidigte ihn diese Vorstellung. »Sieh dich doch nur an! Ich wette, wenn du das Kleid ausziehst, bleibt kaum etwas übrig.« Georg hatte den ersten Vogel von der Schnur gelöst und reichte ihn ihr. »Ich wollte mich entschuldigen, dass ich nicht mit Messer, Gabel und Porzellan dienen kann«, erklärte er. Maria starrte auf das gebratene Vögelchen, ohne sich zu rühren. Es roch einfach zu köstlich. Es kostete sie größte Überwindung, nicht zuzugreifen. »Na, nimm schon! Ehe er kalt wird.« Damit griff er nach ihrer Hand und legte die Drossel hinein.

»Danke. Nur ein kleines Stückchen zum Kosten, den Rest isst du schön selber.« Sie zupfte ein wenig Fleisch von dem Beinchen und schob es sich in den Mund. Maria schloss die Augen. »Hm, das ist unglaublich gut!«

Wie lange hatte sie nichts Gesalzenes mehr gehabt? Gut, der Geschmack war nicht mit dem zu vergleichen, den großzügig gewürztes Fleisch hatte, aber er war allemal besser als all das Flaue, an das sie sich in den letzten Monaten hatte gewöhnen müssen. Als sie die Augen wieder öffnete, hatte er die erste Drossel schon fast vollständig abgeknabbert. Sie reichte ihm ihren Vogel. »Danke, Georg, für deine Gastfreundschaft und dass du mich hast probieren lassen.« Sie stand auf und lächelte ihn an. »Du bist ein begnadeter Koch.«

»Dir schmeckt es so gut, dass du schon satt bist?«, brachte er kauend hervor.

»Wir werden eine Weile gut von der geschlachteten Kuh leben können. Du brauchst diesen kleinen Vogel also dringender als ich.«

Er sah auf ihre ausgestreckte Hand, nahm ihr die Drossel ab, brach einen Flügel ab und reichte ihn ihr. »Für den Heimweg.«

Sie bedankte sich und versprach, ihm ein Stück von der Kuh zu bringen. Sie wusste jetzt ja, wo sie ihn finden konnte. Darüber freute sie sich sehr. Den ganzen Rückweg kaute und lutschte sie an dem Knöchelchen, von dem sie das Fleisch mit zwei Bissen abgetrennt hatte.

Kurz bevor sie das Pfarrhaus erreichte, sah sie eine Gestalt über den Pfad huschen. Sie fiel Maria auf, weil sie sich umsah wie ein Dieb oder sonst ein Unhold, der etwas zu verbergen hatte. Eilig huschte die sonderbare

Gestalt in Richtung des alten Schulhauses davon, in dem lange schon kein Unterricht mehr stattfand. Zwei Familien, deren Hütten bei den letzten Überfällen am schwersten beschädigt worden waren, lebten jetzt darin. Maria folgte ihr, denn sie hatte kein gutes Gefühl. Wollte da jemand stehlen?

Als sie um die Ecke trat, liefen die beiden geradewegs ineinander. Der vermeintliche Dieb war eine Frau. Sie mochte kaum viel jünger als Marias Vater sein, wie ein schneller Blick in das ausgemergelte Gesicht verriet.

»Was tust du hier? Kann ich dir helfen?« Maria erhielt keine Antwort. Die Frau schlüpfte an ihr vorbei und rannte davon.

Pfarrer Schweidler saß bei ihrer Rückkehr in seiner Studierstube, tauchte die Feder in das beinahe leere Tintenfass und kritzelte mit einem Schwung, der seine Wut verriet, Zeilen auf die Rückseite einer alten Hausarbeit, die eines der Dorfkinder vor langer Zeit angefertigt hatte. An neues Papier heranzukommen, war schwer geworden, selbst die alten Hausarbeiten, die nur einseitig beschrieben waren, gingen allmählich zur Neige.

»Du hast recht, mein Kind«, begann er, kaum dass sie die Stube betrat, »ich werde nicht gleich dem Herzog eine Botschaft senden, sondern mich noch einmal an den Hauptmann wenden, ihm unsere missliche Lage schildern, ohne Vorwürfe zu erheben«, betonte er. »Sollte er zum wiederholten Mal versäumen, seiner Pflicht nachzukommen und uns mit Lebensmitteln und einem Geldbetrag zu unterstützen, so werde ich keine weitere Minute zögern und Herzog Philipp Julius von Pommern meine Beschwerde vortragen.« Er sah sie triumphierend an. Die Worte hatte er gut vorbereitet. Maria vermutete, es waren exakt die, die er niederzuschreiben gedachte.

»Beten wir, dass er das um jeden Preis vermeiden will. Selbst wenn er uns dafür eine milde Gabe schicken muss«, sagte sie mehr zu sich selbst. Dann wandte sie sich wieder zu ihm. »Vater, kennst du die Familie von Neuenkirchen?«

Er sah überrascht zu ihr auf. »Kennen wäre zu viel gesagt. Die feinen Herrschaften gehören nicht zu unserer Gemeinde und würden wohl auch nicht in eine einfache Dorfkirche gehen. Sie werden in Mellentin an ihrem Schloss eine eigene Kapelle haben, nehme ich an. Warum fragst du das?«

»Einer aus dieser feinen Familie hätte mich heute auf dem Weg zum Schlachter Weber fast über den Haufen geritten«, sagte sie. »Jedenfalls glaube ich, dass es ein von Neuenkirchen war. Ich traf Magda, sie meinte das Wappen auf der Satteltasche erkannt zu haben.«

»Ihr Wappen«, sagte er und verzog missbilligend die Mundwinkel. »Das gekrönte Visier eines Ritters, geschmückt mit Pfauenfedern.« Schweidler rümpfte die Nase. »Nur ein eitler Mann legt sich ein solches Wappen zu, meinst du nicht?« Sie nickte. »Eitelkeit ist eine Sünde. Soweit ich weiß, sind drei Söhne mit der Gefallsucht ihrer Vorväter gestraft.« Sein Blick verdüsterte sich. »Einer davon soll Rat der pommerschen Herzöge sein.«

»Er wirkte sehr freundlich und auch wie einer, mit dem man gut reden kann. Vielleicht können wir bei ihm wegen unserer Sorgen vorsprechen«, meinte Maria erfreut.

»Wohl kaum. Er ist als Freund des Hauptmannes bekannt. Die werden sich eher gegen uns verbünden.«

~ ~ ~

Schon am nächsten Tag traf ein Bote ein und brachte so viel Stoff, dass es reichte, um ein Kleid für sie und eine neue Hose für ihren Vater zu schneidern. Es war guter Stoff, dick und weich. Maria konnte ihr Glück kaum fassen. Auch ein Bogen feinstes Papier lag bei, auf dem in geschwungenen Buchstaben stand:

Sehr verehrtes Fräulein,
mit dieser Sendung bitte ich Euch noch einmal in aller Form um Vergebung für mein ungebührliches Verhalten. Oder besser das meines Hengstes, der mir anträgt, auch in seinem Namen um Verzeihung zu bitten. Ich hoffe, Euren Geschmack getroffen zu haben. Zu meinem Bedauern ist die Auswahl in diesen Zeiten nicht sehr groß.

Voller Hochachtung,
Rüdiger von Neuenkirchen

Allein wegen der Anrede, mit der er sie auf seine gesellschaftliche Stufe hob, hätte sie das Schreiben zu gern behalten. Doch das Papier war nur auf einer Seite beschrieben und von so hoher Qualität, dass sie es ihrem Vater aushändigen musste. Und wie sagte ihr Vater gern? Eitelkeit ist die liebste Sünde des Teufels. Trotzdem war sie ganz aus dem Häuschen vor Freude.

»Siehst du, Vater, wie ich es dir gesagt habe. Der Herr von Neuenkirchen ist freundlich. Wer weiß, vielleicht kann er uns gegen den Hauptmann noch nützlich sein.«

»Abwarten. Nur weil er sein Versprechen gehalten und dir den Schaden ersetzt hat, muss er noch lange kein guter Mensch sein«, gab Schweidler zu bedenken. Marias gute Laune konnte er damit jedoch nichts anhaben. Sie machte sich gleich daran, ein neues Kleid zu nähen.

KAPITEL 3

Wieder so eine Nacht, in der Maria einige Male schweißgebadet erwachte, weil ihr im Traum die schrecklichsten Bilder erschienen waren. Menschen, denen man die Haut abgeschält, die Hände abgeschlagen oder die Augen ausgestochen hatte. Grauenvolle Taten, von denen man immer wieder hörte, wenn jemand auf der Insel auftauchte, der von weit her kam. Maria hatte sich stets eingeredet, das seien nur Schauergeschichten, die sich einer ausgedacht hatte und die mit jeder Meile und mit jedem Weitererzählen noch furchtbarer geworden waren. Dass Menschen anderen so etwas antun könnten, war für sie nicht vorstellbar. Doch in der Nacht schlichen sich diese Bilder heran. Dann kam alles hoch, was sie am Tage zu verdrängen suchte, und raubte ihr den Schlaf.

In einem Zustand zwischen Träumen und Wachsein meinte sie Geräusche zu hören. Sie zog sich erschöpft die Decke über die Ohren. Die Müdigkeit wog so schwer, drückte Maria fest auf die Matratze. Unmöglich, die Augen zu öffnen, geschweige denn nachzusehen, ob alles in Ordnung war. Wenn nur diese schrille Stimme aufhören würde, derartig zu krakeelen. War das noch ein Traum? Mit dem nächsten Wimpernschlag geschah alles gleichzeitig. Maria kam in den Sinn, dass sie den Grünkohl womöglich hätte retten können, wenn sie sich in der Nacht aufgerafft und nachgeschaut hätte. Sie musste husten und begriff, dass mit der Luft etwas nicht stimmte. Und sie erkannte, was da draußen jemand mit hoher Stimme rief: Feuer! Mit einem Satz war sie aus dem Bett. Der Qualm brannte in ihrer Kehle, stach in ihre Lungen.

»Vater!«, schrie sie, während sie das erste Kleid überwarf, das sie in die Finger bekam. »Vater, es brennt!« Sie betete zum Himmel, dass er bereits wach war und angezogen. Die Zeit würde sonst knapp werden. In der Diele schlug ihr die Hitze entgegen. Helle Flammen schlugen von der Haustür herein und griffen gierig nach allem, was sie nähren konnte. »Allmächtiger«, flüsterte sie. Es war schlimmer, als sie befürchtet hatte. Sie machte einen Schritt in Richtung der Kammer ihres Vaters, als seine Tür aufflog.

»Raus hier, Maria, rasch!«

»Ich will nur noch den Stoff holen«, brachte sie hustend hervor. »Das Kleid ist schon halb fertig, und ich will dir doch noch eine Hose machen.«

»Zu spät«, rief er und rannte zu seiner Studierstube. »Du verlässt das Haus auf der Stelle. Es ist nichts zu retten.«

Nichts zu retten? Man musste es doch wenigstens versuchen. Sie schlüpfte in den Wintermantel, der in der Diele am Haken hing. In diesem Augenblick wurde ihr klar, dass das, was sie am Körper trugen, alles war, was ihnen bleiben würde. Sie hörte ihren Vater keuchen und röcheln. Warum jagte er sie davon, verließ selber jedoch nicht das Haus? Sie stürmte hinter ihm her. Die Hitze verschmorte die winzigen Härchen auf ihren Armen, ihre Haut brannte. Er hatte recht, sie mussten hier raus. Sofort.

»Vater!« Er nestelte an seinem Sekretär. »Was tust du?«

Er sah sie aus weit aufgerissenen Augen an. »Sie klemmt«, antwortete er atemlos.

Maria war mit zwei Schritten bei ihm. »Sie klemmt ständig. Das weißt du.« Damit hatte sie ihn beiseitegeschoben, hob die störrische Schublade ein wenig an und zog gleichzeitig behutsam daran. Was tat sie hier eigentlich? Sie hätte den Stoff retten sollen, Bettdecken oder Schuhe. Das Knistern und Fauchen um sie herum wurde immer lauter, die Luft immer knapper. Jetzt drangen auch die Stimmen in ihr Bewusstsein.

»Herr Pfarrer! Maria! Herr im Himmel, lass sie lebend da rauskommen!«

»Dat gifft dat doch nich. Wat is blots passiert?«, schrie ein anderer.

Und immer wieder die Rufe: »Feuer! Es brennt! So helft doch!«

»Es hat keinen Sinn, Vater«, sagte sie atemlos, hustete und hielt sich einen Arm vor Mund und Nase. »Wir müssen gehen.«

»Geh du schon vor! Ich komme gleich nach.«

Die Flammen schienen überall gleichzeitig zu sein. Sie schlugen jetzt von der Diele in die Studierstube, krochen durch den hölzernen Fußboden, leckten durch die notdürftig vernagelten Fenster.

»Kommt nicht in Frage.« Diese Schublade musste doch nachgeben. Dann würde ihr Vater packen, was auch immer er an Schätzen darin aufbewahrte, und sie konnten versuchen, ins Freie zu gelangen. Maria hatte das verzogene Fach noch immer aufbekommen, wenn ihr Vater auch schon so manches Mal daran verzweifelt war. Sie hob, zog, wackelte mit Gefühl. Dann endlich tat sich etwas, ein erster Spalt. »Ich hoffe, das ist es wert«, murmelte sie. Ein Krachen, im nächsten Augenblick ein Schwall heißer Luft, der ihr den Atem raubte. Wenn sie jetzt nicht gingen … Maria zog mit aller Macht, die Schublade flog ihr entgegen und fiel zu Boden. Schweidler bückte sich behände und klaubte Kuverts zusammen, die sich verstreut hatten und drohten, ein Raub des Feuers zu werden.

»Jetzt aber raus«, ächzte er, das Papier an die Brust gedrückt.

»Nur wie?« Maria sah sich um. Der Weg durch die Tür war versperrt, die Diele brannte bereits lichterloh. Einen zweiten Ausgang gab es nicht. Ihnen blieb nur das Fenster. Sie blickte ihren Vater an. Er hatte immer gewusst, was zu tun war. Sie kannte ihn verzagt, doch nie hatte sie erlebt, dass er aufgegeben hätte. Bis zu diesem Moment. Mit hängenden Schultern stand er da, Briefe oder was immer es war, an sich gepresst, den Blick leer in die Ferne gerichtet. »Vater!«, schrie sie ihn an gegen das Tosen von berstendem Holz und Sturm, der das Inferno nur noch anfachte. Es brannte in ihrem Hals und ihren Lungen, sie hustete und keuchte.

»Es tut mir leid, mein Kind, du hättest längst in Sicherheit sein können. Du hättest mir nicht helfen dürfen«, stammelte er tonlos. »Nun werden wir zu zweit vor unseren Schöpfer treten.« Die gelben Flammen und die rote Glut um ihn ließen sie eher an die Hölle denken.

»Damit von Appelmann endlich seine Ruhe und Coserow nicht mal mehr seinen Pfarrer hat? Kommt nicht in Frage!« Gut gesagt, nur musste ein Einfall her, wie man diesem Inferno entkommen konnte. Ihre Kehle wurde eng. Nicht von der Hitze oder dem Qualm, der die Stube in immer dichteres Grau tauchte, sondern von der Angst, die ihr aus den zitternden Gliedern in den Kopf kroch. Sie durfte sie nicht zulassen. Wieder sah Maria sich um. Da, der Stock, auf den ihr Vater sich eine Weile hatte stützen müssen, als er seinen Fuß verletzt hatte. Er lehnte noch unversehrt in einer Ecke. Maria stürmte darauf zu, griff danach und stieß einen Schmerzensschrei aus. Eilig zog sie einen Ärmel über ihre Hand, packte den Stock erneut, lief damit zum Fenster und stieß die Reste der Hölzer entzwei, die den Weg in die Freiheit versperrten.

»Da!«, schrie draußen jemand. »Sie leben! Schnell, hier herüber!«

Maria überlegte noch, wie sie es am besten anstellten, aus dem Fenster zu schlüpfen, dessen Rahmen brannte, da schoss ein Schwall Wasser zu ihnen hinein.

»Gottlob!«, stieß sie hervor. »Los, Vater, komm!« Sie riss ihn am Ärmel mit sich. Ein weiterer Schwall, es zischte, die Flammen zogen sich für einen Moment zurück. »Jetzt!«, schrie sie und schob ihren Vater voran, hin zu der rettenden Öffnung, die sich wie ein schwarzer Schlund vor ihnen auftat. Schweidler gehorchte, kletterte auf die alte Truhe, die unter dem Fenster stand, und sprang.

»Maria«, rief er, »Maria ist noch drinnen.«

»Wasser marsch!«, brüllte einer. Wieder schoss ihr eine Eimerladung entgegen und verhinderte, dass die Flammen sich zurückholen konnten, was sie zuvor hatten hergeben müssen. Maria stieg auf die Truhe. Die Hände, von ihren Ärmeln geschützt, legte sie auf das, was vom Fensterrahmen noch übrig war. Da brach der Boden unter ihr, sie stürzte hinab, schlug sich den Kopf an. Es wurde dunkel. Aus weiter Ferne hörte sie ihren Namen. Immer wieder. Leise, dann immer lauter. Und dann nahm sie auch wieder das Krachen und Knistern, das Heulen und Fauchen wahr. Sie rappelte sich auf, würgte.

»Wasser!«, schrie sie und bekam einen Hustenanfall. Der nächste Schwall. Der kam gerade recht, nicht einen Augenblick zu früh. Der Deckel der Truhe war geborsten, also musste sie es anders versuchen. Wenn sie sich ganz auf die Ecke stellte, könnte es gehen. Maria machte einen Schritt, stützte ihr Körpergewicht rasch auf die Hände, holte kurz Schwung und sprang zurück ins Leben.

Die kalte Luft breitete sich wie ein klarer Fluss aus, der all den Ruß und all die Asche, die brennend und kratzend in Hals, Rachen und Lunge geklebt hatten, mit sich fortschwemmte. Das Feuer hatte sich das gesamte Pfarrhaus genommen. Obwohl das halbe Dorf auf den Beinen war, ließ sich der Brand nicht löschen. Man konnte nur dafür sorgen, dass die Flammen nicht auf den Unterstand oder gar auf die Kirche übergingen. Bald würde nicht mehr viel übrig sein außer ein paar Mauerresten und verkohlten Balken, schwarzen Klumpen, die einmal Möbel oder Herd gewesen waren. Irgendwann verabschiedeten sich die meisten Coserower und krochen vollkommen erschöpft zurück in ihre Betten. Nur eine kleine Gruppe blieb an des Pfarrers und Marias Seite zurück.

»Von Appelmann hat sich ein weiteres Mal die Tinte gespart«, sagte Schweidler heiser. »Seine Antwort ist dennoch unmissverständlich.«

»Dieses Weib hat er geschickt!« Dorflehrer Hoog zerrte eine Gestalt herbei. »Sie ist der Feuerteufel.«

»Nein, das ist nicht wahr.« Die Stimme der Frau verriet ihre Angst, aber auch ihren Mut. Sie ließ sich nicht einfach eines so schweren Verbrechens bezichtigen.

»Ich habe dich doch gesehen«, fuhr Hoog unbeirrt fort. »Dort hast du gestanden.« Er zeigte zum Haupteingang des Pfarrhauses. Oder besser zu dem, was davon noch übrig war.

»Ich habe sie auch gesehen.« Das war Magda, die immer dort zu finden war, wo es etwas zu gucken gab. »Sie hat mit allem, was sie in die Finger kriegen konnte, Wasser geschöpft.« Die Frau an Hoogs ausgestreckter Hand wandte Magda den Kopf zu. Dabei konnte Maria ihr Gesicht sehen.

»Ich kenne dich doch«, sagte Maria leise. Dann hob sie ihre Stimme gegen das noch immer tosende Feuer. »Ich kenne dich. Gerade gestern habe ich beobachtet, wie du um die Häuser geschlichen bist.«

Jetzt blickte die Fremde sie an. Kein Zweifel, es war die, mit der Maria am Vortag zusammengestoßen war.

»Es sind unsichere Zeiten«, sagte die Frau ruhig. »Und ich bin es gewöhnt, auf der Hut zu sein. Fremde sind nicht sehr wohlgelitten. Wenn etwas geschieht, fallen alle Blicke gleich auf sie.«

»Aus gutem Grund«, meinte Hoog. »Wir kennen unsere Pappenheimer. Nur ist von denen keiner hier. Und wir Coserower hätten unserem Pfarrer das nie angetan. Keiner von uns.«

Endlich ergriff Schweidler wieder das Wort. »Du kannst deinem Schöpfer danken, dass wir beide am Leben sind.« Er sah Maria an, in seinen Augen schimmerten Tränen. Anscheinend war ihm erst jetzt zu Bewusstsein gekommen, was da gerade geschehen war. »Und du kannst meiner Tochter danken. Ohne sie wäre ich in den

Flammen umgekommen.« Er wandte sich wieder der Fremden zu. »Du hast schwere Schuld auf dich geladen. Wenn du wenigstens gestehst und bereust, wird der Herr dir vergeben.«

»Aber nein«, wandte die Frau ein, »ich habe keine Schuld auf mich geladen. Ich mag arm sein, aber ich bin kein böser Mensch.«

»Hat Hauptmann von Appelmann dich geschickt?« Schweidler sah sie streng an.

»Wer soll das sein?« Sie runzelte verwirrt die Stirn. »Niemand hat mich geschickt. Ich ziehe umher, bleibe dort, wo ich einige Zeit mein Auskommen und vor allem das finden kann, was ich zum Überleben am meisten benötige. Hier an der Küste hoffte ich, es zu bekommen«, sprach sie mit fester Stimme weiter. »Als ich den Unterstand sah, dachte ich, das sei ein guter Platz für die Nacht.«

»Das kannst du uns nicht erzählen«, ereiferte sich Hoog.

»Aber so war es. Nicht lange, nachdem ich mich verkrochen hatte, hörte ich Stimmen. Es waren zwei Männer. Einer trug Fackeln vor sich her, der andere kam direkt auf mich zu. Er holte getrocknetes Reisig hervor. Ich bin in die hinterste Ecke gekrochen, habe keinen Mucks gemacht und mich nicht bewegt, das könnt ihr mir glauben. Die Kerle haben etwas über die Sträucher gegossen.« Sie deutete auf die Hundsrosen, die mit dem Pfarrhaus verbrannt waren. »Ich bin ihnen leise gefolgt, als sie dort den Pfad entlanggeschlichen sind. Den Rest aus ihren Flaschen haben sie an die Haustür geschüttet, dann das Reisig entzündet und damit das Haus in Brand gesteckt. Als sie die Stufen herabkamen, hatte jeder von ihnen eine Fackel in der Hand, damit sie sehen konnten, wohin sie treten, während sie feige wegrannten«, beendete sie ihren Bericht.

Das war eine sehr genaue Beschreibung gewesen. War es möglich, dass sie sich alles nur ausgedacht hatte? Wohl kaum. Maria glaubte ihr.

»Wenn du beobachtet hast, wie sie mit Fackeln in den Händen vom Haus weggelaufen sind, dann musst du ihre Gesichter gesehen haben.« Schweidler betrachtete sie aufmerksam.

»Genau«, rief Hoog, »du müsstest sie beschreiben können.«

Die Frau sah von einem zum anderen. In ihren Augen spiegelten sich die letzten Flammen, ihr Antlitz schien zu glühen.

»Der eine war klein. Sein Haar glich dem Strandhafer, so stand es in kleinen Inseln von seinem Kopf ab. Er hat die ganze Zeit gegrinst, doch nicht freundlich, sondern böse verschlagen. Seine Beine sind mir besonders aufgefallen. Schief wie zwei Windflüchter waren sie.«

»Der Ewing«, presste Schweidler zwischen den Zähnen hervor und ballte die Fäuste.

»Der andere war lang und dürr. Ich konnte eine Narbe unter seinem rechten Auge erkennen. Und seine Nase war so krumm wie die Beine des Kleinen.«

»Das kann nur Peter Krüger gewesen sein.« Maria trat einen Schritt auf die Frau zu. »Du sagst die Wahrheit. Verzeih uns, dass wir dich für schuldig hielten.«

»Sie sagt nicht nur die Wahrheit, sie hat euch sogar gerettet«, stellte Magda fest und stemmte die Fäuste in die Hüften. »Schließlich war sie es, die Alarm geschlagen, gezetert und geschrien hat, bis jemand gekommen ist. Dass ihr das nicht gehört habt.« Sie schüttelte den Kopf.

Maria hatte etwas gehört, aber sich nur müde die Decke über die Ohren gezogen, erinnerte sie sich.

»Ich war ja wohl als Erster vor Ort«, brüstete Hoog sich, der die Frau inzwischen losgelassen hatte. »Die da wollte sich gerade davonmachen. Hatte es ziemlich eilig. Warum sollte sie das aber, wenn sie die tapfere Retterin ist?«

»Herrje, vielleicht wollte sie mehr Hilfe holen«, vermutete Magda.

»Oder sie hat mit denen unter einer Decke gesteckt, hat womöglich Schmiere gestanden«, fiel Hoog gerade ein.

»Das würde erklären, warum sie die beiden so gut beschreiben kann.« Schweidler sah sie nachdenklich an.

»Können Männer der Kirche den Menschen nicht direkt bis ins Herz sehen?« Die Frau trat auf ihn zu. »Ich habe keine Angst davor.«

»Aber warum bist du davongelaufen?«, wollte Maria wissen.

»Das werde ich nur dem Pfarrer allein sagen.«

»Ha!«, rief Hoog aus. »Sie plant einen gemeinen Anschlag. Dachte ich es doch.«

Schweidler hatte ihr die ganze Zeit in die Augen geblickt. »Unsinn, Hoog, sie hat geholfen, du hast es doch gehört. Sie wird sich gewiss nicht mit dem Herrn im Himmel anlegen, indem sie einem seiner Diener etwas zuleide tut.« Das erste Mal in dieser schrecklichen Nacht sah Maria ihn lächeln. »Ich glaube, wir können jetzt alle ein wenig Ruhe und ein Dach über dem Kopf gebrauchen. Wir gehen voraus, und auf dem Weg erklärst du mir, warum du fortlaufen wolltest«, schlug er vor. Sie nickte.

»Sie soll mit uns gehen, womöglich im Schulhaus schlafen?« Hoog war außer sich. Er hatte angeboten, dass Maria und ihr Vater sich für die nächsten Nächte in einer Kammer einrichten könnten. Sie mussten schließlich irgendwo bleiben und konnten schlecht in der Kirche schlafen, in der es keinen Ofen gab. Der Fremden traute er noch immer nicht. Dass sie unter demselben Dach schlafen sollte wie er, behagte ihm augenscheinlich gar nicht.

»Willst du sie bei dieser Kälte zurück in den Unterstand schicken?« Schweidlers Ton ließ keine Widerrede zu. »Eben«, sagte er, ohne Hoog die Gelegenheit zu einer Antwort zu geben.

~ ~ ~

»Ihr Name ist Lene«, fing Schweidler an zu erzählen, als sie endlich unter die Decken geschlüpft waren, die Magda aufgetrieben hatte. Es konnte nicht mehr lange dauern, ehe der Morgen dämmerte. Die Anstrengung der letzten Stunden steckte Maria in den Knochen. Sie hatte den Mantel, den sie gottlob gerettet hatte, zusätzlich über sich gelegt, dennoch zitterte sie. An Schlaf war trotz aller Erschöpfung nicht zu denken. Sie war noch viel zu aufgewühlt. Ihrem Vater ging es ebenso. »Man nannte sie nach ihrer Großmutter. Die hat Lenes Mutter ein Schmuckstück von großem Wert hinterlassen«, erzählte er leise. »Es ist ein Bernsteinanhänger mit einer Eidechse darin.«

»Dat gifft dat doch nich«, entfuhr es ihr. »Den hat sie noch?«

»Sie hat ihn mir gezeigt. So ein großes und fein geschliffenes Stück hab ich noch nicht zu Gesicht bekommen«, flüsterte er. »Ihr Großvater Nikolaus war ein Bernsteinfischer. Er hat das Prachtexemplar gefunden und unterschlagen.«

»Liebe Güte, wenn er erwischt worden wäre!«

»Er ist erwischt worden. Man hat ihn aufgeknüpft.«

»Aber dann … das verstehe ich nicht.«

»Es ist ihm gelungen, seiner Frau den Fund zuzuspielen, ehe man ihn aufgegriffen hat. Dieser Nikolaus muss ein mutiger Mann gewesen sein. Am Galgen hat er seine Leidensgenossen dazu aufgerufen, dafür zu kämpfen, dass sie Bernstein, den sie am Strand finden, behalten dürfen.«

»Wie bitte? Ich höre wohl nicht recht.«

»Das Wasser wirft den Stein ans Land. Es ist der Strandsegen, hat er gesagt, und darum gehöre er auch den Strandleuten, und es könne kein Diebstahl sein, sich von dem Bernstein zu nehmen.«

»Das ist es aber bis heute.«

»Es hat wohl niemand mehr gewagt, so aufzubegehren, wie er es getan hat.« Maria hörte ein leises Lachen. »Außerdem, wen kümmert's denn heute noch, ob jemand in der Ostsee ein Bröckchen findet und einsteckt. Aufgeknüpft wird dafür hier jedenfalls niemand mehr.«

»Du hast gesagt, der Stein war fein geschliffen.«

»Lenes Großmutter soll das gemacht haben.«

»Eine Frau?«

»Sie sei fingerfertiger gewesen als ihr Mann, behauptet Lene.« Er machte eine lange Pause. Maria glaubte schon, er sei eingeschlafen. Sie wollte unbedingt die ganze Geschichte hören, doch mindestens genauso sehr wünschte sie sich, ihr Vater könne sich endlich ein wenig ausruhen. Plötzlich sprach er weiter: »Lenes Großmutter ist damals von der Küste weggegangen. Weit weg von dem Ort, an dem man ihren Mann Nikolaus aufgehängt hatte. Nachdem die Frau den Stein so bearbeitet und poliert hatte, dass die Eidechse darin ganz zum Vorschein gekommen war, gab sie ihn ihrer ältesten Tochter. Die sollte ihm einem reichen Bauern als Mitgift anbieten, damit er sie heiratet und ihre jüngeren Geschwister als Mägde und Knechte auf seinem Hof in Dienst nimmt.«

»Und? Hat sie einen guten Mann gefunden?«, fragte Maria mit klopfendem Herzen.

»Einen Mann, der das Schmuckstück gerne nahm, den hat sie leicht gefunden. Einen guten Mann leider nicht. Als sie ihm ein Mädchen gebar, muss es ganz schlimm geworden sein. Er soll sie geschlagen und behandelt haben wie die niederste Magd. Sie hat es nicht länger ausgehalten, ihren Bernstein und das Kind bei Nacht genommen und ist geflohen. Sogar ihre Geschwister hat sie zurückgelassen.«

»Was für eine traurige Geschichte.« Maria seufzte. »Das Mädchen, das sie zur Welt gebracht hat, ist Lene«, stellte sie dann fest.

»So ist es. Die beiden sind damals irgendwo weit im Osten zurück an die Küste gewandert. Wie es aussieht, hat Lene die Begabung ihrer Großmutter geerbt. Denk dir nur, sie zieht durch die Lande, sammelt Bernstein und macht kleine Dinge daraus, die sich verkaufen lassen.«

»Warum wollte sie weglaufen, als die Leute kamen, um zu löschen?«

»Sie trägt den Anhänger um den Hals. Wenn jemand den entdeckt hätte, wären da wohl einige Fragen gewesen, die sie hätte beantworten müssen. Jeder hätte darüber spekuliert, woher sie ein so kostbares Stück hat. Und der eine oder andere hätte es womöglich für sich haben wollen. Sie hat nicht viele gute Erfahrungen mit den Menschen gemacht, Maria.« Er seufzte. »Obendrein musste sie fürchten, dass der Anhänger in der Nähe des

Feuers weich wird und sich verformt. Ihr Großvater ist für den Stein gestorben, ihre Mutter hat ihn ihr gelassen, damit sie ihn verkaufen kann, wenn sie in größter Not ist. Doch das käme ihr gar nicht in den Sinn. Sie will es genauso halten und ihn ihrer Tochter bringen, die drüben auf der Insel Rügen lebt. Lene ist auf dem Weg zu ihr.«

Wieder schwiegen beide eine lange Zeit. »Nun haben wir nichts mehr. Nicht einmal mehr ein Dach über dem Kopf«, flüsterte Maria und schluckte.

»Ich habe dich, mein Kind, und du hast mich. Dafür wollen wir dankbar sein.«

»Gewiss, das bin ich.« Sie dachte nach. »Was war das, was du unbedingt aus deinem Sekretär holen musstest? Es sah aus wie Briefe. Sind sie wertvoll?«

»Sehr wertvoll«, entgegnete er heiser. »Es sind die Briefe deiner Mutter. In dem ersten Schreiben, das sie an mich gerichtet hat, bewarb sie sich bei mir um eine Stelle als Magd. Später, als wir längst verheiratet waren, legte sie mir einen Brief auf das Kissen. So erfuhr ich, dass sie guter Hoffnung war. Deine Mutter hatte als junges Mädchen nicht nur schreiben gelernt, sie verstand es wunderbar, sich auszudrücken. Ihre Briefe waren mir stets eine Freude, und so machte sie es sich zur Angewohnheit, mir welche zu schreiben, wann immer etwas Besonderes in unserem Leben geschah.«

Maria hörte den Atem ihres Vaters. »Es ist gut, dass wir sie gerettet haben.«

~ ~ ~

Lene blieb eine weitere Nacht im Schulhaus. Dann zog sie ihres Weges. Schweidler hatte ihr das Kuhfell als Dank geben wollen, weil sie Alarm geschlagen und Maria und ihm so das Leben gerettet hatte. Das Fell war draußen auf einem Gestell aufgespannt gewesen und darum kein Opfer des Feuers geworden. Doch Lene hatte das Geschenk zurückgewiesen. Sie habe einen guten warmen Mantel, und bei ihrer Tochter wären die Dinge untergebracht, die sie nicht mit sich herumtragen könne. Außerdem gebühre ihr kein Dank, erklärte sie knapp. Sie habe nichts getan als ihre einfache Christenpflicht.

Maria bedauerte es sehr, dass Lene sich schließlich auf den Weg machte. Sie mochte die Frau, die lustig erzählen konnte und das Herz offenbar am rechten Fleck trug. Was Maria am besten an ihr gefiel, war ihre Geradlinigkeit. Lene hatte eine sehr klare Vorstellung davon, was anständig war und was nicht. Danach lebte sie. Auch hätte Maria ihr stundenlang zuhören können, wenn die Bernsteinschnitzerin davon erzählte, wie es ihr immer wieder gelungen war, an Material für Haarspangen, Knöpfe oder Kettenanhänger zu kommen, wie sie mit Bernsteindrehern verhandelt hatte. Maria war fasziniert von dem Schmuckstück, das Lene geerbt hatte und nun ihrer Tochter bringen wollte. Das Auge der Eidechse, die vor unvorstellbar langer Zeit eingeschlossen worden war, schien den Betrachter seinerseits zu beobachten. Hoffentlich würde sie gesund auf Rügen ankommen, und hoffentlich würde sie das Erbstück dann auch noch bei sich tragen. Es gab so viele finstere Gestalten, die für weniger jemandem den Schädel einschlugen.

~ ~ ~

Die klirrende Kälte des Winters gab die Menschen endlich aus ihrem Griff frei. Wo eben noch kahle Zweige waren, ließen sich von einem Tag auf den anderen, so schien es, Knospen in hellem Grün sehen. Das alljährliche Wunder des Frühlings verblasste beinahe vor dem Wunder, dass die Coserower vollbrachten. Ohne viel Aufhebens darum zu machen, hatten sie Maria und ihren Vater mit allem versorgt, was die beiden brauchten. Einer brachte ihnen Eier, ein anderer Fisch, wieder einer zwackte etwas von seinem gedörrten Gemüse ab. Ehe sie sichs versahen, hatten Vater und Tochter wieder Kleider zum Anziehen, Decken für die Nacht, Schuhe und sogar die eine oder andere Handarbeit, die ihnen an den Abenden bei Kerzenlicht das Gefühl gaben, zu etwas nütze zu sein. Es waren keine Reichtümer, aber es war stets für das Nötigste gesorgt. Pfarrer Schweidler lobte jede gute Tat, die ihm und Maria getan wurde, am Sonntag während des Gottesdienstes in der Kirche. Natürlich nannte er all die Wohltäter beim Namen, was die anderen nur anspornte, dem Geistlichen und seinem Kind eine noch größere Freude zu bereiten. Gewiss, Schweidler und sie waren bei den Leuten sehr beliebt. Doch Maria hatte den Verdacht, dass ihr Eifer noch einen anderen Grund hatte. Es gab wohl niemanden, der nicht in den letzten Jahren einen Maiskolben von einem fremden Feld stibitzt, Getreide aufgelesen, Bernstein am Strand gesammelt oder in höchster Not gar dem Nachbarn einen Hasen aus dem Stall gestohlen hatte. Es konnte keinem schaden, wenn der Pfarrer ihnen wohlgesonnen war und für sie betete. Also hatten alle tüchtig Holz und Treibgut gesammelt, das als Baumaterial taugte, und unter der Leitung des Tischlers Paasch von früh bis spät geschuftet, um das Pfarrhaus wieder notdürftig aufzubauen. Es war eben April geworden, da konnten die beiden das Schulhaus verlassen und nach Hause gehen. Zwar war das Pfarrhaus nur noch ein Pfarrhäuschen, es bestand nur noch aus einer Stube, der Küche und zwei Kammern, doch es hatte ein Dach und eine Türe, die man hinter sich schließen konnte. Für Maria war es nach den Nächten, die sie mit ihrem Vater in einer engen Kammer, Wand an Wand mit Hoog und einer siebenköpfigen Schar Erwachsener und Kinder, hatte schlafen müssen, das Paradies.

An den Tagen ohne eigenen Haushalt hatte Maria geholfen, wo Hilfe gebraucht wurde. Und manches Mal war sie zu Georg gegangen. Der hatte sich unweit des Streckelsbergs auf seiner Lichtung zwischen den Brombeersträuchern eine erstaunliche Einsiedlerhöhle gebaut. Die Wände wurden von starken Ästen oder gar umgeschlagenen Bäumen gestützt. Jemand hatte ihm ein altes

Segel gegeben, mit dem er den Eingang vor Wind und Regen schützen konnte. Georg hatte seine Arbeitskraft im Tausch angeboten, manchmal auch ein paar Wacholderdrosseln, wenn ihm das Jagdglück besonders zugetan gewesen war. Als er gehört hatte, dass Marias Zuhause angezündet worden war, hatte er nicht gezögert, seine Hilfe anzubieten. Einige im Dorf hatten ihn zuvor schon gesehen. Andere beäugten den Fremden misstrauisch. Doch nicht lange, denn Maria stellte ihn als einen guten Christenmenschen vor. Zudem konnte er anpacken und schwer tragen und wurde so eine unverzichtbare Schulter, auf der der Wiederaufbau ruhte.

~ ~ ~

Dann war es endlich so weit gewesen, Maria und Schweidler hatten Stroh für ihre Schlafstätten, Decken und sogar zwei Stühle, die Paasch für sie gezimmert hatte, in das Pfarrhaus getragen. Kaum dass sie damit fertig waren, schlichen plötzlich Ewing und Krüger im Dorf herum. Ewing stellte sich Maria in den Weg, die soeben mit einem alten Reisigbesen, den Magda ihr überlassen hatte, hineingehen und die letzten Späne wegfegen wollte.

»Wie man hörte, hat der Teufel höchstpersönlich um eine Audienz beim ehrenwerten Pfarrer Schweidler gebeten«, sagte er und grinste. »Zu dumm, dass er sein Höllenfeuer entfacht, wo immer er geht oder steht.« Krüger kam langsam den Weg herunter und gesellte sich zu ihnen. Er sprach kein Wort und sah Maria nicht ins Gesicht.

»Nein, der Teufel war es wohl nicht selbst, der meinen Vater zu treffen wünschte«, gab sie in freundlichem Plauderton zurück. »Es war nur einer seiner geringsten Handlanger. Und nicht einmal der hat es verstanden, einen Brand zu entzünden, sondern musste sich zweier aasiger Kerls bedienen.«

Jetzt blickte Krüger sie kurz an. Die hell glänzende Narbe unter seinem Auge zuckte.

»Pass bloß auf, was du sagst«, fauchte Ewing. »Könnte schnell 'ne Menge Ärger geben, wenn sich in gewissen Kreisen rumspricht, dass ein ganzes Haus in so kurzer Zeit wieder aufgebaut wurde.« Seine Augen wurden zu Schlitzen. »Wenn da man nich doch der Düwel die Hand im Spiel hatte.« Er machte einen Schritt auf sie zu. Er roch nach Stall und nach Priem, den die Seeleute gerne kauten. »Oder sollte es das Werk einer Hexe gewesen sein?«, wisperte er und verzog den Mund wieder zu seinem hässlichen Grinsen.

»Es ist das Werk guter und tüchtiger Menschen«, erklärte sie. Besser sie sparte sich weitere Anschuldigungen. Sie wusste, wohin das führte. »In Coserow hilft man einander und tut seine Christenpflicht. Mehr als das. Obendrein verehren die Leute meinen Vater. Er hat immer für sie gebetet.« Sie sah, dass eine Augenbraue von Peter Krüger kurz in die Höhe schnellte. »Er hat in ihrer Not stets ein offenes Ohr für sie und hat verteilt, was in unserem Garten gewachsen ist. Kein Hexenwerk, sie haben es ihm nur gedankt.« Maria huschte an ihm vorbei und beeilte sich, ins Haus zu kommen. Sie hörte die beiden hinter ihrem Rücken flüstern. Dann machten sie sich aus dem Staub.

Zwei Tage war die Begegnung mit Ewing und Krüger her, und noch immer kroch Maria eine Gänsehaut über den Rücken, wenn sie daran dachte. Es war ein sonniger Tag, ein sanfter Wind streichelte die jungen Blätter und Halme, die Coserow in ein hoffnungsfrohes Lindgrün tauchten. Die Luft roch nach Ostsee und nach Neubeginn. Maria glaubte, sie müsse vor Tatkraft zerspringen. Auch in ihr pulsierte die Macht des Frühlings. Während der Zeit im Schulhaus hatte Maria aus einem Brett einen Spaten gemacht. Wenn Lene schnitzen konnte, warum sollte sie es dann nicht auch versuchen? Zweimal hatte sie sich böse geschnitten, und das Werkzeug, das sie schließlich fertiggestellt hatte, war recht schief geworden, doch es war besser als nichts. Paasch hatte ihr die Metallkante, die vom alten verkohlten Spaten übriggeblieben war, an ihrem Exemplar befestigt. Damit machte sie sich nun auf den Weg in den Garten. Sie würde die Fläche vorbereiten, auf der bald wieder Gemüse gedeihen sollte. Ach was, das ganze Land hinter dem Pfarrhaus würde sie umgraben!

»Ach, äh, Maria?« Maria fuhr herum. Vor lauter Hacken und Buddeln hatte sie gar nicht bemerkt, dass

Magda an den Zaun getreten war, den das Feuer verschont hatte.

»Magda.« Maria stützte sich auf und wischte sich mit dem Handrücken den Schweiß von der Stirn. »Was gibt es denn?« Sie winkte ihr, dass sie doch ruhig näher kommen solle. Merkwürdig, sonst ließ Magda sich von keinem Zaun aufhalten. Nicht einmal von einer Tür. Sie stiefelte üblicherweise direkt in den Garten oder in das Haus, in der Hoffnung, etwas zu sehen zu bekommen, was sich herrlich herumtratschen ließe.

»Mein Besen«, rief sie und rührte sich nicht vom Fleck. »Ich bräuchte ihn jetzt selber wieder.«

Da Magda keine Anstalten machte, legte Maria den Spaten zu Boden und kam auf sie zu. Es war doch unsinnig, einander aus der Ferne anzuschreien. »Du musst bitte entschuldigen, ich hatte verstanden, dass es ein alter Besen sei, den du nicht länger brauchst.«

»Er ist alt, ja, ja.« Sie sah sich hastig um und nickte dann eifrig. »Nur kann man in diesen Zeiten nicht alles weggeben, was nicht mehr ganz neu ist. Ich hatte ihn euch geliehen, jetzt brauche ich ihn zurück.«

»Natürlich, ich gehe ihn eben holen.« Maria lief die Stufen zum Haus hinauf. »Komm doch rein!« Sie sah sich nach Magda um.

»Ich warte lieber hier«, entgegnete die. »Ist ja so schöner Sonnenschein.« Kaum dass sie das ausgesprochen hatte, wandte sie Maria den Rücken zu, wodurch sie ihr Gesicht in den Schatten drehte. Eigenartig. Was war nur mit ihr los? Maria holte den Besen, reichte ihn ihr und bedankte sich noch einmal. Doch noch während sie sprach, verabschiedete Magda sich auch schon und ging mit schnellen Schritten davon.

»Er ist alt, aber er tut's noch«, hatte sie gesagt, als sie Maria den Besen gebracht hatte. »Behaltet ihn nur. Ich habe noch einen, und mit mehr als einem kann man zur gleichen Zeit ja nicht kehren.« Was konnte man daran missverstehen? Vielleicht hatte Magda es sich einfach anders überlegt.

Es blieb nicht bei dieser einen sonderbaren Begegnung. Die Kinder des Dorfes, die sonst wie aus einem Mund »Moin, Herr Pfarrer. Schönen Tag, Herr Pfarrer« gerufen und gekichert hatten, grüßten kaum noch. Maria war zum Schulhaus gelaufen, um Lehrer Hoog und seine Familie als Dank für die Unterbringung zum Essen einzuladen. Es waren noch so viele Vorräte da, die man ihnen beim Wiedereinzug in das Pfarrhaus gebracht hatte, dass sie daraus ein kleines Festmahl herzurichten gedachte.

»Das ist sehr freundlich, doch leider müssen wir ablehnen«, sagte Hoog hastig und blickte an Maria vorbei die Straße rauf und runter. Er bat sie nicht hinein, wie sie es von ihm kannte. »Ich will die Kammer, in der ihr geschlafen habt, ein wenig herrichten. Wird Zeit, dass die Coserower Sprösslinge wieder lernen.«

»Eine sehr gute Idee. Und wenn die Kammer zu entbehren ist … Ich will gerne helfen, sie zu einem Klassenzimmer umzuräumen«, bot sie an. »Dann geht es schneller, und ihr könnt doch zum Essen zu uns kommen.« Maria strahlte.

»Nein!« Hoog sah sie ängstlich an. »Das ist sehr freundlich von dir, Maria, aber du weißt doch, wie klein der Raum ist. Schon einer kann sich kaum darin drehen. Tja, ich habe jetzt auch zu tun«, sagte er und machte Anstalten, die Tür zu schließen.

»Aber eine kurze Pause wird doch mal drin sein. Dann tut eine Stärkung sicher gut. Wirklich, wir würden uns sehr freuen, uns für die vielen Nächte unter eurem Dach erkenntlich zu zeigen.«

»Nicht nötig, nicht nötig.« Hoog winkte ab und blickte sich wieder so merkwürdig um. »Wir sind doch selber nur Gäste im Schulhaus und sollten zusehen, dass wir uns beizeiten eine eigene Hütte zimmern. Tja …« Er sah sie plötzlich eindringlich an. »Spart euch eure Vorräte lieber auf«, wisperte er. »Die müssen womöglich für eine lange Zeit reichen.« Etwas lauter sagte er dann: »Also noch einmal vielen Dank für die Einladung und beste Grüße an den Herrn Vater.« Ehe Maria auch nur begriff, wie ihr geschah, stand sie vor verschlossener Tür.

Am Abend unterhielt sie sich mit ihrem Vater darüber.

»Am Sonntag waren kaum Menschen im Gottesdienst. Es sieht wahrhaftig so aus, als würden sie uns meiden«, meinte er nachdenklich.

»Aber warum?« Maria ließ die Bürste sinken, mit der

sie gerade ein Paar Stiefel bearbeitete. »Bis vor wenigen Tagen haben sie sich die Buckel krumm geschuftet, nur um uns rasch wieder ein Dach über dem Kopf zu geben. Jetzt betragen sie sich, als hätten wir die Pest.«

»Du übertreibst, mein Kind. Ganz so schlimm ist es wohl nicht.« Er schmunzelte, doch in seinen Augen war zu erkennen, dass er sich ebenfalls sorgte. Überhaupt, er war alt geworden in den zurückliegenden Wochen. Sein sonst so volles braunes Haar war schütter. An vielen Stellen hatte es seine Farbe verloren. Und sein Gesicht hatte Falten bekommen. Nicht um die Augen herum, nicht solche, die sich beim Lachen in die Haut gruben, sondern tiefe Furchen um Mund und Nase.

»Haben wir ihnen ihren Eifer nicht genug gedankt? Du hast doch jeden Tag für sie gebetet. Und wir haben ihnen gesagt, dass wir ihnen alles vergelten wollen, sobald wir können.«

»Ich möchte wetten, der Hauptappel steckt dahinter.«

»Ach, Vater«, sagte sie erschöpft, »du kannst ihm doch nicht für alles die Schuld geben. Was hat der Hauptmann mit dem Verhalten der Coserower zu schaffen?«

»Du bist ein kluges Kind, nur manches Mal ein wenig zu gutgläubig.« Er warf ihr einen liebevollen Blick zu. »Zeit, schlafen zu gehen.«

In der Nacht wachte Maria von Schritten auf, die sie auf der Treppe vor dem Haus zu erkennen glaubte. Sie war augenblicklich hell wach, sprang aus dem Bett, warf sich ihre Decke um die Schulter, während sie schon aus ihrer Kammer trat.

»Du hast also auch was gehört.« Ihr Vater stand in seinem Nachthemd vor ihr. »Du bleibst zurück, ich werde nachsehen«, sagte er bestimmt. Ehe sie etwas einwenden konnte, riss er auch schon die Tür auf. Eine Gestalt wollte sich soeben davonmachen. »Halt! Stehenbleiben«, kommandierte Schweidler donnernd.

»Was ist das?« Maria hatte an ihm vorbeigespäht. Da stand doch etwas auf ihrer Schwelle. In dem Moment schälte sich die Gestalt, die bereits fort gewesen war, wieder aus der Nachtschwärze. »Der kommt zurück«, flüsterte Maria erschrocken.

Schweidler kniff die Augen zusammen. »Das ist der Paasch«, stellte er fest.

»Schnell, lasst mich rein!« Es war tatsächlich Tischlermeister Paasch. Er bückte sich, hob auf, was da vor der Tür gestanden hatte, blickte sich um und trat eilig ins Haus. Dann atmete er erleichtert aus und hielt Maria einen Korb hin, über dem ein Leinentuch lag. »Is nich viel«, meinte er. »Aber besser als nix.«

Maria lüpfte das Tuch. Zwei Eier, ein Kanten Brot, zwei Hände voll Graupen und eine dünne Scheibe Speck.

»Was hat das zu bedeuten, Kerl?« Schweidler schüttelte den Kopf. »Was schleichst du nachts herum, anstatt uns so eine köstliche Gabe bei Tageslicht zu bringen?«

»Ihr wisst es noch nicht, was?« Paasch sah von einem

zum anderen. »Ewing war im Dorf und hat an jede Tür gekloppt. Wer dem Pfarrer hilft, hat er gesagt, wird die Rache des Hauptmannes spüren.« Es war so ruhig in dem schmalen Flur, dass man den Wind hören konnte, der pfeifend durch die Ritzen der notdürftig gezimmerten Wände strich.

»Ach so ist das«, meinte Schweidler schließlich. »Hab mir fast so was gedacht.«

~ ~ ~

»Wie kann ein einziger Mensch nur so durch und durch böse sein?« Maria sah Georg dabei zu, wie er Brombeertriebe, die er geschnitten hatte, über eine Grube legte. Er hatte die Kuhle unweit seiner Höhle gegraben und ihr erklärt, er hoffe, Kleintiere darin fangen zu können. Nager vielleicht, einen Hasen oder ein junges Wildschwein.

»Ich hab's dir doch gesagt«, erklärte er ungerührt, »die Menschen sind schlecht.«

»Aber doch nicht alle.«

»Oh doch, Maria, alle. Nur einer eben mehr, der andere weniger.« Er trat einen Schritt zurück und betrachtete zufrieden sein Werk. »Das dürfte reichen«, murmelte er.

»Das glaube ich einfach nicht. Die Leute haben uns geholfen, haben das bisschen geteilt, was sie hatten. Oder sieh dich an! Wir konnten dir nichts für deine Arbeit geben. Noch nicht«, fügte sie leise hinzu und fragte sich gleichzeitig, woher sie je etwas nehmen sollten, wenn sie keine Unterstützung mehr erfuhren. »Trotzdem hast du dich nicht geschont, hast von früh bis spät geackert, ohne einen Nutzen davon zu haben.«

»Ohne Nutzen? Meinst du das wirklich?« Er sah sie spöttisch an. Maria stellte fest, dass er besser aussah. Er hatte sich die Haare geschnitten und sogar seinen Bart gestutzt. Seine Haut hatte eine gesündere Farbe bekommen, und wie es schien, hatte er wenigstens ein Pfund zugenommen. »Ich habe Angst vor dem Fegefeuer«, erklärte er freimütig. »Nach allem, was ich im Krieg verbrochen habe, sieht es düster für mich aus. Wenn ich überhaupt noch eine Aussicht darauf haben will, nicht von dort auf direktem Weg ins Höllenfeuer zu kommen, muss ich mehr tun, als nur einen Pfarrer für mich einzunehmen. Aber es ist ein Anfang.«

»Du warst in Not. Und du musstest tun, was dein Kommandant befohlen hat. Gott der Herr wird in dein Herz sehen und erkennen, dass du kein böser Mensch bist.«

»Gott wird sehen, dass ich einer Frau den letzten Bissen weggenommen habe, obwohl sie ein Kind in ihrem Leib trug, das sie nähren musste. Er wird mich fragen, warum ich es nicht vorgezogen habe zu verhungern, anstatt einem Greis den Schädel zu spalten und seinen Fisch zu fressen.« Maria erschrak. So hatte sie ihn lange nicht reden hören.

Sie blieb noch eine Weile, dann verabschiedete sie sich.

Statt zurück nach Hause zu gehen, nahm sie den Weg hinauf auf den Streckelsberg. Wie sollte es nur weitergehen, wenn sich niemand mehr traute, ihnen ein bisschen Haferschleim oder eine Kanne Milch zu bringen? Bis im Garten wieder genug wuchs, um sie satt zu machen, dauerte es noch lange. Sie konnte nicht so lange herumsitzen und warten, dass für sie gesorgt wurde wie für den Raben aus dem Gleichnis. Sie musste etwas tun, musste es wenigstens versuchen. Vielleicht konnte sie ein paar Fichtenzapfen als Brennmaterial sammeln. Maria hatte geträumt, sie stünde auf dem Berg und würde unten am Strand ein Boot entdecken, das mit Reichtümern angefüllt war. Konnte doch sein, dass dieser Traum ein Wink des Himmels war und sie wahrhaftig etwas finden würde, das ihnen half. Der Streckelsberg war viele Fuß hoch. Sie keuchte, als sie oben angekommen war. Maria folgte dem ausgetretenen Pfad der Wächter, die zu verschiedenen Zeiten auf dem höchsten Punkt Position bezogen, um Angreifer vom Meer möglichst früh ausmachen zu können. Niedrige Sträucher griffen nach ihrem Rock, immer wieder musste sie einem Zweig ausweichen, der auf Höhe ihrer Augen über den Weg ragte. Als sie einige Sanddornbüsche erkannte, die ihr im Herbst einen großen Eimer köstlicher orange leuchtender Früchte geschenkt hatten, wusste sie, dass sie ihr Ziel erreicht hatte. Von hier oben hatte man einen wahrhaft atemberaubenden Blick über die Wellen der Ostsee und den hellen Strand. Bei klarer Sicht konnte man sogar bis zur Greifswalder Oie schauen, doch an diesem Tag verschluckte leichter Dunst das Inselchen. Der Wind spielte mit ihrem Haar, die Luft roch salzig und kräftig, wie es sich für die Ostsee gehörte. Konzentriert blickte Maria nach Westen, suchte den Horizont ab, ob dort irgendwo eine Nussschale verloren auf den Wellen schaukelte. Nichts. Sie ließ ihre Augen langsam nach Osten wandern. Doch so lange sie auch stand und Ausschau hielt, war da kein Boot zu sehen und keine Schatztruhe. Sie seufzte. Es wäre einfach zu schön gewesen. Schließlich gab sie ihr unsinniges Unterfangen auf, kehrte dem Meer den Rücken und machte sich auf den Rückweg.

Aber irgendetwas musste sie doch mitbringen. Ob sie versuchen sollte, eine Wacholderdrossel anzulocken, wie Georg es tat? Nur womit? Sie hatte keinen Köder und auch kein Netz, mit dem sie einen Vogel fangen konnte. Im nächsten Moment stieß ihr Fuß gegen einen Stein, der eine sonderbare Form hatte. Er sah beinahe aus wie eine kleine Schaufel, der nur der Stiel fehlte. Maria bückte sich und hob ihn auf. Wenigstens diesen Stein würde sie behalten. Er konnte ihr im Garten nützlich sein. Plötzlich hatte sie eine Idee. Sie würde sich hier oben eine Stelle abseits des Trampelpfades suchen, die sie leicht wiederfinden konnte. Mit dem Stein würde sie eine Kuhle graben, wie Georg es vorhin gemacht hatte. Sicher würde es ihr nicht gelingen, tief genug zu graben, um eine gute Falle zu bauen, aber sie würde wenigstens anfangen. Sie konnte die kleine Grube mit Zweigen bedecken, an einem anderen Tag mit ihrem Spaten wiederkommen und so lange weitergraben, bis ein Tier, das ihr in die Falle ging, sich nicht mehr daraus befreien konnte. Genau wie Georg würde sie regelmäßig nachschauen, und ganz sicher würde sie irgendwann ein Ferkel oder einen Hasen darin finden. Sie wählte einen Platz zwischen zwei knorrigen Buchen. Die eine war innen hohl. Vielleicht hatte sie einmal ein Blitz getroffen. Die andere hatte eine seltsame Form. Etwa zwei Fuß über Marias Kopf hatte sich an seinem Stamm eine Wulst gebildet, aus der einst zwei Äste gewachsen sein mussten. Einer davon war abgebrochen. Was von ihm übrig war, glich einem Elefantenohr. Maria betrachtete den Baum genau. Er erinnerte sie ganz erstaunlich an eine Zeichnung, die sie in einem Biologiebuch gesehen hatte. Die Wulst selber sah aus wie das Gesicht des Elefanten. Es gab einen Einschnitt für den Mund und ein waagerechtes schmales Astloch, das ein zugekniffenes Auge hätte sein können. Der zweite Ast, der aus der Wulst herauswuchs, hatte tatsächlich die Form eines Rüssels. Ja, zwischen diesen beiden Bäumen würde sie ihre Falle leicht wiedererkennen. Sie ließ sich dort auf die Knie fallen, wo inmitten eines Meeres aus weißen Buschwindröschen und zartlila Leberblümchen eine freie Sandfläche lag. Maria schlug den Stein mit aller Kraft in den Boden. Die Erde war locker und ließ sich leicht entfernen. Der Wind schichtete hier Flugsand lose aufeinander. Der zweite Schlag erzeugte ein dumpfes Geräusch. Da war etwas Hartes im Boden.

Hoffentlich nur ein kleiner Stein und nicht ein ganzer Felsbrocken. Maria setzte ihr Werkzeug ein wenig weiter rechts an, hieb es erneut in den weichen Boden. Wieder so ein merkwürdiger Klang. War hier etwas vergraben? Entdeckte sie doch noch einen Schatz? Ihr Herz klopfte schnell.

Ihr fiel eine Sage ein, die ihre Mutter ihr erzählt hatte, als Maria noch ein kleines Mädchen gewesen war. Da ging es allerdings nicht um den Streckels-, sondern um den Gollenberg von Usedom, wenn sie nicht irrte. Dort sollte einst ein über die Maßen reicher Fürst gelebt haben. Er hatte nur ein einziges Kind, eine Tochter. Die Prinzessin war so schön, dass man noch in weiter Ferne von ihrer Anmut und ihrem Liebreiz sprach. So war es nicht verwunderlich, dass immer wieder Edelmänner an des Fürsten Hof kamen, um sich um ihre Hand zu bewerben. Keiner von ihnen war dem Fürst jedoch gut genug, und er jagte sie alle davon. Die Wahrheit war, dass er nicht von seinem Reichtum abgeben wollte. Allein der Gedanke, seiner Tochter eine Mitgift zu geben, ließ ihn erschaudern. So wurde die Prinzessin alt und vor Gram ganz hässlich. Als ihr Vater starb, war sie obendrein allein. Niemand wollte sie mehr zur Frau nehmen. Fast niemand. Ein Zauberer stand eines Tages vor ihrer Tür und hielt um sie an. Doch die Prinzessin beschimpfte ihn, weil er so hässlich war, und schickte ihn fort. Da verzauberte der Abgewiesene das Schloss mit allem, was darin war, in einen Berg. Maria erinnerte sich, wie sie sich gegruselt hatte, denn ihre Mutter hatte erzählt, die Prinzessin wohne seither mit ihren Reichtümern und Schätzen im Herzen des Gollenbergs. Einmal im Jahr komme sie hervor und halte Ausschau nach einem Edelmann, der um sie anhalten und sie so befreien würde. Was, wenn an der Geschichte ein Fünkchen Wahrheit wäre? Was, wenn ihre Mutter sich geirrt und sich alles auf dem Streckelsberg zugetragen hätte? Maria wurde ganz warm vor Aufregung. Behutsam grub sie mit den Händen, wischte Sandkrumen beiseite. Wie eine Schatzkiste sah das nicht aus, eher wie ganz gewöhnlicher Stein. Andererseits … Der Fels, der hier üblicherweise zu finden war, hatte eine graue Farbe, mal dunkler, mal heller. Dieser hier war dunkelbraun. Während sie da hockte und ihren Fund betrachtete, fuhr der Wind hoch über ihr durch die Bäume. Er zog einen Ast beiseite und ließ einen Sonnenstrahl bis auf den Boden fallen, genau an die Stelle, die Maria soeben freigelegt hatte. Ein greller Schein traf ihr Auge. Was war das gewesen? Als wäre ein Blitz aus dem Erdboden gekommen. Schon war es wieder vorbei. Maria saß wie erstarrt. Wie war es nur möglich, dass ein Stein sie derartig blendete? Einige Atemzüge hockte sie einfach nur da und tat nichts. Sie fürchtete sich. Womöglich hatte sie das verzauberte Schloss entdeckt, die Ruhe der Prinzessin gestört und wurde nun auch mit einem Fluch belegt. Tüünkroom. Ihre Mutter hatte ihr doch nur Döntjes erzählt, ein Schauermärchen, an dem nix Wahres dran war. Maria beugte sich hinunter, bis sie mit der Nase beinahe auf die Erde stieß. Das war doch … Das sah aus wie … Eilig kratzte sie mit ihrem Stein immer mehr Sand und kleine Kiesel weg, bis ein Stück ihres Fundes freigelegt war. Er hatte beinahe die Form von einem Ast. Sie schlug leicht dagegen. Nichts, nur ein leises Klicken. Sie schlug noch einmal, fester dieses Mal. Da spritzten einige Bröckchen auseinander. Sie hatte es nicht glauben können, doch jetzt war sie beinahe sicher. Atemlos sammelte sie die kleinen und größeren Stücke auf und sprang auf die Füße. Sie hielt ein dreieckiges Exemplar gegen das Licht. An einer Seite war es krustig, doch an der anderen war der Brocken so klar, dass sie hindurchgucken konnte. Maria fing an zu lachen. Sie drehte sich einmal im Kreis, dann blickte sie erschrocken um sich. Aber da war niemand, der sie sehen konnte. Bernstein! Sie hatte eine Bernsteinader entdeckt. Um ganz sicherzugehen, schlug sie mit dem Stückchen gegen ihre Schneidezähne. Sie benötigte keinen gewöhnlichen Kiesel zum Vergleich, sie erkannte ohne jeden Zweifel das dumpfe Geräusch, das Bernstein verursachte. Schnell ließ sie die Bröckchen in den Beutel gleiten, den sie stets an ihrem Gürtel trug. Dann bedeckte sie die Fundstelle mit feinem Sand, so dass die Ader nicht mehr zu erkennen war. Maria konnte es nicht fassen. Am Ende hatte sie wahrhaftig einen Schatz gefunden!

Als sie nach Hause kam, saß ihr Vater am Küchentisch über ein Blatt Papier gebeugt. Sie erkannte den Brief des Herrn von Neuenkirchen, den der ihr mit dem Stoff gesandt hatte, von dem nichts mehr übrig war als Asche.

»Nu is der Bock fett«, platzte er heraus. »Dieser Sünder Appelmann wird schon sehen, was er davon hat, sich mit mir anzulegen. Ich schreibe dem Herzog. Ich werde ihm Zeugen nennen. Ganz Coserow kann berichten, wie schändlich der Appelkopp versucht, uns das Leben schwer zu machen, ja, uns zu vernichten. Das kann der Herzog ihm unmöglich durchgehen lassen.« Erst jetzt sah er zu ihr auf. »Maria? Du sagst ja gar nichts. Kind, was ist denn los mit dir? Du lächelst beseelt, als sei dir Jesus Christus erschienen.«

»So ist es auch, Vater.« Jetzt konnte sie gar nicht mehr an sich halten, strahlte über das ganze Gesicht, zog ihren Beutel hervor und schüttelte dessen Inhalt auf den Bogen Papier. Die Bernsteinbrocken trommelten leise, kugelten durcheinander und blieben vor dem staunenden Schweidler liegen. »Natürlich nicht er selbst, aber doch ein wunderbares deutliches Zeichen von ihm«, sagte sie.

»Es ist gar nicht stürmisch gewesen in den letzten Tagen. Da hast du aber wirklich Glück gehabt.« Er lächelte ihr zu. »Ach, das kommt zur rechten Zeit.« Wieder betrachtete er die kleinen Steine. »Und so viele. Du hast recht, das ist ein Zeichen des Herrn. Wir können in den Liper Winkel gehen und schauen, ob uns jemand etwas zu essen dafür gibt. Oder wir fragen die Soldaten in den Quartieren. Diejenigen, die weit im Süden zu Hause sind, sollen ganz verrückt nach Bernstein sein.« Er rieb die Steinchen, hielt eines gegen das Licht. »So ein Glück hat man wirklich selten.«

»Das ist mehr als Glück. Ich glaube, es muss wahrhaftig Jesus Christus gewesen sein, der mich an die Stelle geführt und mich dort hat graben lassen.«

»Graben?« Er runzelte die Stirn. »Du hast die nicht am Strand aufgesammelt?«

»Nein, Vater. Ich war oben am Streckelsberg. Ich glaube, ich habe eine ganze Ader entdeckt.« Ihm fiel die Kinnlade herunter, und Maria setzte sich zu ihm und erzählte ihm in allen Einzelheiten, was geschehen war.

Als sie fertig war, ergriff er ihre Hände. »Wir sind gerettet!« Er lachte sie an. »Und nicht nur das. Stell dir nur vor, was wir alles anstellen können. Wir können die ganze Gemeinde ernähren. Die Leute brauchen nichts mehr zu riskieren, um uns zu helfen. Im Gegenteil. Wir werden ihnen helfen!« Er lachte überglücklich. Sein Lachen und seine Freude waren so ansteckend, dass Maria nicht anders konnte, als einzustimmen. Aufgeregt wie zwei Kinder, die sich gleich über den Gabentisch ihres Geburtstags hermachen durften, malten sie sich aus, was sie alles beschaffen konnten, wie rasch sie die Häuser des Dorfes reparieren und neue errichten lassen würden. Sie sahen sich bereits in der Kirche Fasan, Kuchen und Wein verteilen, als Maria allmählich ernster wurde.

»Diese Bernsteinader ist ein Segen, kein Zweifel. Fragt sich nur, wie wir ihn zu Geld machen sollen. Im Liper Winkel geht der Schwarze Tod um. Von dort bekommen wir sicher nicht all das, was wir uns wünschen. Auf ganz Usedom wüsste ich niemanden, der uns große Mengen Bernstein abnimmt und dafür anständig entlohnt.«

»Nein, auf der Insel werden wir gewiss keine guten Geschäfte machen können.« Schweidler strahlte noch immer unbeirrt. Er schien sich nicht solche Sorgen zu machen wie sie. »Erinnerst du dich an den Heinrichs, den Spross vom alten Lehrer Heinrichs?« Als sie noch klein war, hatte sie den Namen gehört. Doch der Dorfschullehrer war schon vor langer Zeit gestorben. An einen Sohn konnte sie sich nicht entsinnen. »War 'n ziemlicher Snodderbengel! Nix als Unfug hatte der im Kopp.« Schweidler schmunzelte. »Irgendwann hat er's übertrieben. Da hat er das Boot von einem der Fischer geklaut und ist damit raus auf die Ostsee. Nich aufs Achterwasser, nö, das war ihm wohl zu langweilig. Es musste die Ostsee sein. Und seine kleine Schwester hat er auch noch mitgenommen, um sich aufzuspielen als großer Mann, der vor nix Angst hat.« Er schüttelte den Kopf. »Tja, es kam, wie es kommen musste. Gekentert sind sie. Da hat der Heinrichs ein Stoßgebet zum Himmel geschickt, dass er sich ändern will, wenn bloß seiner Schwester nichts passiert.«

»Sie ist heil an Land gekommen?« Maria ahnte die Antwort.

»Jawoll. Es kommt noch besser. Einen Tag vorher hatte ich ihn mir mal wieder zur Brust genommen. Hatte ihm begreiflich zu machen versucht, dass er seine armen Eltern noch ins Grab und sich selbst ins Höllenfeuer brachte, wenn er so weitermachte. Wieso er denn wohl anständig sein sollte, hat er mich gefragt.« Schweidler wurde ernst. »Das vergesse ich mein Lebtag nicht. Er sagte: Guck dir die anständigen Leute doch an, Pfarrer. Die bringen's zu nix, ham kaum was zu fressen. Aber die fetten Säcke mit Bediensteten und Gold und Silber in den Taschen, das sind welche, die andere übers Ohr hauen. Wenn ich also die Wahl hab, wieso sollte ich da anständig sein?« Er sah sie an. »In dem Moment habe ich erkannt, dass der Heinrichs-Junge ein kluger Kopp ist. Er hat verstanden, wie die Menschen sind.«

»Das hast du ihm doch hoffentlich nicht gesagt.«

»Natürlich nicht. Ich habe ihm gesagt, dass wahrer Reichtum nicht in Gold und Silber zu messen ist. Da hat er mich gefragt, woran er erkennen soll, dass es sich trotzdem lohnt, anständig zu sein. Und ich sagte, der Herrgott würde ihm die Antwort auf diese Frage geben, wenn es an der Zeit ist.«

Maria nickte. »Die hat er ihm gegeben.«

»Und der Junge hat sie verstanden. Er und seine Schwester haben beide überlebt. Mehr Reichtümer wollte er nicht verlangen.«

»Was ist aus ihm geworden?«

»Er ist nach Wolgast in die Lehre gegangen. Zuletzt hörte ich, dass er in Hamburg ein ehrlicher und wohlhabender Kaufmann ist.«

»Und du meinst, er könnte uns helfen, den Bernstein zu Geld zu machen?«, fragte sie zweifelnd.

»Er kam nach dem Unfall zu mir, um mir zu danken. Hätte ich ihm nicht gesagt, er würde eine Antwort bekommen, hätte er in der kalten Ostsee nicht gebetet, sagte er mir. Doch als er dort um sein Leben schwamm, seiner kleinen Schwester ständig Mut zusprach, obwohl er selbst kaum mehr welchen hatte, als er mehr Salzwasser geschluckt hatte als ein Säufer Schnaps, da erinnerte er sich an meine Worte und wollte den Herrgott herausfordern. Darum hat er gesagt, er werde sich ändern und anständig werden, wenn er noch die Chance dazu bekäme und wenn seine Schwester leben dürfte. Nur darum hat er auf die Antwort aus dem Himmel gewartet, sonst hätte er nicht hingehört und aufgegeben. Er wollte es mir nie vergessen, sagte er und meinte, wann immer ich einmal Hilfe von ihm brauchen sollte, wäre sie mir sicher.«

Maria seufzte. Hamburg! Das war sehr weit weg. Wie lange würde es dauern, ehe sie den Heinrichs ausfindig gemacht hatten? Was, wenn er sich nicht mehr an sein Versprechen erinnerte? Vielleicht war ihm nicht einmal mehr der Name Schweidler im Gedächtnis. Selbst wenn er sich entsann, war längst nicht sicher, ob er den Handel für sie übernehmen konnte. Eine solche Menge Bernstein konnte man nicht einfach auf dem nächsten Markt anbieten oder einem Bernsteindreher auf den Tisch legen, überlegte sie. Dann fiel ihr Lene ein.

»Wo auf Rügen, sagtest du, lebt Lenes Tochter?«

»Bei Garz, meine ich. Warum?«

»Wenn jemand weiß, wie man Bernstein an den Mann bringt, dann ist es Lene. Sie braucht selbst immer etwas davon, um kleine Kunstwerke daraus zu machen, und sie hat die besten Verbindungen. Sie hat uns das Leben gerettet, Vater, ich vertraue ihr. Lass mich zu ihr gehen und sie um Hilfe bitten.«

KAPITEL 4

Die Blüten der Apfelbäume waren prall und würden in den nächsten Tagen platzen. Es grünte und wuchs, die Luft war mild, der Himmel blau. Hummeln und Bienen schwirrten von Strauch zu Strauch, von Blume zu Blume. Es hätte eine verheißungsvolle Zeit der Freude sein können. Doch so war es nicht. Die Katholischen, so hörte man, waren im Begriff, eine Ostseeflotte zu errichten. Sie hatten sich bereits zahlreicher Häfen bemächtigt, wie etwa in Wolgast, Rostock oder auch in Greifswald. Überall an den Küsten Mecklenburgs und Pommerns, auch Jütlands hätten sie die Oberhand, hieß es. Das Ganze mit dem Ziel, ihre Flotte gegen Schweden zu schicken, das sich dem Papsttum bisher noch erfolgreich verweigerte. Als Maria jemanden sagen hörte, die Feinde der rechtgläubigen Evangelischen hätten Rügen eingenommen, fuhr ihr der Schreck durch die Glieder. Georg war auf dem Weg nach Rügen. Wenn ihm nur nichts geschah. Er war katholisch, gewiss, aber er war eben auch ein Deserteur.

Sechs Tage war es nun her, dass sie die Bernsteinader entdeckt und mit ihrem Vater über den Verkauf des Schatzes beraten hatte. Nach einigem Hin und Her hatte er der Idee zugestimmt, Lene aufzusuchen, allerdings kam es für ihn auf keinen Fall in Frage, dass Maria sich auf den Weg zu ihr machen sollte. Dann hatten sie überlegt, dass es möglich sein müsste, einen Wagen anzuheuern, der ohnehin von einer Kirche auf Usedom oder dem Festland rüber auf die Nachbarinsel fahren musste. Wie Maria schon einmal der Eingebung gefolgt war, zunächst den schaufelförmigen Stein und dann die Ader gefunden hatte, so kam ihnen auch dieses Mal das Glück oder ein Wink des Himmels zu Hilfe. Georg kam ins Dorf, um ein paar Muscheln, einen Fisch und ein Eichhörnchen gegen Milch oder Eier zu tauschen. Maria erzählte ihm von ihren Plänen, ohne mehr zu verraten, als nötig war.

»Du willst fahren? Kommt nicht in Frage.« Er hatte sehr entschlossen ausgesehen. »Wie kann dein Vater nur daran denken, dich gehen zu lassen?« Ehe sie ihm antworten konnte, sagte er schlicht: »Ich mache das!«

»Nein, Georg, ich weiß dein Angebot zu schätzen, wirklich. Aber für dich ist es nicht minder gefährlich. Was ist, wenn dich jemand als Soldat des Kaisers erkennt? Sie werden dich aufknüpfen.«

»Das hast du schon gewusst, als wir uns zum ersten Mal begegnet sind, oder?« Er sah sie mit schief gelegtem Kopf an.

»Was meinst du?« Sie wusste, wovon er sprach, war aber unsicher. Worauf wollte er hinaus?

»Ich dachte, du bist nur eine Frau, du hast keine Ahnung, was es bedeutet, wenn einer seine Truppe verlässt, wenn er türmt, um seine Haut und sein Herz zu retten. Dabei wusstest du Bescheid.«

»Man hört so dies und das«, erklärte sie ausweichend. »Jedenfalls sind deine … die Katholiken überall. Du darfst es nicht riskieren.«

Er sah sie lange an. »Im Gegenteil, Maria, ich muss es sogar. Du verstehst nicht. Ich habe nichts mehr zu verlieren außer einem Platz im Himmel. Auf mehr kann ich nicht hoffen. Darum werde ich dafür kämpfen. Ich werde alles dafür tun. Mir scheint, hier bietet sich eine ziemlich gute Möglichkeit.« Er lächelte verschmitzt.

Maria hatte nach Gründen gesucht, warum es besser wäre, wenn eine Frau sich auf den Weg machte. Dummerweise waren ihr nicht viele eingefallen. Dann war auch noch ihr Vater hinzugetreten, und Georg hatte ihm auf der Stelle von seinem Angebot erzählt.

»Wie können wir dir nur danken? Das ist ein vortrefflicher Einfall«, hatte er gerufen. Damit war es beschlossen gewesen. Sie hatten Georg ein Schreiben mitgegeben. Nicht nur, sie gaben ihm auch die Bernsteinbrocken zu treuen Händen.

»Ich werde euer Vertrauen nicht enttäuschen«, versprach er und machte sich auf seine Wanderung. Maria hatte ihm zugesagt, nach seinem Unterschlupf zu sehen.

»Wenn jemand sich dort einnisten will, werde ich ihn vertreiben. Die Leute im Dorf werden mir schon dabei helfen, wenn es nötig sein sollte.« Sie wollte nach Regenfällen das Segel am Eingang seiner Höhle öffnen, damit Boden und Wände besser trockneten, und mit einer Schere die Triebe der Brombeeren im Zaum halten, falls sie zu dicht an die Behausung herankriechen sollten. »Ich hoffe jedoch, du bist gar nicht lange genug fort, als dass ich Arbeit damit hätte«, hatte sie zum Abschied gesagt und sich gewünscht, dass er sie richtig verstand. Georg war ihr ein Freund geworden. Sie scheute die Mühe nicht, sie wollte einfach, dass er bald wieder gesund und munter vor ihr stand.

~ ~ ~

Der Frühling breitete sich mit seinen Farben und Düften über Usedom aus. Doch Maria hatte kaum einen Blick dafür. Seit Georg gegangen war, ging sie an jedem einzelnen Tag hinauf zu seinem Unterschlupf. In ihr tobte eine Unruhe, wie sie sie vorher noch nicht gespürt hatte. War sie zu Hause, meinte sie, in den Wald gehen und bei der Höhle nach dem Rechten sehen zu müssen. War sie dort angekommen, beruhigte es sie nicht etwa, sondern sie wollte so schnell wie nur möglich zurück ins Dorf gehen. War doch möglich, dass ein Reisender durch Coserow kam und etwas zu berichten wusste. Jedes Mal, wenn sie durch das Dickicht streifte, ging sie auch zu ihrer Bernsteinader. Sie versicherte sich, dass ihr niemand gefolgt war, dass niemand sonst dort oben unterwegs war, weil er etwa nach Holz oder nach Fichtenzapfen suchte. Dann kniete sie rasch nieder, schlug einige Brocken ab, verstaute sie in ihrem Leinensäckchen und deckte die Stelle sorgfältig mit Blättern und Sand zu. Mehr als einmal war sie voller Angst herumgefahren, weil sie ein Knacken gehört hatte. Doch da war nie jemand gewesen. Wahrscheinlich nur der Wind, der mit den Ästen spielte.

Als sie an diesem Tag hinauf ging, traute sie ihren Augen nicht. Die Brombeerzweige über Georgs Falle waren fort. Sie raffte ihren Rock und lief eilig auf die Kuhle zu. Auf ihrem Grund lag ein junges Reh. Es musste sich durch den Sturz das Genick gebrochen haben. Welch eine Freude! Georg konnte das Fell für sein Nachtlager verwenden. Das Fleisch würde sie für ihn pökeln, falls sie genug Salz auftreiben konnte. Oder sie würde es räuchern. Maria holte das Seil mit der Schlinge am Ende, welches Georg für diesen Zweck vorbereitet hatte. Sie brauchte einige Versuche, dann hatte sich die Schlaufe endlich um einen Fuß des Rehs gelegt. Sie zog sie zu, und es gelang ihr, das Tier aus der Kuhle zu zerren. Ehe sie sich, das Kitz auf den Schultern, auf den Heimweg machte, deckte sie die Grube wieder mit Grün zu.

Schweidler verzichtete darauf, Schlachter Weber zu fragen, sondern zerlegte das Tier selbst.

»Das wird ein feiner Sonntagsbraten«, verkündete er

immer wieder. Georg hatte gesagt, was immer möglicherweise in der Falle landete, sollten sie sich nur nehmen. Maria brachte es nicht über das Herz, ihrem Vater die Freude zu verderben. Ihm lief ja schon das Wasser im Mund zusammen, und auch sie selbst musste tüchtig schlucken, wenn sie nur an ein Stück Fleisch dachte. Das meiste jedoch legte sie beiseite.

»Das steht Georg zu«, erklärte sie resolut. »Er kann eine ordentliche Stärkung gebrauchen, wenn er wieder da ist.«

~ ~ ~

Als die Apfelblüten schon weiße Sternchen auf das Grün des Rasens tupften, kam ein junger Mann nach Coserow. Maria zupfte gerade Unkraut aus dem Gemüsebeet. Die Frühmöhren, Radieschen und Erbsen, die sie gesät hatte, entwickelten sich prächtig. Sie wollte alles für eine reiche Ernte tun. Meisen und Sperlinge erfüllten die Luft mit ihrem munteren Gezwitscher. Maria blickte kurz auf und wischte sich den Schweiß von der Stirn, da sah sie den jungen Fremden mit ausladenden Schritten des Weges kommen. Er marschierte schnurstracks auf das Pfarrhaus zu. Am Zaun blieb er stehen und winkte ihr.

»Moin! Büst du de Deern vom Paster?«

»Die bin ich.« Sie kam auf ihn zu.

»Ik heff 'n Nahricht.«

»Aha. Und von wem?« Ihr Herz schlug schneller. Eine Nachricht konnte doch nur von einem sein.

»Von Georg«, gab er auch schon zur Antwort, wobei er jeden Buchstaben betonte. Der Junge hatte rötliche Locken und Sommersprossen auf der Nase und den Wangen. Seine Augen leuchteten fröhlich.

»Dann kommst du von Rügen?« Maria sah ihn erwartungsvoll an.

»So isses!«

»Und?«

»Nix und. Nur von Rügen«, meinte er und schob einen Grashalm, auf dem er kaute, von der linken Seite seiner Lippen auf die rechte.

»Wie lautet die Nachricht?«, fragte sie ungeduldig.

»Ach so. Jo. Also, der Georg is bei der Liane ankommen.«

»Bei Lene«, unterbrach sie ihn.

»Jo, segg ik ja. Und dat würd ihm good gohn, seggt he. Jo, und dat duurt noch, bisser trüch is, weil … weil …« Der Junge kratzte sich am Kopf. »Mönsch, wat het he noch seggt, wieso dat noch duurt«, murmelte er. Maria wollte ihm gerade auf die Sprünge helfen, da hellte sich seine Miene auf. »Ach ja, da sind man bannig viele von seiner Truppe unterwegs«, sagte er sehr konzentriert. Dann zuckte er mit den Schultern. »Weetst Bescheid?«

»Ja, ich denke schon.«

Er grinste zufrieden, dann sprudelte er plötzlich los, dass er Georg im Haus von Gesche kennengelernt habe. Die hätte gerade ihre Mutter zu Besuch, und die wiederum habe Georg aufgesucht. Ja, und weil er als Knecht gerade seinen Dienst bei Gesche aufgenommen habe, hatte man ihn geschickt, die Nachricht zu überbringen, dass Georg gut eingetroffen sei.

»Ach ja, und he hett allens fein in de Reech kriegt.« Damit schloss er seinen Bericht.

»Das sind wahrhaftig gute Nachrichten. Ich danke dir sehr. Hast du noch mehr auf Usedom zu tun?«

»Nö, nu latsch ik wedder trüch.«

Maria bestand darauf, dass er für eine Nacht in ihrem Unterstand ausruhen sollte. Am nächsten Tag machte er sich auf den Weg zurück. Sie hatte ihm ein gutes Stück Trockenfleisch und einen halben Laib Brot mitgegeben.

~ ~ ~

Die Kirschen waren noch grün, waren jedoch schon vielversprechend gewachsen, der Spinat reckte seine saftigen Blätter in die Sonne, Salat und Schnittlauch verströmten ihren köstlichen Duft, da war Georg eines Tages wieder da. Maria war zu seiner Höhle hinaufgegangen, fegte mit ein paar Buchenzweigen Blätter und Ungeziefer hinaus. Wie immer, ehe sie ging, schüttelte sie die Wolldecke auf, die ihm auf einer dicken Lage Stroh als Schlafplatz diente.

»So habe ich es gern«, hörte sie seine Stimme hinter sich und wirbelte herum. »Ein Weib richtet mir mein Heim gemütlich und sauber her, damit ich es nach der langen Reise gut habe.«

»Georg!«, rief sie. Beinahe wäre sie ihm vor Freude

um den Hals gefallen. »Hast du mich erschreckt.« Sie lächelte. »Welch eine Freude, dich gesund wiederzusehen.«

»Ich freue mich auch«, entgegnete er leise. Einen Moment standen sie einander gegenüber. »Komm her!«, flüsterte er plötzlich, ließ das Bündel, das er über der Schulter getragen hatte, fallen, machte einen Schritt auf sie zu und zog sie in seine Arme. Es gehörte sich nicht, und mitten im Dorf hätte Maria es nicht zulassen dürfen, doch niemand sah sie hier. So gab sie ihren Gefühlen nach und drückte ihn herzlich.

Als er sie freigab, erzählte sie fröhlich von dem Besucher aus Rügen: »Es war so eine große Erleichterung, als Gesches Knecht herkam und uns die gute Nachricht brachte, dass du auf Rügen eingetroffen bist. Ich hatte solche Angst, du würdest einem Kommandanten in die Arme laufen und mit dem Leben bezahlen, dass du dich für uns auf den Weg gemacht hast.«

»Das wäre dumm, dann wäre euer Bernstein verloren gewesen«, gab er mit unbewegter Miene zurück.

»Daran habe ich doch nicht gedacht!« Sie stemmte die Fäuste in die Hüfte. »Deinetwegen habe ich Ängste ausgestanden.«

Er lachte. »Wie leicht es ist, dich an der Nase herumzuführen. Ich weiß doch, dass deine Sorge mir gilt. Auch«, fügte er hinzu.

Sie zog eine Schnute. »Natürlich habe ich mir auch wegen des Bernsteins Gedanken gemacht. Er kann für ganz Coserow die Rettung sein.«

»Lene hat ihn gern genommen«, berichtete er. »Sie lässt euch von Herzen grüßen.« Er holte ein kleines Bündel hervor, ein Stück Leinen, mit einer Schnur umwickelt. »Ich verstehe nichts von den üblichen Preisen«, meinte er und reichte ihr das Päckchen. »Das hat sie mir für euch gegeben. Lene ist eine ehrliche Haut. Ich bin sicher, dass sie euch nicht betrügt.«

»Nein, das würde sie nicht tun.« Maria nahm das kleine Paket mit klopfendem Herzen. »Danke.«

»Sie sagte, sie will lieber nicht wissen, woher ihr das habt, vor allem, woher ihr noch mehr von dem Zeug bekommen wollt«, meinte er, während er sich auf einem Felsbrocken neben dem Eingang seiner Höhle niederließ und die schweren Schuhe abstreifte. Er seufzte und bewegte die Zehen, die in dicken Socken steckten. »Das habt ihr doch versprochen, oder?« Er sah sie an.

»Ja, einige Klumpen sind noch da«, gab sie zurück.

»Sagtest du eben nicht, es ist so viel, dass ganz Coserow gerettet sein könnte?«

Sie erschrak. Sie vertraute Georg. Im Grunde genommen. Doch wäre er nicht der Erste, der im Angesicht großen Reichtums seinen Anstand über Bord werfen würde. Hatte er ihr nicht selbst erzählt, dass er für sehr viel weniger als einen Bernsteinschatz Menschen getötet hatte? »Einige Klumpen reichen wohl kaum für ein ganzes Dorf«, meinte er und massierte seine Füße.

»Kann schon sein, dass ich übertrieben habe. Mit der Rettung, meine ich«, murmelte sie.

»Lene würde euch noch mehr von dem Stein abnehmen«, sagte er. »Sie muss allerdings erst wieder etwas verkaufen, damit sie euch bezahlen kann. Gesches Knecht könnte kommen, um das Zeug zu holen.« Georg hatte die Strümpfe ausgezogen, war aufgestanden und hatte eine Blechschüssel geholt, die ihm jemand für seine Arbeit gegeben hatte. In dem alten Futtertrog, den einer der Bauern schon verfeuern wollte, weil er zerbrochen war, hatte sich nicht viel Wasser gesammelt. Es hatte kaum geregnet in den letzten Tagen. Georg schöpfte wenigstens eine kleine Menge in die Schüssel, setzte sich wieder auf seinen Stein und stellte einen Fuß hinein. Er schloss die Augen. »Ah, das ist gut!«

»Gesches Knecht scheint mir ein wenig einfältig zu sein. Besonders kräftig ist er auch nicht gerade. Traust du ihm zu, allein als Kurier wertvolle Fracht zu transportieren?«

Georg lachte auf. »Er ist wirklich ein Tölpel. Nein, ich hätte ihm nicht einmal zugetraut, einen Eimer Mist vom Bauern nebenan zu holen. Bis ich ihn auf dem Rückweg traf. Er kam mir entgegen.«

»So lange war er unterwegs?« Maria überlegte, wie viele Tage und Nächte er gewandert sein musste.

Georg nickte. »Stell dir das vor, er ist einem Heer des Kaisers mit seinem Tross in die Quere gekommen. Er, der Evangelische.«

»Großer Gott!« Maria schluckte.

»Er erzählte mir vergnügt, einer der Soldaten habe ihn

angesprochen, warum er als gesunder junger Mann nicht für seinen Kaiser in den Kampf ziehe. Weißt du, was er geantwortet hat?« Maria schüttelte den Kopf. »Seine Eltern hätten ihn als Knecht einer Familie empfohlen. Er habe die Stellung gerade erst angetreten. Wenn es sich ergäbe, dass man ihn dort nicht mehr bräuchte, würde er dem Kaiser gern zur Verfügung stehen.« Georg lachte erneut. »Sie müssen ihn wohl für schwachsinnig gehalten und weiterziehen lassen haben.«

»Da hat er wirklich großes Glück gehabt.« Maria lächelte. Dann fiel ihr etwas ein. »Du hattest übrigens auch Glück. Nicht nur, weil kein Kommandant dich erwischt hat, sondern weil ein Reh in deine Falle gegangen ist.«

Seine Augen leuchteten.

»Ich konnte meinen Vater zwar nicht davon abhalten, ein Stück Fleisch für uns abzuzweigen. Wir haben denen davon gegeben, die es am nötigsten gebraucht haben.« Sie senkte den Kopf. »Und wir haben selbst ein wenig davon gegessen.« Dann sah sie ihn wieder an. »Aber das meiste ist bei uns für dich verwahrt, eingesalzen oder getrocknet. Und das Fell wartet auch darauf, dass es dir in deiner Behausung nützen kann.«

Georg stand auf und trat auf sie zu. »Das höre ich gern.« Er packte ihre Hand, in der sie noch immer das Geldbündel hielt. »Ein ordentlicher Fleischvorrat, ein Fell und dann noch ein paar Mark, damit sollte ich wohl eine Weile zurechtkommen.« Maria erstarrte. Sie wusste, dass er schon zuvor gestohlen hatte, doch nie hätte sie geglaubt, dass er ihr etwas wegnehmen würde. Sie sahen einander wortlos an. Die Härte in seinem Blick erschreckte sie, sie brachte kein Wort heraus. Aber war da nicht noch etwas in seinen Augen? Sie glaubte Traurigkeit und Enttäuschung zu erkennen. Maria hielt das Bündel umklammert, sie wusste nicht, was sie tun sollte.

»Du traust mir noch immer nicht«, stellte er fest. Langsam ließ Georg ihr Handgelenk los. »Ich bin zurückgekommen, habe den Bernstein abgeliefert und euch das Geld gebracht. Was muss ich noch tun, dass du mir traust?«

Maria wusste nicht, was sie darauf entgegnen sollte. Er hatte ja recht, sie hatte ihm nicht vertraut. Nicht vollständig.

»Verzeih mir«, murmelte sie. Wie gerne hätte sie ihm gesagt, dass sie sich nicht hatte vorstellen können, dass er ihr etwas antäte. Doch war es die Zeit, in der man immer und vor jedem Angst haben musste. Und ihr Vater hatte ihr mehr als einmal vorgehalten, sie sei zu gutgläubig. Es hatte nichts mit ihm zu tun, doch sie wusste nicht, wie sie ihm das sagen sollte. Er wandte sich ab, begann, seinen Rucksack auszupacken. Wie konnte sie ihn nur trösten, wie die Enttäuschung gutmachen?

»Es tut mir leid, Georg, ich weiß, dass du kein böser Mensch bist. Nur hat mich der Krieg gelehrt, dass selbst die Bewohner unseres Dorfes, die meinen Vater und mich immer unterstützt und geschätzt haben, sich von uns abwandten, weil der Hauptmann sie bedroht hat. In der Not muss jeder an sich denken. Du auch.« Georg blickte auf. »Ich verstehe das. Trotzdem hätte ich wissen müssen, dass du mir und meinem Vater niemals schaden würdest. Damit du glaubst, dass ich nicht nur schöne Worte mache, verrate ich dir unser Geheimnis.« Sie spürte ihr Herz klopfen. Georg kam auf sie zu und sah sie erwartungsvoll an. »Wir haben eine Ader entdeckt«, sagte sie leise und blickte sich um. Doch da waren gottlob nur Bäume und Brombeersträucher und die Vögel des Waldes. »Wenn wir alles aus der Erde holen und verkaufen können, sind die Menschen von Coserow wahrlich gerettet.« Eine Weile blieb es still, nur der Wind fuhr mit leisem Rauschen durch die Blätter, von ferne hörte man die Wellen der Ostsee an den Strand rollen, und Spatzen, Meisen und Drosseln zwitscherten um die Wette.

Plötzlich trat ein Glanz in Georgs Augen. »Endlich hat es mal die Richtigen getroffen«, sagte er heiser. »Ich fürchte, ich muss gründlich darüber nachdenken, ob es klug ist, katholisch zu sein.« Er schmunzelte. »Wenn der Herrgott Evangelischen ein solches Geschenk macht, steht ihr vielleicht doch auf der richtigen Seite.«

Maria lachte. »Alle, die nach Gottes Wort leben, stehen auf der richtigen Seite, meinst du nicht?«

Er nickte. Dann wurde er sehr ernst. »Jetzt begreife ich deine Sorge wegen Gesches Knecht. Nein, er kann unmöglich wieder und wieder Steine zu Lene bringen. Ihr braucht jemanden, der eine große Menge bezahlen kann. Und ihr müsst sicherstellen, dass die Lieferung bei dem Händler ankommt.« Georg breitete eine alte Decke vor dem Eingang zu seiner Höhle aus, und sie setzten sich nebeneinander in die Sonne. »Auf meinem Weg nach Rügen bin ich durch Wolgast gekommen«, begann er. »Dort ist eine kleine Heereseinheit samt Tross, die ich belauscht habe. Ich musste sichergehen, dass keiner dabei ist, der mich kennt«, ergänzte er beinahe entschuldigend. »Ich hörte, dass sie nach Osten ziehen wollen. Danzig ist für seinen Reichtum bekannt. Der Getreidehandel dort blüht. Sie wollen sehen, dass sie in Danzig Beute machen, ehe sie nach Süden weiterziehen.«

Danzig! Marias Herz schlug einen Takt schneller. Lene hatte ihr erzählt, dass dort die Bernsteindreher zu Hause waren. Sie durften mit dem Gold der Ostsee Handel treiben. Lene hatte ihr verraten, dass einige von ihnen alles kauften, was sie nur bekommen konnten. War die Herkunft zweifelhaft, so zahlten sie einen viel zu niedrigen Preis. Doch sie verrieten die Verkäufer nicht, schließlich waren sie daran interessiert, mehr Bernstein für wenige Taler zu kriegen. »Du kannst dich dem Tross anschließen«, unterbrach Georg ihre Gedanken. »Es ist kein großer mit Pastetenbäcker, Kellermeister und Schankwirt.« Er lachte spöttisch. »Doch es gehören einige Marketenderinnen dazu. Unter die könntest du dich mischen. Sie brauchen immer helfende Hände, wenn du nicht mehr verlangst als etwas Essen und den Schutz der Gemeinschaft.«

Maria wusste nicht, was sie davon halten sollte. Gab es

wahrhaftig Heere, die mit eigenem Kellermeister durch das Land zogen? Sie saßen noch lange beieinander, und sie stellte ihm all die Fragen, die durch ihren Kopf gingen. Am Ende war sie überzeugt davon, dass er recht hatte. Sie musste nach Danzig gehen und einen Zunftmeister für ihren Handel gewinnen. Wenn er die erste Fracht übernommen und bezahlt hatte, konnten sie etwas ausmachen. Sicher hatte er einen Burschen, den er mit einem Wagen schicken konnte, um mehr zu holen.

»Ich muss zurück, mein Vater wird sich schon Sorgen machen. Danke, Georg, ohne dich hätte uns unser Schatz wenig genutzt.« Sie stand auf und strich ihren Rock glatt.

»Eines noch«, sagte er, »du solltest nur bei Nacht zu der Ader gehen und Steine holen. Am Tag ist es zu gefährlich. Wenn dich jemand sieht, wenn jemand erfährt, wo die Ader ist, bist du so gut wie tot.«

~ ~ ~

Es war nicht einfach gewesen, ihren Vater von Georgs Plan zu überzeugen.

»Kann Georg dich nicht begleiten, Kind?«, hatte er mehr als einmal gefragt.

»Nein, Vater, das ist unmöglich. Bis nach Rügen hat er sich alleine durchgeschlagen. Wenn Gott ihm nicht beigestanden hätte, wäre er leicht jemandem in die Hände gefallen, der ihn als Deserteur erkannt hätte. Undenkbar, dass er sich einem Tross anschließt. Die Fuhrleute, Handwerker und die Marketender werden ständig von den Obristen kontrolliert. Man hätte ihn sofort am Schlafittchen.«

»Und wenn ich mich als Pfarrer anschließe?«

»Ein evangelischer Pfarrer bei den Katholiken? Nee, Vadder, nich grad plietsch.«

Es wäre eine große Erleichterung gewesen, wenn jemand sie hätte begleiten können, doch nun war Maria eben allein unterwegs. Beim ersten Sonnenlicht hatte sie sich auf den Weg gemacht. All die Unwägbarkeiten drängte sie beiseite. Würde sie den Tross überhaupt erwischen? Würde man ihr erlauben, dass sie sich anschließt? Sie wollte ihr Schicksal in Hände legen, die so viel stärker waren als ihre eigenen, wie sie es von klein auf gewohnt war. Sie wusste, dass sie nicht tiefer fallen konnte als in diese behutsamen Hände. Der Gedanke gab ihr Zuversicht, während sie auf dem Wagen eines Werkzeugmachers hockte, der sie von Coserow nach Wolgast mitnahm. Auf dem Festland war sie einige Male gewesen, doch erst einmal in ihrem Leben war Maria weiter gekommen als bis nach Wolgast. Der rumpelnde Wagen hatte die schmalste Stelle Usedoms passiert, dort wo das Achterwasser zum Greifen nah war und man bei Sturm beinahe den Eindruck hatte, die Ostseewellen würden bis zu ihm hinüberschwappen. In ihrem Bündel hatte sie von dem getrockneten Rehfleisch, das Georg ihr gelassen hatte.

»Ich gebe es dir aus reiner Selbstsucht«, hatte er erklärt und verschwörerisch gezwinkert. »Wenn du als reiche Frau zurückkommst, wirst du ganz Coserow retten. Das hast du versprochen. Ich denke, ich gehöre mittlerweile dazu, also sollte auch für mich genug abfallen, um mich weiter über Wasser zu halten. Und wenn ich dir jetzt etwas von meiner Beute gebe, stehe ich ganz oben auf der Liste, wenn du deine Beute verteilst.«

»Du bekommst als Erster deinen Teil«, hatte sie geantwortet. »Und irgendwann muss dieser schreckliche Krieg doch auch zu Ende sein. Dann kann jeder wieder einem anständigen Tagwerk nachgehen und sich davon ernähren.« Sein Blick hatte ihr verraten, dass er nicht daran glaubte. Es fiel ihr ja selbst schwer. Ihr halbes Leben herrschte nun schon Krieg. Es fühlte sich an, als bliebe es so bis in alle Ewigkeit.

Neben einem Kanten Brot, etwas Honig, getrockneten Holunderblüten und Spitzwegerich und einer dünnen Decke war ihr Bündel vor allem mit Bernstein gefüllt, den sie, wie Georg ihr geraten hatte, nachts aus der Erde gegraben hatte. Die kostbare Fracht war in ein kleines Kissen genäht, das sie in die Decke gerollt mit sich trug. Niemand würde auf die Idee kommen, dass eine Frau, die alleine unterwegs war, solche Schätze bei sich hatte. Das hoffte Maria wenigstens. Dass einer sie schon für einen Fetzen Trockenfleisch überfallen konnte, verbannte sie aus ihren Gedanken. Sie seufzte. Der Wagen folgte dem ausgetretenen Sandweg, der sie an den einfachen

Hütten von Tzys vorbeiführte. Felder säumten die Strecke nach Bandemin, die um diese Zeit bereits grün bewachsen sein sollten. Grün waren sie größtenteils, nur war es zumeist Unkraut, das sich dort breitmachte. Entweder hatten die Bauern kein Saatgut gehabt, durchziehende Horden hatten zerstört, was dem Feind die Ernährung sichern konnte, oder es gab einfach niemanden mehr, der sich um die Bestellung der Felder kümmern konnte. Als sie über die Brücke holperten, schmerzte jeder Knochen in Marias Leib. Sie hatte die Fahrt auf dem nackten Holz verbracht. Ein Kissen oder wenigstens ein Fell hatte der Werkzeugmacher nicht für sie gehabt.

»Du gehst nur am Peneufer Richtung Süden«, hatte Georg sie angewiesen. »Dann stolperst du mitten ins Heereslager hinein. Ist gar nicht zu verfehlen.« Und so war es. Maria schlug das Herz kräftig in der Brust, als sie die Zelte und Wagen sah. Sie war froh, dass der Tross nicht bereits fort war, wie sie befürchtet hatte. Immerhin war einige Zeit vergangen, seit Georg hier auf der Lauer gelegen hatte. Sie war aber auch voller Sorge, denn nun würde sie sich wirklich auf einen weiten Weg machen, umgeben von fremden Menschen, denen sie nicht trauen konnte. Wenigstens war ihr der Name eines Bernsteindrehers eingefallen, den Lene erwähnt hatte. Schindler hieß der Mann. Maria hatte sich das gut merken können, weil es ihrem eigenen Namen Schweidler so ähnlich war. Dieser Schindler sei dreimal durch die Nase gebohrt, hatte Lene gesagt und dabei vielsagend gelächelt.

Ein Geschäftsmann durch und durch, dem es von Herzen gleichgültig war, woher er Bernstein bekam, wenn er ihn nur zu einem guten Preis kaufen konnte. Zudem war er zum dritten Mal verheiratet, stolzer Vater von zwölf Kindern und nicht daran interessiert, einer jungen Fremden nachzustellen. Im Gegenteil, hatte Lene berichtet, bei Mädchen, die seine Tochter sein könnten, sei er weich wie frisches Gänseschmalz.

»Hätte ich ein paar Jahre weniger auf dem Buckel, würde er mir bestimmt weniger für den Stein abnehmen.«

Diese Beschreibung machte Maria Mut. Zu diesem Schindler wollte sie gehen.

~ ~ ~

»Na, was schleichst hier rum?« Maria erschrak. Sie hatte die Frau nicht kommen sehen, die sich nun vor ihr aufbaute. »Bringst Frischfleisch ins Lager?« Die Frau grinste breit, wobei die wenigen Zähne sichtbar wurden, die sie noch im Mund hatte.

»Nein, ich komme nicht vom Schlachter«, stotterte Maria.

Die Frau lachte krächzend und begann gleich darauf zu husten. »Verulkst du mich?«

»Aber nein, gewiss nicht.« Maria hatte keine Ahnung, wie die Fremde darauf kam.

»Bist ’n hübsches Ding, vom Krieg noch nich zerfleddert.« Sie kniff Maria in den Arm.

»Au!«

»Hast festes Fleisch. Kannst als Dirne gute Geschäfte machen.«

»Grundgütiger! Deswegen bin ich doch nicht gekommen.« Einen Atemzug lang dachte Maria darüber nach, augenblicklich davonzulaufen. Doch wer sollte dann den Bernstein versilbern?

»Sondern?« Ihr Blick wurde sanfter. »Bist etwa allein übriggeblieben? Ham se deine Eltern und Geschwister abgemurkst?«

Maria konzentrierte sich auf die Geschichte, die sie sich zurechtgelegt hatte. »Nein, glücklicherweise hat mein Vater überlebt. Bloß gibt's auf der Insel kaum etwas zu essen. Ich komme von Usedom, weißt du. Darum meint mein Vater, es wäre besser, ich würde zu meinem Onkel nach Danzig gehen. Dort soll es genug Lebensmittel geben. Und ich kann bei meinem Onkel arbeiten.«

»Ach so is das.« Ihr Blick wurde wieder skeptisch. »Woher weißt denn, dass wir nach Danzig ziehen wollen?«

»Wollt ihr? Wirklich? Da habe ich mehr Glück, als ich zu hoffen gewagt hätte!« Maria strahlte sie an. Jetzt bloß weiterreden, damit die gute Frau nicht darauf kam, ihr gründlicher auf den Zahn zu fühlen. »Meinst du denn, ich dürfte mich euch anschließen? Ich brauche nicht viel und kann tüchtig anpacken.«

Die Frau hob eine Augenbraue. »Kann ich mir vorstellen. Bei einem Soldaten, der Bedürfnisse hat. Aber sonst? Schleppen kannst bestimmt nix.« Sie sah an Maria herunter.

»Oh, da täuschst du dich.« Maria blickte sich um. Da stand eine Kiste aus massivem Holz. Sie bückte sich, packte die Eisenringe, die links und rechts angebracht waren. Maria holte tief Luft und zerrte mit aller Gewalt an dem Ungetüm. Nichts. Es rührte sich nicht ein winziges Stück. Die Frau lachte wieder keuchend.

»Lass sein, sonst reißt du dir noch die Arme aus.« Sie schüttelte den Kopf und drehte sich um. Offenbar war ihr die Zeit zu schade, um sie länger mit einer schwächlichen Fremden zu verbringen, die nicht bereit war, als Trosshure ihre Taler zu verdienen.

»Dein Husten«, sagte Maria schnell, ehe ihre letzte Chance vertan war, »wie lange hast du ihn schon?«

Die Frau wandte sich ihr wieder zu und legte den Kopf schief. Sie hatte kurzes graues Haar, das eher zu einem Mann gepasst hätte, ihre Gesichtszüge waren ausgemergelt, die Haut war faltig und sah fest aus wie Pergament. Maria schätzte, dass sie mindestens einen Kopf größer war als sie selbst.

»Ich bin Maria«, stellte sie sich vor. »Und ich verstehe ein bisschen von Heilkräutern. Ich kann dir vielleicht helfen. Und ich bin tüchtig, das verspreche ich. Bitte, lass mich mit euch gehen!«

»Anna«, gab die lange dürre Frau zurück, nachdem sie gründlich nachgedacht hatte. »Ich bin Anna. Ich glaube, ich weiß da jemanden, der dich brauchen kann.«

Ohne eine weitere Erklärung hatte Anna sie zu einem Zelt geführt. Als sie den derben Stoff zur Seite nahm, der als Eingangstür diente und Maria an Georgs Behausung erinnerte, schlug ihnen ein beißender Geruch entgegen.

»Hör mal, Gustav, hier is eine, die dir 'n büschen Arbeit abnehmen kann.« An Maria gewandt, sagte sie: »Schlafen kannst in meinem Zelt. Da, wo die schwere Kiste steht. Weißt ja. Viel Glück!« Weg war sie.

Der Mann, den Anna Gustav genannt hatte, kam auf Maria zu und musterte sie von oben bis unten.

»Hilfe könnte ich schon gebrauchen«, sagte er. Gustav hatte etwa die gleiche Größe wie Maria. Sein blondes Haar wirkte feucht. Auch seine hohe Stirn und die Haut zwischen Oberlippe und Nase glänzten. Auf dem Tisch, an dem er gerade beschäftigt gewesen war, lag ein Junge von vielleicht elf oder zwölf Jahren, schätzte sie. Sein Brustkorb hob und senkte sich, doch seine Augen waren geschlossen, und auch sonst rührte er sich nicht. Ein fleckiges Laken deckte ihn bis etwa zum Bauchnabel zu. Unter dem Laken zeichneten sich die beiden Oberschenkel ab. Wo das linke Wadenbein und der Fuß hätten sein müssen, lag der Stoff flach auf dem Tisch. Maria zählte eins und eins zusammen und verstand, dass Gustav dem Knaben vermutlich soeben einen Teil des Beins amputiert hatte. Vom Sägen war er wohl ins Schwitzen gekommen.

»Du könntest mir die Wäsche machen, die Gerätschaften putzen und den Tisch.« Seine grauen Augen blickten nicht gerade freundlich. »Andererseits kann ich mir auch unterwegs eine suchen oder eine von den Soldaten bringen lassen, wenn es wieder in den Kampf geht. Soweit ich weiß, ziehen wir nach Osten, jedoch nicht gegen ein feindliches Heer. Da wird für mich nicht so viel zu tun sein.«

Er durfte sie nicht wegschicken. Sie war so nah dran.

»Natürlich wird sich unterwegs jemand finden, der einen Tisch putzen oder Wäsche waschen kann«, sagte sie und gab sich alle Mühe, gelassen zu klingen. »Jemanden zu finden, der die Schriften des Hippokrates so gründlich kennt, wie ich es tue, dürfte deutlich schwieriger sein.« Maria war noch nie so dankbar für ihr gutes Gedächtnis gewesen. Was sie einmal gelesen hatte, blieb für lange Zeit in ihrem Kopf. So erinnerte sie sich tatsächlich an die Aufzeichnungen und Ausführungen des großen griechischen Gelehrten, die sie mit ihrem Vater studiert hatte, als sie vom Krieg zwar schon gehört, ihn aber noch nicht am eigenen Leib gespürt hatten.

Gustavs Augen wurden ganz schmal. Er presste die Lippen aufeinander. Dann schnappte er sich einen Lappen und wischte sich damit über das Gesicht.

»Du bist eine Frau, woher willst du die Schriften von Hippokrates kennen?«

»Mein Vater hat sie mir vorgelesen«, erklärte sie rasch. »Meine Mutter ist früh gestorben, und mein Vater wusste nicht, was er mit einem Kind anfangen, wie er es in den Schlaf kriegen soll. Also hat er einfach das laut gelesen, was ohnehin seine Lektüre war.« Sie lächelte ihn an und hoffte, ihn damit noch mehr für sich einnehmen zu können. »Er hat sich so daran gewöhnt, dass er auch noch laut gelesen hat, als ich schon erwachsen war, wenn ich mit einer Handarbeit bei ihm saß. Daher kenne ich Hippokrates Worte. Auch einiges von Vergil«, fügte sie eifrig hinzu. »Wenn du willst, kann ich dir etwas aus seinem großen Epos Aeneis vortragen. Du bist des Lateinischen gewiss mächtig.«

»Ach, du heiliger Strohsack!« Er sah sie an, als wüchsen ihr Hörner aus den Schläfen. »Ein gelehrtes Weib.« Das klang nicht gerade, als wäre er begeistert von dieser Nachricht.

»Nein, nein.« Sie winkte ab. »Ich verstehe ja nichts von alledem. Ich habe es nur so oft gehört, dass es in meinem Kopf geblieben ist. Ich kann es wiedergeben, einen Reim darauf machen, musst du dir schon selbst.«

Der Junge auf dem Tisch stöhnte herzzerreißend. Gustav sah sich nach ihm um. Wenn Maria sich nicht täuschte, stand die nackte Angst in den Augen des Feldarztes. Warum nur?

Er trat noch einen Schritt näher, sah sie eindringlich an und raunte ihr zu: »Ich werde dir jetzt ein Geheimnis verraten. Ich bin ein Soldat, ein Pikenier.« Ehe sie fragen konnte, was das sei, sprach er weiter: »Ich weiß nicht, wie viele Meilen ich mit meinem Heer gezogen bin und Gegner aufgespießt habe. Eines Tages hatte ich

Glück. Wir schlugen unser Lager ganz in der Nähe einer größeren Einheit des Kaisers auf. Ich wollte nur sehen, ob die Verpflegung dort besser sei und ob ich vielleicht zu den Reitersoldaten wechseln könnte, statt länger mit meiner Pike in Formation latschen zu müssen. Da hörte ich, es solle ein neuer Feldchirurg kommen.« Sein Gesicht verzog sich zu einem Grinsen. »Sie dachten, das wäre ich.« Maria konnte nicht fassen, was sie hörte. »Ich habe sie in dem schönen Glauben gelassen«, brachte er sein Geständnis zu Ende. »Seither habe ich es bequemer, und die Aussicht, mit dem Leben davonzukommen, ist auch größer.« Er zuckte die Schultern.

»Du bist gar kein Arzt?«

»Psst!« Er hielt einen Finger vor die spröden Lippen. »Ich sagte doch, das ist mein Geheimnis. Du wirst es hüten, denn ich kenne deins.«

Maria sah ihn erschrocken an. Woher konnte er wissen, dass sie eine stattliche Menge Bernstein bei sich trug? Das war unmöglich, er musste etwas anderes meinen.

»Ich habe kein Geheimnis«, erklärte sie und reckte das Kinn.

»Oh doch, schönes Kind, das hast du. Du kennst Hippokrates und Vergil, du bist der lateinischen Sprache mächtig. Glaube mir, ein einziges Muttermal, das man bei dir findet, reicht, damit sie dich für eine Hexe halten. Weißt du denn nicht, dass die Scheiterhaufen wieder schneller brennen, als du eine Erklärung stammeln kannst?«

Maria bemühte sich, ruhig zu atmen. Wie sorglos sie doch gewesen war. Sie musste ab sofort darauf achten, nichts von sich preiszugeben. »Also schön, wenn ich dich richtig verstehe, dann wirst du mein Geheimnis bewahren, solange ich deines für mich behalte.«

»Und solange du für mich arbeitest«, erklärte er mit einer sehr zufriedenen Miene. »So wie die Worte, die dein Vater dir vorgelesen hat, in deinem Kopf geblieben sind, habe ich mir gemerkt, was ich im Lazarett zu sehen bekam. Das habe ich nachgemacht. Mit deinen Kenntnissen des Hippokrates kannst du mir gute Dienste erweisen. Man wird mich als Feldchirurgen höher schätzen. Du siehst, wir beide haben eine große Zukunft vor uns, wenn wir uns nur einig sind.« Er blickte sie fragend an und hielt ihr seine Hand hin.

»Wir sind uns einig.« Maria schlug ein.

KAPITEL 5

Zwei Tage, nachdem Maria sich der Heereseinheit und dem dazugehörigen Tross angeschlossen hatte, machte sich Aufregung breit.

»Wir brechen auf«, erklärte Anna ihr. Selbst die sonst so ruhige Frau, in deren Zelt Maria eine einfache Pritsche hatte und ihr Bündel lassen konnte, hatte gerötete Wangen und bewegte sich schneller als üblich. »Der Obrist sagt, von Wallenstein persönlich habe den Befehl übermitteln lassen.« Sie ahmte den Obristen nach. In der ihr eigenen einfachen Art vervollständigte sie die Information: »Dänische Truppen stehen bei Belgard. Hab gehört, da gibt's Salz.« Sie rieb sich die Hände. »Da können wir gute Beute machen.«

In atemberaubender Geschwindigkeit wurden die Zelte abgebaut. Alles was in ihnen gewesen war, wurde entweder auf Leiterwagen, Esel oder alte Ackergäule geschnallt oder auf den eigenen Buckel geladen. Als Handwerker, Marketender, der Arzt mit seinem Lazarett und die vielen Frauen und Kinder der Soldaten losmarschierten, hatten die Soldaten bereits einen guten Vorsprung. Der Wind trug Fetzen ihrer Stimmen herüber, sie sangen Lieder, in denen es nicht um Heldenmut, sondern um Kameradschaft und immer wieder um den Tod ging. Maria schnaufte unter der Last des Bündels, das sie zu tragen hatte. Gustav hatte ihr gerne ein paar Gerätschaften überlassen, die er sonst selbst hätte schultern müssen. Er wusste, dass sie sich niemals gegen ihn auflehnen würde. Ihm war klar, dass sie mit der Gruppe ziehen wollte, und es wäre ein Leichtes für ihn gewesen, sie als Hexe zu diffamieren, also nutzte er ihre Abhängigkeit aus und ließ sie schuften. Ihr sollte es recht sein. Die Hauptsache, man schickte sie nicht wieder fort. Denn Maria fühlte sich wohler, als sie jemals erhofft hatte. Gleich nachdem sie das Lazarett zum ersten Mal wieder verlassen und sich notdürftig bei Anna eingerichtet hatte, hatte sie einen Tee aus Holunderblüten gekocht und der Frau gegeben. Am Abend hatte sie ihr außerdem einen kleinen Löffel Honig mit Spitzwegerich verabreicht, das Gleiche am folgenden Tag noch einmal. Anna hustete bereits etwas weniger. Es zeigte sich, dass die hagere Frau herzensgut war. Sie achtete streng darauf, dass Maria die gleiche Essensration bekam, die sie auch für sich selbst beanspruchte.

»Es gab Zeiten, da hab ich drei hungrige Mäuler durchbringen müssen. Da werde ich jetzt wohl dich Spätzchen durchfüttern können«, hatte sie erklärt. Am Abend, als beide auf ihren Pritschen gelegen und darauf gewartet hatten, dass der Schlaf sie von der Last des Tages erlösen möge, hatte Anna zu erzählen begonnen.

»In der Nähe des Dorfes, in dem ich lebte, hat ein Regiment Station gemacht. Ich war fast noch ein Kind«, sagte sie mit rauer Stimme. »Bei den Soldaten waren stramme Kerle, aber auch Burschen, die kaum älter warn als ich. Gierig warn se alle, hatten noch nie 'n Weib gehabt oder lang nich mehr. Bei der Kirmes flossen Wein und Bier in Strömen. Da ham die sich um ihrn Verstand gesoffen, wenn se je welchen hatten. Einer, ein Kerl wie ein Wäscheschrank, hat mich mit sich genommen. War mein erster Mann«, verriet sie leise. »Hab ins Kissen beißen müssen, um nich zu schreien. Der war ja viel zu groß und prall für mich.« Maria spürte, wie sie errötete, und war froh, im Dunkeln zu liegen. »War aber ein Guter«, setzte Anna hinzu. »Hat mich immer gut behandelt, da gab's nix zu meckern.«

»Du bist mit ihm gegangen?«

»Er hat mich geheiratet.«

»Oh wirklich? Ich meine, ich dachte ...« Maria war vollkommen verwirrt. »Du sagtest, er hat dich mitgenommen. Das hörte sich an, als hätte er nicht viel gefragt.«

Aus der Dunkelheit kam ein leises Lachen. »Bestimmt nich! Nur weißt, sich eine Frau zu packen und sie ins Lager zu schleppen, ist das eine, sie dort zu halten, was ganz anderes. 'ne Kriegsehe is nich grad 'ne Liebesheirat. Da geht's drum, sich gegenseitig zu versorgen, zusammen auf Beutezug zu gehen. Wie willst das machen, wenn ständig Angst haben musst, dein Weib könnt abhauen? Und das hätt ich leicht gekonnt. Der Rudolf, so hieß mein Mann, der Rudolf hätt mich schlecht von früh bis spät bewachen können. Schon gar nich, wenn's in den Kampf ging.« Sie seufzte. »War 'n guter Mann, mein Rudolf.«

»Er ist tot?«

»Bei Dessau hat's ihn erwischt. Gab nich so viele Tote wie sonst. Wir hatten die andern schnell besiegt.« Sie sagte das, als hätte sie an vorderster Front mitgekämpft. »Tja, is 'n schöner Sieg, wenn dabei draufgehst, was?«

Von Wolgast aus waren sie südlich um das Achterwasser herum marschiert. Zumindest wusste Maria ihr geliebtes Usedom noch in der Nähe. Obwohl sie nicht ernstlich darüber nachdachte, ihren Plan aufzugeben, fühlte es sich gut an, zu wissen, dass sie noch riskieren konnte, allein zurückzugehen. Sie hatte sogar noch genug Proviant, um es bis nach Hause zu schaffen. Die vermeintliche Sicherheit dauerte nicht lange an. Sie marschierten Tag für Tag, brachten Meile um Meile zu Fuß hinter sich. Bald machten Blasen an Ferse und Zehen Maria das Laufen noch beschwerlicher. Glücklicherweise fand sie erste Kamillenblüten und legte sie auf die offenen Stellen. Sie überquerten Gewässer mit Hilfe von Brücken, die ein mitreisender Trupp von Handwerkern eigens für sie baute. Sobald der letzte Karren darübergerumpelt war, verschwand die Brücke noch schneller, als sie entstanden war. Man wollte dem Feind das Leben nicht leicht machen, falls er diesen Weg entlangkäme. Sie hielten sich nordöstlich und strebten auf Belgard zu, wie man sie wissen ließ. Mal ging es an Feldern vorbei, dann wieder durch dichten Wald. Maria sah Äcker, auf denen man das Getreide verdorben hatte, indem Reiter hindurchgejagt waren, oder man ein Feuer entzündete, das sich rasch durch die trockenen Halme gefressen hatte. Beim pommerschen Plathe, einer Ortschaft mit zwei prächtigen Burgen, lernte sie kennen, was es bedeutete, auf Beutezug zu gehen. Söldner und ihre Trossbuben, Fuhr- und Zimmerleute, Schanzknechte, Schmiede, Frauen und Kinder zogen plündernd durch die Straßen. Sie trugen zusammen, was sie kriegen konnten, vor allem Decken, Kissen, Kleider und Schuhe, Dinge, die auf dem Marsch gelitten hatten oder verlorengegangen waren und ersetzt werden mussten. Besonders glücklich war, wer einen Krug Wein, womöglich ein Stück Schinken, silberne Gürtelschnallen oder einen Taler ergattern konnte. Anna war vorne mit dabei, wenn es darum ging, die in der Truppe zu versorgen, die zu alt oder zu schwach waren, selbst loszuziehen. Und sie hatte keinerlei Hemmungen, sich Kostbarkeiten zu nehmen, die sie in die Finger bekommen konnte. Der Krieg war ihr ein strenger Lehrmeister gewesen. Als sie ins Lager zurückkehrte, fiel Maria ein Stein vom Herzen. Gewiss, das war kein Kampfgetümmel gewesen, in das sich Anna gestürzt hatte, doch freiwillig würden die Bewohner von Plathe ihr Hab und Gut nicht hergeben. Man musste immer damit rechnen, dass einer in der Not oder in rasender Wut erschlagen wurde. Maria schämte sich, dass unschuldige Leute überfallen und geplündert wurden, dass sie von deren Essen nahm und sich nicht einmal in Gefahr brachte, indem sie mit den anderen ging. Doch Anna versicherte ihr, sie mache sich nützlicher, wenn sie bei Gustav bliebe, Tinkturen ansetzte und sich bereithielt, falls jemand mit Blessuren vom Beutezug zurückkehrte.

Von Plathe nach Belgard waren es drei weitere Tagesmärsche. Maria hatte den Bernstein in ihrem Bündel beinahe vergessen, so sehr beschäftigten sie das Laufen, das Auf- und Abbauen des Lagers, das Ansetzen von Kräutersud und die Versorgung von Pit, dem Jungen, dem Gustav den Unterschenkel abgesägt hatte. Wie es aussah, hatte der Bursche Glück, der Stumpf färbte sich nicht schwarz, roch nicht und schien weniger Schmerzen zu verursachen, als Maria angenommen hätte.

»War meine erste Amputation«, hatte Pit ihr stolz strahlend erklärt, als er dauerhaft zu Bewusstsein gekommen war.

»Ebenso wie meine«, hatte Gustav zwischen geschlossenen Zähnen hervorgebracht.

»Ich habe nicht geschrien«, berichtete der Junge weiter. Seine Brust platzte beinahe, so sehr plusterte er sich auf. Doch nicht lange, dann fiel er ein wenig in sich zusammen. »Kann mich jedenfalls nicht dran erinnern, gejammert zu haben wie ein Waschweib.«

»Selbst für den stärksten Mann müssen die Schmerzen

zu viel gewesen sein«, hatte Maria eingewandt, während sie seinen frisch gereinigten Stumpf wieder fest mit Verband umwickelte. »Jeder hätte geschrien und geweint.«

»Ich nicht!« Pits Augen leuchteten. »Sie ham mir Branntwein gegeben. Ha, danach habe ich geschlafen wie ein Bär.«

»War ein Wacholderbrand«, meinte Gustav beiläufig. »Die Frau eines Söldners hatte ein paar Flaschen von einem Beutezug mitgebracht.« Er lächelte schief und deutete dann auf Pit. »Er vergisst zu erwähnen, dass wir ihn zunächst am Tisch festgebunden haben. Nachdem wir ihm den Brand eingeflößt hatten, hat er noch ein Stück Leder zwischen die Zähne gekriegt. Darum hat er nicht gebrüllt wie ein Ochse.«

Vor Belgard richteten sie sich für länger ein. Maria zuckte jedes Mal zusammen, wenn es in der Ferne krachte und der Boden vibrierte.

»Sind nur die Kanonen«, meinte Anna und wollte sie damit wohl beruhigen. Maria konnte sich jedoch nicht daran gewöhnen.

»Es klingt, als schlügen sie nur Schritte vom Lager entfernt ein. Bist du sicher, dass nicht unversehens eines der Zelte getroffen werden kann?« Annas Antwort war ein Schulterzucken.

Eine der Frauen, die mit einer Schale voller Grütze zum Schlachtfeld rannten, um ihre Männer zu versorgen, kam leichenblass ins Lazarett.

»Wenn die nur schießen würden oder mit ihren Piken unsere Leute aufspießen, aber diese Kugeln … Die fressen 'ne richtige Schneise in die Formation der Soldaten. Zig Tote auf einen Schlag«, berichtete sie zitternd. »Von denen bleibt nich viel übrig. Arme und Beine liegen überall rum. Ein blutiges Durcheinander is das.« Sie schüttelte entsetzt den Kopf. Maria machte ihr einen Kamillentee, weil sie nicht wusste, was sie ihr sonst gegen den Schrecken geben konnte. Und sie hörte ihr zu, wenn sie sich auch viel lieber etwas in die Ohren gestopft hätte. Sie hatte sich daran gewöhnt, dass es ihre Aufgabe war, dem Feldarzt Gustav zur Seite zu stehen. Nur nachts, wenn sie das Kissen mehr neben als unter ihren Schädel schob und die spitzen harten Brocken spürte, die darin eingenäht waren, dachte sie wieder an den Grund ihrer Reise, den Wert, den sie mit sich trug, und die unermessliche Bedeutung, die das Gelingen ihres Plans für ihren Vater, für Georg und die Leute von Coserow hatte. Dann wusste sie wieder, wofür sie all die Schrecken ertrug. Mehr als einmal träumte sie von abgetrennten Gliedmaßen, durch die sie waten musste wie durch das flache Achterwasser. Manchmal schreckte sie mitten in der Nacht hoch mit rasendem Herzen und schweißnasser Stirn. Dann brauchte sie lange, um ihre Angst und das Gefühl der Einsamkeit zu bekämpfen und sich so zu beruhigen, dass sie wieder einschlafen konnte. In anderen Nächten wurde Anna von Marias Stöhnen und Jammern wach und trat zu ihr ans Bett. Maria war froh, wenn sie die raue Stimme der

Frau hörte, die ihr mittlerweile ans Herz gewachsen war wie eine Tante oder ältere Schwester. Anna pflegte sie in den Arm zu nehmen und zu wiegen, wie Marias Mutter es früher getan hatte, als sie noch klein war. Sie blieb einfach bei ihr sitzen, bis Marias Herzschlag wieder seinen Rhythmus fand. Am nächsten Morgen verlor Anna kein Wort darüber. Niemals beschwerte sie sich, dass ihr kostbarer Schlaf unterbrochen worden war, nie beklagte sie sich über die Unruhe, die mit der Mitbewohnerin ins Zelt eingezogen war. Sie erledigte, was eben zu erledigen war. Dazu gehörte das Stehlen ebenso wie das Trösten.

An einem warmen Tag, an dem die Sonne den Menschen im Tross vorgaukelte, es gebe Anlass zu Zuversicht und Freude, blieb es lange Zeit still. Kein Kugelhagel, keine Schreie verletzter Soldaten, die gebracht wurden, kein Klagen von Frauen, die ihre Männer soeben in tausend Stücke gerissen auf dem Feld gefunden hatten. Maria fühlte sich so leicht und sorglos wie seit langer Zeit nicht mehr. Sie summte ein Lied, während sie Wäsche, die sie in einem Steintrog geschrubbt hatte, auf eine Leine hängte, die von Zelt zu Zelt gespannt war. Ihr kam ein Satz von Horaz in den Sinn. *Genieß die Gegenwart mit frohem Sinn, sorglos, was dir die Zukunft bringen werde*, hieß es da. *Doch nimm auch bittern Kelch mit Lächeln hin – vollkommen ist kein Glück auf dieser Erde*. So war es. Was sollte sie sich über das, was sie noch erwartete, sorgen. Sie konnte es nicht ändern. Und es half nicht, wenn sie an diesem schönen Morgen nur an das Schreckliche dachte, das um sie herum geschah. Eine Stirn voller Falten würde niemandem nutzen. Sie trällerte ihr Liedchen lauter und folgte dem klugen Rat von Horaz, lächelte und genoss die wärmenden Sonnenstrahlen auf ihrer Haut und den betörenden Duft eines nahen Fliederbusches, der in prachtvoller violetter Blüte stand.

»Hilfe! Gustav, Maria, schnell! Mein Herr ist getroffen! Los doch, ihr Faulpelze, wo steckt ihr nur?« Maria ließ die nasse Wäsche zurück in den Korb fallen und rannte los. Vorbei war es mit Ruhe und Frieden.

Als sie keuchend am Lazarettzelt ankam, sah sie einen der Trossbuben. Sie hatte ihn manches Mal reden hören, er hatte eine besonders große Klappe. Seinen Namen kannte sie nicht.

»Na endlich!«, fuhr er sie an. »Ich dachte schon, ihr wartet, bis mein Herr verblutet ist. Wo ist Gustav, dieser Waschlappen? Nicht genug, dass er nicht selbst wie ein Mann dem Feind gegenübersteht, nee, nicht mal, wenn er hier gebraucht wird, ist er da.«

»Ehe du noch lange Reden hältst, hilf mir lieber, deinen Herrn auf den Tisch zu legen«, wies Maria ihn ruhig an. Insgeheim gab sie ihm recht. Wo steckte Gustav? Aus zwei Wunden des Verletzten sprudelte das Blut wie aus einem Springbrunnen. Da konnte sie mit einer Kamillentinktur oder Spitzwegerich-Tee nichts ausrichten. Der angebliche Arzt musste die Hilferufe doch genauso gehört haben wie sie.

»Zwei Pistolenkugeln haben ihn erwischt«, berichtete der Junge. »Eine, als er schon eingeknickt ist wie ein Grashalm. Ich konnte ihn gerade noch aus der Schusslinie ziehen, sonst hätte der Feind ihn erledigt. Mein Herr kann froh sein, dass ich vor nichts Angst habe.«

»Ja, da hat er wirklich Glück.« Maria betrachtete den getroffenen Soldaten, der vor ihr auf dem Tisch lag.

»Mich haut so schnell nichts um«, schwadronierte der junge Kerl weiter. »Wenn ich kämpfen würde, hätte der Gegner schon verloren. Ich weiß nämlich, wie man sich gefroren macht gegen Kugeln oder Speere. Die könnten mir nichts anhaben, weil ich immer das hier dabei habe!« Sie sah kurz auf. Er hatte seine Brust entblößt, darauf baumelte an einem dünnen Strick ein Beutel aus schwarzem Fell. »Den Pelz habe ich eigenhändig einer Katze über die Ohren gezogen«, erklärte er voller Stolz. »Im Beutel habe ich ein Stück von einem Henkersseil. Hat einem um den Hals gelegen, als sein letztes Stündchen geschlagen hat. Wer so was trägt, ist unverwundbar.«

Maria seufzte. Wie konnte man nur einem solchen Aberglauben aufsitzen? Das konnte dem Herrgott nicht gefallen. Andererseits war es in diesen Zeiten womöglich nicht wichtig, woran man sich festhielt, was einem die Angst nahm. Die Hauptsache, man hatte irgendetwas, und wenn es auch ein dummes Henkersseil in einem Fellbeutel war. Sie zerschnitt das Hemd und die Hose des Soldaten und legte vorsichtig die blutdurchtränkten Stoffstreifen zur Seite. Wo um Himmels willen steckte Gustav?

»Wir brauchen den Feldchirurgen«, stellte sie fest und blickte auf, direkt in das fahle Gesicht des Trossbuben. Der starrte auf die zerfetzte Haut, aus der der Lebenssaft blubberte. Wie es aussah, gab es durchaus etwas, das ihn umhauen konnte. »Geh ihn suchen!«, kommandierte sie laut. Der Junge nickte und verließ hastig das Zelt.

Maria tauchte eine Zange in das heiße Wasser, das stets auf einer Feuerstelle bereitstand. Dann nahm sie ein sauberes Tuch und tunkte es ebenfalls in den Bottich.

»Ich werde jetzt deine Wunden säubern«, sagte sie zu dem Fremden auf dem Tisch. Sie musste sich selber Mut zusprechen, denn es fühlte sich grauenvoll an, allein mit einem Menschen zu sein, der um sein Leben kämpfte. Sie musste ihm helfen und hatte keine Ahnung, wie sie das tun sollte. Wenn doch nur Gustav …

In dem Moment flog der Stoff vor dem Zelteingang zur Seite, und der vermeintliche Arzt war da. Gottlob!

»Lebt er noch?« Gustav stopfte sich das fleckige Hemd in die Hose. Der Trossbube des Verletzten war hinter ihm in das Zelt geschlüpft. Sein Auftreten hatte sich gründlich verändert. Er blieb so weit von seinem Herrn entfernt stehen, wie es nur ging. Von dort spähte er mit langem Hals herüber.

»Ja, er lebt. Wo hast du nur so lange gesteckt?«, fragte Maria leise.

»Man wird doch noch ausruhen dürfen«, knurrte Gustav. Sein Atem roch streng nach Wein und Tabak. Wahrscheinlich hatte er einen langen Abend am Spieltisch verbracht. Sie konnte nur hoffen, dass er beim Würfeln nichts eingesetzt hatte, was sie für die Patienten benötigten.

»Er ist von Pistolenkugeln getroffen worden«, ließ Maria ihn wissen.

»Stecken die noch drin?«

Sie hob hilflos die Schultern. »Das weiß ich nicht.«

»Bestimmt«, rief der Junge aus der hintersten Ecke. »Hätte ich gesehen, wenn die rausgeflogen wären.«

Gustav drehte den Soldaten und suchte seinen Rücken und die Rückseite des Beins ab. Gleich darauf ließ er ihn grob wieder zurückrollen. »Wenn die hier rein sind«, meinte er nachdenklich und deutete auf die beiden Wunden, »müssten die woanders wieder rausgekommen sein. Zu sehen ist nichts, also stecken sie noch drin.«

Das leuchtete Maria ein. »Die Zange ist sauber«, sagte sie.

»Gut.« Er griff danach und hielt sie ihr hin.

Maria riss die Augen auf. »Was soll das?«

»Du machst das.«

»Du machst Scherze«, entgegnete sie atemlos. »Ich finde nicht, dass es die richtige Zeit dafür ist.«

»Finde ich auch nicht.« Er senkte die Stimme. »Bei mir sind bisher alle hopsgegangen, denen ich Munition rausgepult habe. Wenn du es nicht probierst, ist der Mann tot. Ich kann ihm das Bein absägen.«

»Aber nein, du kannst ihn nicht einfach zum Krüppel machen«, widersprach sie.

»Das würde auch kaum helfen, den Rumpf kann ich ihm schlecht auch noch abnehmen, oder? Nur steckt darin dummerweise die zweite Kugel«, zischte er. »Es gibt keinen anderen Weg.«

Maria spürte Panik in sich aufsteigen. »Es muss doch eine Möglichkeit geben«, stotterte sie.

»Die gibt es. Du machst das«, wiederholte er. Und noch leiser setzte er hinzu: »Dir stehen Hexenkräfte zur Verfügung, vergiss das nicht.« Sein Blick ließ keinen Zweifel daran, dass er es ernst meinte. Sie würde tun müssen, was er verlangte, sonst starb der Mann auf dem Tisch, und Gustav würde sie, ohne zu zögern, dem Scheiterhaufen überlassen. »Na, los!«, schrie er sie an.

Maria nahm die Zange entgegen. Ihre Hand zitterte. Na schön, sie würde es versuchen. Sie wollte sich einfach vorstellen, es wäre ein Kirschkern, den sie aus dem Fruchtfleisch zieht. Das Bluten war weniger geworden. Gustav wischte und tupfte die Haut um die Löcher sauber.

»Gibt's noch etwas von dem Wacholderbrand?« Maria sah Gustav an.

»Gute Idee!« Er eilte zu einer Kiste, holte eine Flasche heraus und war mit zwei Schritten wieder bei dem Verletzten.

»Nicht für ihn«, sagte Maria, »für mich.« Sie nahm ihm den Brand aus der Hand, setzte an und trank einen kräftigen Schluck. Das Zeug biss wie flüssiges Feuer in ihrer Kehle. Maria stellte die Flasche zurück und schnappte erschrocken nach Luft. Bisher hatte sie nur Wein und Bier gekostet, das hier war etwas ganz anderes. Wie konnten die Männer nur freiwillig davon trinken? Immerhin, sie spürte eine angenehme Wärme, die sich in ihrem Bauch ausbreitete.

»Gott, steh mir bei«, flüsterte sie. »Dann mal los.« Die erste Kugel steckte im Oberschenkel. Maria zog die Haut behutsam auseinander. »Ich hoffe, ich tue dir nicht weh«, murmelte sie. Zögerlich tastete sie nach der Kugel und hatte Glück. Das Geschoss war nicht weit in das Fleisch gedrungen. Maria bekam sie beim dritten Versuch zu packen und zog sie heraus.

»Ich wusste, du kannst es«, meinte Gustav und grinste über das ganze Gesicht. »Jetzt noch die zweite, und es ist geschafft.«

Wenn es nur so einfach wäre. Das Blei musste irgendwo im Bauch des Mannes stecken. Maria versuchte es, wie sie es zuvor gemacht hatte, doch da war nichts Hartes, das sie ertasten konnte. Sie drückte, drang mit dem Finger in das Gewebe ein, bohrte tiefer.

»Es tut mir so leid«, wisperte sie. »Wenn du mir nur sagen könntest, wo das Teufelsding ist.« Maria war der Verzweiflung nahe. Sie durfte nicht aufgeben. Schon gar nicht bei dieser Kugel. Das Bein hätten sie ihm zur Not abtrennen können, doch wenn sie jetzt aufgab, war das sein sicherer Tod. Sie musste es einfach schaffen. Maria wischte sich mit dem Handrücken über die Wangen, die von Tränen nass waren. Plötzlich hatte sie ein Bild vor Augen. Als sie noch ein Kind gewesen war, hatte sie den alten Fischer Ernst begleitet, als er die Angelschnüre eingesammelt und die Beute von den Haken gelöst hatte. Sie sah ihn vor sich, als stünde er in diesem Moment bei ihr im Zelt und löste Aal, Hecht und Zander geschickt von den tödlichen Spitzen. Ihr war aufgefallen, dass er die sich krümmenden Fische kurz gerade gezogen hatte, ehe er die Haken entfernte.

»Was hast du vorhin gesagt?« Maria wandte sich an den Trossbuben, der seit einer Weile vor sich hin murmelte, dass er sich wohl einen neuen Herrn suchen konnte und nie im Leben einen finden würde, der so gut zu ihm sei. Er verstummte und sah sie fragend an. »Noch hast du einen Herrn«, erklärte sie bestimmt, »und du kannst ihm sogar helfen, noch nicht dran glauben zu müssen. Erzähl mir noch mal, wie es passiert ist. Er wurde zuerst ins Bein getroffen, richtig?«

Er nickte verwirrt. »Jawohl. Und danach in den Leib«, sagte er leise.

»Für Plauderstündchen ist keine Zeit«, mischte Gustav sich ein. »Kriegst du sie raus oder nicht?«

Maria kümmerte sich nicht um ihn. »Was hast du vorhin gesagt?«, beharrte sie. »Er ist nach der ersten Kugel eingeknickt?«

»Wie ein Grashalm«, beendete er den Satz.

»Komm her!«

»Ich?«

»Gustav hat recht, wir haben keine Zeit zu verlieren. Also los«, fuhr sie ihn an. Er gehorchte. »Zeig mir, wie er gehockt oder gekniet hat, als er zum zweiten Mal getroffen wurde.«

Der Bursche war so verunsichert, dass er nicht daran dachte, die Flucht zu ergreifen. Stattdessen krümmte er sich, als wäre ihm soeben ein Geschoss in den Oberschenkel gejagt.

»So ungefähr hat's ausgesehen«, meinte er.

»Hilf mir, ihn umzudrehen«, kommandierte sie.

»Was soll das Theater?« Gustav verlor allmählich die Geduld.

»Wenn der Fisch den Köder schluckt, ist er gestreckt. Er krümmt sich erst danach zusammen. Zum Herausziehen musst du den Fisch wieder strecken. So probiere ich es hier auch.«

So einfach, wie Ernst einen Haken aus einem Aal hatte ziehen können, war es längst nicht, doch schließlich funktionierte Marias Plan. Sie ließ das Stück Blei auf einen verbeulten Zinnteller fallen. Ein Gefühl durchströmte sie, wie sie es bisher höchstens empfunden hatte, wenn sie die Ernte vom Gemüsebeet eingebracht hatte. Nur dass dies hier um so vieles intensiver war. Maria beobachtete den Brustkorb des Patienten, wie er sich hob und senkte. Nicht sehr stark, doch regelmäßig und sichtbar. Welch eine Erleichterung! Noch war er am Leben.

»Ist das Öl bereit?« Sie wandte sich zu Gustav um. Der machte ein zerknirschtes Gesicht. »Was?«

»Ist keins mehr da«, gab er kleinlaut zu. »Ich hab's eben gesehen, der Bottich ist leer.«

Das durfte doch nicht sein. Maria hatte keine Ahnung, wie die schmerzhafte Prozedur wirken sollte, doch sie hatte gelernt, dass es unerlässlich war, siedendes Öl in eine Wunde zu geben, damit sie sich schließen konnte. Das war es jedenfalls, was man ihr erklärt hatte.

»Und jetzt?« Sie wischte sich den Schweiß vom Gesicht. Gustav zuckte nur die Achseln.

»Nee, das glaub ich doch nicht«, schimpfte der Trossbube, der wieder Farbe auf den Wangen hatte. »Ihr holt ihm die Dinger raus und lasst ihn dann hopsgehen, weil kein Öl da ist?« Er sah böse von einem zum anderen.

»Dein Herr wird nicht sterben«, stellte Maria entschlossen fest. »Bin gleich wieder da.« Sie rannte los, geradewegs zu Annas Zelt.

»Gottlob, du bist da«, platzte sie los. »Du hast gesagt, du hast in Plathe ein Fläschchen Geranium-Öl gefunden.«

»Allerdings. Möchtest du mal dran schnuppern?«

»Nein, Anna, ich will nicht daran schnuppern, ich will es haben.« Es war nicht zu übersehen, dass Anna mit dieser Vorstellung alles andere als einverstanden war. »Nicht für mich, für einen Soldaten, der sonst sehr wahrscheinlich stirbt. Dein Öl ist eine Hoffnung für ihn. Ich gebe dir etwas anderes dafür.« Es ging nicht anders, sie würde in einem heimlichen Moment einen kleinen Bernstein aus ihrem Kissen holen und Anna geben müssen. Sie würde ihr erklären, dass es alles war, was sie besaß. Maria konnte es nicht leiden, sie zu belügen, doch die Wahrheit war zu heikel. »Bitte, Anna!«, flehte sie.

»Na, da bin ich gespannt, was ich dafür bekomme«, brummte sie vor sich hin, während sie aus ihrem Schatzkästchen, wie sie eine kleine Holzkiste mit nur einem Fuß nannte, das Fläschchen hervorholte und Maria reichte.

»Danke, Anna, der Herrgott wird dich dafür belohnen.«

»Ich hoffe, nicht nur der«, hörte Maria sie krächzen, als sie schon wieder auf dem Weg zu dem Patienten war.

Die Menge Öl war erschreckend gering. Sie brauchte nicht einmal daran zu denken, sie erhitzen zu wollen. Kurz vor ihrem Ziel kam sie an einem kleinen Haufen Stroh vorbei, in dem ein Huhn ein Ei hinterlassen hatte. Maria bückte sich und ließ es in ihre Hand verschwinden, ohne richtig stehen zu bleiben. Sie schämte sich, denn der, dem das Huhn gehörte, wäre über diesen Fund gewiss sehr erfreut gewesen. Sie wusste nicht einmal, ob er ihr nützen würde. Doch schien es ihr ein Wink des Himmels zu sein, ihr das Ei gewissermaßen vor die Füße zu legen, während sie gerade darüber nachgedacht hatte, womit sie das Geranium-Öl vermengen konnte, ehe sie es auf die Wunden brachte.

»Was soll das werden?«, fragten Gustav und der Knabe wie aus einem Mund, als sie das Fläschchen abstellte, das Ei aufschlug und schließlich Öl und Ei miteinander verrührte.

»Fragt mich lieber nicht.«

»Sie hatte zu viel von dem Wacholder«, flüsterte der Trossbube. »Am Ende bringt sie ihn noch um.«

»Dann hat's so sein sollen«, stellte Gustav gelassen fest. Im nächsten Augenblick packte er den Jungen am Schlafittchen. »Dass eins klar ist: Du erzählst jedem, dass der Feldchirurg die Kugeln herausgeholt hat. Die da hat nur die Zange gereicht und das Öl geholt. Erfährt auch nur einer, dass es die Frau war, die die Kugeln gezogen hat, werden wir beide behaupten, du seist ein elender Lügner. Noch was: Wenn er stirbt und du posaunst herum, wer deinen Herrn in den Fingern hatte, werden wir sagen, du hast dir zu lange Zeit gelassen, ihn vom Feld zu schleppen. Er war schon tot, als er auf den Tisch kam. Das werden wir sagen.« Der Knabe tat Maria beinahe leid, dennoch nickte sie mit ernstem Gesicht. Es wäre nicht klug, wenn sich herumsprach, dass eine Frau eine Operation durchgeführt hatte. Wenn man sie schon für eine Hexe hielt, nur weil sie die lateinische Sprache beherrschte, was würde man über sie sagen, wenn sie die Arbeit eines Arztes getan hatte?

Drei weitere Tage dauerte die Schlacht. Der Gestank im Lazarettzelt war nur schwer zu ertragen. War der Tisch frei, wurde der nächste Verletzte hereingetragen. Man konnte kaum einen Schritt machen, ohne über ein Strohlager zu stolpern, auf dem ein Mann lag und stöhnte oder still starb. Maria und Gustav schufteten von Sonnenaufgang bis zum Dunkelwerden. Selbst bei Kerzenlicht wechselten sie noch einen Verband oder rasierten den Söldnern die Haare ab, weil sie von Läusen befallen waren. Schlaf war den beiden nur wenig vergönnt. Darum atmete Maria auf, als die Nachricht die Runde machte, die Dänen hätten sich zurückgezogen, die Schlacht sei beendet.

»Der Obrist hat gesagt, wir können uns noch Salz holen oder was wir sonst eben kriegen können«, erzählte Anna, und ihre Augen blitzten. »Danach ziehen wir weiter nach Süden.«

»Nach Süden?« Maria erschrak. »Ich dachte, wir ziehen nach Osten in Richtung Danzig.«

Anna schüttelte den Kopf und sah sie mitleidig an. »Hab nich mehr dran gedacht, du willst zu deinem Onkel. Das is dumm. Da kommst nu nich mehr hin.«

»Aber ich muss! Wie weit ist es noch bis zur Stadt?«

»Zehn Tagesmärsche bestimmt, wenn nich mehr. Das kannst vergessen.«

Maria wurde schwindelig. Die Erschöpfung und das Entsetzen über die schlechte Neuigkeit nahmen ihr den Halt. Sie ließ sich auf ihre Pritsche sinken.

»Bist ja ganz blass. Nu mach dir man keine Sorgen«, tröstete Anna sie. »Kommst eben mit nach Süden. Bist doch gut versorgt bei uns. Besser isses in Danzig auch nich. Und der Gustav weiß doch gar nich mehr, wie er ohne dich klarkommen soll.« Ehe Maria etwas darauf entgegnen konnte, verabschiedete Anna sich: »Ruh du dich man aus, ich will sehn, was ich kriegen kann.« Sie rieb sich voller Vorfreude die Hände. Dann wurde sie ernst und erklärte, wie schon beim letzten Mal, als sie zum Plündern gezogen war: »Wenn ich nich wiederkomm, nimmst dir, was du brauchst. Weißt ja, wo meine Schätze sind.« Maria wollte Einspruch erheben. »Kannst nie wissen, ob du zurückkommst. Und wenn nich, soll nich irgend so'n schlechter Mensch mein Zeug haben.« Fort war sie.

Maria überlegte, was alles zu tun sei. Wie von alleine zog sie die Füße auf die Pritsche und streckte sich aus. Anna hatte recht, ein wenig durfte sie wohl ausruhen, ehe sie weiterschuftete. Gut möglich, dass beim Beutezug jemand verletzt wurde. Dann wurde sie gebraucht und musste wach und konzentriert sein. Sie würde nur für eine kleine Weile die Augen schließen und die Stille im Lager genießen.

Maria erwachte von einem Rascheln. Sie musste ihre Gedanken ordnen, ganz zu sich kommen. Dem Licht nach zu urteilen, stand die Sonne schon recht tief. Das bedeutete, sie hatte lange geschlafen. Maria rieb sich einmal über das Gesicht, da nahm sie aus dem Augenwinkel eine Bewegung wahr. Jemand machte sich an Annas Sachen zu schaffen, jemand, der nicht Anna war!

»He!« Sie sprang mit einem Satz von ihrem Schlaflager. »Was hast du da zu suchen?«

Die Gestalt drehte sich um. Es war ein dünnes Mädchen mit verfilztem zotteligem Haar, das ihm bis zum Po reichte. Ein Paradies für Läuse! Die Kleine mochte acht, höchstens neun Jahre alt sein.

»Ich hol nur, was niemandem mehr gehört.« Schon drehte sie sich wieder um und durchwühlte einen Korb, in dem Annas Röcke und eine wollene Jacke lagen.

Maria wurde das Herz schwer. »Diese Sachen gehören sehr wohl jemandem. Anna wohnt hier mit mir. Wenn sie zurück ist, solltest du lieber nicht mehr hier sein. Sie legt dich glatt übers Knie.«

Das Mädchen schüttelte eifrig den Kopf. Die Haare flogen um sie herum, und ein muffiger Geruch waberte zu Maria hinüber. »Die große Dürre legt keinen mehr übers Knie. Die ham sie beim Salzklauen erwischt und ihr den Schädel gespalten.« Es klang fröhlich und unbekümmert, als würde sie davon erzählen, wie sie mit einem Straßenköter herumgetollt hatte.

»Du lügst«, schrie Maria das Kind an. Ihr wurde schwarz vor Augen, sie musste sich festhalten. Die Kleine erstarrte in der Bewegung und sah sie ängstlich aus ihren großen Augen an, die in tiefen dunklen Höhlen lagen. »Hier«, stammelte Maria, bückte sich und holte unter einer zerschlissenen Decke ein Säckchen Mehl und ein Glas mit eingekochten Ackerbohnen hervor. »Das kannst du haben, der Rest gehört mir«, flüsterte sie. Die Kleine schnappte sich ihre Beute und rannte davon. Anna war tot. Maria schlug die Hände vor das Gesicht und weinte. Wäre die Frau mit der kratzigen Stimme und dem großen Herzen nicht gewesen, Maria hätte sich dem Tross womöglich nie anschließen dürfen. Dann wäre sie wahrscheinlich selbst nicht mehr am Leben. Minutenlang schluchzte sie, doch der Schmerz des Verlustes wollte nicht geringer werden.

»Du hast es überstanden«, flüsterte sie schließlich und tupfte ihre Augen trocken. »Du bist jetzt bei deinem Rudolf.« Vor ihr selbst lag dagegen noch ein weiter Weg. Und der führte gewiss nicht nach Süden, wo sie ihren Bernstein niemals würde verkaufen können. Sie holte einmal tief Luft und drückte das Kreuz durch. Trauern und sich gehen lassen war keine Lösung. Ihr blieb nur eins: Sie musste den Tross ziehen lassen und sich allein nach Danzig durchschlagen. Sie musste Meister Schindler aufsuchen, und es gab niemanden, der sie hätte begleiten oder gar beschützen können. Ihr blieb nichts anderes übrig.

Maria hatte sämtliche Vorräte eingepackt, die Anna gehortet hatte, und die sie tragen konnte. Auch die Wolljacke hatte sie in ihr Bündel gestopft. Die heißesten Tage des Sommers würden nicht mehr lange auf sich warten lassen, trotzdem war es in den Nächten noch empfindlich kühl. Wenn sie draußen schlafen musste, würde ihr die wärmende Wolle gute Dienste leisten. Annas Füße waren größer gewesen als Marias. Trotzdem schlüpfte sie in das Paar Stiefeletten, das ihre Freundin zurückgelassen hatte. Es war beinahe neu. Mit sämtlichen Strümpfen, die Maria finden konnte, saßen sie gut. Ihre alten Latschen bestanden mehr aus Löchern als aus Leder. Mindestens zehn Tagesmärsche. Sie konnte es sich nicht leisten, schon am ersten Abend überall Blasen zu haben.

Zum Schluss holte Maria Annas Schatzkästchen hervor und öffnete es. Darin lagen eine Silberschnalle und ein Ring. Anna hatte erzählt, dass Rudolf ihr einen Ring aus Glas gegeben habe.

»Das gehört sich doch wohl so bei einer Eheschließung«, hatte er gebrummt. »Und wenn's mich auf dem Schlachtfeld erwischt, hast du gleich einen Trauerring.« Maria musste schlucken. Schon wieder stiegen ihr Tränen in die Augen. Schluss damit, vom Weinen wurde es auch nicht besser. Sie schloss die Finger fest um das Schmuckstück.

»Ich werde deinen Trauerring gut bewahren«, versprach sie.

Als alles verstaut war, schob sie den Stoff am Eingang des Zeltes zur Seite und sah in alle Richtungen. Die Abenddämmerung brach über das Lager herein. Hier und da zündete jemand eine Fackel an. Maria musste nur achtgeben, dass Gustav oder einer der Soldaten, die sie an Gustavs Seite gesehen hatten, ihr nicht über den Weg liefen. Die anderen scherten sich nicht groß darum, ob einer kam oder ging. Sie würden schnell bemerken, dass ein gutes Zelt leer stand und sich dort einrichten. Sollten sie. Jeder musste sehen, wo er blieb. Ohne genau zu wissen, wo es nach Danzig ging und wie sie sicher dort ankommen sollte, stahl sie sich davon. Vom Stand der Sonne, die sie tagaus, tagein gesehen hatte, kannte sie immerhin die Himmelsrichtung, wusste, wo Ost und West, wo Nord und Süd lagen. Sie würde einfach nach Nordosten laufen. Sie war von Usedom bis hierher zu Fuß gegangen. Sie musste nichts weiter tun, als weiter zu Fuß gehen, redete sie sich ein. Ihr Bündel drückte schwer auf ihrem Rücken, und die Dunkelheit kam schneller, als es ihr lieb war. Unvermittelt sah sie Georg vor sich und hörte deutlich, als ob er wahrhaftig bei ihr wäre, seine Stimme.

»Du willst als Frau allein nach Rügen gehen? Eine wunderbare Idee! Was glaubst du, wie weit du kommst, ehe dich ein Halunke überfällt, dir Bernstein oder Geld abnimmt und dir sonst was antut?« Sie musste schlucken. Da! Hatte es da nicht eben hinter ihr geknackt? Maria verlangsamte ihre Schritte. Was, wenn schon jemand hinter ihr her war? Warum nur war sie ausgerechnet am Abend aufgebrochen? Wo sollte sie überhaupt schlafen? Sie würde vor Angst kein Auge zutun. Keine gute Voraussetzung, um am nächsten Tag viele Meilen hinter sich zu bringen. Sie blieb stehen, drehte sich um. Nichts. Hier mal ein Rascheln, da ein Knistern, aber niemand, der sich zu erkennen gab. Wie töricht sie war! Es wäre klüger gewesen, noch eine Nacht im Lager zu bleiben, auf ihrer Pritsche zu schlafen und im Morgengrauen aufzubrechen. Das wäre es nicht nur, das war es! Maria machte kehrt und ging in die Richtung zurück, aus der sie gekommen war. Immer schneller wurde sie, bis sie beinahe rannte. Als sie schemenhaft die Zelte und Wagen erkannte, fiel ihr eine Last vom Herzen, die noch schwerer gewogen hatte als ihr Bündel auf dem Buckel. Wie ein Schatten huschte sie zwischen den Behausungen hindurch, aus denen Stöhnen und Schnarchen drang, und schlüpfte in Annas verwaistes Zelt. Gottlob war es leer. Maria ließ ihre Fracht von den Schultern gleiten und sich auf ihr Lager sinken. Sie musste an ihr Bett daheim im Pastorat denken. Mit einem Mal musste Maria lachen. Wie gut war es ihr zu Hause stets ergangen, selbst nachdem das Pastorat niedergebrannt war. Wie viel einfacher war im Lager alles, und doch fühlte sie sich hier in diesem Augenblick sicher und behaglich, als wäre sie in Coserow bei ihrem Vater.

Beim ersten zarten Sonnenlicht stand Maria auf und schlich zum Lazarett hinüber. Sie wollte ein letztes Mal nach dem Soldaten schauen, dem sie die Kugeln herausgeholt hatte. Mit einem Lächeln auf den Lippen betrachtete sie den schlafenden Mann. Seine Wangen hatten eine gesunde Farbe, die Wunden zeigten noch immer keine Schwellungen. Sie erinnerte sich, dass sie in der Nacht nach der Operation nicht hatte schlafen können. Sie war bei ihm geblieben und hatte es sich auf einem Stuhl so bequem gemacht, wie es eben ging. Kaum war sie eingenickt, war sie auch schon wieder hochgeschreckt, weil sie glaubte, der Patient habe zu atmen aufgehört, oder weil sie meinte, ihn nach ihr rufen gehört zu haben. Am anderen Morgen war sie nicht wenig erstaunt gewesen, wie munter er gewirkt hatte. Er hatte die grausame Prozedur besser überstanden, als sie zu hoffen gewagt hatte, und er berichtete, dass die Schmerzen erträglich seien. Von dieser Sekunde war Gustav überzeugt, dass sie wahrhaftig über Hexenkräfte verfügte. Umso besser, sich nun aus dem Staub zu machen. Wenn Gustav die Sache zu unheimlich wurde, würde er sie am Ende doch noch diffamieren, und sie landete auf dem Scheiterhaufen. Maria gab einem der Verletzten, der wach auf seinem Strohbett lag, einen Schluck Wasser. Dann blickte sie ein letztes Mal um sich und nahm still Abschied. Sie lief zurück, holte ihr Marschgepäck und ging den Weg entlang, den sie am Vorabend bereits eingeschlagen hatte. Am Himmel zogen weiße Wolken, die Luft war mild und duftete nach Frühsommer. Maria musste wieder schmunzeln. Wie unbehaglich hatte sie sich gefühlt, als sie das erste Mal diesen Pfad entlanggegangen war. Nur wenige Stunden waren seitdem vergangen, und nun war ihr leicht ums Herz, und die Welt schien ihr nicht mehr gefährlich, sondern ein freundlicher Ort zu sein. Ihr Verstand wusste es indes besser. Auch bei Sonnenschein lauerte stets die Gefahr. Maria schritt zügig voran. Wie viel Zeit war vergangen, seit sie auf Usedom aufgebrochen war? Unmöglich, die Tage zu zählen. Sie dachte an ihren Vater. Er musste umkommen vor Sorge. Am besten, sie ging zuerst in die Stadt Plathe hinein und versuchte, die Herberge zu finden, in der der Postknecht unterkam. Mit etwas Glück gab es sogar eine eigene Poststation. Sie musste sich gut einteilen, was sie besaß, doch sie konnte es sich leisten, einen Pfennig auszugeben, um eine Nachricht nach Hause zu schicken, dass es ihr gutging.

Außerdem hatte sie zwei winzige Bernsteinbrocken aus dem Kissen genommen und trug sie nun in ihrem Stoffsäckchen bei sich, in dem auch die Silberschnalle, Annas Glasring und einige Taler lagen. Das war der Besitz, den sie einsetzen konnte, um nach Danzig zu gelangen.

Schon von weitem waren die beiden Burgen gut zu erkennen, von denen Anna erzählt hatte. Maria lief am Ufer eines Flusses entlang. Nicht nur die herrschaftlichen Bauwerke fielen ins Auge, auch ein dichter Wald tat das. Sie erschauderte. Nicht weit davon musste das Schlachtfeld liegen. Als sie die Stadt erreichte, kam ihr zuerst eine Frau entgegen, die einen Korb auf dem Buckel schleppte.

»Entschuldigung, gute Frau«, sprach Maria sie an. »Ich bin fremd hier, habe eine lange Wanderschaft hinter mir. Kannst du mir wohl sagen, ob es in Plathe eine Poststation gibt?«

Die Frau blickte auf Marias Schuhe. »Eine lange Wanderschaft, so, so. Aber bestimmt nicht in den Stiefeln. Hast du die einem toten Soldaten von den Füßen geklaut?«

»Nein, ich habe dafür bezahlt. In Regenwolde«, sagte sie rasch und hoffte sehr, dass die Frau nicht weiter nachfragen würde. Sie hatte im Tross jemanden sagen hören, es sei nur ein kurzer Tagesmarsch nach Regenwolde. Dort würde man gewiss auf dem Weg nach Süden die Nacht verbringen, denn die Stadt wäre zwischen Wald und Fluss gelegen und böte die besten Voraussetzungen, um vor einem längeren Marsch noch einmal auszuruhen.

Die Frau nickte. »So, so«, sagte sie wieder. »Aus Regenwolde kommst du also.« Sie sah weniger misstrauisch aus, setzte ihren Korb ab und ließ stöhnend die Schultern kreisen.

»Nur zuletzt«, erklärte Maria und lächelte. »Ich komme aus dem Süden.« Noch immer verabscheute sie es zu lügen, doch sie gewöhnte sich allmählich daran. »Wie ich dir sagte, bin ich schon lange unterwegs.« Das immerhin war die Wahrheit. »Meine Familie ist tot. In unserem Dorf erzählte man sich, im Norden an der Küste sei es friedlicher. Darum will ich dorthin gehen.«

Die Frau schüttelte matt den Kopf. »Ach, Kind, du musst wirklich schon lang unterwegs sein. Von überall hört man, dass gekämpft wird. Hab auch mal gehört, dass unser schönes Pommernland neutral sein soll.« Sie betonte das Wort, als sei es ihr so fremd wie die Truppen, die durchzogen. »Hat uns das was genutzt?« Statt eine Antwort abzuwarten, schüttelte sie den Kopf. Mit einem tiefen Seufzer hievte sie ihren Korb, dessen Inhalt mit einem Tuch vor neugierigen Blicken geschützt war, wieder in die Höhe. »Zur Poststation willst du? Zu welcher?« Sie griente. »Zwei Burgen, zwei Herren, zwei Poststationen«, erklärte sie.

Marias Herz machte einen Freudenhüpfer. »Welche erreiche ich als erste?« Sie deutete mit dem Kopf in die Richtung, in die sie unterwegs war.

»Die vom Blücher! Aber bis zu der des Herrn von der Osten sind's nur zwei Schritte weiter.« Die Frau erklärte ihr den Weg, wünschte ihr Glück und schlurfte, gebückt unter ihrer Last, davon.

Noch vor den Stadttoren lagen die beiden Stationen. Die erste bestand aus einem weißen Gebäude mit Stallungen und einem angrenzenden Häuschen, vermutlich dem Wohnhaus des Postmeisters. Maria fasste sich ein Herz und klopfte an.

»Nur herein!«, ertönte eine Männerstimme.

Sie atmete tief durch, trat ein und fand sich in einem dunklen schmucklosen Raum wieder mit einem Tisch in der Mitte, zwei Stühlen und einem Schrank an der Wand.

»Ich grüße euch, Postmeister«, sagte sie höflich.

Der Mann lachte. »Einen Postmeister gibt es hier schon länger nicht mehr. Und ehe du fragst, auch drüben bei den von der Ostens nicht. Alle tot.«

Als ihre Augen sich an das wenige Licht gewöhnt hatten, das durch die Fensterchen ins Innere drang, erkannte Maria einen jungen Kerl mit strubbeligem Blondschopf, Sommersprossen, sehr wachem Blick und drahtiger Statur. Er hatte am Schrank gestanden und kam jetzt auf sie zu. Sein rechtes Bein war offenbar verletzt, denn der Mann humpelte.

»Ich hörte, dass es zwei Stationen gibt«, begann Maria, um den Eindruck zu erwecken, man könne sie nicht so leicht auf den Arm nehmen, weil sie sich auskannte. »Zwei Burgen, zwei Herren, zwei Stationen«, wiederholte sie, was die Frau draußen ihr gesagt hatte.

»So in etwa«, stimmte der Mann zu. »Nur dass wir im Grunde doch alle nur einem Herrn dienen.« Maria nickte, froh, es anscheinend mit einem Christenmenschen zu tun zu haben. »Dem Herzog von Pommern«, sprach er weiter. »Mein Name ist Abraham«, stellte er sich vor.

»Wie mein Vater«, sagte Maria erfreut. »So ein Zufall.«

»Ein schöner Zufall, will ich hoffen.« Sein Lächeln war freundlich und kein bisschen verschlagen. Maria begann sich wohler zu fühlen. »Mit wem habe ich das Vergnügen?«

»Verzeihung, wie unhöflich von mir. Ich bin Maria Schweidler von Usedom.«

Er machte große Augen, wobei sich seine weiße Stirn in Falten legte. »Von Usedom! Da hast du einen weiten Weg hinter dir.«

»Ja, das ist wahr.« Sie lud ihr Bündel ab und seufzte erleichtert. »Leider habe ich auch noch einen weiten Weg vor mir.«

»Verstehe, du willst von hier ab auf dem Postkurs reisen.«

Maria hatte von der Möglichkeit des Postierens gehört, leider hatte sie keinen Schimmer, was sie das kosten würde, und ob sie es sich leisten konnte. Verlockend war der Gedanke gewiss.

»Ja, wenn es sich einrichten ließe.«

Wieder lachte er. »Mit einem Berechtigungsschein lässt sich alles einrichten.« Er deutete auf den Stuhl, der dem seinen gegenüberstand, setzte sich und streckte ihr erwartungsvoll die Hand hin, als auch Maria Platz genommen hatte.

»Tja, das ist dumm«, begann sie zögernd, »so einen Schein habe ich nicht. Ich wusste nicht, dass ich einen benötige.«

»Oh!« Er ließ die Hand auf den Tisch sinken. »Das ist wirklich dumm.«

»Woher bekomme ich den denn? Es ist ja noch früh am Tag, ich könnte zur Burg des Herrn von Blücher gehen und dort vorsprechen, wenn du meinst, dass das hilft.«

Er legte den Kopf schief. »Du bist noch nicht viel herumgekommen, oder?«

»Nein.« Maria senkte beschämt den Blick.

»Der Generalpostmeister stellt so einen Schein aus.« Ehe sie eine Frage stellen konnte, sprach er weiter: »Und zwar an Diplomaten, die im Dienste eines Kurfürsten oder Herzogs stehen. Zum Beispiel. Es gibt noch mehr Gründe, für die der Schreiber des Generalpostmeisters die Feder zückt. Ein hübsches Mädchen mit Namen Maria Schweidler, das der Bequemlichkeit halber postieren möchte, gehört eher nicht dazu.«

»Aber ich muss dringend nach Danzig. Das Schicksal eines ganzen Dorfes hängt davon ab«, sagte sie und warf ihm einen flehenden Blick zu.

»Wirklich?« Er riss erstaunt die Augen auf. »Warum?« Es schien ihn tatsächlich zu interessieren.

Unglücklicherweise hatte Maria keine Antwort, jedenfalls keine, die sie ihm sagen konnte. »Nun ja, weil … in Danzig soll Frieden herrschen, und dort lebt jemand, den ich kenne, und der uns helfen kann, also den Leuten in meinem Dorf. Nur muss ich dafür bei ihm vorsprechen«, erklärte sie vage.

Wieder legte er die Stirn in Falten. »Ist das die Wahrheit? Du flunkerst nicht?«

»Nein, gewiss nicht.«

»Ihr hättet ihm eine Nachricht mit der Post senden können«, gab er zu bedenken und kratzte sich hinter dem Ohr.

»Das wäre zu gefährlich. Es ist wichtig, dass ich ihm die Worte persönlich überbringe.« Sie ahnte, dass er wiederum nachfragen würde, daher fuhr sie schnell fort: »Frag lieber nicht, was genau ich dem Mann in Danzig zu sagen habe.« Sie beugte sich über den Tisch und senkte die Stimme. »Die Worte sind sehr verstörend«, raunte sie. »Jeder, der sie hörte, ist ums Leben gekommen oder dem Wahnsinn verfallen.« Oje, niemand war einfältig genug, um ihr diese Geschichte abzunehmen.

Abraham erstarrte in der Bewegung. Plötzlich brach er in schallendes Gelächter aus. »Mir scheint, die Einzige, die hier dem Wahnsinn verfallen ist, bist du selbst«, brachte er prustend hervor. »Du bist komisch, Maria Schweidler von Usedom.« Ob das gut war? Sie wartete stumm, bis er sich beruhigt hatte. »Als es hier noch einen Postmeister gab, war ich Postknecht. Ich bin mit der Strecke nach

Osten vertraut. Nicht ganz bis nach Danzig natürlich«, ließ er sie wissen, »aber doch bis Bütow.« Er spitzte die Lippen. »Tja, wenn du einen Berechtigungsschein hättest, könnte ich dir ein Pferd geben und meine Begleitung.«

Ein Gaul, der nicht nur ihr Gewicht, sondern auch das ihres Gepäcks tragen konnte. Vorankommen, ohne über Stock und Stein, durch fremde Orte und finstere Wälder laufen zu müssen. Ein Mann an ihrer Seite, der sie beschützen und ihr den richtigen Weg sagen konnte. Und wie viel schneller käme sie an ihr Ziel! Sie musste es einfach versuchen.

»Und wenn ich dich bezahle? Ich habe eine Silberschnalle!« Warum um Himmels willen hatte sie das gesagt? Sie hätte ihm einen kleinen Brocken Bernstein anbieten sollen. Davon gab es zu Hause reichlich. Die Schnalle dagegen war für sie von viel größerem Wert. Er ließ sie zappeln, und ihr Ärger über sich selbst verflog augenblicklich. Schon war sie bereit, ihm ein noch besseres Angebot zu machen. Wenn er so lange nachdachte, hieß es doch, dass er es sich überlegte. Es bestand also eine Chance. Maria erschrak. Oder dachte er gerade darüber nach, ob er sie ausrauben sollte?

»Du wirst in Danzig also bei diesem geheimnisvollen Herrn vorsprechen«, begann er. Sie nickte. »Was tust du danach? Wirst du in Danzig bleiben, oder machst du dich auf den Rückweg?«

»Ich werde zurückgehen nach Usedom.« Worauf wollte er nur hinaus?

»Erwartet dich dort dein Bräutigam?«

»Nein!«

»Sehr gut!« Er strahlte über das ganze Gesicht. »Dann hast du es auf dem Rückweg nicht so weit. Du brauchst nur hierher nach Plathe zu kommen und wirst mein Weib.«

»Bitte? Aber …«

»In Stralsund sind schon die Schweden«, erzählte er unbekümmert. »Darum habe ich überlegt, mir gleich eine schwedische Frau zu suchen. Wird wohl nicht mehr lange dauern, ehe ganz Pommern schwedisch ist.« Er seufzte. »Aber es ist doch ein bisschen unpraktisch, wenn mein Weib nicht einmal meine Sprache spricht. Was meinst du?«

»Ja, das scheint mir nicht sonderlich klug zu sein.«

»Eben. Aber ich brauche ein Weib. Ich bin ständig auf dem Postkurs unterwegs, reite manches Mal die ganze Nacht durch. Da wäre es sehr angenehm, wenn jemand das Haus putzen, das Bett richten und die Wäsche waschen würde. Kochen kannst du doch, oder etwa nicht?«

»Ach je, ich fürchte, mir brennt sogar das Wasser an«, schwindelte sie und kicherte.

»Hm, das lernst du schon.« Er legte die Hände ineinander.

»Bist du einverstanden?«

»Das ist ein sehr freundliches Angebot«, stammelte sie. »Nur ebenso dringend wie ich nach Danzig muss, muss ich hinterher zurück nach Usedom gehen. Dort wartet man auf mich. Ich habe dir doch erklärt, dass alle Leute meines Dorfes von der Antwort des Mannes in Danzig abhängen. Und das ist die Wahrheit. Es tut mir leid.«

»Ist nicht schlimm«, gab er fröhlich zurück. Maria atmete auf. »Ich kann warten. Bin nun schon eine ganze Weile alleine ausgekommen, seit meine Schwester geheiratet hat und in den Süden gegangen ist. Da werde ich es auch noch ein paar Tage länger aushalten. Hauptsache, du kommst zurück, nachdem du auf Usedom deine Sache erledigt hast.«

»Wenn ich dir das verspreche, nimmst du mich ohne diesen Schein mit bis nach Danzig?«, erkundigte sie sich unsicher.

»Bis nach Bütow. Von dort müsstest du mit dem Hans weiterreisen. Er wird einen Pfennig dafür haben wollen, dass er dich ohne Schein mitnimmt. Aber wenn ich ihn darum bitte, wird er es schon tun.«

Sie war so nah dran. Am liebsten hätte Maria eingewilligt. Doch sie konnte nicht. Dieser Abraham schien ein anständiger Mensch zu sein, sie wollte ihn nicht betrügen.

»Du würdest mir vertrauen, würdest nur mein Wort nehmen, dass ich zu dir komme und dein Weib werde, und dafür sicherstellen, dass ich es nach Danzig schaffe. Ich danke dir, Abraham, du bist ein guter Mensch. Darum muss ich ehrlich zu dir sein. Ich kann nicht dein Weib werden. Auch wenn es sicher kein übles Schicksal wäre, ich kann es nicht. Mein Platz ist auf Usedom. Es tut mir so leid«, flüsterte sie und machte Anstalten, aufzustehen.

Die Enttäuschung war ihm ins Gesicht geschrieben. »Das ist traurig«, sagte er leise. Dann setzte er hinzu: »Lass die Silberschnalle mal sehen.«

Sie waren am nächsten Morgen aufgebrochen. Abraham hatte Maria im Stall schlafen lassen. Es dauerte nur einen Tag bis nach Bütow. Schon von weitem sahen sie schwarzen Rauch, der über der Stadt hing. Oder über dem, was noch von Bütow geblieben war. Die Poststation und eine dazugehörige Speisemeisterei lagen, wie es üblich war, vor den Toren. Wahrscheinlich war das der Grund, dass sie überhaupt noch existierten. Kaiserliche Truppen waren auf dem Rückzug hier durchgekommen, erfuhren Abraham und Maria. Sie hatten die Stadt zunächst geplündert und dann angezündet.

»Nur drei Tage war ich nicht hier«, sagte Abraham immer wieder und schüttelte den Kopf. »Nur drei Tage!«

Maria war bis ins Mark erschüttert. Wie lange hätte sie gebraucht, um zu Fuß hierherzukommen, und dann hätte sie keine noch so einfache Herberge gefunden, in der sie hätte ausruhen können. Schlimmer noch, das Schicksal, das Bütow ereilt hatte, hielt ihr vor Augen, wie schnell sie durchziehenden Truppen in die Arme laufen konnte. Nicht auszudenken, was die Soldaten mit einer einsamen Frau anstellen mochten.

Als die Sonne aufging, verabschiedete sich Maria von

Abraham und dankte ihm von ganzem Herzen. »Wenn es mir irgendwie möglich ist, werde ich auf meinem Heimweg wieder den Postkurs nehmen. Selbst wenn ich ihn zu Fuß gehen muss. Dann komme ich dich besuchen, wasche deine Wäsche, putze dir das Haus, ehe ich weiterziehe«, versprach sie. Sie sah ihm lange nach, wie er auf einem rotbraunen Trakehner davonpreschte. Als sie sich endlich umdrehte, um sich mit Hans auf den Weg zu machen, prallte sie gegen eine Frau mit schlohweißem Haar. Ihr Gesicht sah aus, als sei sie nicht viel älter als Maria.

»Entschuldigung, tut mir leid«, murmelte Maria erschrocken.

Die Frau schien sie kaum wahrzunehmen. Sie summte ein Lied, trat zur Seite und ging an Maria vorbei davon. »Bet, Kindlein, bet! Morgen kommt der Schwed!«, konnte Maria gerade noch verstehen.

Am Abend setzte Hans sie wohlbehalten vor der Stadtmauer von Danzig ab. Da war sie also. Viel schneller, als sie es jemals zu hoffen gewagt hätte. Sie sandte ein stilles Dankgebet gen Himmel, ehe sie sich gründlich umschaute. Maria stockte der Atem. Nie zuvor hatte sie so viele so hohe Türme gesehen, die von wahrhaften Künstlern geschaffen worden sein mussten. Sie hatte von der Marienkirche gehört, hatte gewusst, dass diese bedeutend größer war als das Kirchlein von Coserow. Diese Ausmaße und die Pracht hätte sie sich jedoch niemals ausmalen können. Voller Ehrfurcht trat sie durch ein Tor, ging dann in Richtung des Flusses Mottlau, an dessen Ufer der Zunftmeister Schindler leben sollte, wenn sie Lenes Erzählungen recht in Erinnerung behalten hatte. Wagen rumpelten über die Kopfsteingassen, Mägde und Knechte huschten geschäftig hin und her. Maria sah Damen in verschwenderisch bestickten Kleidern und Herren mit feinen Anzügen und Hüten auf dem Kopf. Nicht einmal in den besten Zeiten hatte sie auf Usedom solche Herrschaften zu sehen bekommen. Überhaupt, so viele Menschen! Sie hatte das Gefühl, alle Bewohner ihrer geliebten Insel seien hier auf einem Haufen versammelt. Maria hörte die Leute in verschiedenen Sprachen reden. Es war ihr unheimlich, gleichzeitig schoss ein Kribbeln durch ihren Körper, eine Spannung, die etwas Gutes an sich hatte. Atemlos blickte Maria mal zu dieser, dann zu jener Seite. Stattliche Häuser aus Stein mit gezackten oder gestuften Giebeln standen dicht an dicht. Sie überquerte die Hundegasse, dann die Langgasse. Ein eleganter Turm mit einer schmalen Spitze reckte sich weit in den Himmel. Ohne darüber nachzudenken, bog Maria ab und ging darauf zu. Sie musste sich dieses Bauwerk einfach aus der Nähe ansehen. Doch ehe sie es erreicht hatte, schlug ein weiterer Bau sie in seinen Bann. Es handelte sich um ein weißes Gebäude mit drei riesigen Fenstern. Sie waren mit Sprossen versehen und oben gewölbt. Ihr Vater hatte ihr, als sie noch ein Kind war, einmal ein Buch über die Kunst der Architektur gezeigt. Dort war ein Dom gezeichnet gewesen, der solche Fenster hatte. Dies hier war gewiss kein Dom und auch keine Kathedrale, überlegte sie. Die Fassade war schneeweiß. Es gab golden verzierte Balustraden, Skulpturen und links und rechts einen Obelisken mit einer Kugel auf seiner Spitze.

»Gerechtigkeit, Tapferkeit und Glück«, sagte eine Stimme neben ihr.

Maria fuhr zusammen. »Habt Ihr mich erschreckt!«

»Das wollte ich nicht.« Der Mann lächelte, doch seine Augen, die sie von Annas Stiefeln bis hinauf zu ihrem, zu einem Knoten zusammensteckten, rötlichen Haar musterten, blieben ernst. »Die Skulpturen«, erklärte er und deutete in die Höhe. »So wie du gestanden hast, nahm ich an, du siehst sie dir an.«

»Das ist richtig. Sie sind unfassbar schön«, sagte sie ehrlich beeindruckt.

»Das will ich meinen. Haben auch eine hübsche Stange gekostet.« Der Mann blickte nach oben. Maria nutzte die Gelegenheit, ihn zu betrachten. Seine Schuhe hatten goldene Schnallen, er trug eine samtene Jacke mit goldener Stickerei.

»Seid Ihr ein König?«, fragte sie, ohne darüber nachzudenken.

Der Herr stutzte, dann lachte er. »Nein, Mädchen, ich bin nur ein einfacher Kaufmann.«

»Dann kennt Ihr vielleicht den Bernsteinmeister Schindler«, platzte sie heraus.

»Und wer will das wissen?« Er kniff die Augen ein wenig zusammen und betrachtete sie feindselig.

»Seine Nichte«, antwortete sie sofort.

Er zog eine Augenbraue in die Höhe. »Du siehst nicht aus wie eine Nichte vom Schindler. Aber man weiß ja nie.«

»Ich habe viel durchgemacht«, sagte sie rasch und setzte eine Leidensmiene auf. Sie musste nur an Anna denken und daran, wie sie die Kugeln aus Bauch und Oberschenkel eines Soldaten hatte fischen müssen, dann fiel ihr dieser Blick nicht schwer. »Ihr in Danzig scheint es gut getroffen zu haben, aber da draußen vor euren Stadttoren tobt der Krieg. Zuletzt sah ich, dass Bütow niedergebrannt wurde. Vollständig mit Mann und Maus«, ergänzte sie, als sie seinen erschrockenen Gesichtsausdruck sah.

»Wirklich? Davon habe ich noch nichts gehört.«

»Aber es ist wahr. Truppen des Kaisers sollen es gewesen sein, die sich auf dem Rückzug befanden. Nur vier Häuser vor der Stadt stehen noch«, berichtete sie. »Es ist gerade erst geschehen.«

Er hatte sich wieder gefasst. »Na schön, und was willst du von deinem Onkel?«

»Ich muss ihn in einer dringenden Familienangelegenheit sprechen. Nichts, was ich einem Fremden anvertrauen könnte«, meinte sie. »Könnt Ihr mir wohl verraten, wo ich ihn finde?«

»Du willst seine Nichte sein und weißt nicht, wo dein

eigener Onkel wohnt?« Jetzt blickte er sie an wie ein scheußliches Insekt, eine Laus, die sich anschickte, über sein nobles Beinkleid zu krabbeln.

»Aber ich weiß es ja. Zumindest kenne ich seine Adresse«, erklärte sie mit fester Stimme. »Nur war ich eben noch nie in der Stadt. Sie ist so groß. Wie soll ich da die richtige Gasse finden?«

»Die da wäre?«

»Bitte?« Sie starrte ihn an.

»Die Gasse. Du sagst, du kennst seine Adresse. Also, welche Gasse suchst du?«

»Herrje, Ihr könnt einen aber auch wirklich aus dem Tritt bringen«, stotterte sie und versuchte ein Lachen. »Jetzt habe ich vor Schreck den Namen vergessen. Unweit der Marienkirche soll es sein, direkt am Ufer der Mottlau«, gab sie wieder, was sie von Lene gehört hatte.

Er nickte langsam. »Nichte hin oder her, mir soll's gleich sein«, sagte der Kaufmann und verzog die Lippen zu einem hämischen Grinsen. »Das alte Schlitzohr wird wohl mit dir fertigwerden. Du suchst die Dregergasse, habe ich recht?«

Maria nickte eifrig in der Hoffnung, ihm nicht auf den Leim zu gehen. Womöglich wollte er sie nur prüfen. »Dregergasse, natürlich. Ein Bernsteindreher in der Dregergasse, wie konnte ich das nur vergessen?«

Er ging nicht darauf ein. »Lauf die Langgasse zurück bis zum Wasser. Dort hältst du dich links und läufst bis zur Johannisgasse. Wenn du die erreicht hast, ist es gleich wieder die nächste links.« Er tippte sich zum Abschied an die Stirn und ließ sie einfach stehen.

»Dreimal links, Johannisgasse. Ich danke Euch sehr, mein Herr!« Plötzlich fiel ihr etwas ein. »Wie erkenne ich das richtige Haus?«, rief Maria hinter ihm her.

»Das wirst du wissen, wenn du davor stehst«, gab der Danziger Kaufmann zurück, ohne sich auch nur umzusehen.

Der Weg zum Haus des Zunftmeisters war nicht weit. Nachdem Maria dreimal abgebogen war, fand sie sich vor einem zweistöckigen Haus wieder, dessen Fassade lachsfarben gestrichen war. Fenster und Türen waren weiß abgesetzt. Über dem goldverzierten zweiflügligen Portal hing eine Kugel, eine Laterne möglicherweise. Obwohl sie nicht entzündet war, schimmerte sie rötlich, als ob ein Feuer darin brannte. Bernstein! Hier musste es sein. Maria griff nach dem Eisenring und klopfte zweimal kräftig. Ihr Herz schlug schnell in ihrer Brust, und das lag gewiss nicht nur daran, dass sie sich so beeilt hatte, die letzten Schritte hinter sich zu bringen. Jetzt galt es! Wenn der Meister ihr nicht helfen konnte oder wollte, war alles umsonst gewesen. Es schien ihr eine Ewigkeit zu dauern, ohne dass etwas geschah. Schon griff Maria erneut nach dem Ring, als ein Flügel der aufwendig geschnitzten Tür mit lautem Quietschen geöffnet wurde. Maria starrte die Frau an. Sie war Anna wie aus dem Gesicht geschnitten. Nur dass die hier das silbern schimmernde Haar lang und zu einem Knoten gedreht trug und dass sie deutlich mehr auf den Rippen hatte. Die Wangen waren nicht eingefallen, sondern prall und gerötet.

»Na, hat es dir die Sprache verschlagen?« Die Frau betrachtete Maria freundlich. »Was hast du uns denn anzubieten?«

Sah man ihr so deutlich an, was sie wollte? Oder kamen inzwischen womöglich ständig Leute, die Bernstein verkaufen wollten? Das wäre ein schlechter Verhandlungsstand für Maria.

»Verzeihung«, gab sie schüchtern zurück. »Ich wollte zu Bernsteinmeister Schindler. Bin ich da richtig?«

»Sieht ganz so aus. Und was willst du von ihm?«

»Ich bin seine Nichte und komme in einer dringenden Familienangelegenheit, die ich nur mit ihm persönlich besprechen kann«, antwortete Maria, wie sie es sich zurechtgelegt hatte.

»Besser, du versuchst es mit der Wahrheit«, sagte die andere sanft. »Seit beinahe zwanzig Jahren bin ich nun schon in diesem Haus. Erst als Vieh-, dann als Stubenmagd, nun als Haushälterin. Glaube mir, ich habe oft genug Kutschen vorfahren sehen, aus denen Schwestern und Brüder des Herrn Schindler mit deren Kindern gestiegen sind. An dich kann ich mich nicht erinnern.« Maria wurde übel. »Wer sollen deine Eltern sein?«

Ihr blieb nichts anderes übrig, als es mit der Wahrheit zu probieren, wie die Haushälterin ihr geraten hatte.

»Ich bitte um Entschuldigung«, begann sie. »Es stimmt

ja, ich bin nicht mit dem Herrn Schindler verwandt. Das habe ich bisher jedem erzählt, um ungeschoren hierher zu gelangen. In Wahrheit will ich ihm einen Handel anbieten. Jemand sagte mir, er habe immer Interesse an gutem Bernstein.«

Die Haushälterin hob erstaunt die Augenbrauen. Damit hatte sie nicht gerechnet. Wahrscheinlich glaubte sie die zweite Geschichte ebenso wenig wie die erste. Trotzdem bat sie Maria herein.

Noch nie zuvor hatte Maria in einer so hohen und eleganten Diele gestanden. Der Boden war aus Ziegelsteinen, die in einem kunstvollen Muster gelegt waren. Eine Treppe aus dunklem Holz führte in die nächste Etage. Das hölzerne Treppengeländer war nicht ganz so aufwendig geschnitzt wie die Eingangstür, dafür bildete es am unteren Ende einen Schwung, der Maria an die Wellen der Ostsee denken ließ.

»Du kannst dein Bündel ablegen«, forderte die Haushälterin sie auf. »Sieht aus, als wäre es ziemlich schwer. Ich gehe ins Kontor und frage Meister Schindler, ob er Zeit für dich hat.«

Maria ließ ihr Reisegepäck von den schmerzenden Schultern gleiten. »Danke«, murmelte sie.

Es dauerte nicht lange, da waren Schritte zu hören, und ein Mann kam eilig durch die Diele auf sie zu. Er hatte hellbraunes Haar, an vielen Stellen grau geworden, das in ordentliche Wellen gelegt bis auf seine Schultern fiel. Seine Augen blitzten hinter runden Brillengläsern, die von silbernen Bügeln gehalten, auf seiner Nase hockten. Zur Kniebundhose trug er ein weißes Hemd mit Volant am Kragen, darüber eine rote Weste mit goldener Stickerei und goldenen Knöpfen.

»Aha, das soll also die geheimnisvolle Dame sein, die angeblich Bernstein besitzt und abgeben will«, sagte er. Eine seltsame Begrüßung.

Maria hoffte, er würde nichts von ihrer Nervosität merken. »Ich grüße Euch, Zunftmeister Schindler. Mein Name ist Maria Schweidler, ich komme von der Insel Usedom.«

Er hob die Augenbrauen und ließ die Brille in seine Hand gleiten. »So, so, von Usedom. Da muss es wohl einen hübschen Strandsegen gegeben haben, wenn du so viel hast, dass du davon abgeben willst.«

»Nein, der Bernstein ist nicht angespült worden«, begann sie zögernd. »Und ich will ihn auch nicht abgeben. Also nicht, um womöglich ein Schmuckstück daraus machen zu lassen. Das könnte ich mir nicht leisten.« Trotz der Kühle in der dunklen Diele begann sie zu schwitzen. Hoffentlich verstand er sie richtig.

Er setzte die Sehhilfe wieder auf die Nase. »Danach siehst du auch nicht aus. Armes Ding. Ich könnte mir vorstellen, ein Kakao täte dir wohl. Komm, komm!« Er wedelte mit der Hand, ein Zeichen, dass sie ihm folgen sollte. »Grete!«, rief er, während er vorweg eilte. »Grete, einen Kakao in mein Kontor. Flott, flott! Und ein Stückchen Hefekuchen dazu.«

Das Kontor war ein großzügiger Raum mit hoher Decke und zwei hohen Sprossenfenstern. Die Möbel, ein Sekretär, ein großer runder Tisch, Kommoden und Stühle, waren alle auf Hochglanz poliert. »Setz dich, setz dich«, kommandierte Schindler freundlich.

Maria legte das Cape ab, das ohnehin zu warm und überdies nach zwei Tagesritten nicht gerade sauber war. Zur Sicherheit klopfte sie kräftig ihren Rock aus, ehe sie sich auf dem gepolsterten Stuhl niederließ. Sie saß gerade, da ging die Tür auf, und Haushälterin Grete trat mit einem großen Tablett ein. Sie stellte eine Tasse und einen Teller aus Porzellan vor Maria hin. Auf dem Teller lagen zwei Stücke Hefegebäck, in dem kandierte Früchte zu erkennen waren. Aus einer silbernen Kanne goss Grete eine dampfende braune Flüssigkeit in die Tasse. Ein fremder Duft machte sich breit, würzig und verführerisch. Maria starrte das sämige Gebräu an, dann wanderte ihr Blick zu dem Hefekuchen. Das Wasser lief ihr im Munde zusammen.

»Na, nun greif schon zu, ehe dir die Augen aus dem Kopf fallen.« Schindler lehnte sich zufrieden zurück und faltete die Hände über seinem kleinen runden Bauch.

»Danke, vielen Dank«, murmelte sie. Maria wusste, wie man sich bei Tisch zu benehmen hatte und wollte sich nur zu gern von ihrer besten Seite zeigen, doch die Verlockung war einfach zu groß. In den letzten Tagen hatte sie nur so viel wie eben nötig zu sich genommen. Der Hunger war ihr ständiger Begleiter gewesen, sie hatte nur gegessen, um die Strapazen des Tages zu überstehen. Nie hatte sie sich einen Bissen mehr gegönnt, um sich einmal wieder richtig gesättigt zu fühlen. An eine Köstlichkeit, die nur dafür da war, ihren Gaumen zu erfreuen, war schon gar nicht zu denken gewesen. Und jetzt das. Sie vergaß sogar das Gebet, schob sich ein großes Stück in den Mund und brach schon das nächste ab, während sie noch kaute.

»Armes Ding«, wiederholte Schindler. »Hast lange nichts gehabt, was?« Er nickte langsam. »Es ist ein weiter Weg von Usedom, ein sehr weiter Weg. Ich kann mir vorstellen, welche Anstrengung du unternommen hast, um herzukommen.« Eine Weile beobachtete er sie. »Der Kakao wird dir guttun«, sagte er dann. »Er stärkt den Magen und weckt die Lebensgeister. Ich habe stets davon getrunken, ehe ich mich zu meinen Weibern gelegt habe«, erklärte er schmunzelnd. »Drei Weiber waren es, und mit ihnen habe ich zwölf Kinder gezeugt. Dieses wunderbare Gesöff da war mir dabei äußerst behilflich.« Jetzt lachte er. »Glaube mir, äußerst behilflich.«

Maria hatte noch nie zuvor Kakao gekostet. Sie hatte gehört, dass er in Apotheken angeboten wurde und bei vielerlei Beschwerden hilfreich sein sollte. Vorsichtig setzte sie die Tasse an die Lippen, pustete und nahm einen ersten winzigen Schluck. Dieser Geschmack war einfach unglaublich, süß und auch bitter. Sie nahm einen weiteren Schluck, dann noch einen. Sie konnte nicht aufhören, ehe die Tasse leer war. Nachdem sie auch noch den letzten Krümel des Kuchens verspeist hatte, fühlte sie sich satt wie lange Zeit nicht mehr. Ihr Bauch wölbte sich, als wolle er platzen. Schindler hatte sie nicht aus den Augen gelassen und selbst nur hin und wieder an seiner Tasse Kakao genippt.

»Danke, ich danke Euch wirklich von Herzen«, sagte Maria leise. Sie schämte sich, dass sie so hemmungslos gefuttert hatte. »Ihr seid ein guter Mensch.«

»Du solltest dich lieber vor mir in Acht nehmen«, meinte er schmunzelnd. »Wie ich hörte, willst du einen Handel mit mir machen. Und in dieser Hinsicht bin ich kein guter Mensch, sondern einzig und allein Kaufmann.«

»Ihr habt mich in Euer Haus gelassen, habt mir zu essen und zu trinken gegeben und seid bereit, mir zuzuhören. Ihr seid ein guter Mensch«, beharrte sie.

»Zwei meiner Töchter dürften in einem ähnlichen Alter sein wie du. Sollten sie jemals, aus welchem irrwitzigen Grund auch immer, alleine eine so weite Reise unternehmen, hungrig und durstig und am Ende ihrer Kräfte sein, dann will ich sehr hoffen, dass sich eine gute Seele findet, die ihnen hilft. Wie könnte ich das erhoffen, wenn ich der Tochter eines anderen Mannes nicht dasselbe täte?« Sie wusste nicht, was sie darauf sagen sollte, also lächelte sie nur dankbar und schwieg. »Kommen wir zur Sache«, fuhr er fort und richtete sich kerzengerade auf. »Du hast etwas zu verkaufen?«

»So ist es. Ich habe Bernstein. Jede Menge davon«, sprudelte sie los.

Er kniff kurz die Augen zusammen. »Jede Menge also. Weißt du, Maria, ich frage mich, wieso du ausgerechnet zu mir kommst. Es gibt nicht wenige Bernsteindreher in Danzig. Außerdem hättest du ebenso gut nach Lübeck gehen können oder nach Stolp.«

»Lene schickt mich«, gab sie zurück.

»Lene, welche Lene?«

»Sie hat rohes Material von Euch bekommen und hat Euch auch Bernstein verkauft, keine einfachen Brocken, sondern bereits bearbeitetes Material.«

Er nickte. »Die Lene. Du kennst sie wirklich.«

»Sie hat mich nicht direkt geschickt«, begann Maria zaghaft. »Aber sie hat so gut von Euch geredet. Und ich muss unseren Bernstein doch zu Geld machen, sonst nutzt er uns doch nichts.«

»Nun mal von vorne. Du behauptest, du wärst im Besitz einer großen Menge, hast den Stein aber nicht am Strand aufgesammelt. Woher hast du ihn dann?«

Maria erzählte, wie sie auf den Streckelsberg gegangen war und eine Kuhle hatte graben wollen, um darin vielleicht einen Hasen oder ein junges Reh zu fangen. »Beim Graben bin ich auf die Ader gestoßen.« Sie lachte. »Zuerst war ich ärgerlich, weil ich dachte, ich hätte die falsche Stelle erwischt, um eine Grube auszuheben, doch dann habe ich begriffen, was mir da den Weg versperrte.«

»Es gibt doch auch auf Usedom sicher jemanden, der dafür sorgt, dass alles mit rechten Dingen zugeht, dass die Menschen sich an Gesetze und Regeln halten. Hast du dieser Person von deinem Fund erzählt?«

Sie schüttelte erschrocken den Kopf. Grete hatte ihr geraten, bei der Wahrheit zu bleiben. So wollte Maria es auch jetzt halten. Sie erzählte von Hauptmann von Appelmann und von den Scherereien, die ihr Vater ständig mit ihm hatte. Auch von der Verwüstung im Garten und dem Brand im Pastorat berichtete sie.

»Wir sind nur knapp mit dem Leben davongekommen. Würden die Coserower nicht so zu uns halten, wären wir längst verhungert oder erfroren. Sie gehen ein hohes Risiko ein, wenn sie uns helfen. Der Hauptmann hat ihnen gedroht. Wer uns ein paar Eier bringt oder etwas repariert, das zu Bruch gegangen ist, muss mit höchsten Strafen rechnen.«

»Was hat dieser Hauptmann gegen deinen Vater, hm?« Er legte den Kopf schief und sah sie an.

»Nun, mein Vater nennt die Dinge gern beim Namen. Unserer kleinen Gemeinde hätten regelmäßige Zuwendungen zugestanden. Sie hätten gereicht, um die Leute in unserem Dorf wenigstens notdürftig zu versorgen. Von diesen Zuwendungen ist nur leider nie etwas bei uns angekommen. Die Menschen sind verhungert, krank geworden oder fortgegangen. Mein Vater hat diesen dauernden Missstand angeprangert.« Leiser setzte sie hinzu: »Von der Kanzel aus. Er hat nicht nur das Versäumnis, sondern eben auch den Hauptmann beim Namen genannt«, endete sie noch leiser.

Schindler schwieg kurz, dann brach er in meckerndes Gelächter aus. »Dein Vater scheint mir ein mutiger und aufrechter Mann zu sein«, stellte er schließlich fest.

»Nur ist es leider nicht klug, so mutig und aufrecht zu sein.« Sie seufzte. »Er bringt sich und die Coserower damit in eine furchtbare Lage.«

»Oh nein, Maria, nicht dein Vater ist dafür verantwortlich, sondern dieser Hauptmann. Er trägt die Schuld an eurer Misere.« Wieder kniff er kurz die Augen zusammen. »Mit der Klugheit ist es so eine Sache«, sagte er. »Wie viel Bernstein hast du mitgebracht?«

Sie war von der direkten Frage überrumpelt. Eben hatten sie noch über ihren Vater gesprochen. »Ihr seid also interessiert?«, fragte sie, um etwas Zeit zu gewinnen. Wie sollte sie vorgehen? Es wäre ein Leichtes für ihn, ihr den Schatz abzunehmen und sie hinauszuwerfen. Wer würde ihr schon glauben, dass der Bernstein ihr gehört hatte?

»Natürlich bin ich das. Ich habe Abnehmer, die immer gern Kunstwerke zu einem geringen Preis erwerben. Meine Zunftbrüder müssen ebenso wenig alles wissen, wie alles in meinen Geschäftsbüchern nachzulesen sein muss.«

Maria holte ihr Kissen hervor. »Habt Ihr bitte eine Schere für mich?« Er reichte ihr eine, und sie trennte die Nähte auf. Dann schüttelte sie die Brocken auf den Tisch.

Sofort griff Schindler nach einem und hielt ihn gegen das Licht. »Sehr schön«, murmelte er, schlug den Stein gegen seinen Schneidezahn und wiederholte: »Sehr, sehr schön. Du sagst, davon kannst du mir mehr beschaffen?«

»Viel mehr!« Sie nickte eifrig.

»Wie ich schon sagte«, begann er und hatte mit einem Mal einen Gesichtsausdruck, der dem des fürchterlichen Claus Ewing erschreckend ähnelte, »mit der Klugheit ist es so eine Sache. Du hast mindestens drei Fehler gemacht.« Sie starrte ihn an. »Du hast mir den Namen des Mannes genannt, der deinem Vater das Leben sauer macht. Es wäre ein Leichtes für mich, ihm eine Nachricht zukommen zu lassen. Er würde gewiss darauf bestehen, dass du ihm die Ader zeigst, und er würde sie sich unter den Nagel reißen«, erklärte er ruhig. Maria hatte das Gefühl, sie bekäme keine Luft mehr. Der Kuchen in ihrem Bauch schien zu einem Klumpen zu verschmelzen, der immer größer und schwerer wurde. »Das werde ich natürlich nicht tun, denn er würde mir für den Schatz sehr viel mehr abknöpfen, als du es je wagen wirst. Die zweite Dummheit war, mir den Fundort zu nennen.«

»Das habe ich nicht«, widersprach sie.

»Der Streckelsberg mag zwar die höchste Erhebung auf eurer Insel sein, ein gewaltiges Gebirge ist er nicht.« Er lachte leise. »Kann sein, dass es ein paar Tage dauern würde, die Ader ausfindig zu machen. Wenn schon! Glaubst du nicht, das wäre es wert?« Maria hatte es die Sprache verschlagen. Sollte sie sich so in ihm getäuscht haben? »Und zuletzt legst du die Ware, die du anzubieten hast, auch noch auf den Tisch, ohne dafür auch nur einen Pfennig gesehen zu haben. Wer weiß, wie viel du mir bringen wolltest? Wer weiß, dass du überhaupt hier bist?«

»Niemand«, flüsterte sie.

»Also kann ich das Material jetzt einpacken, ohne dafür zu bezahlen.« Er begann seelenruhig, die ersten Brocken in seine Hand zu sammeln.

»Ich könnte zu den anderen Meistern Eurer Zunft gehen. Ich könnte ihnen sagen, dass Ihr von Dieben Bernstein kauft. Sie würden sich Eure Bücher ansehen«, rief sie und wusste bereits selbst, dass sie ihm damit keine Angst machen konnte.

»Immerhin kein so schlechter Einfall, nur würde dir niemand glauben. Ich würde meinen Zunftbrüdern erzählen, du hättest versucht, mich zu bestehlen. Weil ich dir den Hintern versohlt habe, bist du wütend und willst mir eins auswischen. Sie würden sich königlich über die Geschichte amüsieren.« Seine Miene wurde weich. »Maria, du liebes Kind, du musst ein Schlitzohr sein, wenn du es in dieser Welt zu etwas bringen willst. Ja, das musst du.«

»Ich will nur die Leute in Coserow und meinen Vater nicht im Stich lassen«, brachte sie mit zitternder Stimme hervor. »Ich will kein Schlitzohr sein, dem man nicht trauen kann. Ich bin ein Kind Gottes«, fügte sie trotzig hinzu.

»Und das ist richtig so. Schlitzohren können auch anständige Christenmenschen sein. Du hast vorhin selbst gesagt, ich sei ein guter Mensch, und ich bin ganz gewiss ein großes Schlitzohr.« Er lachte. Dann wurde er ernst. »Du darfst es niemandem leicht machen, dir Schaden zuzufügen, hörst du? Behalte Dinge für dich. Armen bedürftigen Kreaturen darfst du ja gerne etwas abgeben, nur solltest du es vorher unchristlichen Geldsäcken abgenommen haben.« Jetzt griente er über das ganze Gesicht. »Wir werden den Stein jetzt wiegen, und ich sage dir den Preis dafür. Dann lässt eine Magd dir ein heißes Bad ein und du schläfst dich gründlich aus. Morgen ist auch noch ein Tag, da werden wir besprechen, wie wir den Handel fortführen und wie wir dich auf schnellstem und sicherem Wege wieder nach Hause bekommen.«

»Ich danke Euch. Mir fällt wirklich ein Stein vom Herzen, ich dachte schon …« Sie dachte kurz nach. »Aber den Bernstein nehme ich nach dem Wiegen wieder an mich.«

Er lachte auf. »Du lernst schnell, das ist gut, das ist sehr gut!«

Nicht etwa die Stubenmagd, sondern Grete höchstpersönlich richtete Maria eine Kammer her. Es gab eine mit Rosshaar gefüllte Matratze und eine Wolldecke, die in sauberem Leinen eingeschlagen war.

»Wie ich höre, wirst du nicht lange Gast in diesem Haus sein«, sagte Grete sanft. »Schon bald musst du wieder raus in diese grausame Welt«, sprach sie weiter, während sie heißes Wasser in einen Zuber goss. »Armes Kind.

Ich wünschte, du könntest in Danzig bleiben.« Maria betrachtete die Frau gründlich. Die Ähnlichkeit mit Anna war wahrhaft verblüffend. »Ich selbst verdanke dem Umstand, in dieser Stadt gelandet und von Meister Schindler aufgenommen worden zu sein, gewiss mein Leben.« Grete schien mehr mit sich selbst als mit Maria zu sprechen. Sie bereitete das Bad, prüfte hin und wieder die Temperatur, legte Handtücher bereit. Mit leiser Stimme, die seltsam entrückt klang, erzählte sie: »In der Nähe des Dorfes, in dem ich mit meiner Familie lebte, hat ein Regiment Station gemacht.« Für einen Wimpernschlag unterbrach sie ihre Arbeit, dann fuhr sie düster fort: »Nach der Kirmes hat ein Soldat meine Schwester mitgenommen. Ich hab sie nie wiedergesehen.«

»Hab ich's doch gewusst«, rief Maria erfreut. Grete sah sie entgeistert an. »Der Name deiner Schwester war Anna, habe ich recht?« Alle Farbe wich aus Gretes Wangen. Sie nickte stumm. Maria fiel ein, dass sie keine guten Nachrichten für Grete hatte, und senkte den Blick. »Ich habe sie kennenlernen dürfen und verdanke ihr viel. Mir ist die Ähnlichkeit zwischen euch im ersten Augenblick aufgefallen.«

»Ist das wahr?«, flüsterte Grete.

Maria nickte. »Es tut mir so leid, dass ich dir nichts Schöneres sagen kann, als dass sie ein guter und glücklicher Mensch war.«

»Sie ist also tot?« Wieder nickte Maria. »Eigenartig, nicht?« Grete lehnte sich gegen den Rand des Zubers und lächelte schwach. »Dessen war ich mir doch eigentlich ganz sicher. Ich glaubte, dass sie schon seit Jahren tot sei. Und jetzt, wo ich Gewissheit habe, tut es dennoch weh.« Einige Atemzüge blieb es still. Dann seufzte Grete tief und wandte sich wieder ihrer Aufgabe zu. »Wie grausam das alles ist. Hätte der Soldat, der sie verschleppt hat, sie rasch erschlagen, nachdem er bekommen hatte, was er wollte, hätte sie nicht so furchtbar lange leiden müssen. Nur hättest du sie dann auch nicht kennengelernt, und ich hätte nie wieder von ihr gehört. Nun bekomme ich Nachricht und weiß, dass sie noch lange unter Qualen hat leben müssen. Wie grausam das alles ist«, wiederholte sie kaum hörbar. »Sag mir, wo hast du sie getroffen?«

»Nein, so war es nicht.« Maria lächelte sie aufmunternd an. »Sie hat nicht in der Gefangenschaft eines Soldaten leiden müssen. Wie ich dir sagte, ich glaube, sie war ein recht glücklicher Mensch. Sie hat mich in ihrem Zelt wohnen lassen. Wir haben oft miteinander gelacht, weißt du? Dieser Soldat, der sie damals mit sich nahm, hieß Rudolf. Er war gut zu ihr.« Grete sah sie zweifelnd an. »Doch, bestimmt. Er hat sie sogar zu seiner Frau gemacht und gut für sie gesorgt. Warte!« Maria hatte sich schon ihrer Kleider entledigt und trug nur noch ein dünnes Unterkleid. Sie holte ihren kleinen Stoffbeutel hervor und hielt Grete den gläsernen Ring vor die Nase. »Das war ihr Ehering. Den hat Rudolf ihr gegeben. Und sie hat ihn mir gegeben, ehe sie gestorben ist. Ich bin sicher, sie würde wollen, dass du ihn bekommst.«

Gretes Kehlkopf hüpfte, sie schluckte schwer und brachte kein Wort heraus. Maria öffnete ihre Hand und legte den Ring hinein. Sofort presste Grete ihn an ihre Brust.

»Danke«, wisperte sie, schluchzte und lief hastig davon.

Den Duft von Seife in der Nase, ließ Maria sich in das heiße Wasser gleiten. Sie schrubbte sich gründlich ab und schlüpfte anschließend in ein Nachtkleid, das Grete ihr hingelegt hatte. Als sie unter die Decke kroch, dachte sie darüber nach, wie sehr die Welt aus den Fugen geraten war. Nur eine kurze Tagesreise von hier entfernt hatte der Krieg den Bewohnern von Bütow alles genommen. Davon war hier nicht einmal etwas zu spüren. Die Menschen in Danzig schienen sich nicht darum zu kümmern, was außerhalb ihrer Stadt vor sich ging. Sie lebten einfach so weiter, als sei nichts geschehen. Und doch gab es Verbindungen, die auf geheimnisvolle Weise große Bedeutung erlangen konnten.

Am nächsten Morgen am reich gedeckten Frühstückstisch, an dem sie mit Meister Schindler und dessen Frau Gerlinde sitzen durfte, wollte Maria wissen, ob sie vom Schicksal der Stadt Bütow gehört hatten.

»Ich habe gestern Abend davon gehört. Ein Freund erzählte es mir«, gab Schindler zurück. Maria musste an den Mann denken, den sie vor dem Haus mit den Skulpturen getroffen hatte. Er hatte durch sie von dem großen Unglück erfahren. Ob er damit zu Schindler gekommen war? Vielleicht war er doch besorgt gewesen, weil er einer Fremden, noch dazu einer Lügnerin, den Weg zu dem Bernsteinmeister gewiesen hatte.

»Wie ist es nur möglich, dass nur wenige Meilen von hier die Menschen verhungern, dass ihre Häuser niedergebrannt werden, während Ihr in Danzig unbehelligt von alldem lebt?« Gerlinde Schindler warf ihr einen entrüsteten Blick zu, schwieg jedoch, wie sie es schon den ganzen Morgen getan hatte.

Schindler hatte den Blick seiner Frau bemerkt. »Aber ja, sie hat schon recht, mein Herz. Wir leben im Paradies, und doch wissen wir, wie nah die Hölle ist.« Er wandte sich an Maria. »Zwei Dinge sind auf unserer Seite«, erklärte er ihr. »Du hast die dicken Mauern ja gesehen, die uns schützen. Wir wehren uns mit Zähnen und Klauen gegen jeden, der uns unseren Frieden zerstören will. Und mit Geld. Unser Reichtum ist so groß, dass wir selbst Könige damit in Schach halten können. Täusche dich nicht, wir haben einen hohen Preis dafür bezahlt, dass wir unbehelligt bleiben.«

Maria wollte mehr erfahren, doch er machte ihr unmissverständlich klar, dass damit alles gesagt sei. Nach dem Frühstück verhandelten sie den Preis für jede weitere Lieferung. Es wurde ausgemacht, dass Schindlers Geselle Wolfgang nach Usedom kommen und eine große Menge Bernstein mitnehmen würde. Falls die Ader damit noch nicht erschöpft sei, so würde er ein weiteres Mal mit dem Wagen anreisen.

»Er bringt euch das Geld, ihr gebt ihm den Stein. So einfach ist das.« Schindler sah mit dem Handel sehr zufrieden aus. Maria war es ebenfalls. Sie hatte für das, was sie selbst bis hierher getragen hatte, eine schöne Summe bekommen, dazu noch Nahrungsmittel, Papier für ihren Vater und ein Jagdgewehr, das ihnen in den Wäldern der Insel gute Dienste leisten würde. Außerdem war sie sicher, dass sie Schindler vertrauen konnte und er ihrem Vater, ihr und den Leuten von Coserow auf wirklich lange Zeit ein gutes Leben sicherte. Beinahe so gut wie in Danzig, dachte sie beglückt. Nicht zuletzt hatten sie ausgemacht, dass Geselle Wolfgang sie mit dem Wagen zurück nach Usedom bringen und gleich den ersten Batzen Bernstein mitnehmen würde. Welch eine herrliche Aussicht! Schindler hatte noch einige Aufgaben für Wolfgang, die dieser erledigen musste, ehe sie aufbrechen konnten. So genoss Maria zwei weitere Nächte in dem stattlichen Haus, bekam jeden Tag genug zu essen und durfte ein weiteres Mal ein Bad nehmen. Sie unterhielt sich mit Grete und ging ihr ein wenig zur Hand. Nur Gerlinde Schindler schien über ihren Aufenthalt nicht erfreut zu sein. Sie mied Maria, und Maria ging ihr aus dem Weg. Und ehe sie sich versah, war der Moment des Aufbruchs auch schon gekommen.

KAPITEL 6

Die Kirche von Coserow war vollbesetzt. Pfarrer Schweidler hatte aus Matthäus 14 gelesen.

»Ihr habt es gehört. Jesus hatte nicht mehr als zwei Fische und fünf Brote und hat damit doch über fünftausend Menschen gespeist«, rief er und ließ seinen Blick durch die Reihen wandern. »Die Nahrung ging nicht aus, sondern sie wurde immer mehr, je mehr von ihr aßen. Ein Wunder! Das sind die Wunder, die den Menschen geschehen, die rechten Glaubens sind, und die ihren Nächsten auch unter Androhung höchster Strafen nicht im Stich lassen.« Maria sah, wie einige beschämt den Blick senkten. Sie hatten nicht gewagt, ihrem Pfarrer Essen oder Kleidung zu bringen, weil sie Angst vor dem Hauptmann hatten. Schweidler trug es ihnen nicht nach. Diejenigen, die bei Nacht und trotz größter Sorge geholfen hatte, standen seiner Ansicht nach stellvertretend für den guten Willen aller Dorfbewohner. Seine Augen blitzten, als er sagte: »Auch für unser Coserow kann ich ein Wunder verkünden. Seht nur!«

Das war Marias Stichwort. Sie hatte hinten im Kirchenschiff gestanden und trug nun einen großen Topf nach vorne bis vor den Altar. Schweidler hob den Deckel an, und Dampf stieg auf. Gleichzeitig machte sich in dem kleinen Gotteshaus ein Duft breit, der den Menschen das Wasser im Munde zusammentrieb. Ein Raunen ging durch die Reihen, Gelächter. Die Leute konnten nicht fassen, was sie erleben durften, und glaubten in diesem Moment, da war Maria sicher, gewiss an ein Wunder.

»Dieses Reh hat der Herrgott uns geschenkt. Es war einfach da, ein Geschenk des Himmels, eine Belohnung für euch gute Menschen. Wir alle können davon satt werden. Nun wisst ihr, warum ich euch gebeten habe, Teller und Besteck mit in den Gottesdienst zu bringen. Gesegnete Mahlzeit!«, rief er donnernd. Das Raunen wurde lauter.

Maria ging von einem zum anderen und legte jedem ein ordentliches Stück Fleisch auf seinen Teller. Dass das Reh einfach so da gewesen sein sollte, war nicht die ganze Wahrheit. Sie lächelte glücklich. Seit sie aus Danzig zurückgekehrt war, hatte sich alles verändert. Sie musste schmunzeln, als sie an ihre Heimreise dachte. In einer Kutsche mit einem Kissen unter dem Hintern war sie in wenigen Tagen zurück auf Usedom gewesen. Geselle Wolfgang hatte ihr erzählt, er wolle es selbst zum Zunftmeister bringen. Vielerorts hätte er dafür die Tochter eines Bernsteinmeisters heiraten müssen, da er nicht über ein Geburtsrecht verfügte. Sein Vater war kein Meister in diesem Fach gewesen. Die Stadt Danzig bot ihm und anderen tüchtigen Gesellen einen anderen Weg. Unter den Augen eines Ältermannes würde Wolfgang ein Meisterstück fertigen. So konnte er sein großes Ziel erreichen.

»Warum heiratest du nicht einfach eine von Schindlers Töchtern?«, hatte Maria von ihm wissen wollen. »Er hat doch so viele. Einige im geeigneten Alter, dachte ich.«

»Ich habe mein Herz bereits einem Mädchen geschenkt«, war seine Antwort gewesen. »Durch mein Meisterstück kann ich beides haben, meine geliebte Braut und den Titel des Zunftmeisters.«

Maria erinnerte sich, dass sie der Gedanke gefreut hatte, Wolfgang würde möglicherweise aus ihrem Usedomer Bernstein sein Meisterstück fertigen.

Wie rasch die Zeit vergangen war, nachdem er mit einer großen Menge Bernstein wieder nach Danzig aufgebrochen war. Maria hatte die Brocken Nacht für Nacht ausgegraben. Als der braun und gelb, rötlich und fast schwarz schimmernde Haufen im Pfarrhaus, mit Lumpen gut zugedeckt, endlich groß genug gewesen war, hatte Wolfgang ihn bei geschlossenen Vorhängen gewogen und das Geld dafür auf den Tisch gezählt. Eine solche Summe hatte Maria nie zuvor in ihrem Leben gesehen. Alles hatte sich seither verändert. Von durchziehenden Händlern konnten sie Stoff kaufen und sich neue Kleider nähen lassen. Tischler Paasch konnten sie genug geben, dass er Holz kaufen und Leute anstellen konnte, um das Pastorat wieder in alter Größe aufzubauen. Er bekam so viel für seine Arbeit, dass er Georg in Lohn und Brot nehmen und ihn gar eine kleine Hütte am Rande von Coserow bauen lassen konnte, in die er vor zwei Tagen gezogen war. Mit dem Jagdgewehr, das Maria Meister Schindler abgeluchst hatte, ging Georg regelmäßig in der Morgendämmerung auf den Streckelsberg und brachte, was er hatte schießen können. Die Wälder der Insel waren voller Wild, denn die wenigsten hatten eine Möglichkeit, es zu erlegen. Ein Gewehr war in Danzig nur ein Gewehr, hier war es einer der kostbarsten Schätze, die man sich denken konnte. Maria war überglücklich, denn sie und ihr Vater gaben den Menschen täglich zu essen, wobei ein Festmahl wie das heutige in der Kirche eine Besonderheit blieb. Immer ließen die Coserower alle Spuren ihres neuen Wohlstands gründlich verschwinden. Hauptmann von Appelmann durfte um keinen Preis erfahren, wie gut es ihnen ging. Es würde nicht nur sein Misstrauen, sondern viel mehr seine Gier und seinen Neid wecken. So sammelte Maria auch an diesem Sonntag alle Knochen in den leeren Topf und setzte wieder den Deckel darauf, ehe sie das Kochgeschirr aus der Kirche trug. Die Leute hatten ebenfalls ihre Teller, Messer und Gabeln unter ihren Kleidern verborgen, so dass nichts blieb als ein köstlicher Duft nach gekochtem Fleisch.

»Gott segne Euch, Herr Pfarrer«, hörte Maria einige sagen, wie so oft in den letzten Tagen. Sie dankten ihrem Vater und lobten ihn für sein großes Herz und dafür, dass er ganz offensichtlich Gottes Wohlgefallen besaß wie kein Zweiter. Von keinem anderen Pfarrer weit und breit hörte man schließlich, dass er derartige Wunder zu vollbringen in der Lage war.

Natürlich gab es auch Dorfbewohner, die sich weniger für ihren Geistlichen freuten, sie beäugten eher ängstlich und voller Misstrauen den neuen Wohlstand. Maria machte sich diesbezüglich nichts vor, ihr war klar, dass die Verbesserung ihrer Situation nicht zu übersehen war. Da konnten sie noch so gut verheimlichen, wie reich sie mit einem Schlag wirklich waren. Darum nutzte sie jede Gelegenheit, um die Geschichte zu erzählen, die sie und ihr Vater sich ausgedacht hatten: Maria sei zu einem Onkel nach Danzig gereist, verbreiteten sie. Da die Menschen in Coserow ihnen nicht mehr helfen durften, hatten sie sich keinen anderen Rat gewusst, als einen Bruder von Marias verstorbener Mutter um Unterstützung zu bitten. Der hätte sich großzügiger gezeigt, als sie zu hoffen gewagt hatten. Er wollte dafür sorgen, dass die beiden wieder ein festes Dach über den Kopf bekämen, unter dem der Pfarrer auch seine Schäfchen versammeln und im nächsten Winter schützen könne. Für eine nicht unerhebliche Anzahl Gebete, die Schweidler für diesen Verwandten gen Himmel schicken würde, war der bereit, auch noch so viel obendrauf zu geben, dass Vater und Tochter anständig gekleidet gehen und den Coserowern ein Almosen abgeben konnten. Als eines Tages wieder einmal Claus Ewing und Peter Krüger durch das Dorf schlichen, gab Maria die Geschichte besonders laut zum Besten. Wenn die beiden auf dumme Gedanken kämen, wenn sie von Appelmann nur berichteten, wie gut es dem Pfarrer ginge, ohne eine Erklärung dazu liefern zu können, stünde es schlimm um sie. Wenn Maria auf ihrer Reise auch gelernt hatte, wie wichtig eine gesunde Skepsis war, so war sie gleichermaßen berauscht davon, wie gut ihr Plan aufging, wie sehr sich das Leben der Menschen um sie herum verbessert hatte. Und so konnte es noch eine sehr lange Zeit weitergehen, denn der Bernstein schien unerschöpflich zu sein.

»Hörst du denn nicht, was die Leute reden?«, fragte Georg sie eines Tages, als sie gerade einen jungen Burschen mit einem Brief nach Wolgast schickte. Der Knabe sollte die Nachricht dem Postknecht übergeben, damit er diese nach Plathe zu dem dortigen Postknecht Abraham sandte. Maria hatte ihr Versprechen nicht einlösen können, auf ihrem Heimweg bei ihm zu putzen und zu kochen. Sie wollte wenigstens, dass er von ihrer sicheren Heimkehr erfuhr. Und es war ihr ein Bedürfnis, ihm noch einmal ihren Dank auszusprechen und einen Taler beizulegen. Außerdem hatte sie eine Idee. Hildegard, die Enkelin des alten Fischers Ernst, war im heiratsfähigen Alter. Sie war ein hübsches Ding mit gutem hausfraulichen Geschick, und Maria hatte deren Mutter Helena sagen hören, es wäre ihr lieb, wenn sie bald einen Mann fände, der für sie sorgte.

»Die Leute reden immer viel«, gab sie fröhlich zurück.

Georg schleppte gerade ein Bündel Stroh herbei, um das Dach der Hütte des Dorflehrers Hoog zu decken. Hoog musste das Schulhaus verlassen, denn dort sollte bald wieder regelmäßiger Unterricht stattfinden.

»Sie fragen sich, woher euer plötzlicher Wohlstand kommt«, fuhr er ungerührt fort und warf das Bündel auf einen Haufen anderer Strohpakete. Er stöhnte, wischte sich den Schweiß von der Stirn, dann machte er sich auf den Weg, den letzten Packen zu holen. »Die Leute sind nicht blind.« Er sah sie kurz an. »Seit du zurück bis, blüht das Dorf auf.«

»Ja, nicht wahr? Ist das nicht wundervoll?«

»Ein Dorn ist es, ein Dorn im Auge von Hauptmann von Appelmann.« Er warf das Bündel auf den Boden und baute sich vor ihr auf. »Alle wollen etwas abbekommen von dem Wohlstand.«

»Und so geschieht es doch«, warf sie ein. »Mein Vater behält doch nicht mehr als nötig für uns.«

»Mir musst du das nicht sagen. Nur gibt es immer welche, die meinen, dass für sie nicht genug abfällt. Sieh die Welt, wie sie ist, Maria«, ermahnte er sie eindringlich. »Von Hexerei ist schon die Rede.«

Maria erschrak. Sie musste an die Worte des Feldchirurgen denken, dass die Scheiterhaufen wieder häufiger loderten.

»Das ist doch nicht möglich«, stotterte sie. »Wer sollte solche widerwärtigen Lügen verbreiten?«

»Es sind ja keine Lügen. Die Menschen verstehen einfach nicht, wie das möglich ist, und sie suchen sich ihre eigenen Erklärungen. Hexerei ist immer eine Antwort auf alles, was schwer zu begreifen ist. Ihr müsst euch in Acht nehmen. Bringt dem von Appelmann ein Geschenk, das kostbar genug ist, ihn damit zu eurem Freund zu machen. Wenn dein Vater dann noch aufhört, vor seiner Gemeinde über den Hauptmann zu wettern, kann sich womöglich alles zum Guten wenden.«

Georgs Worte saßen wie ein Stachel in ihrem Fleisch. Am Abend ging Maria an den Strand. Dort stand sie eine Weile und genoss das gleichmäßige Rauschen der Ostseewellen, die an den Strand rollten. Es war ein milder Junitag gewesen. Der Abend brachte nur leichten Wind, der den Geruch des Meeres über die Insel trug. Wie friedlich an diesem Ort alles schien. Mehr als einmal hatte Maria selbst daran gedacht, mit ihrem Vater zu reden. Gewiss konnte die Freude nicht lang anhalten, wenn erst von Appelmann das ganze Ausmaß ihres Besitzes erkannte. Das letzte Mal hatte er schon eingegriffen, als die Coserower für ihren Pfarrer nur für das Nötigste hatten sorgen wollen. Schon das hatte er unterbunden. Wie sehr musste ihn erst das jetzige Wohlergehen des Geistlichen ärgern. Doch immer hatte Maria es verschoben, stets hatte sie sich selbst beruhigt, sich eingeredet, Gott habe das Blatt gewendet, er werde dafür Sorge tragen, dass es so bleibe. Wie töricht sie gewesen war!

Der Wind spielte mit ihrem Haar und mit dem Stoff des neuen Kleides. Sie musste mit ihrem Vater sprechen. Dummerweise kannte sie bereits seine Antwort. Niemals wäre er bereit, sich einen Maulkorb verpassen zu lassen. Um keinen Preis. Und er würde sich das Wohlwollen oder wenigstens das Stillhalten des Hauptmannes auch nicht kaufen. Sie seufzte schwer und blickte hinauf zum Himmel. Nicht mehr lange, dann hatten sie Vollmond. Schon jetzt schien er hell vom wolkenlosen Firmament. Um sich ein wenig abzulenken und auf fröhliche Gedanken zu bringen, ging Maria hinauf zu dem Ort vor den beiden Buchen. Eine war hohl, die andere erinnerte an den Kopf eines Elefanten. Wie immer, wenn sie hierherkam, achtete sie genau darauf, dass niemand sie verfolgte. Auch jetzt sah sie sich immer wieder um, wartete ab, schaute noch einmal in alle Richtungen, ehe sie wagte, Laub und Moos von der vertrauten Stelle zu schieben, die alleine ihr bekannt war. Ein Knistern, ein Knacken. Maria fuhr herum. Da stand ein Mann. Herr im Himmel, wo kam der so plötzlich her? Gerade noch hatte sie sich umgesehen und war sicher gewesen, allein zu sein. Wer war der Kerl? Georg war es nicht. Sie wollte davonlaufen, doch ihre Beine gehorchten ihr nicht. Es war, als würden ihre Füße im sandigen Boden Wurzeln schlagen.

»Verzeihung, ich wollte Euch nicht erschrecken.« Die Stimme klang freundlich und kam ihr seltsam bekannt vor. »Ihr braucht wirklich keine Angst vor mir zu haben«, sagte der Fremde und trat einen Schritt auf sie zu. »Ich kenne Euch doch. Ihr seid Maria Schweidler, die Tochter des Pfarrers von Coserow.«

Maria kniff die Augen zusammen. Tatsächlich! »Ihr seid der Mann mit dem stürmischen Gaul, der mich um ein Haar über den Haufen gerannt hatte«, stellte sie erleichtert fest.

»Ich bin der Mann, der Euch als Wiedergutmachung Stoff geschickt hat«, wandte er ein.

»Ja, das habt Ihr. Und ich danke Euch dafür.«

»Seitdem ist viel Zeit vergangen.« Sie schwiegen. »Ich hoffe, Ihr habt Euch etwas Schönes nähen können. Das Kleid, das Ihr jetzt tragt, wird es nicht sein, nicht wahr? Es war dickes Tuch für einen Wintermantel, nicht geeignet für einen so wunderbar milden Abend wie diesen.«

»Das ist wahr. Leider ist mir auch kein Winterkleid davon geblieben. Der Stoff ist mit allem anderen, was wir besessen haben, ein Raub der Flammen geworden.«

»So ein Unglück«, sagte er mit echtem Bedauern.

»Kein Unglück, sondern ein Verbrechen«, entgegnete sie düster.

»Ich erinnere mich«, meinte er nachdenklich. »Ja, ich glaube, ich habe davon gehört. Ich war nicht sicher, ob es das Pfarrhaus getroffen hatte. Ich hörte nur, der streitbare Pfarrer von Coserow habe dafür bezahlen müssen, dass er kein Blatt vor den Mund nimmt. Gottlob seid Ihr mit dem Leben davongekommen. Ich hoffe, Euer Vater auch?«

»Ja, Gott sei es gedankt.«

»Was macht Ihr um diese Zeit hier draußen?«

Jetzt hieß es auf der Hut zu sein. Wie hatte Meister Schindler gesagt? Du darfst es niemandem leicht machen, dir Schaden zuzufügen. Das würde sie nicht.

»Und Ihr, Rüdiger von Neuenkirchen, was macht Ihr hier? Wenn ich nicht irre, seid Ihr in Mellentin zu Hause. Das ist ein gutes Stück von hier entfernt.« Sie reckte kühn das Kinn.

»Ihr habt recht. Ich war bei Pudgla jagen und hatte noch keine Lust, ins Schloss zurückzukehren. Es gibt auf dieser Insel keinen höheren Punkt als den Streckelsberg. Zu dem wollte ich, um hinunter auf die Ostsee zu schauen.«

»Warum, was gibt es da zu sehen zu dieser Stunde?«

Er lächelte. Ihre Augen hatten sich an das wenige Licht gewöhnt, das durch die Bäume fiel. Dieser Rüdiger sah nicht gerade aus wie Jesus auf dem Abendmahlgemälde des Genies Leonardo da Vinci, das Maria als kleines Mädchen in einem von Vaters Büchern entdeckt hatte. Und das war das schönste Bildnis eines Mannes, das sich Maria vorstellen konnte. Dennoch strahlten die Augen dieses Edelmannes in der Dunkelheit auf faszinierende Weise und hatten etwas sehr Freundliches.

»Nur die Ostsee.« Er lachte leise. »Ihr müsst mich für verrückt halten. Mein Bruder jedenfalls hält mir ständig vor, ich sei hoffnungslos romantisch und unvernünftig.« Er zuckte mit den Schultern. »Ich kann es nun einmal nicht ändern, ich liebe das Meer.«

Maria war erstaunt. Ihr Vater hatte so oft zu ihr gesagt, die Ostsee sei ein Segen, weil darin Fische wohnten, die ihnen ins Netz gehen konnten. Sie sei für die Usedomer und ihre Insel wie eine Straße, denn man könne mit Schiffen darauf an fremde Küsten fahren. Damit sei aber auch schon alles Gute über sie gesagt. Die Menschen lebten an Land, allein dort gehörten sie hin. Er konnte einfach nicht verstehen, was sie nur immer mit dem Strand hatte. Doch Maria ging es genau wie diesem Herrn von Neuenkirchen, sie fühlte sich vom Meer magisch angezogen.

»Heute Abend ist es besonders schön«, fuhr er mit sanfter Stimme fort und schob sich eine Strähne des blonden Haars aus der Stirn. »Die Luft ist weich wie Seide, denkt Ihr nicht? Und dieser Geruch!« Er atmete tief durch die Nase ein. »Herrlich. Dazu dieses Licht. Diamanten und Edelsteine könnten nicht bezaubernder sein.« Er machte eine Pause, und Maria überlegte, was sie sagen könnte, da sprach er weiter: »In welches Verderben stürzest du doch die Sterblichen, o fluchwürdiger Hunger nach Gold!«

»Vergil!«, stellte Maria fest.

Er sah sie überrascht an. »Ihr kennt die Verse des römischen Dichters?«

Erneut musste sie aufpassen, was sie sagte. »Mein Vater hat seine Schriften gerne laut gelesen. Daher habe ich sie gehört. Ich habe ein gutes Gedächtnis, so erinnerte ich mich, von wem die Worte stammten.«

Er nickte. »Der Mann war weit mehr als ein Dichter. Er hat das Wesen der Menschen erkannt. Die Gier nach Gold und Edelsteinen wird sie gewiss immer wieder ins Verderben stürzen. Dabei ist der Anblick der Ostsee, wenn sich das Mondlicht darin spiegelt, unendlich viel schöner. Und jeder kann diesen Anblick genießen, ohne dass er zur Neige ginge. Um ihn braucht man sich nicht zu schlagen.« Er hatte nachdenklich gesprochen und sah sie an, als fiele ihm erst jetzt wieder ein, dass er nicht alleine war. »Ich habe beim Betrachten des funkelnden Wassers die Zeit vergessen«, gestand er. »Bitte, verratet mich nicht! Spricht es sich herum, heißt es überall auf Usedom, der Herr von Neuenkirchen ist nicht ganz bei Trost.«

»Ich verspreche es.« Sie standen einander gegenüber und sahen sich an. Maria erinnerte sich an ihre ersten Begegnungen mit Georg. Auch da hatte sie nicht gewusst, wie sie sich verhalten sollte. Jetzt war es noch schlimmer. Rüdiger von Neuenkirchen machte sie auf eine Art nervös, die ihr gänzlich fremd war. Sie wünschte, ihr fiele etwas Kluges ein, um sich noch nicht zu verabschieden, sondern sich weiter zu unterhalten. Genauso sehr hatte sie das Bedürfnis, auf der Stelle fortzulaufen. Sie war sich selber fremd.

»Kann ich Euch ein Stück Eures Weges begleiten?«, bot er ihr an. »Es sind unsichere Zeiten. Eine Frau sollte zu so später Stunde nicht allein im Wald unterwegs sein.«

»Ist das denn nicht ein Umweg für Euch?«

»Kein großer. Mein Pferd steht in Laddin im Stall und wartet auf mich.«

»Hofft Ihr«, meinte sie schmunzelnd. »Sagtet Ihr damals nicht, der Hengst habe ein feuriges Temperament und sei nicht zu kontrollieren?«

»Ihr habt in der Tat ein gutes Gedächtnis.«

Sie ging nicht darauf ein. »Wie könnt Ihr sicher sein, dass das Tier wirklich auf Euch wartet?«

»Ich selbst habe es angebunden.« Er reichte ihr einen Arm. »Darf ich?«

Maria hakte sich bei ihm unter. Sie spürte, wie ihr die Hitze ins Gesicht schoss. Nie zuvor hatte ein anderer Mann als ihr Vater sie am Arm geführt. Seine Nähe, die Berührung verunsicherten sie und erfreuten sie gleichermaßen. Am Dorfplatz, von wo man die Lichter des Pfarrhauses bereits sehen konnte, trennten sich ihre Wege. Sie standen vor der alten Eiche, die so lange an diesem Fleck stand, dass niemand, der heute am Leben war, sich den Platz ohne Baum hätte vorstellen können. Von Neuenkirchen verneigte sich leicht vor ihr, dass sie sich beinahe wie eine richtige Dame fühlte.

»Gebt auf Euch Acht, Maria Schweidler«, sagte er wie schon bei ihrer ersten Begegnung. Dann verschwand er in die Dunkelheit. Obwohl sie keinen Bernstein geholt hatte, lief sie beschwingt die letzten Schritte und sprang fröhlich die Stufen zum Haus hinauf.

~ ~ ~

Die Tage zogen ins Land. Sowohl mit den letzten Arbeiten am Pfarrhaus als auch mit dem Bau von Lehrer Hoogs Haus ging es gut voran. Man sah in Coserow glückliche Gesichter. Maria freute sich über eine reiche Ernte. Sie sammelte Erdbeeren, Himbeeren und Stachelbeeren, kochte Kompott daraus, das ihnen im Winter die Sonne zurück auf den Tisch bringen würde. Auch Erbsen, Möhren und Kohlrabi gediehen bestens. Man hätte glauben können, der Krieg habe Pause gemacht oder, besser noch, er sei sang- und klanglos vorüber. Doch so war es nicht.

Hufgetrappel und Geschrei weckten Maria an diesem Morgen. Sie war mit einem Satz aus dem Bett. In der Diele traf sie auf ihren Vater, der aus seiner Kammer getreten war.

»Was hat das zu bedeuten?«, fragte sie ängstlich.

»Das werden wir gleich wissen.« Er öffnete die Tür. Auf dem Dorfplatz vor der Kirche hatte sich eine Reiterschar versammelt. Soldaten! »Nicht schon wieder«, stöhnte Schweidler.

»He, ihr Leute«, brüllte einer der Männer. »Ich bin der Kommandant dieser stolzen Truppe, die für euch in den Krieg zieht. Jeden Tag riskieren meine Soldaten und ich für euch das Leben, damit ihr weiter Luthers Lehre verbreiten und seine Gebote befolgen könnt.«

Mehr und mehr Coserower kamen aus ihren Häusern, traten zögernd einige, neugierig andere vor, bis sich eine Menschentraube versammelt hatte. Schweidler war an der Tür seines Pfarrhauses stehen geblieben, Maria an seiner Seite.

Der Kommandant entdeckte ihn in diesem Moment. »He, Pfarrer!« Alle Köpfe fuhren zu Schweidler herum. »Niemand wird wie du schätzen, dass wir den Kampf gegen die Katholischen nicht aufgeben. Doch auch ihr anderen Leute seid sicher daran interessiert, dass wir für euch streiten. Täten wir es nicht, käme mit der katholischen Lehre auch der Ablasshandel schnell zurück. Dann dürftet ihr wieder hübsch für die Vergebung jeder noch so kleinen Sünde zahlen.« Maria sah mit einem Mal Georg, der am Rand stand und das Spektakel beobachtete. Der eine oder andere im Dorf ahnte, dass er katholisch war. Hoffentlich verriet ihn niemand, um sich einen guten Stand zu verschaffen. Dieser Kriegsherr dort hoch zu Ross würde an Ort und Stelle ein Exempel an ihm statuieren. »Unser Kampf, den wir für euch fechten, ist teuer«, brüllte der Mann. »Meine Soldaten sind hungrig und hätten nichts gegen einen guten Krug Bier.« Zustimmendes Gemurmel unter seinen Begleitern. »Du tätest gut daran, Pfarrer, Essen und genug zu trinken einzusammeln. Unser Lager ist nicht weit von hier.« Er zeigte in Richtung Süden. »Ein Stück dort entlang direkt am Ufer dieses stinkenden Sees.« Es hatte lange nicht geregnet, das Achterwasser konnte bei diesen Temperaturen durchaus riechen. Dennoch schüttelte Maria kaum merklich den Kopf über die Unkenntnis und Geringschätzung des Kommandanten. »Lass einige

Karren beladen und bring sie uns«, befahl er. »Du kannst aber auch in klingender Münze bezahlen, wenn dir das lieber ist«, fügte er hinzu und lachte. Seine Männer fielen in das Gelächter ein. »Wenn du bis morgen nicht gebracht hast, was ich verlange, kommen wir zurück und nehmen es uns selbst. Ich fürchte, dann wird von diesem unseligen Nest allerdings nicht mehr übrigbleiben als Rauch und Asche.« Im nächsten Moment gab er seinem Pferd die Sporen und preschte davon, die Soldaten folgten ihm augenblicklich. Einige Coserower brachten sich mit einem beherzten Sprung zur Seite in Sicherheit. Schon war der Spuk vorbei. Nur noch eine Staubwolke, und die Abdrücke der Pferdehufe erinnerten die Dorfbewohner daran, dass sie keinen bösen Traum gehabt hatten. Maria hatte die Bilder von Bütow vor Augen. Sie wusste, dass es keine leere Drohung gewesen war. Es wäre ein Leichtes für das Regiment, Coserow dem Erdboden gleichzumachen.

»Wie sollen wir das machen? Wir haben doch selbst nur das Nötigste«, rief einer.

»Gerade geht es uns etwas besser, da kommen sie schon wieder und nehmen uns alles«, jammerte der Nächste. Immer lauter ging es durcheinander. Die Dorfbewohner beratschlagten, was zu tun sei.

Schweidler hob die Hand. »Hört mir zu!«, rief er. »Beruhigt euch doch!« Er sah in die Runde. Ganz allmählich wurde es leiser, die Leute verstummten. »Denkt an die wundersame Vermehrung des Brotes, denkt an all die Wunder, die uns geschehen sind, weil ihr alle rechtschaffene Christenmenschen seid.« Jetzt war es so still, dass man den Wind hören konnte, der durch die Obstbäume streifte. »Der Herr hat euch beschützt und versorgt. Warum glaubt ihr nicht, dass er es auch jetzt so halten wird?« Hier und da war unsicheres Murmeln zu hören. Schweidler setzte eine strenge Miene auf. »Wenn ihr zweifelt, werdet ihr untergehen. Wir alle werden dann untergehen«, rief er mit seiner vollen Stimme, die selbst Maria immer wieder aufs Neue beeindrucken und in ihren Bann ziehen konnte. »Oder habt ihr etwa Sünde auf euch geladen, dass ihr glaubt, euer Vater im Himmel hielte nicht mehr zu euch?« Niemand sagte etwas, einige schüttelten die Köpfe. »Na, also. Bleibt fest im Glauben, dann werden wir auch diese durchziehende Truppe überstehen.« Mit einem Schmunzeln fügte er hinzu: »Wisst ihr denn nicht, dass es eine Möglichkeit gibt, uns vor Angriffen zu schützen? Wir müssen nur ein einziges Mal bezahlen. Zugegeben, keine kleine Summe, doch nur noch dieses eine Mal.« Er machte eine Pause. Maria sah, wie sich die Leute fragend anblickten, wie sie ahnungslos die Schultern hoben. »Nicht wir müssen bezahlen«, ließ Schweidler seine staunenden Schäfchen wissen, »dafür ist der Hauptmann dieser Gemeinde zuständig.« Die Coserower schüttelten resigniert die Köpfe, winkten ab. »Ich verspreche euch, dass ich mich darum kümmern werde.« Damit schlug er die Türe zu.

»Was hast du dir nur dabei gedacht?« Maria lief in der Küche auf und ab. »Morgen früh, hat der Kommandant gesagt. Bis dahin hast du gerade einen Boten zu von Appelmann geschickt. Mit einer Antwort kannst du nicht gleich rechnen. Und selbst wenn«, ereiferte sie sich weiter, »du kennst seine Antworten. Er hat uns noch nie geholfen.«

»Es wäre seine Pflicht.«

»Das war es schon immer, und doch hat er sich nie darum geschert.« Sie konnte es nicht fassen, was war nur in ihren Vater gefahren?

»Mein Kind, ich glaube, der Herr hat mir die Gelegenheit geschenkt, dem Hampelmann den Ärger zu bereiten, den er längst verdient hat. Wenn ich an seiner Stelle die Salva Guardia bezahle, dann kann der Herzog nicht länger die Augen verschließen. Dann muss er einen anderen Hauptmann einsetzen. Wir können den Appelkerl loswerden!« Er rieb sich die Hände.

»Was willst du bezahlen?« Maria verstand kein Wort.

»Die Salva Guardia. Ich habe, während du unterwegs warst, um unseren Bernstein zu versilbern, mit Pfarrer Winkelmann aus Lipe gesprochen. Er hat mir erzählt, dass es die Möglichkeit gibt, Befehlshabern diese Abgabe zu zahlen. Ursprünglich hat man damit einen Passierschein erworben, um Gebiete durchqueren zu können, in denen gekämpft wird.« Maria hatte keine Idee, wovon er eigentlich sprach. »Doch das ist längst nicht mehr alles. Man erhält dafür inzwischen auch als Gemeinde oder Stadt einen solchen Brief, der davor schützt, überfallen und ausgeraubt zu werden. Es gibt nicht wenige Hauptmänner, die den ihnen anvertrauten Gemeinden auf diese Weise manches grausige Schicksal erspart haben. Hast du dich nie gefragt, wie die Postknechte unbehelligt durch die Lande kommen?«, wollte er wissen, als sie ihn noch immer zweifelnd anschaute. »Für die Postkurse wird die Salva Guardia ebenfalls entrichtet. So kamen findige Herren ja überhaupt darauf, ihre Dörfer auf die gleiche Weise zu schützen«, schloss er. »So, und jetzt möchte ich frühstücken.«

»Halt, nicht so schnell. Du willst dem Kommandanten das Geld bringen?«

Er nickte. »So ist es.«

»Und dann?«

»Noch heute werde ich selbstverständlich einen Boten mit der Bitte zu Hauptmann von Appelmann schicken, uns durch die Bezahlung aus der drohenden Gefahr zu befreien. Wie wir beide wissen, wird nichts geschehen. Dann kann ich ihn zu Fall bringen.« Damit war das Gespräch für ihn offenkundig beendet, denn er ließ sich auf dem Stuhl nieder, klopfte sich auf den Bauch und blickte sie fröhlich an.

Es geschah exakt so, wie Maria es befürchtet hatte. Der Bote kam ohne schriftliche Nachricht vom Hauptmann zurück. Der ließ lediglich mündlich ausrichten, dass man sich damit abfinden müsse, wie teuer so ein Krieg sei. Er habe schon mehr als seinen Anteil geleistet und könne nicht begreifen, wie Schweidler sich weigern könne, selbst dafür aufzukommen. Immerhin sei es doch ein Religionskrieg. Ob Pfarrer Schweidler womöglich gar darauf aus sei, zu den Katholiken überzulaufen, weil er dann seine Schatulle mit den Geldern der armen Sünder ordentlich füllen könne, ließ der Hauptmann fragen. Wer, wenn nicht die Kirche, solle diesen Krieg wohl finanzieren?

Maria war sicher, ihr Vater würde im nächsten Augenblick, empört über diese Unverschämtheiten, aus der Haut fahren. Doch er blieb vollkommen ruhig.

»Natürlich, selbstverständlich, so soll es dann wohl sein«, sagte er mit einem Funkeln in den Augen zu einem völlig verblüfften Boten, der daraufhin eine Verabschiedung stammelte und sich eilig davonmachte. Schweidler hingegen holte so viele Silbermünzen aus ihrem Versteck, dass Maria ganz schwindelig wurde.

»Uns bleibt nicht mehr viel übrig, um die Handwerker zu bezahlen und Munition für das Jagdgewehr und andere nötige Dinge zu kaufen«, wandte sie ängstlich ein.

»Mach dir nur keine Sorgen, mein Kind. Die Summe muss groß sein, sonst wird mir der Kommandant dafür niemals das erwünschte Schreiben aushändigen, das uns ein für alle Male vor Brandschatzungen beschützt. Du hast in der letzten Zeit nicht mehr oft Bernstein geholt. Das war recht so, du solltest dich nicht übermäßig in Gefahr bringen und solltest auch deinen Schlaf bekommen. Nun wirst du eben wieder öfter hinaufgehen, dann kann dieser Wolfgang bald erneut anreisen und uns mit neuen Münzen versorgen. Oder ich gehe doch selber. Das wäre mir von Anfang an lieber gewesen.«

»Damit du nicht hier bist, wenn dich jemand zu nächtlicher Stunde braucht? Was soll ich sagen, wo du bist?«

Maria wurde ein mulmiges Gefühl nicht los, dennoch gelang es ihr, es weitgehend aus ihrem Kopf und Herzen zu verdrängen. Wenn ihr Vater sie so voller Zuversicht anlachte, wenn er einen Plan so klar und simpel darlegen konnte, schien ihr immer alles ganz einfach zu sein. Und hatte er nicht auch oft recht behalten? Gottvertrauen war die Antwort auf alles. Wie hatte ihr Vater gesagt? Wenn sie zweifelten, würden sie untergehen. So war es, dachte sie, wenn nur ein Einziger zweifelte, zog er alle mit ins Verderben. Sie durfte auf keinen Fall diese Einzige sein. Sie wollte Vertrauen haben.

Die Sonne stand gerade hoch am Himmel, als Maria in ihrem Glauben bestärkt wurde. Ihr Vater war unbeschadet aus dem Lager der Soldaten zurückkehrt.

»Der Kommandant ist ein ehrlicher Mann. Er hat Kenntnis über die Salva Guardia.« Schweidler ließ eine wirkungsvolle Pause entstehen. Dann strahlte er über das ganze Gesicht und zog einen gerollten Bogen Papier hervor. »Er hat sie mir für Coserow erteilt.«

»Du hast es geschafft!« Maria lachte hell auf und fiel ihm um den Hals.

»Ja, das Lager des Regiments habe ich überlebt, ob ich allerdings meiner stürmischen Tochter standhalten kann?«

Sie ließ ihn los und sah ihn überglücklich an. Maria war beinahe umgekommen vor Angst, man könnte ihm das Geld abnehmen und ihn töten oder zumindest ohne Gegenleistung zurückschicken. Doch der Befehlshaber hatte sich anständig verhalten. Von nun an brauchte niemand im Dorf mehr durchziehende Truppen fürchten.

~ ~ ~

Ein neuer Sonntag brach an. Wie immer seit Marias Rückkehr aus Danzig war die Kirche gut gefüllt. Die Menschen hockten eng nebeneinander in den Bänken, und man hatte sogar noch Stühle und Hocker hinzugestellt, um allen Gläubigen Platz zu bieten. Maria ließ ihren Blick durch die Reihen schweifen. Sie sah lächelnde Gesichter, leidlich gutgenährte Menschen mit gesunder Gesichtsfarbe und wenigstens ein bisschen Fett auf den Rippen. Das Herz ging ihr auf. Und nun waren sie auch noch vor Angriffen sicher. Was sollte ihnen jetzt noch Schlimmes zustoßen? Selbst der Anblick von Claus Ewing und Peter Krüger, die sich in der hintersten Reihe herumdrückten, konnte sie nicht gänzlich aus der Bahn werfen. Gewiss, sie hatte Angst, dass die wieder einmal zu von Appelmann rennen und ihm berichten würden, falls er von dem Pfarrer bloßgestellt werden würde. Nur musste es ja nicht so weit kommen. Sie hoffte, dass ihr Vater die Gefahr nun ernster nahm und ihren glücklichen Zustand nicht riskierte. Jedenfalls hatte sie ihn inständig darum gebeten und war guter Dinge, dass er sie nicht enttäuschen würde.

Schweidler trat in diesem Moment vor seine Gemeinde. Er würde es verstehen, den Leuten seine Tat in einer Weise bekanntzumachen, dass ein jeder darin ein weiteres Beispiel für Gottes Größe sah und in seinem Glauben gestärkt wurde.

»Ihr guten Leute von Coserow«, begann er ungewohnt sanft. Maria atmete auf. »Ich bin euch zu großem Dank verpflichtet. Ich habe das Glück, Pfarrer einer Gemeinde Rechtgläubiger zu sein, einer Gemeinde unerschütterbarer Christenmenschen, die keinen Zweifel kennen, sondern fest in ihrem Glauben an unseren Herrn sind. Nur deshalb ist uns in den letzten Tagen und Wochen so viel Gutes widerfahren.« Er sah zufrieden von links nach rechts, lächelte einem jeden zu. Maria spürte, wie ihre Anspannung sich endgültig löste. Gut, ihr Vater hatte nicht Georgs Rat befolgt, und von Appelmann mit einem kostbaren Geschenk bezirzt. Doch schien er wenigstens den zweiten Teil der Empfehlung zu beherzigen und aufzuhören, über den Hauptmann zu wettern.

»Die meisten von euch sind kürzlich Zeugen eines höchst beängstigenden Geschehens geworden«, fuhr er fort. »Der Befehlshaber eines Regiments, das in der Nähe lagert, ist mit seinen Leuten gekommen und hat von uns Tribut gefordert. Nicht vollkommen zu Unrecht, wie ich meine, denn die Soldaten müssen von etwas leben. Nur haben die Fischer und Bauern auf unserer kleinen

Insel doch nichts zu geben, nicht wahr?« Maria wurde allmählich wieder unruhig. Worauf wollte er hinaus? Er würde doch nicht etwa … »Der Kelch ist an uns vorbeigegangen«, sprach er weiter, und es klang, als würde er das Thema in Kürze beenden. Dem war nicht so. »Warum? Weil unser Herrgott an unserer Stelle die Abgabe entrichtet hat.« Es setzte Geflüster ein. Die Leute verstanden nicht. Wie hatte Georg gesagt? Die Hexerei bot ihnen immer eine gute Antwort auf alle verwirrenden Fragen. Hoffentlich brachte ihr Vater die unsicheren Menschen nicht auf dumme Gedanken. »Ein weiteres Wunder!«, verkündete der Pfarrer und faltete die Hände vor seinem Bauch. »Ihr müsst es euch so vorstellen. Da ist ein Schiff draußen auf dem Meer. Es muss seine Ladung in den Heimathafen bringen, denn dort warten die Menschen dringend darauf. Doch was geschieht? Der Steuermann verliert die Orientierung. Statt den rechten Weg zu suchen, legt er die Hände in den Schoß und sagt, der Smutje könne genauso gut das Steuer übernehmen. Er sei schließlich derjenige, der am lautesten geschrien habe, dass er nach Hause zu Frau und Kindern wolle.« Zaghaftes Gelächter setzte ein. Maria war stolz auf ihren Vater. Kein direkter Angriff, keine Schuldzuweisung und nichts, das von Appelmann ins Lächerliche zog. Sie warf einen vorsichtigen Blick zu Ewing und Krüger. Ihre Gesichter zeigten deutlich das blanke Unverständnis. Sie dagegen verstand die Geschichte ihres Vaters sehr wohl. »Jetzt geschieht das Wunder«, rief Schweidler aus. »Der

Smutje legt nur seine Hände an das Steuer und betet zu Gott, dass er ihnen helfen möge. Da dreht der Wind, und das Schiff segelt geradewegs in den sicheren Heimathafen.« Ein Raunen ging durch die Reihen. Ewing und Krüger begriffen noch immer nicht. Maria sah Georg hingegen schmunzeln. Schweidler hatte der Gemeinde den Rücken zugedreht. Maria erwartete, dass er das nächste Lied ansagen würde, doch da kannte sie ihren Vater schlecht. Er wirbelte herum und sah die erschrockenen Coserower mit strenger Miene an. »Der Name des Steuermannes ist von Appelmann!«, tönte er. Georg senkte den Kopf und schloss die Augen. Maria wagte kaum, in die letzte Reihe zu blicken. Als sie es doch tat, sah sie die beiden Schergen des Hauptmannes feixen. Natürlich, sie hatten auf nichts anderes gewartet. »Wäre es nicht die Pflicht des Steuermannes gewesen, das Schiff in den Hafen zu bringen?« Er holte tief Luft. »Wäre es nicht die Pflicht dieses feigen und nichtsnutzigen Hauptmannes gewesen, euch und alle Menschen des ihm anvertrauten Bezirks vor den Soldaten zu schützen?«

Ewing und Krüger hatten genug gehört, sie verließen die Kirche, in der ein eigenwilliger Tumult losbrach. Auch Georg sprang auf und lief hinaus, andere tuschelten miteinander, wieder andere waren derart im Bann des Pfarrers gewesen, dass sie ihm laut zustimmten und auf leichtsinnigste Weise über von Appelmann schimpften.

~ ~ ~

Es war, als schwebte das berühmte Damoklesschwert über ihnen. Jeden Tag stand Maria mit dem Gefühl auf, dass es in der nächsten Stunde zur Katastrophe käme, dass ihr Vater und das gesamte Dorf die Wut von Appelmanns zu spüren bekämen. Am Abend ging sie erleichtert ins Bett, weil wieder nichts geschehen war. Sie betete, dass es so bleiben möge, glauben konnte sie daran jedoch nicht.

»Der Mann kocht vor Zorn«, meinte auch Georg, den sie häufig traf, weil er überall anpackte, wo Tischler Paasch etwas für ihn zu tun hatte. »Daran gibt es keinen Zweifel. Ich bin sicher, er wartet nur auf eine Gelegenheit, deinen Vater, den für ihn so lästigen Pfarrer, bluten zu lassen. Wahrscheinlich heckt er schon einen bösen Plan aus. Darauf würde ich wetten.« Jedes Mal erschrak sie über derartige Worte. Meist machte sie, dass sie schleunigst wegkam, sich ablenken konnte. Mal arbeitete sie im Gemüsebeet, dann wieder überprüfte sie, wie viel Bernstein sie bereits wieder ausgegraben hatte, und säuberte ihn sorgfältig. Sie konnte nicht widerstehen, sich die einzelnen Brocken gründlich anzusehen. Wie schön einige waren! Durch das Herausbrechen aus der Ader war ihre raue Kruste an einigen Stellen abgeplatzt. Dort blieb eine glatte Fläche zurück, die Maria im glücklichen Fall tief in den Stein schauen ließ. Sie musste wieder an Lenes Schmuckstück denken. Einen solchen Einschluss wie Lenes Eidechse hatte Maria noch nicht entdeckt. Aber es kam vor, dass eine Fliege zu erkennen war oder mal ein kleiner Käfer. Solche Exemplare legte Maria in einen eigenen samtenen Beutel, denn sie wusste von Meister Schindler, dass sie wertvoller waren als die schlichten ohne Einschlüsse. Reiche Bürger bestellten nur allzu oft Anhänger, in denen man ein Insekt oder gerne das Blatt einer Blume erkennen konnte, und mussten lange darauf warten, hatte Schindler ihr erklärt. Wer eines der seltenen Exemplare sein Eigen nennen wollte, musste dafür zunächst eine entsprechend hohe Summe berappen. Maria war es nur recht, denn sie ließ die Steine nicht einfach mit den anderen wiegen, sondern würde dafür eine Summe extra kassieren.

Während sie die Steine säuberte, von allen Seiten betrachtete und sortierte, glitten ihre Gedanken zu Rüdiger von Neuenkirchen. Warum konnte nicht einer wie er das Sagen über die Kirchen und Klöster Usedoms und über ganze Bezirke haben? Er war ein anständiger Mensch. Wenn sie an ihn dachte, durchströmte sie ein fremdes Gefühl. Nie zuvor hatte sie jemanden kennengelernt, der nur zu seinem Vergnügen das Meer anschaute. Sie selbst stahl sich hin und wieder einen Augenblick, um das zu tun, doch nie hatte sie gehört, dass ein Mann sich ebenfalls dafür begeistern konnte. Er kannte die römischen Dichter, und er missbilligte die Gier der Menschen nach Gold und Edelsteinen. Nun gut, Maria kannte nicht viele Männer seines Standes, keinen einzigen außer ihm, um genau zu sein, doch sie hatte noch nicht einmal von einem gehört, der eine solche edle Gesinnung hätte. Es wäre schön, ihn wiederzusehen. Ihr wurde ganz warm bei dieser Vorstellung. Im gleichen Moment wusste sie, dass sie kaum darauf hoffen durfte. Mellentin lag südlich des Achterwassers zum Großen Haff hin. Es würde nicht häufig geschehen, dass er in der Gegend zu tun hatte und durch Coserow kam. Selbst wenn, er würde einige freundliche Worte mit ihr wechseln und seines Weges ziehen. Sie seufzte. Ihn zu sehen, nur kurz mit ihm zu sprechen, wäre schon ihr größtes Glück. Davon träumte sie in den wenigen Stunden Schlaf, die sie sich gönnen durfte. Nacht für Nacht wurde der jäh unterbrochen, wenn die Kerze in ihrer Kammer so weit heruntergebrannt war, dass eine feine Nadel, die darin gesteckt hatte, hinabfiel. An der Nadel war durch eine kurze Kette ein Stückchen Blei befestigt, das mit der Nadel zusammen scheppernd in einen Metallnapf plumpste. Marias Zeichen, um aus dem Bett zu schlüpfen, sich anzuziehen und hinaus in den Wald zu schleichen, um mehr Bernstein zu beschaffen. Gerade in den mondhellen Nächten durfte sie ihrer Müdigkeit nicht nachgeben, sondern musste das fahle Licht ausnutzen.

~ ~ ~

»Wie ist das nur möglich? Wie lange hat man mich zum Narren gehalten?« Maria, die gerade Erbsen in eine Blechschale pflückte, erstarrte in der Bewegung. Die Stimme ihres Vaters, die durch die offenen Fenster des Pfarrhauses zu ihr herüberschallte, überschlug sich förmlich. Was in Gottes Namen brachte ihn dermaßen in Rage? Sie hob ihren Rock an und lief eilig ins Haus. Kaum dass sie die Tür hinter sich schloss, hörte sie das Knarzen der Holzdielen, die Tischler Paasch in Schweidlers Arbeitszimmer verlegt hatte. Ihr Vater lief aufgebracht von einer Ecke zur anderen.

»Mann in de Tünn, du kannst einen erschrecken«, sagte sie. »Was ist denn bloß los?«

Schweidler machte in der Bewegung kehrt, war mit einem Schritt bei seinem Sekretär und schnappte sich das Schreiben, das ein Bote ihm gebracht hatte. »Lies selbst!« Er reichte es ihr mit zitternder Hand und begann erneut, im Zimmer auf und ab zu gehen. Dabei ballte er beide Hände zu Fäusten und fuhr sich im nächsten Augenblick durch das Haar, das nicht mehr so voll war wie früher.

Maria begann zu lesen, doch im nächsten Augenblick eilte sie zu den Fenstern hinüber und schloss eines nach dem anderen, denn ihr Vater würde seinen Ton nicht mäßigen.

Schon ließ er seinem Zorn freien Lauf: »Ich habe mich lächerlich gemacht. Das schlägt doch wirklich dem Fass den Boden aus, oder etwa nicht?«

Maria überflog die Zeilen. »Ich weiß nicht«, gab sie leise zurück, »ich bin nicht sicher, ob ich richtig verstehe.«

Ihr Vater riss ihr das Schreiben aus der Hand. »Herzog Philipp Julius ist tot. Seit Jahren schon! Und ich drohe dem Appel-Halunken damit, mich an den Herzog zu wenden.« Er schüttelte den Kopf, ballte wieder die Fäuste.

»Nun ja, Philipp Julius mag tot sein«, wandte sie ein.

»Mag tot sein? Er ist es. Totgesoffen hat er sich!«

»Vater!« Wie gut, dass sie die Fenster geschlossen hatte. Nicht auszudenken, wenn die Coserower ihren Pfarrer dermaßen reden hörten. »Also schön«, fuhr sie unbeirrt fort, »er ist tot, aber es wird doch wohl einen Nachfolger geben. Wenn ich das eben richtig verstanden habe, ist das …«

Wieder ließ er sie nicht ausreden. »Des Herzogs Vetter Bogislaw XIV., gewiss. Von ihm ist ja dieses Schreiben. Unglücklicherweise hat er nicht nur die Stelle von seinem Vorgänger übernommen, sondern auch die von dem eingesetzten Hauptmänner!«

Maria verstand nicht, was genau ihren Vater derartig aus der Fassung brachte, aber sie hatte den Brief auch nicht zu Ende lesen können, ehe er ihn ihr aus den Händen gerissen hatte.

»Du hättest Herzog Philipp Julius davon überzeugen müssen, dass Peter von Appelmann seine Pflichten nicht ordnungsgemäß erfüllt«, gab sie zu bedenken. »Nun musst du eben Herzog Bogislaw davon überzeugen.«

»Das würde ich nur zu gern«, entgegnete er und wirkte mit einem Mal erschöpft. »Nur hat der mir unmissverständlich klargemacht, dass er sich um wichtigere

Angelegenheiten zu kümmern hat. Nicht genug, dass er bereits Herzog von Pommern-Stettin und Bischof von Cammin ist, nennt er sich nun auch noch Herzog von Pommern-Wolgast. Das sind viel zu viele Aufgaben und Pflichten für einen einzelnen Mann. Schon in Friedenszeiten. Bloß befinden wir uns nicht im Frieden.« Schweidler ging hinter seinen Schreibtisch und ließ sich auf seinen Stuhl sinken. »Wallenstein ist einmarschiert, Bogislaw hat die Einquartierung kaiserlicher Truppen nicht verhindern können.«

»Das wissen wir längst, Vater. Daran ist nichts Neues. Was erschüttert dich dennoch so sehr?«

»Unser Herzog Bogislaw versucht es den Herrschenden von Stralsund gleichzutun. Die haben sich die Hilfe der Schweden gesichert und können so Wallenstein und den Kaiserlichen trotzen.«

Maria musste an die Worte des Postknechts Abraham denken. Er hatte davon gesprochen, dass Stralsund von den Schweden eingenommen sei. Sie wollte wissen, ob das nicht einer Einquartierung gleichkam, nur eben von Schweden statt von kaiserlichen Soldaten.

»Oh nein, mein Kind. Stralsund hat mit dem schwedischen König einen Vertrag geschlossen. Die Stadt ist frei und unabhängig geblieben. Unser Herzog ist auf Reisen, befindet sich immer wieder beim Kaiser und droht ihm, auch für Pommern einen solchen Vertrag zu erwirken, lässt mich sein Schreiber wissen. Wenn nicht der Kaiser seine Truppen an die Zügel nimmt. Damit sei er Tag und Nacht beschäftigt.« Und grollend fügte er hinzu: »Was die Querelen auf einer Insel und andere Lappalien beträfe, müsse er sich darauf verlassen, dass die von seinem Cousin eingesetzten Männer das Richtige täten. Pah!« Er schlug mit der flachen Hand auf das Holz.

Im gleichen Augenblick klopfte es an der Haustür.

»Pfarrer Schweidler? Pfarrer Schweidler!« Das war die etwas zu schrill geratene Stimme von Dorflehrer Hoog.

Maria ging ihm öffnen. »Immer herein, wo brennt's denn?«

»Große Ereignisse stehen bevor, große Ereignisse!«, verkündete er aufgeregt und rannte auch schon an ihr vorbei in Schweidlers Arbeitszimmer. Maria folgte ihm. Was war das nur für ein Tag?

»Stell dir vor, Pfarrer«, begann Hoog hastig, verschluckte sich und bekam einen Hustenanfall.

»Also wirklich, Kerl«, schimpfte Schweidler, noch wütend über den Brief des Herzogs, »du kannst einen aber auch auf die dämlichste Art auf die Folter spannen.« Maria warf ihrem Vater einen strafenden Blick zu, doch Hoog schien vor lauter Keuchen und Röcheln gar keine Notiz von der Beleidigung genommen zu haben.

»Wir bekommen hohen Besuch!«, brachte Hoog endlich hervor. Er war puterrot im Gesicht. »Der Wächter, der Posten als Ausguck auf dem Streckelsberg bezogen hat, hat ein Schiff gesehen.«

»Das sind in der Tat Neuigkeiten!«, spottete Schweidler. »Hoog, das da draußen ist die Ostsee, das offene

Meer. Da kommt es schon vor, dass Schiffe darauf unterwegs sind.«

»Auch solche, über denen die Fahne des Schwedenkönigs weht?« Hoogs Blick war ein einziger Triumph.

»Was sagst du da?«, fragten Maria und ihr Vater aus einem Munde.

»Das Schiff von König Gustav Adolf von Schweden liegt draußen auf Reede«, berichtete er atemlos. »Es heißt sogar, dass der Herrscher, der so entschlossen gegen das Lager der Katholiken kämpft, mit einigen seiner Leute an Land kommen will.« Er nickte eifrig, um seine Worte zu unterstreichen. »Wir müssen uns auf seinen Empfang vorbereiten, Pfarrer. König Gustav Adolf kommt nach Usedom!«

Die Botschaft sprach sich herum wie ein Lauffeuer. Alle Dorfbewohner waren auf den Beinen, putzten ihre Häuser und Hütten heraus, falls der Monarch womöglich durch Coserow käme. Dass es sehr viel wahrscheinlicher war, dass der mit seinem Schiff bis in die Mündung der Swine segeln und erst dort seinen Fuß auf Usedomer Boden setzen würde, kümmerte niemanden.

»Kann doch sein, dass er nach Wolgast will«, meinten die einen.

»Oder er sucht die schmalste Stelle unseres Eilands auf, um rasch über das Achterwasser weiterreisen zu können«, vermuteten die anderen. Maria schüttelte insgeheim den Kopf. Wollte der schwedische König nach

Wolgast, so würde er oben bei der Mündung der Pene anlanden. So oder so, durch Coserow würde ihn sein Weg kaum führen. Ihr konnte es gleich sein. Die Aufregung und die Freude steckten sie an. Nicht nur sie, auch ihr Vater ließ sich davon tragen.

»Mein liebes Kind, wir wollen unseren Herzog nach Leibeskräften unterstützen. Dem König ist die Freiheit der Religion heilig. Er ist ein Protestant wie wir. Wenn er sieht, dass seine Glaubensbrüder hier aufs Schändlichste unterdrückt und drangsaliert werden, dass sie dennoch aufrechte anständige Menschen geblieben sind, so wird er sich auf unsere Seite stellen.« Beinahe wie früher saßen Vater und Tochter beisammen. Sie flickte seinen Wintermantel, damit der wieder in Ordnung war, wenn der Sommer irgendwann gehen würde, und Schweidler erzählte ihr, was er von König Gustav Adolf wusste.

»Schon als ganz junger Bursche musste er seine Armee gegen die Dänen führen. Nie hat er vergessen, wer der wahre Herrscher ist, für wen er wirklich seine Regimenter in den Kampf begleiten muss. Es ist unser Herrgott. Der Schwede verurteilt die Inquisition und wird immer dafür einstehen, dass die rechtgläubigen Christen ihre Gottesdienste abhalten und den Predigten lauschen dürfen, ohne Angst auszustehen, dass sie dafür mit dem Leben bezahlen.« Er warf ihr einen tiefen Blick zu. »Denk dir, Maria, man sagt über ihn, er dulde nicht einmal katholische Söldner in seinen Truppen.«

»Ist das denn so ungewöhnlich?«

»Aber ja! Wenn die Männer fallen wie die Fliegen an einem heißen Tag, dürfen Kriegsherren nicht wählerisch sein. Sie brauchen Soldaten, die schießen können oder geschickt mit der Pike sind. In den Reihen der Kaiserlichen soll es einige Protestanten geben«, sagte er seufzend.

»Das heißt, sie töten ihre eigenen Glaubensbrüder?« Maria ließ die Näharbeit sinken.

»So ist es, mein Kind. Es geht in diesem unseligen Krieg um die Religion. Aber nicht nur. Könige, Kaiser, Adelige, alle versuchen am Ende doch nur, sich Ländereien und Macht zu sichern. Sie lassen diejenigen für sich sterben, die dazu bereit sind.« Leise fügte er hinzu: »Und solche, die längst nicht dazu bereit wären.«

~ ~ ~

Die Coserower bereiteten sich wahrlich gründlich auf die königliche Visite vor. Wer es bewerkstelligen konnte, nähte blau-gelbe Fähnchen, die Frauen pflückten jeden Tag blaue und gelbe Blumen. Sobald es Anzeichen gäbe, dass der König von Bord ginge, würden sie diese an ihre Kleider oder in das Haar stecken. Zu jeder Stunde war der Posten auf dem Streckelsberg nun besetzt. Man wollte ganz sichergehen, dem König einen gebührenden Empfang bereiten zu können, wenn es endlich so weit war.

Pfarrer Schweidler tat, was er seit Jahren nicht mehr getan hatte. Er dichtete. Es war eine Leidenschaft von ihm gewesen, als er noch ein junger Mann gewesen war. Als der Krieg noch nicht begonnen hatte.

»Das Herz deiner Mutter habe ich mit einem Vers erobert«, erzählte er Maria mit leuchtenden Augen.

Natürlich, das wusste sie, nur hatte sie einfach nicht mehr daran gedacht. Es war schön, ihn wieder in seiner Studierstube auf und ab gehen zu sehen. Nicht voller Zorn, sondern mit einem verzückten Gesichtsausdruck, die Hände hinter dem Rücken gefaltet, den Blick meist nach oben gerichtet. Er musste sich beeilen, denn jederzeit konnte der Ruf erklingen: »Der König kommt!« Es war eine sonderbare Stimmung. Das ganze Dorf war stets früh auf den Beinen, alle eilten geschäftig umher, führten aufgeregt Gespräche, um im nächsten Augenblick weitere Vorbereitungen zu treffen. Alle schienen von einer Spannung erfüllt zu sein, wie Kinder sie vielleicht vor dem Weihnachtsfest oder eine Braut vor dem Schritt an den Altar fühlten. Zum Abend hin ging ein großes Ausatmen durch Coserow. Niemand konnte sich vorstellen, dass der Monarch die Insel bei Dunkelheit betreten würde. Man hatte also ein paar Stunden gewonnen. Gleichzeitig machte sich eine leichte Enttäuschung breit. Was, wenn das königlich-schwedische Schiff einfach den Anker lichtete und davonsegelte? Doch daran mochte niemand ernsthaft glauben.

An diesem Abend rief Schweidler Maria zu sich. »Es ist geschafft, die Verse für Gustav Adolf sind fertig. Lies sie dir gut durch und präge sie dir ein. Ich möchte, dass du sie vorträgst, wenn der König seinen Fuß auf unsere schöne Insel setzt.«

»Ich?« Maria suchte in seinem Gesicht nach einem Zeichen, dass er nur Spaß machte. In letzter Zeit war das häufiger vorgekommen. Dieses Mal sah es nicht danach aus. »Du bist der Pfarrer des Dorfes. Du hast die Zeilen verfasst. Wer sonst sollte sie vortragen, wenn nicht du selbst?«

»Ein Mann mit inzwischen schütterem Haar, mit hängenden Lidern und vorstehendem Bauch. Meinst du wirklich, das ist der Anblick, den der Schwede sich wünscht?«

»Aber es geht nicht um Äußerlichkeiten, Vater. Dein Gedicht ist wunderschön. Du lobst und ehrst König Gustav Adolf auf poetische Weise. Nur das ist wichtig.«

»Danke, danke, ich bin froh über dein Urteil. Gewiss, du hast recht, es kommt auf den Inhalt an.«

Ihr fiel ein Stein vom Herzen. »Das will ich meinen«, stimmte sie ihm zu.

»Bloß ist der Inhalt nicht alles. Warum, glaubst du, werden Kirchen prächtig gestaltet?« Er wartete ihre Antwort nicht ab. »Damit das Äußere des Inhalts würdig ist.« Er sah sie liebevoll an. »Du bist eine Augenweide, ein zauberhaftes Geschöpf Gottes, und du hast eine klare, helle Stimme. Wenn du es bist, die die Verse vorträgt, werden sie leuchten.«

Wie hätte Maria ihm widersprechen können, so überzeugt, wie er war, so voller Vorfreude? Wenn sie auch nicht einmal daran denken durfte, vor den König von Schweden persönlich zu treten, so durfte sie ihren Vater doch nicht enttäuschen. Immer wieder las sie die lateinischen Zeilen, sprach sie leise vor sich hin. Als sie meinte, die Worte in ihrem Kopf zu haben, legte sie das Papier beiseite und widmete sich ihrer Näharbeit. Sie besaß ein neues blaues Kleid. Das wollte sie mit gelben Schleifen und Bändern verzieren. Auch für ihr Haar flocht sie aus gelben und blauen Stoffstreifen ein Band. Während sie über ihre Handarbeiten gebeugt saß, rezitierte sie wiederum das Lobgedicht ihres Vaters. Ihre Gedanken waren ganz mit dem bevorstehenden Ereignis ausgefüllt, so dass sogar der gefürchtete Rachefeldzug Peter von Appelmanns in Vergessenheit geriet, der trotz aller Befürchtungen noch immer nicht stattgefunden hatte.

KAPITEL 7

Er kommt, der König kommt!«

Es war der vierte Juli des Jahres 1630, als der ersehnte Ruf ertönte.

»Es ist so weit«, sagte Schweidler wieder und wieder. Maria band die letzte Schleife an ihrem Kleid, dann half sie ihrem Vater mit seiner Albe und der Stola. Er hatte sich lange nicht für eine Farbe entscheiden können. Im letzten Augenblick hatte er nun doch die rote Stola gewählt. »Rot tragen wir zu besonderen Festen«, hatte er gemurmelt. »Auch zum Gedenken an besonders gute Christen wählen wir diese Farbe. Ich denke, sie passt am besten.« Maria hatte den Eindruck, er musste sich selbst überzeugen. Eilig kontrollierten sie ein letztes Mal, ob alles richtig saß, dann verließen sie das Pfarrhaus und reihten sich in den Strom der Dorfbewohner ein, die allesamt in Richtung Streckelsberg strebten.

»Wäre es nicht schlau, er würde weiter drüben an Land gehen, am Strand?«, hörte Maria den Schlachter Weber fragen.

»Ist ihm vielleicht zu riskant«, vermutete Bauer Matthies. »Da könnt ja einer aus dem Gebüsch springen und bis zu seinem Boot laufen.«

Magda schüttelte den Kopf. »Wer soll das wohl wagen? Der König kommt ja nicht alleine. Der wird schon seine besten Schützen dabeihaben. Springt einer aus dem Gebüsch, ist er ein toter Mann, ehe er piep sagen kann«, meinte sie und lief keuchend und mit gerötetem Gesicht in den Wald hinein.

»Nach allem, was du über ihn erzählt hast, muss der König kaum fürchten, feindlich empfangen zu werden«, überlegte Maria laut. »Gäbe es nicht wirklich Stellen, die besser geeignet wären, um an Land zu kommen?«

»Soweit ich weiß, liegt sein Schiff ein Stück westlich auf Reede. Die kleine Bucht am Fuß der Steilküste wird ihm aus der Ferne am meisten zugesagt haben.«

Maria lief mit angehobenem Rock neben ihrem Vater her. Sie gab acht, nicht zu stolpern, und hoffte, dass ihre Schuhe, die besten, die sie hatte, nicht allzu staubig wurden. Immer mehr Leute schlossen sich der Menschenmenge an, die durch den Wald hinauf unterwegs war. Auch von weiter her waren einige dabei. Maria erkannte Pfarrer Winkelmann aus Lipe und sogar einen Fischer, der in Coserow gelebt hatte, als sie noch klein war. Sie erinnerte sich nicht an seinen Namen, wusste nur noch, dass er irgendwann in den Süden gezogen war, an das Ufer vom Großen Haff. Ihr Herz schlug schnell in ihrer Brust. Nicht nur wegen des Aufstiegs, den sie zu bewältigen hatte, sondern vor allem vor Aufregung. Maria würde vor all diesen Menschen ein Gedicht vortragen müssen. Und vor dem schwedischen König! Wie sollte sie überhaupt nur ein einziges Wort herausbringen? Sie spürte das Papier, das in ihren Händen feucht wurde.

Als sie das Plateau oberhalb der kleinen Bucht erreicht hatten, stockte ihr der Atem. Nach der Dunkelheit des Waldes blendete die Sonne auf der Lichtung geradezu. Sie gab einen weiten Blick auf die Ostsee frei. Maria war eine Weile nicht mehr hier oben gewesen. Und bisher hatte sie immer nur von einem Schiff gehört. Doch da draußen lag eine ganze Flotte. Dicht an dicht schaukelten die Leiber verschieden großer Segler. Es mussten an die hundert oder mehr sein. Karacken waren da und Galeonen, alle mit blau-gelb gezackten Fahnen geschmückt. Vor den massigen Schiffsleibern wirkte das Ruderboot, das zu Wasser gelassen worden war, geradezu winzig. Und doch galt ihm die Aufmerksamkeit aller Versammelten. Maria nestelte an den Bändern ihres Kleides herum. Immer wieder blickte sie von dem Boot, das nun mit kraftvollen Ruderschlägen vorangetrieben wurde, zu den Reihen der Schaulustigen. Mit einem Mal blieb ihr beinahe das Herz stehen: Peter von Appelmann! Natürlich, sie hätte es sich denken können, dass der sich das Spektakel nicht entgehen lassen würde. Sie hatte ihn lange nicht zu Gesicht bekommen, und er hatte ihr gewiss nicht gefehlt. Maria zupfte ihren Vater am Ärmel und deutete in Richtung des Hauptmannes.

»Ich habe nichts anderes erwartet«, stieß er durch die Zähne hervor. »Bin gespannt, ob er nur als Zuschauer hier ist oder ob er sich wichtigmachen will. Wahrscheinlich glaubt er, Gustav Adolf macht ihn zum Herzog oder zum Fürsten«, meinte er spöttisch. Maria hatte andere Sorgen. Lang würde es nicht mehr dauern, dann konnte das Boot festmachen, der Schwedenkönig würde Usedom betreten, und gleich darauf würde sie die Verse ihres Vaters vortragen müssen. Erneut ging sie die Worte im Geiste durch. Dabei ließ sie ihren Blick ziellos durch die Menschenmenge wandern, stets darauf bedacht, in jede Richtung zu schauen, nur nicht in die des Hauptmannes. Mitten in der Zeile verlor sie den Faden. Dieser Mann dort drüben, das war doch ... Sie spürte, wie ihr Puls sich beschleunigte. Da drehte sich der große schlanke Mann um: Rüdiger von Neuenkirchen. Im selben Augenblick hatte auch er sie entdeckt. Er konnte seine Überraschung nicht verbergen, sah kurz an ihr herunter, dann trat ein Strahlen in sein Gesicht. Er nickte ihr zu. Maria lächelte, nickte ebenfalls. Wie gerne wäre sie zu ihm gegangen, um ihn zu begrüßen, ein paar Worte mit ihm zu wechseln, doch das hätte sich nicht geschickt. Schon gar nicht jetzt. Sie musste sich auf ihre Aufgabe konzentrieren. Schweren Herzens zwang sie sich, sich von ihm abzuwenden, zur anderen Seite zu sehen. Ihr Blick fiel ausgerechnet in die hässliche Fratze des Peter von Appelmann. Damit nicht genug, nein, er sah auch noch direkt zu ihr herüber. Seine Lippen verzogen sich zu einem breiten Grinsen. Er neigte zum Gruß übertrieben den Kopf. Maria antwortete mit einem knappen Nicken und blickte gleich darauf stur hinunter auf die kleine Bucht, in der in dieser Minute das Boot des Königs festmachte. Überall tuschelte und wisperte es. Die Leute reckten die Hälse. Auch Maria versuchte unter den edel gekleideten Männern einen auszumachen, der ein noch prächtigeres Gewand trug, eines, das nur einem König zustand. Doch da war niemand. Die Herren glichen einander wie ein Hühnerei dem anderen.

»Was denkst du, Vater, wird von Appelmann eine Begrüßung sprechen? Oder soll ich gleich …«

Weiter kam sie nicht, denn in diesem Moment schob sich Peter von Appelmann durch die Menge. »Lasst mich durch, nun geht schon zur Seite!«, fauchte er. Seine Stimme war vor Aufregung höher als üblich. Jedenfalls hatte Maria sie nicht so schrill in Erinnerung. Der Hauptmann war keine stattliche Erscheinung. Er musste die Leute immer wieder ansprechen, damit sie überhaupt von ihm Notiz nahmen. Zudem setzte er seine Ellenbogen ein, um sich schleunigst zur Kante der Steilküste vorzuarbeiten. »Ich begrüße den König von Schweden«, erklärte er dabei. »Mir gebührt die Ehre, ihn auf unserer Insel in Empfang zu nehmen.« Er setzte an, sich gegen den Rücken einer Frau zu stemmen, wie er es bereits mehrmals bei anderen getan hatte. Im gleichen Atemzug trat diese jedoch einen Schritt zur Seite. Von Appelmann griff ins Leere, geriet gefährlich ins Wanken und ruderte mit den

Armen. Maria sah seine vor Schreck aufgerissenen Augen, plötzlich war es um sie herum sehr still geworden. Alle schienen gleichzeitig den Atem anzuhalten. Es war, als würde die Zeit angehalten. Aber nur kurz, dann zerriss ein Schrei die Stille. Von Appelmann stürzte. Die Männer des Königs rissen ihre Gewehre hoch, legten auf den Unglücklichen an. Maria war wie erstarrt. Jemand musste doch etwas unternehmen. Man musste den Schweden doch sagen, dass der Schrei nichts zu bedeuten hatte, dass keine Gefahr für ihren Monarchen bestand. Nur tat das niemand. Alle schienen gleichermaßen gelähmt zu sein. Von Appelmann griff in die Luft, fand keinen Halt und fiel in die Tiefe. Die stattlichen Kerle der königlichen Mannschaft, allesamt groß, kräftig und blond, ließen ihre Waffen sinken und begannen zu lachen. Maria war verwirrt und schockiert. Vor ihren Augen war ein Mann abgestürzt. Daran war nichts Komisches. Plötzlich stimmte Magda lauthals mit ein. Mit ausgestrecktem Finger stand sie da, hielt sich mit der anderen Hand den Bauch, der in einem mit Rüschen üppig bestickten Kleid steckte, und bekam kein vernünftiges Wort heraus.

»So ein Tölpel«, konnte man verstehen. Und: »Wie ein Mehlsack!« Maria sah, dass der Hauptmann auf halber Strecke an einem Strauch hängengeblieben war. Gerade stand er auf, zupfte die Rüschen seines Ärmels von einem Ast ab und klopfte seinen Mantel sauber. Der rutschte an der Rückseite, die von Appelmann den Leuten oben auf dem Plateau zuwandte, auseinander und gab den Blick auf des Hauptmanns Hosenboden frei. Genauer gesagt, auf sein nacktes Hinterteil, denn im Beinkleid klaffte ein großes Loch. Jetzt gab es kein Halten mehr. Magda quietschte bereits vor Lachen, die Tränen liefen ihr über die Wangen. Auch alle anderen fielen ein, prusteten, kicherten oder lachten laut mit offenen Mündern und schlugen sich auf die Schenkel. Maria hatte den ersten Schreck überwunden. Es war zu erkennen, dass von Appelmann sich nicht ernsthaft verletzt hatte. Da konnte sie nicht anders, als ebenfalls herzhaft einzustimmen. Die Spannung, die sie wegen der Aussicht, dem Monarchen vor versammelter Gemeinde Verse vortragen zu müssen, die ganze Zeit gespürt hatte, war wie vom Ostseewind weggeblasen. Wie befreit lachte Maria lauthals, rang nach Luft, wischte sich die Feuchtigkeit aus den Augen. Da drehte sich der Hauptmann um und sah nach oben. Sein Gesicht war dunkelrot, beinahe schon violett. Er sah Maria direkt in die Augen. Das Lachen blieb ihr auf der Stelle im Halse stecken, ihre Mundwinkel fielen herab. Noch nie zuvor in ihrem ganzen Leben hatte sie einen derartig bösen eisigen Blick gesehen. Sie schauderte.

»Der Herrgott bestraft die, die nicht nach seinen Geboten leben«, sagte Schweidler und sah dabei ausgesprochen zufrieden aus. Maria war nur froh, dass er sich wenigstens leise freute. Es war nicht nötig, dass sie von Appelmanns Zorn noch stärker auf sich lenkten.

Einer der fremden Männer, die aus dem Boot gestiegen waren, winkte von Appelmann zu sich heran.

Ein anderer trat vor und blickte zu der erwartungsvollen Menge hinauf. »Ihr Leute von Pommern«, rief er. Ob das Gustav Adolf von Schweden war? »Seine Majestät lässt euch seine Grüße übermitteln. Ihr dürft gewiss sein, dass er in friedlicher Absicht kommt.«

»Aber ja«, rief Lehrer Hoog, »das wissen wir doch!«

Jemand anders rief: »Der König ist uns von Herzen willkommen!«

Darauf setzte gewaltiger Jubel ein, so dass der Schwede nicht weiterreden konnte. Von Appelmann war, teilweise auf allen vieren, den Rest des Hügels hinuntergekrabbelt. Maria sah, wie der erste Gesandte, der ihn zu sich herangewinkt hatte, diesem jetzt einen Stapel Papier in die Hand gab. Der Hauptmann verbeugte sich wieder und wieder schnell hintereinander. Er sah aus wie eine Möwe, die einen großen Brocken gefunden hatte und diesen nun hastig aufpickte.

Der zweite Gesandte des Königs hob die Hand. Es wurde allmählich ruhiger. »Seine Majestät wird mit seiner Flotte noch heute hinaufsegeln bis zur Mündung der Pene. Dort wird er an Land gehen und für eine Nacht Quartier nehmen. Morgen wird er seinen Weg mit einigen Hundert Mann auf kleinen wendigen Schiffen durch die Pene und das Haff bis runter nach Stettin fortsetzen.« Er machte eine Pause und blickte in den Reihen der Gesichter entlang, ehe er mit donnernder Stimme fortfuhr: »Seine Majestät ist kein Geringerer als ein Gesandter Gottes!« Maria sah die Kieferknochen ihres Vaters vortreten. »Er ist gekommen, euch zu erretten. Darum fürchtet nicht die fremde Flotte, die so nah an eurem Eiland vorbeiziehen wird. Und bringt alles, was ihr habt, Brot, Ochsen und Bier, hinauf nach Penemünde, um dem zu huldigen, der schon bald allem Schrecken und aller Gräuel ein Ende machen wird.«

Der Jubel fiel schon ein bisschen geringer aus. Der König würde Usedom nicht hier betreten. Brot, Ochsen und Bier. Woher sollten sie das wohl nehmen? Es dauerte nicht lange, da gingen die Freudenrufe in wildes Debattieren über. Die königlichen Botschafter waren wieder in ihren Kahn gestiegen und ruderten zurück. Von Appelmann kletterte den Hang hinauf. In einer Hand hielt er die Zettel, mit der anderen klammerte er sich an Äste und Wurzeln, um kein zweites Mal zu stürzen.

»Hier!«, rief er keuchend, als er oben angekommen war. »Lest selber. Oder seht euch wenigstens das Bild an. Lesen kann ja keiner von euch. Seid ja dumm wie die Esel«, schimpfte er vor sich hin, während er die Flugblätter verteilte, die er aus schwedischer, nicht ganz königlicher Hand entgegengenommen hatte. Als er bei Schweidler und Maria angekommen war, hielt er das Papier fest und sah die beiden wütend an.

»Ein hübsches Ding ist deine Tochter geworden«, zischte er. »Ist es für eine Pfarrerstochter nicht ungehörig, sich dermaßen herauszuputzen?« Sein Blick glitt über ihr rötlich schimmerndes Haar und blieb an der weißen Haut ihres Halses hängen. Seine Augen hatten einen Glanz, der Maria tief beunruhigte.

»Maria weiß nur, wie man vor einen König tritt. Im Gegensatz zu dir, Appelmann. Wenigstens eine anständige Hose hättest du dir anziehen können.« Gelächter ringsherum.

»Hör auf, Vater!« Maria hakte sich bei ihm ein. »Komm, gehen wir nach Hause.« Ein Windstoß fegte über die Kuppe hinweg, von der die Ersten langsam wieder aufbrachen. Er hob Marias Kleid in die Höhe und ließ für einen kurzen Moment ihre Waden sehen. Das entging von Appelmann nicht. Er schluckte.

»Ich glaube nicht, dass eine solche Schönheit von dieser Welt ist«, sagte er listig. »Sagt man nicht, dass nur Hexen es verstehen, in derartig perfekter Gestalt unter die Menschen zu treten?«

»Bitte, Vater, lass uns gehen!«, drängte sie erneut, ließ ihn los und machte einige Schritte in der Hoffnung, er würde ihr folgen. Am liebsten wäre sie davongerannt, so versetzte dieser Unmensch sie in Angst und Schrecken. Hinzu kam, dass einige der Umstehenden sie skeptisch anblickten, miteinander flüsterten und verstohlen mit dem Finger auf sie zeigten.

»Der Teufel scheint seine Sklaven jedenfalls nicht mit betörender Schönheit auszustatten«, hörte sie ihren Vater sagen. »Sonst hättest du wohl kaum einen so stechenden Blick und eine derart schiefe Nase.« Wieder erntete der

Pfarrer zustimmendes Gelächter. »Von deinen Beinen sprechen wir lieber gar nicht«, setzte er nach. »Sie sehen ja schon aus wie die Ofengabel Satans.«

Maria wurde schwarz vor Augen. Sie fühlte, wie ihre Kräfte sie verließen. Ehe sie jedoch stürzen konnte, fingen zwei starke Arme sie auf. Es dauerte einige Atemzüge, dann sah Maria wieder das helle Licht, die glitzernde Ostsee, die königliche Flotte in der Ferne.

»Geht es wieder?«

Sie blickte sich um. Rüdiger von Neuenkirchen stand bei ihr und hielt noch immer ihren Ellenbogen.

»Ja, danke, es geht schon«, stammelte sie. »Mir war nur … Es war wohl die Hitze.«

Er bückte sich und reichte ihr das Blatt mit dem Gedicht, das sie zur Sicherheit mitgenommen und im Moment der Schwäche verloren hatte. »Das gehört Euch, nehme ich an.«

»Danke.« Als er sie fragend ansah, fügte sie hinzu: »Verse meines Vaters, die er für König Gustav Adolf geschrieben hat. Mir scheint, die brauchen wir nicht mehr.« Sie lächelte.

»Tja, sieht so aus.« Auch er lächelte freundlich. »Bedauerlich, ich hätte gern gehört, wie Ihr sie vortragt.« Dann wurde er ernst. Leise sagte er: »Euer Vater sollte sich mäßigen. Nach der Blamage, die von Appelmann hier gerade erlitten hat, dürfte mit ihm nicht gut Kirschen essen sein. Niemand sollte ihn jetzt zusätzlich reizen, schon gar nicht einer, mit dem er ohnehin im Streit liegt.«

»Wem sagt Ihr das? Leider kann Vadder ’n furchtbarer Dickkopp sein.« Sie schlug die Hand vor den Mund. »Oh, Verzeihung!«

Er lachte. »Für die Wahrheit muss sich niemand entschuldigen.« Von Neuenkirchen sah sie an. »Fühlt Ihr Euch wieder besser?«

Sie nickte. »Ja, vielen Dank.«

»Also dann.« Er tippte sich an den Hut und ging.

»Jetzt komm aber, Vater!« Nicht zu glauben, er lieferte sich noch immer ein Wortgefecht mit dem Hauptmann und hatte nicht einmal bemerkt, dass seine Tochter um ein Haar umgekippt wäre.

Zu Hause angekommen, zog Maria sofort das gute Kleid aus und schlüpfte in ein einfaches Alltagskleid. Sie bereitete eine Hafergrütze zu, die sie mit frischen Beeren aus dem Garten anreicherte. Beim Essen musste sie einfach noch einmal auf die Ereignisse des Vormittags zurückkommen.

»Mensch, Vadder«, sagte sie seufzend. »Dass du aber auch nie deine Schnute halten kannst.«

Er rieb sich die Hände, seine Augen blitzten. »Ach, Maria, das hat solchen Spaß gemacht.« Seine Fältchen gruben sich tief in die Haut, in den Wangen waren Grübchen zu erkennen. Die bekam Maria höchst selten zu sehen, nur wenn er über das ganze Gesicht griente, wie er es jetzt tat. Es war zwecklos, er wollte einfach nicht verstehen, warum er besser auf den Spaß verzichtet hätte.

»Was war das eigentlich für ein Flugblatt, das der Hauptmann verteilt hat?«

Schweidler zog es hervor und reichte es ihr. Es musste ihn ordentlich beschäftigen, wenn er es noch immer bei sich trug.

»Hast ja gehört«, begann er, während er löffelte, »die Schweden wollen uns weismachen, der König sei direkt von unserem Herrgott gesandt.«

»Das hat dir nicht geschmeckt, was?«

»Ich bin nicht sicher«, meinte er nachdenklich. »Wenn das stimmt, was da geschrieben steht … Möglich wär's schon. Auf jeden Fall werde ich in meiner nächsten Predigt darüber sprechen. Die Leute werden es sonst nicht verstehen. Ich will nicht, dass sie spekulieren und die wildesten Gerüchte in die Welt setzen.«

»Ein guter Einfall, vor allem, weil du dann nicht wieder über von Appelmann herziehen kannst.« Sie sah ihn streng an. »Wirst du nicht, oder?«

»Nein, mein Kind, keine Sorge. Der hat mit dieser Prophezeiung nun wirklich nichts zu schaffen.«

Beruhigt aß Maria ihren Brei und betrachtete dabei das Papier.

»Der Löw von Mitternacht, Ist kommen ins Teutschlandt, Mit seiner Heeres Macht, Von Gott ist er gesandt«, stand da geschrieben. Darunter war eine Zeichnung zu sehen, die einen Mann mit einer Löwenmähne zeigte. Ganz offenkundig handelte es sich um König Gustav Adolf von Schweden. Er erlegte mit Pfeil und Bogen einen Habicht, der eine Taube hatte erbeuten wollen. Die Taube, so wurde erklärt, stellte die evangelische Kirche dar, der Habicht sollte dann wohl für die Papsttreuen stehen.

Maria schnappte sich Waschbrett und Handpaddel, einen Korb voller Wäsche und ging damit hinaus in den Garten. Dort füllte sie Wasser in den Zuber und machte sich an die Arbeit. Es musste ihr doch irgendwie gelingen, wieder zur Ruhe zu kommen. Innerlich war sie noch immer schrecklich aufgewühlt. Obwohl sie den König von Schweden nicht zu Gesicht bekommen hatte, war in so kurzer Zeit so viel geschehen. Sobald sie nur an die schrecklichen Augen des Peter von Appelmann dachte, lief ihr eine Gänsehaut über den Rücken. Nur nicht daran denken, was er nach dieser öffentlichen Schmach alles aushecken würde. Immer wieder kamen ihr seine Worte in den Sinn: »Sagt man nicht, dass nur Hexen es verstehen, in derartig perfekter Gestalt unter die Menschen zu treten?« Hexen! Wenn er damit nur niemandem einen Floh ins Ohr gesetzt hatte. Obwohl ihr das Grauen noch immer im Nacken saß, war da doch gleichzeitig etwas anderes. Ein warmes Glücksgefühl durchströmte sie, sobald sie an Rüdiger von Neuenkirchen dachte. Wie stark und gleichzeitig doch behutsam er sie aufgefangen hatte. Wie freundlich und besorgt er gewesen war. Er hätte gern gehört, wie sie das Gedicht ihres Vaters vorgetragen hätte! Sie musste tief Luft holen und lächelte vor sich hin. Gewiss, einerseits war sie froh, dass es ihr erspart geblieben war. Sie war ja nicht einmal sicher, dass ihre Stimme ihr überhaupt gehorcht hätte, im Angesicht des Herrn von Neuenkirchen und natürlich im Angesicht des Königs Verse zu deklamieren. Andererseits war sie ein wenig traurig. Sie war sicher, dass der Herr von Neuenkirchen die Dichtkunst ihres Vaters zu schätzen gewusst hätte. Und wie hatte ihr Vater noch gesagt? Mit ihrer Stimme vorgetragen, hätten die Verse geleuchtet.

»Maria!« Das war Georg.

»Guten Tag!« Sie sah auf, während sie ein Hemd ihres Vaters schrubbte. »Wolltest du gar nicht den Schwedenkönig sehen? Ich habe dich in dem Heer der Neugierigen vermisst.«

Er schüttelte den Kopf und zog die Augenbrauen hoch. »Ich lebe jetzt schon eine ganze Weile unter euch Evangelischen«, sagte er mit gedämpfter Stimme. »Ich will es nicht darauf anlegen, fortgejagt zu werden.« Er hatte recht. Ihm war klar, dass der eine oder andere zumindest hinter vorgehaltener Hand tuschelte, der Fremde, der sich das Vertrauen der Coserower Stück für Stück errungen hatte, sei womöglich ein Katholik, ein Kaisertreuer. In einer Stimmung wie der heutigen, in der alle voller höchster Spannung die Ankunft des Monarchen erwartet hatten, konnte man nicht sicher sein, dass nicht einer sich bemüßigt gefühlt hätte, den vermeintlichen Feind laut zu benennen. »Nein«, sprach er weiter, »zu sehen bekommen habe ich heute noch nicht viel. Wie es aussieht, ihr auch nicht.«

»Nein.« Sie schüttelte wieder den Kopf und schob sich eine Locke hinter das Ohr. »Seine Majestät hat sich nicht blicken lassen.« Sie hob bedauernd die Schultern.

Georg scharrte mit der Schuhspitze durch den Sand. »Aber zu hören bekommen habe ich so einiges«, begann er und warf ihr einen kurzen Blick zu. »Die Leute reden über dich«, sagte er mit seltsam erstickter Stimme.

Maria wurde mulmig. »Tun sie das nicht immer?« Sie bemühte sich, gelassen zu klingen.

»Nicht so, Maria! Sie bekommen Angst vor dir.«

»Angst? Vor mir?« Sie lachte laut auf. Es klang beinahe wie ein Schrei. »Das ist doch lächerlich.«

»Die Trude hat behauptet, sie hätte schon immer geahnt, dass du eine Hexe bist. Wie sonst solltet du und dein Vater zu solchem Reichtum gekommen sein?«

»Trude, sagst du?« Maria musste schlucken. Ausgerechnet. Die Frau kam kaum noch vor die Tür. Sie war so alt, dass niemand genau wusste, wie viele Jahre sie auf dem Buckel hatte. Einige sprachen von achtzig, andere schworen gar, sie sei schon hundert Jahre alt. »Aber wieso sollte sie denn so böse Dinge über mich verbreiten? Wie kommt sie nur darauf?«

»Ich dachte, du könntest mir das sagen.« Jetzt sah er ihr direkt in die Augen. »Dass euer Wohlstand den Leuten unheimlich ist, überrascht mich nicht. Ich hatte dich deswegen gewarnt. Was mich eher wundert, ist, dass sie nicht schon lange Schauermärchen verbreiten. Aber irgendetwas muss doch geschehen sein, dass sie gerade heute damit anfangen. Trude, das alte Weib, ist ja nicht die Einzige. Magda etwa läuft herum und verbreitet, dass die lange Trockenheit dein Werk sein könnte. Du würdest womöglich die Felder verdorren lassen, damit die Coserower von ihrem Pfarrer abhängig blieben.« Er ahmte Magda nach: »Weiß doch jeder, dass die Wettermacherei zu den ersten Fähigkeiten der Hexen gehört.«

Maria seufzte tief. Ihr war bekannt, dass Magda gerne und viel tratschte und dass sie nachplapperte, was sie irgendwo aufgeschnappt hatte. Bisher hatte Maria jedoch geglaubt, Magda habe ein gutes Herz. Sie hatten sich doch nie gestritten, waren immer gut miteinander ausgekommen.

»Ich kannte den Mann nicht, mit dem sie über dich hergezogen ist«, fuhr Georg ungerührt fort. »Der hat ihren Unfug jedenfalls für bare Münze genommen. Seine Hühner gäben keine Eier mehr, behauptete er. Oder zumindest viel weniger als früher. Ob das auch dein Werk sein könnte, hat er gefragt. Na, du kannst wohl erraten, wie die Antwort ausgefallen ist.«

»Ach, Georg, das ist doch nicht möglich.« Sie ließ das Hemd los. Es rutschte langsam über das Waschbrett und versank im grauen Wasser. »Die Coserower kennen mich seit meiner Geburt. Sie wissen, dass ich ein Mensch aus Fleisch und Blut bin. Ich habe ihnen immer geholfen, wenn Not am Mann war und ich etwas für sie tun konnte.« Sie seufzte schwer. »Was noch schlimmer ist: Sie kommen regelmäßig in unsere Kirche, hören die Worte

Gottes, die mein Vater ihnen vorträgt und erklärt. Wie können sie dennoch so abergläubisch sein?«

»Irgendjemand muss ihnen diese Gedanken in die Köpfe gepflanzt haben. Was ist heute vorgefallen, Maria?« Sie ließen den Waschzuber stehen und gingen langsam durch den Garten. Die Kirschen leuchteten prall und üppig im Baum. Maria würde sie pflücken müssen. Mohnblüten am Zaun schienen mit der Farbe der Früchte wetteifern zu wollen. Dazwischen reckten blaue Kornblumen ihre Köpfe in die Sonne. Maria hatte keinen Blick für die Schönheit. Betrübt erzählte sie Georg, was geschehen war.

»Aber ich trage doch nicht die Schuld daran, dass von Appelmann sich vor allen zum Narren gemacht hat. Auch nicht dafür, dass der König nicht erschienen ist. Er hatte es nie vor!«, rief sie verzweifelt.

»Glaubst du, die Frauen und Männer, denen ich die Schädel eingeschlagen habe, konnten etwas für meinen Hunger und für meine Not?« Er schüttelte traurig den Kopf. »Sie waren einfach nur am gleichen Ort wie ich und besaßen etwas, das ich haben wollte. Einen Kanten Brot, nicht mehr. Schon dafür tun Menschen schlimme Dinge«, sagte er düster. »Vielleicht hat der Hauptmann den Plan, dich als Hexe zu denunzieren und von deinem Vater eine stolze Summe zu verlangen, mit der er dich freikauft. Könnte mir denken, dass er schon lange scharf auf euren vermeintlichen Schatz ist.« Er dachte nach. »Hat der Kerl dich denn beschuldigt, ihn verhext zu haben, nachdem er sich den Hosenboden bei seiner Rutschpartie zerrissen hat?«

»Nein, das nicht«, sagte sie zögerlich.

»Sondern?«

Es war ihr unangenehm. Leise sagte sie: »Er meinte, meine Schönheit könne nicht von dieser Welt sein. Nur Hexen verstünden es, eine derartig perfekte Gestalt anzunehmen. So ähnlich hat er sich ausgedrückt. Er meinte damit mein Kleid, weil es mit Schleifen und Bändern geschmückt war, nehme ich an.« Sie blickte auf das Gras und die weißen Köpfe der Gänseblümchen, die überall zwischen den grünen Halmen hockten.

»Natürliche Versuchung werden Hexen genannt. Und begehrenswerte Katastrophe.« Er sah sie von der Seite an. »Es dürfte ein Leichtes sein, den Leuten einzureden, dass du das bist. Jeder, der Augen im Kopf hat, kann sehen, wie begehrenswert du bist. Wenn es nur darum ginge, wäre ich auf der Stelle bereit zu glauben, dass du eine Hexe bist.« Sie blickte ihn entsetzt an. Georg lächelte schief.

Als Maria gerade das Abendessen herrichtete, klopfte es an der Tür des Pfarrhauses. Sie erschrak. Es war nicht ungewöhnlich, dass jemand kam, der ihren Vater sprechen wollte. Manchmal kam Lehrer Hoog, um mit Schweidler über Texte der großen Philosophen oder Dichter zu debattieren. Dann wieder schlug sich jemand mit seelischer Pein herum und brauchte Rat, oder einer wollte heiraten und befragte den Dorfpfarrer nach dessen

Meinung zu der Auserwählten. Kein Grund, ängstlich zu sein. Doch an diesem Tag war Maria Besuch nicht geheuer. Was, wenn von Appelmanns Schergen sie holen kamen, um ihr, der vermeintlichen Hexe von Coserow, den Prozess zu machen? Es klopfte wieder.

»Was ist denn?«, rief ihr Vater ungeduldig. »Willst du denn nicht hingehen?«

»Doch, Vater, natürlich.« Maria holte tief Luft, wischte sich die Hände ab und ging langsam in die Diele. Sie würde schon nicht vom Fleck weg mitgenommen werden. Das war ja lachhaft. Dummerweise gelang es ihr nicht, sich zu beruhigen. Noch einmal atmete sie tief ein, dann drückte sie die Klinke herunter und öffnete die schwere Eichentür.

»Du siehst blass aus. Ich komme doch nicht ungelegen?« Lene!

»Aber nein, ganz und gar nicht. Was für eine Freude!« Marias Herz machte einen Hüpfer. »Komm herein! Vater, es ist Lene«, rief sie fröhlich.

»Lene?«, kam es aus seinem Arbeitszimmer zurück. »Donnerschlag! Das nenne ich eine Überraschung.« Im nächsten Augenblick war er bei ihnen.

»Ich habe unser kostbares Familienerbstück sicher an meine Tochter übergeben«, erzählte sie.

»Wolltest du nicht bei ihr auf Rügen bleiben und deinen Lebensabend dort verbringen?« Schweidler sah sie aufmerksam an.

»Das wollte ich. Doch sind meine Augen noch klar,

meine Finger noch geschickt, und meine Hände zittern nicht. Warum also sollte ich nicht mehr schnitzen?«

»Aber das kannst du doch auch auf Rügen tun.« Sie gingen in die gute Stube. Maria tischte Schinken und Eier auf, dazu einen bunten Salat aus ihrem Gartengemüse.

»Gewiss kann ich auf Rügen schnitzen. Das habe ich ja auch getan. Und? Glaubst du, die Fischer können mich dafür entlohnen? Glaubst du, sie schenken ihren Frauen und Töchtern in diesen Zeiten Bernsteinschmuck?« Sie schüttelte den Kopf. »Die Zunftmeister in Danzig zahlen auch nur einen Hungerlohn. Doch das ist besser als gar nichts. Und immerhin nehmen sie gern Schmuckstücke von mir. Sie verkaufen sie um ein Vielfaches teurer weiter, denn sie verfügen über die nötigen Kontakte. Ist mir recht«, fuhr sie fort und klang ein wenig verbittert. »So kann ich meiner Tochter ein bisschen mehr hinterlassen. Irgendwann muss dieser grausige Krieg doch vorbei sein. Dann ist jeder gut dran, der etwas hat auf die Seite legen können. Dann ist Geld wieder etwas wert«, erklärte sie und griff tüchtig zu. Sie sei schon zwei Tage auf Usedom, berichtete sie. »Ich wollte doch unbedingt den Schwedenkönig sehen. Hab in einer Höhle geschlafen, die es da oben gibt. Recht komfortabel, muss ich sagen.« Georgs Höhle.

»Warum bist du nicht gleich zu uns gekommen?«, wollte Schweidler wissen. »Wir hätten dir gern ein Bett gegeben.«

»Ich hatte Sorge, dass ich den König verpasse. Wollte in der ersten Reihe stehen.« Sie lachte. »Ja, wie ich sehe, ist das Pastorat wieder ganz. Und es ist prächtiger als zuvor, wenn ich nicht irre.«

»Der nächste Winter kommt so sicher wie das Amen in meiner Kirche«, meinte er nickend. »Es ist gut, wenn dann wieder mehr Menschen ein Dach über den Kopf bekommen.«

»Mir scheint, hier hat sich einiges verändert. Zum Guten, wie es aussieht. Haben nicht alle ein Dach über dem Kopf?«

Maria warf ihrem Vater einen ängstlichen Blick zu. Sie konnten Lene trauen. Das bedeutete allerdings nicht, dass sie ihr unbedingt die ganze Wahrheit auf die Nase binden mussten.

»Recht hast du, es hat sich vieles zum Guten gewendet.« Schweidler beugte sich über den Tisch und strahlte über das ganze Gesicht. »Unser Vater im Himmel hat für uns eine Salva Guardia bezahlt.« Lene hob fragend die Augenbrauen. Er erklärte ihr mit blumigen Worten, was das für Coserow bedeutete. Woher das Geld für den Schein gekommen war, der ihnen so viel Sicherheit schenkte, ließ er freilich aus.

»Und ich dachte schon, es sei womöglich doch etwas Wahres an dem, was die Leute reden«, meinte Lene nachdenklich.

Maria stockte der Atem. »Was meinst du?«

»Nun ja, es heißt, der Leibhaftige müsse in eurem Dorf

umgehen. Er habe dort gehaust, wo ich die letzten Nächte untergeschlüpft bin.« Maria und ihr Vater wechselten vielsagende Blicke. Dann redeten die Leute also auch über Georg. Lene zuckte mit den Schultern. »Ich für meinen Teil habe dort keinen Schwefel gerochen.« Sie lachte leise. »Man will häufig eine Frau bei ihm gesehen haben, auch nachts.« Sie sah Maria kurz an, ließ jedoch nicht erkennen, ob sie wusste, wer diese Frau gewesen sein sollte. »Sie soll mit dem Teufel getanzt haben.« Sie winkte ab. »Ich gebe nichts auf solches Geschwätz. Als Frau, die einem Handwerk nachgeht, wurde ich schon manches Mal bezichtigt, ich müsse eine Hexe sein.« Ihre Miene zeigte, was sie von derartiger Dummheit hielt. »Auf der anderen Seite … Wenn ich an meinen ersten Besuch hier denke und sehe, wie wohlgenährt mit einem Schlag alle sind, wie fein sich euer Dorf herausgemacht hat, da kann man schon auf den Gedanken kommen, es sei ein Zauber im Spiel.«

»Kein Zauber, nur das Papier, das uns vor Überfällen bewahrt, und das Frühjahr, das uns den Tisch reichlich deckt«, erklärte Schweidler ruhig.

Lene wollte für nur eine Nacht in ihrem Hause bleiben, ehe sie weiter gen Osten zog. Schweidler konnte sie jedoch überzeugen, länger zu bleiben.

»Ein Verwandter aus Danzig schickt bald einen Wagen. Du könntest mit ihm zurückfahren. Da sparst du leicht die Zeit, die du zuvor in aller Gemütlichkeit bei uns verbringen kannst. Sicherer wäre es für dich obendrein.«

»Ein Verwandter schickt einen Wagen?« fragte sie vorsichtig.

Maria entschied sich, ihr reinen Wein einzuschenken. »Nicht direkt«, erklärte sie. »Es ist der Schindler, der Zunftmeister.« Jetzt machte Lene erst recht große Augen. Maria erzählte ihr, es habe einen unfassbar reichen Strandsegen gegeben. »Die Brocken, die Georg dir gebracht hat, waren nur ein Teil davon. Für mehr hättest du doch sicher keine Verwendung gehabt. Oder kein Geld«, fügte sie schnell hinzu. »Auch darum geht es den Coserowern jetzt recht gut.« Sie habe so viel Bernstein gesammelt, wie sie nur gekonnt hatte. Dann hatte sie sich an den Namen des Meisters erinnert, den Lene erwähnt hatte, und sich auf den langen Weg gemacht. »Wie du gesagt hast, er ist ein anständiger Mann. Ein Schlitzohr gewiss, doch mit einem guten Herzen.« Ihr Vater hatte recht, Geselle Wolfgang konnte recht bald kommen und holen, was Maria ausgegraben hatte. Es bot sich geradezu an, dass Lene ihn auf seinem Rückweg begleitete. Schindler würde bestimmt nicht verraten, dass es sich nicht um einen einmaligen Strandsegen, sondern um eine scheinbar unerschöpfliche Ader handelte. Er war klug genug, seine Quelle nicht preiszugeben, dessen war sie sicher.

»Und warum schickt er seinen Gesellen?«, wollte Lene wissen.

»Einer dieser Sternendeuter hat ihm wohl eingeredet, er habe den großen Bernsteinfund vor der pommerschen Küste vorhergesehen.« Schweidler lachte. »Und er sieht noch einen, der bevorsteht. Den möchte Meister Schindler natürlich nicht versäumen. Darum schickt er seinen Gesellen«, endete der Pfarrer zufrieden. Maria fragte sich, wie viele Vaterunser er wohl beten würde, um sich von der Sünde der Lüge reinzuwaschen. Auf jeden Fall war sie von Herzen froh, dass ihm die Geschich te im Handumdrehen eingefallen war.

»Seltsam«, sagte Lene, »habe gar nichts von dem großen Strandsegen gehört. Drüben auf Rügen ist nichts davon angekommen, kein Wort und kein Bröckchen Bernstein. Sonderbar, nicht?«

~ ~ ~

Der Sonntag kam und mit ihm der Gottesdienst. Täuschte sich Maria, oder war es nicht ganz so voll wie üblich? Magda war da und Schlachter Weber, Helena mit ihrer Tochter Hildegard, auch Lehrer Hoog saß andächtig in der Bank. Seine Frau jedoch fehlte. Hoffentlich war sie nicht krank. Claus Ewing war erschienen. Sein Kumpan Krüger dagegen war an diesem Morgen, an dem die Sonne bereits mit ganzer Kraft strahlte, nicht mit von der Partie. Die Hitze lähmte die Menschen, sie bewegten sich langsam, als müssten sie durch das Achterwasser waten. Ein leicht fauliger Geruch lag über dem Dorf, und die Obstbäume ließen ihre Blätter hängen, die Erde der Gemüsebeete und Äcker war rissig.

»Wie groß war unsere Enttäuschung, dass Gustav Adolf, König von Schweden nicht bei uns Rast gemacht hat«, sagte Schweidler gerade. »Ich gebe es zu, ich selbst hatte der Begegnung voller Freude entgegengesehen. Doch wir müssen uns nicht grämen. Durch die Hand unseres Hauptmannes von Appelmann, der dafür Leib und Leben riskiert hat, haben wir eine Botschaft des Königs erhalten.« Maria konnte sich ein Schmunzeln nur schwer verkneifen, auch die meisten anderen Zuhörer verzogen verräterisch die Lippen. Ewing dagegen glotzte dümmlich vor sich hin. Und zu ihrer großen Freude beließ ihr Vater es bei diesem einen Seitenhieb. »Einige von euch werden die Zeilen gelesen haben, aber alle habt ihr gewiss die Illustration angesehen. Gustav Adolf als Löwe. Als Löw von Mitternacht, um genau zu sein.« Er ging vor der gespannt lauschenden Gemeinde auf und ab. »Wer ist dieses sagenumwobene Raubtier?« Er sah in die Gesichter, als warte er wahrhaftig auf eine Antwort. »Aus der Bibel kennen wir es nicht, weshalb ich uns alle warnen will, ohne jeglichen Argwohn daran zu glauben. Und doch können wir nicht gänzlich von der Hand weisen, was die Schweden behaupten. Denn ein angesehener Gelehrter hat die Prophezeiung vom Löw von Mitternacht gewagt.« Er schritt zum Altar und fuhr von dort aus fort: »Ich habe diese Prophezeiung nachgelesen. Sie spricht davon, welche Widerwärtigkeiten geschehen, wie viele Feuer brennen werden. Die Feinde Christi werden große Macht haben, heißt es, und sie werden Verderben bringen in die Welt. So geschieht es seit Jahren und wird immer schlimmer, das wird wohl niemand leugnen.« Er machte eine Pause. »Weiter heißt es, dass gerade wenn es scheint, als sei es aus für uns, als dürfe der Feind triumphieren, dass dann der starke Löwe aus Mitternacht erscheinen solle und einige Glückliche ihm nachfolgen werden. Sie werden es sein, die den unerträglichen Zustand im letzten Augenblicke umkehren werden.« Ein Raunen ging durch die Menge. »Wenn die rechte Kirche am meisten unter der Last zu leiden habe, wenn sie schon zu zerbrechen drohe, dann, so verspricht es die Prophezeiung, ist der Löwe da und bestraft die Falschgläubigen. Und schließlich heißt es …« Wieder ließ er Stille einkehren, bis er sich der vollen Aufmerksamkeit sicher war. »Es heißt wahrhaftig, dass es Gott selbst ist, der uns seinen Helden schickt, um uns aus höchster Not zu retten.«

In das einsetzende Tuscheln fragte Claus Ewing: »Wieso denn Mitternacht? Wat soll dat sein?«

Jemand lachte, andere stießen sich an. Doch die Gesichter der Coserower, die sich sogleich wieder ihrem Pfarrer zuwandten, verrieten Maria, dass die Leute es auch nicht besser wussten als Ewing.

»Eine gute Frage«, gab Schweidler ruhig zurück. »Ich wollte gerade darauf kommen. Im Osten geht die Sonne auf, das ist der Morgen. Am Mittag steht sie im Süden. Darum steht die Mitternacht für den Norden.« Es war totenstill geworden. »Die Prophezeiung sagt also, dass

Gott uns einen Helden rechten Glaubens senden werde, uns zu erretten, einen Helden aus dem Norden!«

In der Nacht zog ein Unwetter von der Ostsee über die Insel. Maria erwachte von dem Tosen und Krachen des Gewitters. Ihre Kammer war in einem Augenblick grell erleuchtet, im nächsten gab es einen Schlag, der einen bis ins Mark erschüttern konnte. Wie immer in solchen Nächten stand sie auf und zog sich an. Zu groß war die Gefahr, dass einer der schrecklichen Blitze das Dach des Hauses in Brand setzte. Es wäre nicht das erste Mal, dass so etwas passierte. Wie sie es erwartet hatte, traf sie ihren Vater in der Küche an.

»Mir scheint, Lene hat einen gesegneten Schlaf. Oder sie hat sich unter dem Leinen verkrochen und betet dort, dass das Unwetter bald vorüber ist.«

»Wirst du rübergehen in die Kirche, um mit den Leuten zu beten?«

»Es wird niemand da sein«, sagte er leise. Im gleichen Moment war es schon wieder taghell. Fahles unfreundliches Licht, das aus dem besorgten Gesicht ihres Vaters eine Fratze machte. »Ihre Furcht ist zu groß.«

Maria schluckte, sie ahnte, worauf ihr Vater hinauswollte. »Sollten sie nicht gerade in die Kirche kommen, wenn sie voller Furcht sind?«

»Beten wir hier, dass unser Dorf vom Feuer verschont bleibt. Es wäre zu viel für die Leute, wenn alles niederbrennen würde, was sie gerade erst wieder mühevoll aufgebaut haben.« Er faltete die Hände. Maria tat es ihm gleich. Mit gesenktem Blick saß sie da und schickte die Bitte an den Vater im Himmel, dass er statt Feuer Regen schicken möge. Jede Menge davon. So saßen sie eine Weile da, im Wechsel von Helligkeit und Dunkelheit, umgeben von ohrenbetäubendem Lärm. Schließlich wurden die Abstände zwischen den Blitzen kürzer, auch wollte es scheinen, als habe der Donner an Kraft verloren.

Schweidler lächelte. »Ist wohl bald vorüber«, sagte er, »dann können wir wieder zu Bett gehen.« Er hatte es kaum ausgesprochen, da krachte es lauter als je zuvor.

»Mann in de Tünn!«, stammelte Maria und hielt die ineinander verschlungenen Hände vor die Brust gepresst. Da ging die Küchentür auf.

»Da sind wir gerade noch davongekommen. Bloß 'n Stück weiter, und es hätte die Kirche erwischt. Oder das Pfarrhaus«, sagte Lene und gesellte sich zu ihnen. Dabei klang sie ruhig, doch ihre Wangen waren vom Schreck ganz blass.

Schweidler erhob sich. »Ist jemand zu Schaden gekommen?« Schon war er auf dem Weg nach draußen.

»Glaube ich kaum«, meinte Lene, folgte ihm jedoch, um sich selbst zu überzeugen. Auch Maria ging mit ihnen.

»Ach, unsere schöne alte Eiche!« Maria stand neben den beiden in der offenen Tür und blickte zum Dorfplatz hinüber. Der Baum war in der Mitte gespalten, eine Hälfte stand in hellen Flammen, die andere lag am Boden und reckte die Äste in den Staub.

»Tja, ein Jammer.« Schweidler seufzte. »Im Sommer hat uns ihr dichtes Laub herrlichen Schatten gespendet. Und ihre Früchte haben im Herbst unser Vieh genährt.«

»Besser, wir löschen das Feuer«, meinte Maria, »ehe es doch noch nach einem der Häuser greift.« Sie schickte sich an, einen Eimer zu holen, als ein plötzlich ertönendes Rauschen sie aufhielt. Regen!

»Das Löschen übernimmt der Herrgott selbst«, stellte ihr Vater fest.

Und so war es. Die Flammen wurden schnell kleiner, es zischte und fauchte.

»Mein Gebet wurde erhört«, sagte Maria erleichtert. »Wie sehr haben wir den Regen gebraucht.«

»Ist es nicht herrlich?«, stimmte Lene ihr zu und lief unvermittelt hinaus. Sie breitete die Arme aus und reckte ihr Gesicht den fallenden Tropfen entgegen. Maria war verblüfft, dann wurde sie sich deutlich ihres von der Hitze am Körper klebenden Kleides bewusst. Auch ihre Haare waren feucht von Schweiß. Wie gut musste etwas Abkühlung tun.

»So eine Wohltat!«, rief Lene. »Da wird gleich alles sauber, der Stoff und auch der Mensch, der darin steckt.«

Jetzt hielt Maria nichts mehr. Nur ab und zu war in der Ferne noch ein leises Grollen zu hören, das kaum imstande war, sich gegen das Rauschen und Prasseln des Regens zu behaupten. Auch leuchtete der Himmel nur noch selten und weit am Horizont auf. Man konnte es wagen. Maria gesellte sich zu Lene, schloss die Augen, hob ihr Gesicht dem erfrischenden Nass entgegen. Sie drehte sich auf der Stelle und atmete tief ein. Wie wunderbar die Luft roch!

»Verrückte Frauenzimmer«, knurrte Schweidler und verzog sich ins Innere des Hauses.

Nicht lange, dann folgten Maria und Lene ihm. Lachend zogen sie die nassen Kleider aus, trockneten sich ab und schlüpften zurück in ihre Betten.

Am nächsten Morgen wirkte die Welt wie neugeboren. Die Luft war klar und sauber, nach Tagen der Hitze konnte man endlich wieder frei atmen. Der heftige Guss der Nacht hatte sich in einen gleichmäßigen Landregen verwandelt. Es war eine Freude, zu sehen, wie Bäume und Sträucher, wie Blumen und Gräser sich erholten und voller neuer Kraft prall dastanden. Um die Eiche war es wirklich schade, doch sie war ja nicht vollständig niedergebrannt. Mit etwas Glück würde der Rest neu austreiben. Zum Nachmittag hörte der Regen ganz auf. Das Wasser, das eben noch Pfützen gebildet hatte, verschwand, Tropfen fielen leise von den Bäumen. Maria ging hinaus in den Garten, um die letzten Kirschen zu ernten. Einige waren, wie sie gefürchtet hatte, geplatzt, doch zum Einkochen würden sie dennoch taugen. Sie lehnte eine Leiter an den Stamm, stieg ein paar Sprossen hinauf und stellte ihren Korb in eine Astgabel. Als sie sich gerade streckte und nach zwei Früchten angelte, die weit oben im Geäst hingen, traf sie etwas am Gesäß.

Es folgte ein hohles Klicken, ein Stein vielleicht, der gegen das Holz der Leiter geschlagen hatte. Maria erschrak, verlor fast die Balance, konnte sich aber noch halten. Sie sah sich um. Da war niemand zu sehen, doch sie meinte, das Getrappel von Füßen gehört zu haben. Kaum wandte sie sich wieder den Kirschen zu, raschelte es neben ihr, und ein Kiesel landete in ihrem Korb. Im nächsten Augenblick spürte sie einen kurzen stechenden Schmerz an ihrem Arm.

»Dat gifft dat doch nich!«, murmelte sie ärgerlich, drehte sich wieder um und sah gerade noch eine kleine Gestalt hinter dem Schuppen des Pfarrhauses verschwinden. Sie hörte Stimmen. Offenbar machten die Kinder des Dorfes sich einen Spaß daraus, mit Steinen nach ihr zu werfen. »Ich habe euch gesehen!«, rief sie laut. Flüstern und Kichern waren die Antwort. »Passt auf, ihr lütten Schietbüdel, ich komm runter.« Sie musste schmunzeln. Die Luft war für die Kleinen anscheinend zu frisch und hatte sie übermütig gemacht. Sie pflückte eine weitere Handvoll Kirschen, da traf sie ein Stein am Kopf. Da hörte jetzt aber doch alles auf. Wütend kletterte sie Sprosse für Sprosse hinab, doch sie kam zu spät. Natürlich, die Gören hatten sich flink aus dem Staub gemacht. Was war nur in die gefahren? Dass die Lütten ihren Schabernack trieben, kam schon mal vor, daran war ja auch nichts auszusetzen. Aber mit Steinen auf einen Menschen zielen? Sie würde sich die ungezogenen Kinder bei Gelegenheit vorknöpfen. Während sie so an der

Pforte stand und darüber nachdachte, fiel ihr ein, dass sie längst bei Bauer Arend hatte vorbeischauen wollen. Vielleicht hatte sie Glück und konnte etwas Honig von ihm bekommen. Niemand war so geschickt im Umgang mit den Waldbienen wie Bauer Arend. Sie ging ins Haus und holte einen Pfennig, dann machte sie sich auf den Weg.

»Wofür will der Herrgott unseren Pfarrer nur so schwer strafen?« Maria blieb stehen, als sei sie gegen eine Bretterwand gelaufen. War das nicht Magdas Stimme gewesen?

»Wer kann das schon sagen? Nach dem, was letzte Nacht geschehen ist, muss man ja glauben, dass die Maria eine Hexe ist.«

Es rauschte in Marias Ohren. Sie trat vorsichtig vor und erhaschte einen Blick um die Ecke. Sofort zog sie sich wieder zurück. Magda und die Hoog, die Frau des Dorflehrers, standen auf dem Weg und zerrissen sich die Schnuten.

»Hab ich doch gesagt«, meinte Magda. Es war nicht zu überhören, dass sie ein wenig beleidigt war. »Wenn mir keiner glaubt … Ich hab schon lange gesagt, der Peter, der oben auf'm Streckelsberg Posten bezogen hat, weil er die Ostsee im Auge behalten sollte, falls feindliche Schiffe kommen …«

»Was ist mit dem Peter?«, unterbrach die Hoog sie gereizt.

»Der hat sie gesehen, die Maria.« Magda genoss anscheinend die Aufmerksamkeit. Maria dagegen war übel.

Sie wollte am liebsten kein Wort mehr hören, konnte jedoch nicht widerstehen, die Frauen weiter zu belauschen. Sie musste wissen, was über sie gesprochen wurde. Wenn sie nur niemand ertappte, wie sie da stand und die Ohren spitzte.

»Der hat sie nachts auf dem Streckelsberg gesehen.« Sie senkte ihre Stimme und zischte: »Mit dem Teufel hat er sie tanzen sehen.«

»Großer Gott im Himmel«, brachte die Hoog erschrocken hervor. »So, wie sie in der letzten Nacht um die Eiche getanzt ist.«

»Sag ich ja, sag ich ja!«

»Und wenn dieser Georg sie verhext hat? Der ist irgendwie anders als wir.«

»Anders? Wie meinst das denn?« Magda hing anscheinend an den Lippen der Hoog.

»Na ja, wir kennen den doch gar nicht. Er ist ein Fremder, ist plötzlich hier aufgetaucht. Wir wissen nicht, woher er kommt, was er so gemacht hat.«

»Aber der packt doch tüchtig an.« Magda klang arglos.

»Tja, aber warum wohl? Kann doch sein, dass er unser Vertrauen erschleichen will. Wenn wir ihn erst aufgenommen haben und leiden können, dann will er womöglich das Sagen haben. Dann verlangt er ein eigenes Haus und ein Stück Land.«

»Meenst dat? Die kleine Hütte, die er sich gezimmert hat, soll uns doch nicht stören.«

»Meine liebe Magda«, flötete die Hoog, »wie kann

man nur so einfältig sein? Hast du denn nicht gehört, was über ihn gesagt wird? Das soll ein Katholischer sein«, flüsterte sie. Maria hatte sie kaum verstanden. Dennoch gefror ihr das Blut in den Adern. »Wenn der mal nicht sogar das Pastorat in Brand gesteckt hat.«

»Meenst dat?«, wiederholte Magda.

»Du kannst dir doch wohl denken, wie das geht. Erst hilft er allen, ist bescheiden, und dann will er uns für seine Seite bekehren. Da käme es ihm doch gut zupass, wenn er behaupten könnte, die Flammen hätten den falschen Glauben vernichten wollen. Wenn wir zum Papst zurückkämen, würde so etwas nicht mehr vorkommen. Das kennt man doch, ehe du dich versiehst, hat er alle umgekrempelt, und unsere Insel ist wieder katholisch.«

»Das schafft der doch nie nich. Außerdem …« Magda schien nachzudenken. »Der Düwel is doch nicht katholisch, oder?«

Wie es sich anhörte, hatten die beiden sich in Bewegung gesetzt. Ehe sie Maria entdecken konnten, drehte die um und lief in die andere Richtung davon.

Den ganzen Tag konnte Maria an nichts anderes denken als an das Gespräch, das sie mit angehört hatte. Die Menschen waren eben so, tröstete sie sich, die brauchten immer und für alles einen Schuldigen. Wenn ihr Vater wieder Fleisch oder Getreide im Dorf verteilen ließ, wenn er ihnen erneut klarmachte, dass Hauptmann von Appelmann derjenige war, der die Leute von Usedom im Stich ließ, dann war der wieder ihr Sündenbock. Bloß forderte ihr Vater den Hauptmann dann wieder heraus. Es war eine verzwickte Situation. Einerseits wusste sie, dass die Leute schnell Urteile fällten, sich ereiferten, sich aber ebenso schnell beruhigten und vergaßen. Andererseits musste es immer jemanden geben, der an den Pranger gestellt werden konnte. Wenn einer die Schuld an allem Elend trug, kamen die Menschen besser mit ihren Ängsten zurecht. Maria hatte keine Ahnung, ob die bösen Gerüchte bald wieder verstummten oder ob es gerade erst richtig losging und ihr das Schlimmste noch bevorstand. Auf jeden Fall hatte sie ein schrecklich ungutes Gefühl. Sie nahm sich vor, Bernstein zu holen, solange sie noch konnte. Gut möglich, dass man sie demnächst von Sonnenaufgang bis Sonnenuntergang beobachtete, um der vermeintlichen Hexe auf die Schliche zu kommen. Darum bohrte sie am Abend, ehe sie zu Bett ging, die Nadel mit dem kleinen Bleigewicht in eine Kerze, stellte den Metallnapf daneben und zündete die Kerze an, als sie sich schlafen legte.

Es schien ihr, als habe sie kaum ein Auge zugemacht, schon wurde sie von leisem Scheppern geweckt. Rasch zog sie sich an und verließ das Haus. Draußen zündete sie die kleine Öllampe an, die stets bereitstand, falls man des Nachts im Garten oder in dem kleinen Schuppen nach dem Rechten sehen musste. Nur eine schmale Mondsichel stand am Himmel. Ganz ohne Licht käme sie heute nicht zurecht. Wie ein Schatten huschte Maria den kleinen Weg entlang, vorbei an der Kirche und zwischen den Häusern und Hütten hindurch in Richtung Ostsee. Sie verzichtete darauf, für einen Augenblick an den Strand hinunterzugehen, so schwer es ihr auch fiel. Besser, sie beeilte sich und war bald wieder zurück, ehe ihr womöglich jemand begegnete, der auf der Stelle herumerzählen würde, er habe sie mit Satan höchstpersönlich im weichen Sand umeinanderspringen sehen. Den Kopf unter der Kapuze eines weiten Capes verborgen und mit gesenktem Blick lief sie hastig den bekannten Weg hinauf. Ihr schien, als wären in der Dunkelheit, in der sie nur wenig zu sehen vermochte, ihre übrigen Sinne besonders geschärft. Viel klarer als am Tag hörte sie das Rauschen der Blätter, wenn eine Böe durch die Äste streifte. Sie konnte hören, wie ein Eichhörnchen, das sie aufgeschreckt hatte, über den Pfad sprang, den nächsten Baum erreichte und an dessen rauer Rinde in Windeseile emporkletterte. Auch der Duft von Muscheln, Fisch und Seetang schien ihr überdeutlich in der Luft zu liegen. An ihren beiden Buchen angekommen, stellte Maria die Lampe ab und holte einen Korb hervor, den sie unter dem Cape mit sich getragen hatte. Darin lag eine kleine Schaufel. Wie immer hatte sie sich mehrfach umgesehen, hatte mal hierhin, dann dorthin geleuchtet, um ganz sicher zu sein, dass sie allein war. Erst danach begann sie mit ihrer Arbeit. Sie musste schon recht tief graben und hatte sich auch schon ein gutes Stück von der

Stelle entfernt, an der sie den ersten Bernstein entdeckt hatte. Immer wieder blickte sie sich um. Was war nur los? Auch sonst war sie stets unruhig gewesen und hatte sich beeilt, bald wieder nach Hause zu kommen. In dieser Nacht war es so viel beklemmender. Maria hatte das Gefühl, nicht alleine zu sein. Ihr war, als würden teuflische rote Augen auf ihr haften, sie geradezu durchbohren. Sie war beinahe sicher, dass jeden Augenblick ein Unhold aus dem Gebüsch gesprungen kam, der Leibhaftige persönlich womöglich.

Ein paarmal hatte sie gerufen: »Ist jemand hier? Zeig dich doch!« Aber niemand hatte sich sehen lassen. Nur hier und da mal ein Knacken oder ein Rascheln. Wahrscheinlich wieder ein Eichhörnchen oder ein Igel, beruhigte sie sich selbst. Um nicht gänzlich von ihrer Angst aufgefressen zu werden, begann Maria, die Verse ihres Vaters zu rezitieren, die er für den Schwedenkönig geschrieben hatte.

»Lux ex septentio,
te salvere iubeo.
Agitur, victurine simus an perituri.
Te desideramus socium.
Concurrimus, videmus, comprehendimus, satiamur.«

Immer wieder versprach sie sich, oder ihr fiel das nächste Wort nicht ein, und sie musste neu beginnen. Sosehr sie sich auch anstrengte, sie kam über die erste Strophe nicht hinaus. Ihre Gedanken wollten sich einfach nicht bündeln lassen, sondern gingen auf Wanderschaft.

Sei es drum, ihre eigene Stimme war wenigstens etwas Vertrautes. Und in den Worten hörte sie gleichzeitig ihren Vater. So gelang es ihr, die Furcht wenigstens ein bisschen im Zaum zu halten. Emsig kratzte sie das wertvolle Material aus der Erde, legte Brocken um Brocken in ihr Körbchen. Viel war nicht mehr da. Wieder und wieder hatte sie nur Staub auf ihrer Schaufel oder Kiesel. Sie füllte das Loch, kroch weiter, grub erneut.

»Lux et septentio,

te salvere iubeo.«

Nichts. Hier gab es nichts mehr zu holen. Ihr Schatz war erschöpft. Maria stand auf und klopfte ihren Rock sauber. Sie wollte nicht undankbar sein. Zusammen mit dem, was bereits gut verborgen im Pfarrhaus lag, würden die Brocken einen ordentlichen Preis erzielen. Das Pastorat war wie neu, auch Kleider brauchten sie bis auf weiteres nicht. Wenn sie Ziegen oder Kühe anschafften und das Geld, das Schindler ihnen geben würde, klug und sparsam einsetzten, konnten sie dem kommenden Winter und weit darüber hinaus ruhig entgegensehen. Maria legte gerade ihr Cape um und verdeckte damit auch ihren Korb, als ein Schrei sie bis ins Mark erschreckte. Sie fuhr herum und sah voller Entsetzen zwei Männer, die aus dem Dickicht gesprungen waren und unter Schreien und Zetern davonrannten, als sei der Teufel hinter ihnen her. Und genau so war es.

»Großer Gott, sei meiner Seele gnädig«, flüsterte sie. Da stand ein Ungeheuer zwischen den Buchen. Vor ihm waren die beiden Männer geflohen. Es wäre klug, auch sie würde sich aus dem Staub machen, nur waren ihre Glieder wie gelähmt. Sie starrte das Monstrum an, das langsam auf sie zukam. Es ging auf zwei Beinen, hatte jedoch schrecklich scharfe Klauen und trug den Pelz eines Wolfes. Herr des Himmels und der Erde, welch ein Untier! Sie spürte, wie sie zitterte, fühlte ihr Herz in ihrer Brust dröhnen. Was konnte sie nur tun? Sie war verloren. Vielleicht, wenn sie ihre Öllampe erreichte, sie dem Biest entgegenschleuderte und dann so schnell rannte, wie ihre Füße sie trugen, vielleicht gab es dann doch noch eine winzige Möglichkeit. Sie atmete tief ein, nahm all ihren Mut zusammen und machte einen ersten Schritt zur Seite. Da erhob sich die Ausgeburt erst zu ihrer vollen Größe. Maria erstarrte erneut. Jetzt war es um sie geschehen.

»Und ob ich schon wanderte im finstern Tal, fürchte ich kein Unglück, denn du bist bei mir«, begann sie leise zu beten.

»Fürchte dich nicht, Maria Schweidler. Ich bin es, Rüdiger von Neuenkirchen.«

Die Stimme.

Konnte der Teufel sich einer vertrauten Stimme bemächtigen? Nein, das war nicht möglich. In zwei Schritten war sie bei ihrer Lampe und hob sie hoch, hielt sie in seine Richtung. »Siehst du? Ich bin es wirklich.« Er lachte leise. Neben ihm lag ein Wolfspelz auf der Erde, den er anscheinend gerade abgestreift hatte.

»Ihr? Was tut Ihr hier?«

»Ich bin deinetwegen hier, Maria, weil ich dich nicht vergessen kann, weil ich Gewissheit haben muss.«

Ihr Herz schlug bei seinem Anblick noch schneller, und ihre Knie wurden beängstigend weich. Sie atmete aus und lehnte sich an einen Baumstumpf. »Ihr habt mich beinahe zu Tode erschreckt. Was treibt Ihr zu dieser Stunde hier oben und wozu die Maskerade?«

»Seit dem Tag, an dem Kaiser Gustav Adolf von Schweden unten in der Bucht unsere Insel betreten wollte, an dem Peter von Appelmann sich vor aller Augen bis auf die Knochen blamiert hat, seitdem wird über dich geredet, Maria.« Sie blickte ihn an und ließ sich ängstlich auf das Holz sinken. Es war also schlimmer, als sie befürchtet hatte. Die Gerüchte waren längst nicht in Coserow geblieben. »Ich hatte dich gewarnt, es war nicht klug, dass dein Vater sich ausgerechnet nach der Schande mit dem Hauptmann hat anlegen müssen. Ich bin sicher, dass es von Appelmann ist, der dich denunziert hat, der die Menschen erst auf den Gedanken gebracht hat, du könntest über Zauberkräfte verfügen.«

»Und jetzt glauben sie es und hängen alles mir an, was geschieht. Ob es ein Gewitter ist oder ein Huhn, das keine Eier mehr legt«, sagte sie traurig.

»Es sind einfache Menschen. Es gibt so viel, wovon sie nichts verstehen.« Er trat einen Schritt heran. Sie spürte seine Nähe. Seine Stimme war so sanft, er hielt sie nicht für eine Hexe, sonst würde er doch nicht so mit ihr reden, oder doch? »Jemand braucht ihnen nur einen Floh ins Ohr zu setzen, schon glauben sie jedes Schauermärchen.« Er sah sie an. »So bin ich nicht. Ich überzeuge mich gern mit eigenen Augen, wenn das möglich ist.« Sie wusste nicht, was sie sagen sollte, also schwieg sie. »Es hieß, dass du hier oben mit dem Teufel tanzt.« Er lachte spöttisch. »Na, diese Vorstellung wollte ich mir doch nicht entgehen lassen. Immerhin habe ich schon den poetischen Vortrag für den König versäumt.« Er wurde ernst. »Ich habe mir den Pelz umgelegt, um in der Dunkelheit und zwischen dem Gesträuch unsichtbar zu sein, und habe auf dich gewartet.« Sie machte große Augen. »Schon gestern war ich hier. Da bin ich schön nass geworden«, sagte er und machte ein zerknirschtes Gesicht.

»Nun habt Ihr mich gesehen. Und was denkt Ihr?«, fragte sie zaghaft.

»Ich denke, dass du das Gedicht deines Vaters aufgesagt hast. Außerdem denke ich, dass ich nun das Geheimnis eures Wohlstandes kenne.« Sie erschrak. Wie dumm, natürlich hatte er gesehen, was sie getan hatte. Und natürlich hatte er begriffen. »Für eine Hexe halte ich dich noch immer nicht. Im Gegenteil.« Seine Stimme bekam einen rauen Ton, der sie ins Herz traf. »Du bist eine bemerkenswerte Frau, Maria Schweidler. Du bist klug und so schön, dass nicht einmal eine Hexe vermochte, eine solche Gestalt anzunehmen.« Sie senkte den Blick, ihr Gesicht brannte, als habe sie Fieber. Er räusperte sich.

»Bedauerlicherweise war ich nicht der Einzige, der sehen wollte, was sich hinter dem Gerede verbirgt.«

Jetzt fielen Maria die beiden Kerle wieder ein, die beim Anblick des verkleideten Edelmannes auf und davon gerannt waren. »Wer waren die beiden?«

»Die Schergen des Hauptmannes, fürchte ich.«

»Großer Gott«, hauchte sie.

»Ich mag mir nicht ausmalen, was die Schafsköpfe gesehen zu haben glauben«, sagte er voller Sorge. »Eines ist gewiss, sie werden von Appelmann berichten, was der hören will.«

»Dann bin ich verloren«, flüsterte sie. »Dann kann ich mich gleich von der Steilküste hinabstürzen oder in die Ostsee gehen. Alles ist besser, als auf dem Scheiterhaufen zu landen.« Sie schlug ihre Hände vor das Gesicht und schluchzte. Sie wollte nicht weinen, nicht vor den Augen des Herrn von Neuenkirchen, doch sie konnte nichts dagegen tun.

»Maria«, sagte er sanft. »So etwas darfst du nie wieder sagen. Nicht einmal daran denken darfst du.« Sie hörte, dass er hart schluckte. Plötzlich fühlte sie seine Hände, die behutsam ihre Schultern fassten. Er zog sie von ihrem Baumstumpf hoch und direkt in seine Arme. Die Panik, die ihr eben noch die Luft abgeschnürt hatte, verflog. Sie barg ihr Gesicht an seiner Brust, schmiegte sich an ihn und ließ ihren Tränen freien Lauf.

»Ja«, murmelte er, »so ist es gut. Weine dich nur aus. Es wird alles wieder in Ordnung kommen. Ich werde dir beistehen und dafür sorgen, dass niemand mehr Lügen über dich verbreiten kann.« Wie gut das klang, wie gerne sie es glauben wollte.

Lange standen sie nur da, und er hielt und tröstete sie. Schließlich schob er sie sanft von sich und reichte ihr sein Taschentuch.

»Von Appelmann wird mir den Tod in den Flammen nur ersparen, wenn er dafür etwas bekommt. Etwas Kostbares. Er wird meinen Vater endgültig in die Knie zwingen und sich unter den Nagel reißen, was den Menschen im Dorf das Überleben sichern sollte«, sagte sie bekümmert. »Da wäre es wohl wirklich besser, sie zündeten mich als Hexe an.«

»Niemals!«, sagte er voller Nachdruck. »Was wäre damit gewonnen? Der Hauptmann hätte deinen Vater obendrein in der Hand, denn er könnte immer wieder daran erinnern, dass der gute Pfarrer eine Hexe in seinem Haus aufgezogen und beherbergt hat. Und nehmen, was immer er kriegen kann, würde er gewiss auch.«

»Da habt Ihr wohl recht.« Sie seufzte.

Nach einem kurzen Moment fragte er: »Es ist Bernstein, nicht wahr?« Sie sah zu ihm auf. Sie standen noch immer recht nah beieinander, und sie konnte den warmen Glanz in seinen Augen sehen. Maria nickte. »Daher also euer plötzlicher Reichtum, über den ganz Usedom geredet hat. Ich hörte, du seist eine Weile fort gewesen. Hast du den Stein etwa verkauft?«

Wieder nickte sie. »Ich weiß«, hauchte sie, »es war

nicht richtig. Der Schatz gehört uns ja nicht. Wir hätten ihn melden müssen.«

»Aber nein, darauf wollte ich nicht hinaus. Ich bin nur erstaunt. Ich wüsste nicht, wer mir in diesen unsicheren Zeiten eine große Menge Bernstein abnehmen würde, die ich, da hast du allerdings recht, gar nicht besitzen dürfte. Selbst wenn mir jemand einfiele«, sprach er weiter, »wäre es doch eine höchst gefährliche Mission, möchte ich meinen. Aber wie es aussieht, ist es dir gelungen, den Stein an geeigneter Stelle abzuliefern, ohne ausgeraubt zu werden. Und du hast eine schöne Summe dafür bekommen.«

»Es war viel Glück dabei. Gott hat mir den Weg gewiesen und mich beschützt«, ergänzte sie rasch. Dann erzählte sie von dem Zunftmeister, dessen Namen sie behalten hatte.

»Du hast ein gutes Gedächtnis, das hast du schon früher bewiesen.« Er lachte. Aufmerksam hörte er ihr zu, als sie von ihren Erlebnissen im Tross eines Regiments berichtete und von den Aufgaben, die sie dort im Lazarett übernommen hatte. Seine Augen leuchteten, als sie davon schwärmte, wie friedlich es in Danzig gewesen sei.

»Heute habe ich nun den Rest geholt«, schloss Maria bekümmert. »Ich wünschte, ich könnte meinem Vater das noch geben, ehe sie mich verurteilen und hinrichten werden.«

»Schluss damit, Maria!« Seine Miene war streng. So hatte sie ihn noch nicht erlebt. »Niemand wird dich verurteilen, geschweige denn hinrichten. Und ich wüsste auch nicht, warum du deinem Vater nicht bringen solltest, was du der Erde mühsam abgerungen hast.«

»Aber ich muss es jetzt doch wohl abgeben, dem Hauptmann, meine ich«, stotterte sie.

»Keineswegs.« Er dachte nach. »Ich werde behaupten, dass ich die Ader gefunden und deinem Vater überlassen habe, damit er für mich betet«, schlug er vor. »Das Land gehört mir zwar nicht, aber Peter von Appelmann wird einige Zeit damit zu tun haben, das herauszufinden. Es ist nämlich so«, sagte er und lächelte spitzbübisch, »Herzog Philipp Julius war mehr als einmal in Geldnöten. Meine Familie hat ihm geholfen und dafür Land als Pfandbesitz kassiert. Das Land liegt nicht am Streckelsberg, aber wenn ich es nur kompliziert genug ausdrücke, wird der Hauptmann glauben, dies hier sei mein Land. Das meiner Familie«, verbesserte er sich.

»Er dürfte schwerlich etwas gegen mich unternehmen können. Schon gar nicht, wenn ich das Geschenk an deinen Vater mit der Bitte verbunden hätte, den Erlös den Menschen in Coserow zugutekommen zu lassen. Denn das müsste doch auch in des Hauptmannes Sinne sein, habe ich recht?«

Er sah sie so fröhlich an, dass Maria lachen musste. »In der Tat, es hört sich ganz so an.« Sie dachte nach. Ehe sie noch entschieden hatte, ob es klug sei, ihn so offen zu fragen, sprach sie schon aus, was ihr durch den Kopf ging: »Dann wollt Ihr den Bernstein nicht haben? Ihr beansprucht nicht einmal einen Teil davon für Euch?«

»Nein, er gehört dir, du hast ihn gefunden und ausgegraben.«

»Und Ihr wollt Euch außerdem mit von Appelmann anlegen, wollt für mich lügen? Warum?«

»Weil ich dich …« Er stockte. »Weil ich dich sehr gern habe. Ich bewundere dich, wenn ich dir das sagen darf. Gleich als ich dich zum ersten Mal gesehen habe, wusste ich, dass du etwas Besonderes für mich bist. Seither muss ich ständig an dich denken.« Sie konnte kaum glauben, was sie da hörte. Ihr ging es ja genauso! »Als ich dich wiedergesehen habe an diesem schicksalhaften Tag, als der Hauptmann, dieser Unglücksrabe, auf dem Hosenboden den Hang hinabgerutscht ist, da hat mir dein Anblick den Atem verschlagen. Es war nicht dein Kleid, es waren nicht die Schleifen und Bänder und Blumen, es war dein Antlitz. Du hast so würdevoll und schön ausgesehen. In deinem Gesicht liegt gleichzeitig eine große Natürlichkeit und eine Tiefe. Du bist wie die Ostsee«, sagte er beinahe ehrfürchtig und legte ihr eine Hand unter das Kinn. »Die Reinheit und Schönheit deiner Seele sind es, die mir den Atem geraubt haben. Ich wünschte, du könntest sehen und glauben, wie gewaltig meine Gefühle für dich sind. Und ich wünschte außerdem, du könntest sie nur ein kleines bisschen erwidern.«

»Das tue ich«, flüsterte. »Ihr ahnt nicht, wie sehr.«

KAPITEL 8

Ein dumpfes Dröhnen weckte Maria. Fäuste hämmerten gegen die Tür.

»Pfarrer Abraham Schweidler, öffne die Tür! Los doch, aufmachen, sofort!«

Maria war mit einem Satz aus dem Bett. Ihr schwindelte. Viel Schlaf hatte sie nicht bekommen. Augenblicklich war die Erinnerung zurück. Rüdiger von Neuenkirchen. Er hatte Dinge zu ihr gesagt, die ihr jetzt, wo die Sonne gerade aufging, ungeheuerlich erschienen. Ihr Herz wurde ihr weit, wenn sie nur daran dachte. Doch im nächsten Augenblick krampfte es sich schmerzhaft zusammen, denn sie ahnte, dass die Männer da draußen ihretwegen hier waren.

»Aufmachen!«, brüllte wieder jemand. »Oder wir kommen herein. Aber dann brauchst 'ne neue Tür.«

»Was ist denn da los?« Sie hörte ihren Vater in seiner Kammer rumoren. Er zog sich vermutlich an.

»Ich bin schon da, Vater«, rief sie und rannte durch die Diele.

Claus Ewing und Peter Krüger standen auf der Schwelle. Ewings Miene verzog sich voller Entsetzen, als er sie sah. Er sprang einen Schritt zurück und stolperte rückwärts die drei Stufen hinunter. Mit Mühe konnte er sich auf seinen zwei Beinen halten.

»Das Fräulein Schweidler selbst«, meldete sich der Hauptmann zu Wort, der in sicherem Abstand bei den zwei Pferden stand, mit denen sie gekommen waren.

»Donnerschlag, was ist denn los?« Ihr Vater trat zu Maria. Und auch Lene erschien und spähte ein wenig verwirrt hinaus in das fahle Licht des Morgens. »Ist ja noch nicht mal richtig hell, und du veranstaltest schon ein solches Spektakel, Appelmann.«

»Das hätte ich uns allen gern erspart, werter Pfarrer«, säuselte er. »Bedauerlicherweise muss ich meiner Pflicht nachkommen und deine Tochter verhaften.«

»Jetzt hat er komplett den Verstand verloren.« Schweidler brach in schallendes Gelächter aus.

»Bitte nicht, Vater«, flüsterte Maria.

»Das Lachen wird dir gleich vergehen«, zischte von Appelmann böse. »Nicht mein Verstand ist es, um den wir uns sorgen müssen. Mir scheint eher, dass mit deinem etwas nicht stimmen kann. Wenn du nicht als Erster merkst, dass du, ein Mann Gottes, mit einer Ausgeburt der Hölle unter einem Dach lebst.«

»Da hört sich doch wohl alles auf«, schimpfte Schweidler.

Was sollte Maria nur tun? Sie musste ihrem Vater sagen, dass er sich an Rüdiger von Neuenkirchen wenden sollte. Der würde alles aufklären und sie retten. Er hatte es versprochen! Nur kam sie gar nicht zu Wort.

»Packt sie!«, kommandierte der Hauptmann in diesem Moment. Krüger machte einen Schritt auf sie zu, und auch Ewing kam langsam wieder die Stufen herauf.

»Das wagt ihr nicht.« Ihr Vater stellte sich vor sie. Er bebte am ganzen Körper. So hatte sie ihn noch nie erlebt.

»Besser, du gehst zur Seite, alter Narr, und lässt sie ihre Pflicht tun«, rief Appelmann. In jedem Wort lag die pure Freude, die er an seinem bösen Tun empfand.

Maria konnte an ihrem Vater vorbeisehen. Der Platz vor der Kirche und dem Pfarrhaus füllte sich langsam mit Menschen. Sie erkannte Lehrer Hoog. Auch Magda war schon so früh auf den Beinen. Natürlich. Ihr durfte auf keinen Fall etwas entgehen.

»Worauf wartet ihr?« Von Appelmanns Stimme überschlug sich.

»Aus dem Weg«, knurrte Krüger finster. Ehe ihr Vater antworten konnte, holte der Kerl aus und schlug dem Pfarrer ins Gesicht.

»Vater!« Maria sah ihn zur Seite taumeln. Seine Lippe schien aufgeplatzt zu sein. Sie musste sich um ihn kümmern. Doch sie hatte keine Chance, denn schon packte Krüger ihren Arm, riss sie zu sich. Sie prallte gegen ihn, roch seinen bitteren Atem. Jetzt packte auch Ewing zu. Sie zogen sie einfach hinter sich her und bauten sich mit ihr vor Peter von Appelmann auf.

Der warf sich in die Brust und verkündete laut: »Maria Schweidler, kraft meines Amtes bin ich dazu verpflichtet, dich in Gewahrsam zu nehmen. Mehrere unbescholtene Bürger, nun ja, Bauern, Fischer und solche, haben glaubhaft versichert, dass du der Hexerei schuldig bist.« Maria sah zu ihrem Vater. Der stand leichenblass und wie versteinert da. Lene an seiner Seite hatte beide Hände vor den Mund geschlagen. »Das gehört zu den unerfreulichen Aufgaben eines Hauptmannes«, behauptete von Appelmann in jammerndem Ton. »Doch muss ich mich dem Willen der Leute beugen. Und die wollen, dass du hinter Schloss und Riegel kommst. Zur Sicherheit. Dann wird dir der Prozess gemacht. Sollte sich herausstellen, dass du unschuldig bist, darfst du selbstverständlich wieder nach Hause gehen.« Seine Augen blitzten, seine Lippen waren zu einem hässlichen Grinsen verzogen. Er trat auf sie zu. »Beweise mir, dass du unschuldig bist«, zischte er ganz dicht vor ihrem Gesicht, »und ich lasse dich gehen.«

»Wer von euch hat meine Tochter denunziert?« Schweidlers Stimme zitterte, dennoch lag darin eine Kraft, die geradezu körperlich spürbar war. »Wer? Tretet vor und habt den Mut, es mir ins Gesicht zu sagen!«

Maria sah, wie Magda sich mit einigen Kindern hinter den Rücken der Schaulustigen verbarg. Hoog war ohne seine Frau gekommen. Keiner trat vor, niemand sagte ein Wort. Die meisten blickten betreten auf ihre Füße.

»Sie hat mit dem Teufel getanzt«, rief plötzlich eine

Stimme. Es war Knut gewesen, der Sohn von Bauer Matthies, ein Knabe von gerade mal acht oder neun Jahren.

»Wer war das? Wer hat das gesagt?« Hauptmann von Appelmann wandte sich den Coserowern zu. »Los doch, ich beiße ja nicht.« Er lachte.

Da kam Knut hinter den Beinen eines Erwachsenen hervor. »Hab ich gehört. Der da hat's gesagt!«, rief er und deutete auf Claus Ewing.

»Und so war es«, bestätigte der eifrig nickend. »Der ehrenvolle Hauptmann …«

»Ehrenwert«, knurrte von Appelmann.

»Der ehrenwerte Hauptmann hat es uns ja aufgetragen, das zu sagen.«

Ein Raunen ging durch die Menge.

»Was habe ich euch aufgetragen?«, fragte Peter von Appelmann drohend.

»Dass wir uns auf die Lauer legen und überprüfen sollen, ob es stimmt, was die Leute sagen«, antwortete Krüger mit seiner rauen leisen Stimme. Es klang, als habe er die Worte auswendig gelernt wie einst Maria die für den König.

»So ist es, denn ich habe entsprechende Hinweise von euch bekommen, nicht wahr?«, fragte von Appelmann an die Leute gewandt. »Ich musste der Sache nachgehen und habe zwei meiner besten Männer geschickt. Berichtet den Schäfchen des Pfarrers, was ihr gesehen habt!«

»Es war gruselig«, brachte Ewing hervor. Immer mehr Menschen versammelten sich, hörten aufgeregt mit an, was da berichtet wurde, und fürchteten sich, wie ihre Gesichter verrieten, allein vor der Erzählung. »Maria Schweidler hat Hexenkräuter gepflückt. Dabei hat sie die ganze Zeit Zaubersprüche gemurmelt. Wir haben gesehen, wie sie einfache Kieselsteine in Gold und Diamanten verwandelt hat.« Ein Raunen und Zischen ging durch die Reihen. »Mit ihren satanischen Versen hat sie den Teufel höchstpersönlich herbeigerufen!« Jetzt hielten die Schaulustigen es nicht länger aus. Sie steckten die Köpfe zusammen und tuschelten miteinander. »Er hat einen Wolfspelz getragen und war mindestens zweimal so groß wie ein Mensch.« Ewing zeigte mit dem Finger auf Maria. »Sie ist seine Braut. Sie hat mit ihm getanzt und sich ihm hingegeben. Ich habe es mit eigenen Augen gesehen.«

»Es waren keine Hexenkräuter, es war auch weder Gold noch Edelstein«, rief Maria und sah die Menschen an, die sie schon ihr ganzes Leben kannte. »Ich habe Bernstein ausgegraben.« Es wurde still. Man hörte nur noch die Vögel, die ihre Morgenlieder sangen, und das Rascheln der Blätter, die sich im Wind wiegten. »Es gab dort oben auf dem Weg zum höchsten Punkt des Streckelsbergs eine Ader. Sie gehört dem Edelmann Rüdiger von Neuenkirchen.« Maria warf ihrem Vater einen kurzen Blick zu und sah das Erstaunen in seinen Augen. »Er hat uns den Schatz überlassen, damit wir ihn zum Wohl der Menschen von Coserow einsetzen können. Zu eurem Wohle«, sagte sie mit fester Stimme.

»Warum sollte er das wohl tun?« Der Hauptmann sah

sie aus zusammengekniffenen Augen an. Was sollte sie darauf sagen? Ihr brach der Schweiß aus.

»Das musst du ihn wohl selber fragen. Ich nehme an, er ist einfach ein guter mildtätiger Mensch, der für ein paar Vaterunser eines ehrenwerten Pfarrers gern eine großzügige Spende gibt.« Maria erkannte in den Mienen, dass es ihr gelungen war, Zweifel zu säen. »Es war auch nicht der Teufel, den ich im Mondschein getroffen habe, es war Rüdiger von Neuenkirchen. Er ist gekommen, mir zu helfen, die schwere Arbeit zu tun.«

Für einen Moment kehrte absolute Ruhe ein. Sollte es ihr gelungen sein, die Leute von ihrer Unschuld zu überzeugen? Maria schöpfte Hoffnung.

»So bedauerlich es auch sei«, begann von Appelmann in seinem heuchlerisch-weinerlichen Ton, »ich fürchte, eure Sorge war mehr als berechtigt. Sie ist gefährlich.« Er hob die Stimme. »Sie zieht einen ehrbaren Edelmann in diese ungeheuerliche Angelegenheit hinein, um ihre Haut zu retten. Aber meine treuen Männer hier …« Er deutete auf Ewing und Krüger. »… wissen, was sie gesehen haben. Was denkt ihr, hat Rüdiger von Neuenkirchen einen Pelz wie ein Wolf?« Die versammelte Menge sog hörbar die Luft ein. »Glaubt ihr, dem Edelmann sind über Nacht furchterregende Krallen gewachsen?« Jetzt setzte ein Tuscheln und aufgeregtes Stimmengewirr ein.

Maria sah die abweisenden Gesichter. Einige schüttelten die Köpfe. Da war Ablehnung, Zweifel und vor allem große Angst in ihren Blicken. Sie sah, wie der Hauptmann kurz mit dem Kopf zu seinem Pferd deutete. Krüger verstand. Er packte Marias Hände, schnappte sich das Ende eines Strickes, der vom Sattel des schwarzen Hengstes baumelte, und fesselte sie damit.

»Geh zum Schloss Mellentin und überbringe eine Botschaft an Rüdiger von Neuenkirchen, Vater!«, rief Maria. »Er muss erfahren, was mir zugestoßen ist.«

»Ich verstehe das nicht. Ich verstehe das alles nicht«, sagte Schweidler. Er musste sich am Türrahmen halten.

»Du musst ihn benachrichtigen«, schärfte sie ihm ein. »Hörst du?«

Schweidler machte ein paar Schritte auf die Treppe zu. »Nur weil er dir damals mit dem Stoff freundliche Zeilen geschickt hat, wird er dir jetzt nicht helfen können, Kind«, sagte er erstickt.

»Tu, was ich dir sage!«, schrie sie. Ihr Gesicht war von der Angst verzerrt, ebenso ihre Stimme. Wieder ging ein Raunen durch die Menge. Wer bisher noch nicht geglaubt hatte, dass Maria ein Wesen aus der Unterwelt war, der mochte jetzt den letzten Zweifel verlieren.

~ ~ ~

Sie war der Erschöpfung nahe. Seit mehr als einer Stunde musste sie nun schon dem Pferd des Hauptmannes folgen. Ewing und Krüger saßen zusammen auf dem anderen Gaul, Ewing machte sich einen Spaß daraus, sie anzutreiben.

»Na los doch, du Ausgeburt der Hölle! Auf deinem Besen bist du schneller, was?«

Sie beeilte sich, machte weite Schritte und gab acht, wohin sie ihre Füße setzte. Wenn sie stolperte, wäre es um sie geschehen. Von Appelmann würde nicht anhalten, er würde sie durch den Staub schleifen. Mal trieb er sein Pferd an, so dass sie ein Stück rennen musste, dann ließ er es wieder in einen ruhigen Trab fallen. Als der Schweiß ihr bereits in Strömen aus den Haaren tropfte und Rücken und Brust hinablief, erreichten sie das Ufer des Schmollensees. Weit konnte es nun nicht mehr sein. Die Zunge klebte ihr am Gaumen, sie hatte noch nicht einmal einen einzigen Schluck Wasser bekommen. Ihr wurde schwindelig. Sie hob die gefesselten Hände, um sich die salzig-brennenden Tropfen aus den Augen zu wischen. Da geschah es, sie hatte eine Wurzel nicht gesehen, blieb mit dem Fuß daran hängen, taumelte und fiel.

»Sieh nur, wie ungeschickt!«, rief Ewing. »Warum fliegst du nicht einfach ein Stückchen?« Er lachte böse.

»Weil ich nicht kann«, antwortete Maria leise. »Weil ich keine Hexe bin.« Sie versuchte, ihren Kopf in den Nacken zu legen, damit ihr Gesicht nicht über Sand und Steinchen schrammte. Außerdem packte sie den Strick und hielt sich mit letzter Kraft daran fest, da sie glaubte, dass ihr sonst die Arme aus dem Körper gerissen würden. Gottlob trabte der Gaul gemächlich. Sie betete inständig, dass von Appelmann ihn nicht noch auf den letzten

Metern zum Galopp antreiben würde. Das tat er nicht. Vor ihnen tauchte das Schloss Pudgla auf, ein mächtiges Bauwerk mit dicken Mauern und kleinen Fenstern. Sie hatten ihr Ziel erreicht. Von Appelmann saß ab, Ewing und Krüger brachten ihren Hengst fort.

»Ich hoffe, dir ist bewusst, welche Ehre es ist, die nächste Zeit deines Lebens …« Von Appelmann stockte und sah sie nachdenklich an, als sei ihm gerade etwas eingefallen. »Womöglich ist es sogar die letzte Zeit deines Lebens«, fuhr er gelassen fort. »Ich hoffe jedenfalls, dass dir die Ehre bewusst ist, diese Zeit in diesem prachtvollen Bau verbringen zu dürfen, der nicht weniger ist als ein Regierungssitz.« Während er sprach, band er den Strick vom Sattel seines Pferdes ab. Maria hatte sich aufgerappelt. Ihr Kleid war an einigen Stellen durchgescheuert, die Haut an ihren Ellenbogen brannte. Es war nicht leicht, aufrecht stehen zu bleiben. Maria war schwindelig, der Durst machte ihr schwer zu schaffen.

»Ein Regierungssitz fürwahr«, schwadronierte er weiter und kam auf sie zu. »Der herzogliche Amtshauptmann nutzt das Schloss als Dienstgebäude. Hast du das gewusst?« Sie schüttelte matt den Kopf. »Dann ist es möglich, dass du nicht einmal seinen Namen kennst?«

Wieder schüttelte sie den Kopf. »Nein«, sagte sie matt, »ich kenne ihn nicht.«

»Nun, dann wird es dich interessieren, zu hören, dass niemand Geringerer als Christoph von Neuenkirchen herzoglicher Amtshauptmann ist.« Sie starrte ihn an. »Ja, du hast richtig gehört, Maria. Ich werde ihm von den ungeheuerlichen Behauptungen berichten müssen.«

»Tu das!«, entgegnete sie schnell. »Oh bitte, tu das nur!«

Er setzte eine Leidensmiene auf. »Das werde ich. Ach, ich hoffe nur, du wirst nicht enttäuscht sein. Mir scheint, du erwartest dir Beistand von ihm.«

Er brachte sie zu einer Eisentür. Dahinter gingen steinerne Stufen hinab in ein Gewölbe. Es war feucht und roch moderig, doch die Kühle tat ihr gut. Rötlich graue Ziegelsteine spannten sich in niedrigen Bögen über den großen Raum.

»Was du hier siehst, ist über dreihundert Jahre alt«, plauderte von Appelmann, als sei er der Gastgeber und Maria freiwillig zu Besuch. »Vielleicht hast du gehört, dass dies einst ein Kloster war. Das Schloss ist auf dem Klostergewölbe errichtet.« Er sah sie an. »Einer Pfarrerstochter sollte es doch gefallen, in heiligem Gemäuer unterzukommen. Einer Hexe wohl weniger.«

Mit einem Schlüssel, den er an einem eisernen Ring an seinem Gürtel trug, öffnete er eine Holztür mit Eisenbeschlägen. Sie bewegte sich quietschend in ihren Scharnieren und gab den Blick auf ein kleines Verlies frei. Nackter Steinboden, feuchte Ziegelwände, ein winziges vergittertes Fenster ganz oben an der Wand.

»Ich hoffe, es ist alles zu deiner Zufriedenheit.« Er lachte spöttisch. »Wir werden uns später in Ruhe unterhalten. Jetzt habe ich zu tun.« Damit löste er die Fesseln von ihren Händen und machte Anstalten zu gehen.

»Könnte ich bitte einen Schluck Wasser bekommen?«, fragte sie leise.

»Oh gewiss, wofür hältst du mich?«, fragte er mit einem freundlichen Lächeln. Dann deutete er auf eine Schüssel, die in einer Ecke stand. »Es steht schon für dich bereit.« Lachend ging er hinaus. Die Tür fiel mit dumpfem Krachen ins Schloss.

Lange stand Maria unschlüssig in der Zelle. Neben der Schüssel stand ein Blecheimer. Für ihre Notdurft vermutlich. Wie entwürdigend das war. Vor der Wand gegenüber lag etwas Stroh, darauf eine fleckige Decke. Dort sollte sie schlafen? Allein der Gedanke daran jagte ihr einen Schauer über den Leib. Sie würde niemals zur Ruhe kommen. Als sie den Durst nicht mehr aushalten konnte, hockte sie sich auf den Boden und schöpfte Wasser aus der Schale. Es roch ein wenig. Wahrscheinlich stand es schon länger hier unten in dem modrigen Keller. Sie ignorierte den leicht fauligen Geschmack und trank gierig. Endlich klebte ihre Zunge nicht mehr an ihrem Gaumen, und auch ihre Lippen fühlten sich nicht mehr an, als würden sie im nächsten Augenblick platzen.

Wie betäubt ging sie hinüber und ließ sich auf der Decke nieder. In ihrem Kopf gab es einen Namen, einen Trost: Christoph von Neuenkirchen. Herzoglicher Amtshauptmann. Wenn er ihr glaubte und sie von dem schweren Vorwurf der Hexerei freisprach, dann hatte das ein größeres Gewicht als die Behauptungen des einfachen

Hauptmannes von Appelmann, von den Schilderungen Ewings und Krügers gar nicht zu reden. Und sie zweifelte nicht im mindesten daran, dass das geschehen würde. Er musste der ältere Bruder von Rüdiger sein. Sobald er hörte, was sein jüngerer Bruder ihm berichtete, würde er Marias Version bestätigen, und sie wäre frei. Ja, so würde es kommen. Und wenn nicht? Sie mochte gar nicht daran denken. Zu allem Überfluss fiel ihr mit einem Mal die erste Begegnung mit Rüdiger von Neuenkirchen ein. Nun kamen doch die Zweifel. Hatte Magda damals nicht behauptet, von Neuenkirchen und von Appelmann wären dicke miteinander? Mit Rüdiger von Neuenkirchen hatte Maria über den Hauptmann gesprochen. Es hatte nicht gerade freundschaftlich geklungen oder als ob er ihm größten Respekt entgegenbrachte. Was, wenn dies jedoch bei Christoph der Fall war? Sie seufzte und schlang die Arme um die Knie. Ihre Gedanken glitten nach Hause ins Pfarrhaus. Sie konnte sich bis ins kleinste Detail ausmalen, was dort vor sich ging. Ihr Vater kam gewiss um vor Sorge. Er hing an ihr wie an nichts anderem in seinem Leben, wenn man einmal von seinem Glauben an den Herrgott absah. Das schlechte Gewissen würde ihn umbringen. Er würde sich die Schuld dafür geben, dass Maria nachts allein auf den Streckelsberg gegangen war. Es würde ihn zerreißen, dass er es zugelassen hatte. Nur, was hätte er denn tun sollen? Selber hinaufsteigen? Und was hätte Maria dann sagen sollen, wo er war, wenn jemand nach ihm gefragt hätte? Es hätte auch nicht geholfen, wenn Schweidler erst nach Einbruch der Dunkelheit gegangen wäre, denn es kam immer wieder vor, dass eins seiner Schäfchen nach Sonnenuntergang seinen Beistand brauchte. Wenn sie ihrem Vater nur eine Nachricht senden könnte. Wenn sie ihn nur wissen lassen könnte, dass sie guter Dinge war, weil Christoph von Neuenkirchen sie würde anhören müssen und weil er ihr Glauben schenken und sie gehen lassen würde.

Nach einer Zeit, von der Maria nicht hätte sagen können, wie viele Stunden sie umspannt hatte, öffnete sich mit lautem Knacken und Quietschen die Tür. Maria sprang auf. Ihr wurde schwarz vor Augen, doch gottlob verging die Finsternis rasch wieder. Von Appelmann trat ein und schloss die Türe hinter sich.

»Nun, Jungfer Maria, ich nehme an, du hast ein wenig nachgedacht?«

»Worüber?« Sie sah ihn ernst an.

»Über die Vorwürfe natürlich und über das, was du behauptet hast, um deinen Kopf aus der Schlinge zu ziehen.« Sie öffnete den Mund, um zu antworten, doch er hob die Hand. »Warte, warte! Ehe du etwas sagst, lass mich sprechen. Ich will dir helfen.« Seine Stimme hatte wahrlich einen freundlichen Ton, wie sie ihn kaum von ihm kannte. Sie betrachtete ihn. Peter von Appelmann war nicht größer als sie selbst. Seine Beine waren so schief, als hätte er die meisten Tage seines Lebens auf einem Kanonenrohr gehockt. Er hatte ein Muttermal am

Kinn, daraus wuchsen zwei schwarze Haare hervor. Seine Augen wirkten trüb und waren immer leicht gerötet, dünne blonde Locken rahmten sein Gesicht ein. »Was siehst du mich so an?« Sie erschrak, sie hatte ihn nicht ungehörig anstarren wollen.

»Verzeih!« Maria senkte den Blick.

»Schon gut, schon gut. Ich verstehe dich ja. Du warst wohl noch nie zuvor mit einem so stattlichen Mannsbild allein, was?« Er legte ihr eine Hand unter das Kinn und hob ihr Gesicht. Sie konnte nicht anders, als ihm in die Augen zu sehen. Hoffentlich bemerkte er ihre Abscheu nicht. Abrupt ließ er sie los und begann, in dem Verlies auf und ab zu gehen. »Dein Vater und ich sind nicht eben die besten Freunde«, begann er. »Das ist dir bekannt. Und mir ist bekannt, dass dieser Pfarrer keine Möglichkeit ungenutzt lässt, mich vor aller Welt zu verhöhnen und meinen Namen in den Schmutz zu ziehen.«

»So ist es nicht!« Maria konnte es nicht ertragen, dass er so über ihren Vater sprach.

»Leider doch, liebste Maria, leider doch. Und du gehörst zu den Ersten, denen er schlimme Dinge über mich einbläut.« Er blieb stehen und verschränkte die Arme vor der Brust. »Er ist dein Vater, ich verstehe nur zu gut, dass du ihm jedes Wort glaubst. Doch lass mich dir versichern, ich bin kein böser Mensch.« Er setzte sich wieder in Bewegung, die Arme nun auf dem Rücken gekreuzt. »Ich habe vielerlei Verpflichtungen und schwierige Aufgaben. Der Krieg, der uns allen schwer zu schaffen macht, raubt mir jeden Tag aufs Neue die Chance, alles zu erfüllen, was man von mir erwartet. Wenn ich eurer Gemeinde nicht alles gegeben habe, was ihr zugestanden hätte, dann lag das gewiss nicht daran, dass ich nicht wollte.« Er seufzte. »Wie gern hätte ich euch ein prächtiges Pastorat errichten lassen! Welche Freude wäre es mir gewesen, euch Hunderte Exemplare des Katechismus zur Verfügung zu stellen. Doch ich konnte nicht«, sagte er niedergeschlagen, blieb erneut stehen und senkte den Kopf.

»Die Antworten, die du meinem Vater gesandt hast, klangen ganz anders«, entgegnete sie hart.

»Warst du dabei, als er sie entgegennahm? Hast du sie mit eigenen Ohren gehört?« Ehe sie ihm antworten konnte, sagte er: »Selbst wenn, was bedeutet das schon? Sieh dir doch die Einfaltspinsel an, die mich umgeben. Wenn ich ihnen ausrichte, dass es mir leidtut, nicht helfen zu können, sagen sie wahrscheinlich, ich hätte keine Lust, mich um die Angelegenheit zu kümmern. Sie stehen nicht im schlechten Licht da. Ich bin derjenige«, rief er theatralisch. Maria biss sich auf die Unterlippe. Ein leises Grollen stieg aus ihrem Bauch auf.

»Du bist hungrig«, stellte er fest. »Tja, siehst du, das ist auch wieder so ein Fall. Ginge es nur nach mir, ich würde dir auf der Stelle etwas servieren lassen. Pastete vielleicht oder ein Stück Braten, das Beste, was die Küche hergibt. Aber du bist eine Gefangene. Dir steht weder Pastete noch Braten zu. Daran kann ich nichts ändern, so gern ich es würde.« Er sah sie an, seine Augen hatten einen seltsamen Glanz. »Das heißt«, begann er gedehnt, »eine Möglichkeit gibt es schon.« Es entstand eine lange Pause. Sie überlegte, ob sie etwas sagen sollte. Was erwartete er von ihr? Da sprach er weiter: »Maria, du bist keine Hexe.«

»Du glaubst mir?«

»Natürlich glaube ich dir!« Er sah sie entgeistert an, als sei es töricht, irgendetwas anderes zu denken. Ihr fiel ein Stein vom Herzen. »Ich kenne dich, seit du ein kleines Mädchen warst. Jemand hat dich verhext, hat dich durcheinandergebracht, und ich meine sogar zu wissen, wer dich vom falschen Weg abgebracht hat. Du warst immer ein braves Kind. Glaube mir, es gibt gute Aussichten, dass alles wieder wird wie früher.«

»Ach ja?« Was führte er nur im Schilde. Von wem sprach er in Gottes Namen?

»Oh gewiss, gewiss.« Er nickte eifrig. »Du musst einfach nur aussagen, dass es dieser Kerl war, der dich verzaubert hat. Dieser Halunke, der von einem Tag auf den anderen aufgetaucht ist und sich in eurem schönen Coserow eingenistet hat.«

In diesem Augenblick wusste Maria, dass von Georg die Rede war, doch sie tat ahnungslos. »Ich weiß nicht, wen du meinst.«

»Aber ich bitte dich! Sicher weißt du das. Ist es nicht so, dass, seit er da ist, die Zahl der verbrecherischen Taten gestiegen ist? Euer Pfarrhaus ist in Flammen aufgegangen, mancher brave Bewohner eures Dorfes glaubt, seine Hühner würden keine Eier mehr geben. Unfug! Die Eier werden gestohlen. Und von wem? Von diesem Fremden.« Von Appelmann baute sich vor ihr auf, wie Dorflehrer Hoog sich einst vor seinen Schülern aufgebaut hatte. »Die Sache ist eindeutig. Dieser Georg, so ist doch wohl sein Name, dieser Georg also hat folgenden Plan. Er erschleicht sich euer Vertrauen, findet eine Frau, die ihm einen ganzen Stall voller Kinder schenkt. Nach und nach werden Kumpane von ihm auf Usedom erscheinen und sich in das von ihm vorbereitete Nest setzen. Ehe wir uns versehen, bildet die uns fremde Sippe eine Mehrheit auf unserer schönen Insel, die ihren bisherigen Charakter vollständig verlieren wird. Ich sage dir, dann werden Mord und Totschlag herrschen, sie werden uns bestehlen, wenn wir nur einmal den Blick zur Seite wenden. Und wir werden sie auch noch ernähren müssen.« Er steigerte sich immer mehr in seinen Hass. »Diese Fremden haben nicht unsere Moral und unser gutes Wesen, die Männer werden sich Frauen unterwerfen, wie es ihnen gefällt. Sie werden euch schänden. Womöglich hat er das bereits getan? Oh, ich darf gar nicht daran denken.« Er schlug die Hände vor das Gesicht. Maria war sprachlos. Was sollte sie nur von alldem halten?

»Nein, so ist es nicht«, sagte sie zaghaft. »Georg hat mir nichts angetan. Er ist ein guter Mensch.«

»Ha, du bist ihm auf den Leim gegangen!« Er hatte

die Hände zu Fäusten geballt und fuchtelte damit in der Luft herum. »Ich habe es dir doch erklärt. Zuerst erschleicht er das Vertrauen. Auch alles andere, was ich prophezeit habe, wird eintreten, wenn wir es nicht verhindern.« Sanfter sprach er weiter: »Du brauchst dich nicht mehr zu ängstigen. Da ich mich jetzt der Sache annehme, wird alles gut werden. Morgen wird dich der ehrwürdige Bürgermeister Stöver verhören. Du wirst ihm sagen, dass es dieser Georg war, der dich angestachelt hat. Er hat dich dazu gebracht, nachts einen Schatz auszugraben, von dessen Existenz nur er gewusst hat. Er hat von dir verlangt, dass du im Mondlicht tanzt und in höllischer Sprache den Leibhaftigen anrufst. Dafür hat er dir Reichtum versprochen. Du durftest etwas von dem Schatz für dich und deinen Vater behalten. Weil du so eine gute Tochter bist, konntest du dem Angebot nicht widerstehen. Nicht für dich wolltest du Schmuck und schöne Kleider, Maria, sondern für deinen Vater«, rief er, blieb vor ihr stehen und nickte ihr ermutigend zu.

»Wenn ich das sage, darf ich nach Hause gehen?«, wollte sie fassungslos wissen.

»Beinahe.« Er blickte zu Boden. Dann sah er sie direkt an. »Ich muss sichergehen, dass du nie wieder auf den falschen Weg gerätst, Maria Schweidler. Ich selbst werde dafür Sorge tragen. Dafür wirst du dich vollständig meinem Willen unterwerfen.« Er trat auf sie zu. Sein Gesicht war ganz nah vor dem ihren. »Vollständig«, wiederholte er heiser, legte einen Finger an den Ausschnitt ihres Kleides und fuhr am Rand entlang über ihre zarte Haut. »Du versteht mich schon.«

Sie schlug seine Hand zur Seite. »Niemals!«

In seinen Augen blitzte die Wut. »Dann wird es unvermeidlich sein, dass Georg vor Gericht gestellt wird. Dich wird man als Hexe verurteilen und schon bald verbrennen«, erklärte er ungerührt.

Maria sah ihm in die Augen. Dann spuckte sie ihm vor die Füße. »Gott im Himmel weiß, dass ich unschuldig bin. Er wird mich beschützen und für ein gerechtes Urteil sorgen.«

»Oder er wird dich mit allen Ehren und Würden empfangen, wenn dein irdisches Leben ausgehaucht ist und du nichts mehr bist als ein Häuflein Asche«, zischte er.

Sie schluckte und reckte das Kinn. »Dann soll es so sein.«

Von Appelmann ging zur Tür. »Ich würde es mir noch einmal gründlich überlegen«, sagte er, ohne sich umzudrehen. »Du scheinst diesem Georg schwerer verfallen zu sein, als ich befürchtet habe, aber du kannst ihm nicht helfen. Sei sicher, dass ich die Zeugenaussagen gegen ihn bekomme, die ich haben will. Wir werden ihn aufknüpfen, so oder so. Du kannst nur noch deine eigene Haut retten, Maria Schweidler.« In der offenen Tür fügte er hinzu: »Werde meine Geliebte, und der Flammentod bleibt dir erspart. Du wirst bald sehen, ich habe meine Qualitäten.«

Ein dumpfer Schlag, und sie war wieder allein.

Noch ein weiteres Mal öffnete sich an diesem Tag die Tür. Ein Mann schob ihr einen Holzteller hinein. Darauf lag ein trockener Kanten Brot und ein faulender Apfel. Frisches Wasser bekam sie nicht. Zuerst wollte sie kein Essen anrühren, dann fiel ihr jedoch ein, dass sie bei Kräften bleiben musste. Rüdiger von Neuenkirchen würde sie aus ihrer grausigen Lage befreien, nur konnte es leider dauern, ehe es so weit war. Bis dahin musste sie am Leben bleiben. Also nahm sie das Brot, tauchte es eine Weile in das Wasser und aß so Bissen für Bissen. Je länger sie in ihrem Gefängnis ausharrte, desto kälter wurde ihr. Als schließlich die Sonne unterging und es in ihrem Verlies stockfinster wurde, schlotterte sie am ganzen Körper. Sie legte sich auf das Stroh und schlang sich die Decke um. Maria dachte an ihren Vater und betete zu Gott, dass er nicht dem Irrsinn anheimfiel. Auch an Georg dachte sie. Sie würde sagen, wie es wirklich gewesen war, dass sie ihn bei Tage das eine oder andere Mal an seinem Unterschlupf besucht hatte. Auf keinen Fall durfte sie gestehen, dass sie wusste, dass er katholisch war. Es würde ihm zum Verhängnis werden, und auch sie selbst würde für das Wissen belangt werden. Wenn Rüdiger nur schnell machte! Er hatte ihr versprochen, dass alles gut würde. Er wollte ihr beistehen, weil er sie von Herzen gernhatte. Sie rief sich jedes seiner Worte zurück, und bei der Erinnerung wurde ihr warm ums Herz. Rüdiger glaubte an ihre Unschuld, sie war etwas Besonderes für ihn, das hatte er gesagt. Wie sollte ihr da etwas Böses geschehen? Sie musste eine Nacht, vielleicht eine zweite, in diesem scheußlichen Gemäuer aushalten, das war alles. Dann würde sich alles zum Guten fügen. Wieder lief ein Schauer durch ihren Leib. Sie zog die Decke fester um sich. Um auf andere Gedanken zu kommen, sagte sie leise die Verse ihres Vaters auf:

»Lux ex septentio,
te salvere iubeo.
Agitur, victurine simus an perituri.
Te desideramus socium.
Concurrimus, videmus, comprehendimus, satiamur.«

Das Geräusch schwerer Stiefel auf dem Steinboden weckte sie. Maria blinzelte, brauchte einen Wimpernschlag, ehe sie begriff, wo sie war. Das fahle Licht des frühen Morgens fiel durch das schmale Fenster zu ihr herein. Sie erhob sich, um der eisigen feuchten Kälte zu entkommen, die aus den Ziegeln in jede Faser ihres Körpers gekrochen war. Die Schritte kamen näher, jemand brachte ihr gewiss ein Frühstück. Sie musste irgendwann eingeschlafen sein, doch kam es ihr vor, als habe sie fast die ganze Nacht wach gelegen, gefroren, zur Beruhigung Lieder gesungen, die sie mit ihrem Vater in der Kirche geübt hatte, oder sein Königsgedicht aufgesagt.

Die Tür öffnete sich. Maria erkannte den Henkersknecht, der ihr am Abend zuvor das Brot gebracht hatte. Dieses Mal kam er mit leeren Händen.

»Zieh dich aus«, sagte er.

Sie starrte ihn an, musste etwas falsch verstanden haben. »Was?«

»Du musst dich ausziehen. Ist üblich für den Prozess«, entgegnete er. Der Mann schien, anders als Ewing gestern auf dem Weg hierher, keine Freude an ihrem Leid zu haben. Er tat nur seine Pflicht. Ob er Mitleid mit ihr empfand oder ob er Angst vor einer vermeintlichen Hexe hatte, war ihm nicht anzusehen.

»Ich kann nicht«, flüsterte Maria. Es war unmöglich, sie würde vor lauter Scham auf der Stelle sterben.

»Du musst, sonst mach ich es.« Sie zweifelte nicht daran, dass er es tun würde, also legte sie langsam ihr Kleid ab. »Alles!«, kommandierte er, als sie nur noch in ihrer Wäsche vor ihm stand.

»Wirklich, ich kann nicht«, brachte sie kaum hörbar hervor. »Bitte, kann ich nicht so …?«

»Nein, nackt. Es muss sicher sein, dass du keinerlei Hexensalbe oder ähnliches Zeug mit zu dem ehrenwerten Richter bringst.«

»Aber ich habe nichts«, rief sie und lächelte ihn zaghaft an. »Ich schwöre es.«

»Ich muss sicher sein. Na los doch, Richter und Bürgermeister haben nicht ewig Zeit.«

Maria ahnte nicht, was ihr bevorstand. Sie glaubte, sie müsse sich einmal vollständig entblößen, damit der Henker, oder was immer er war, mit eigenen Augen sehen konnte, dass sie nichts bei sich trug. Das war in ihrer

Vorstellung das Schlimmste, was sie zu erdulden hatte. Danach würde sie sich wieder ankleiden dürfen, um ihm dann zur Befragung zu folgen. Ihr lief eine Träne über die Wange, während sie tat, was er verlangt hatte. Schließlich stand sie mit gesenktem Kopf und brennenden Wangen vor ihm.

»Arme nach oben, Beine auseinander«, sagte er schlicht.

»Was?« Sie starrte ihn an. »Nein! Das kannst du nicht …«

Er trat auf sie zu, bückte sich, packte ihre linke Wade und stellte so ihren Fuß einen Schritt zur Seite. Dann griff er ihr ohne Warnung zwischen die Beine. Maria schrie auf. Die Tränen rannen ihr jetzt unkontrolliert über das Gesicht.

»Da is nix«, murmelte der Mann, richtete sich auf und kontrollierte auch ihre Achseln. »Auch nix«, stellte er fest. »Dann können wir gehen.«

»Nicht so schnell«, sagte sie hastig und wollte schon nach ihren Kleidern greifen

»Nee, nix da. Die kriegst du wieder, wenn die mit dir fertig sind.«

»Ich soll nackt vor den Bürgermeister und seinen Richter treten?« Maria war ihre eigene Stimme fremd, so schrill war sie. Der Kerl nickte nur, legte ihr Fesseln um die Hände und zog sie mit sich.

Barfuß stolperte sie hinter ihm her durch das niedrige Gewölbe und eine Treppe hinauf, die sie noch nicht kannte. Während sie in den ersten Stock geführt wurde, erhaschte sie durch eines der kleinen Fenster einen Blick auf den Hof. Die Sonne schien, alles da draußen sah so freundlich aus. Vor einer prächtig geschnitzten Tür blieben sie stehen. Der Henkersknecht klopfte an.

»Nur herein!« Das war Peter von Appelmanns Stimme.

»Gott im Himmel, hilf mir«, betete Maria stumm. Sie würde nackt vor dieses Scheusal treten müssen.

Nicht nur vor ihn. Hinter einem breiten Tisch saßen drei Herren. Einer trug ein schwarzes weites Gewand mit einem weißen Tuch am Kragen, die anderen beiden hatten samtene Hosen, weiße Hemden mit Volants und mit Brokat bestickte Westen an. Schon in ihrem dreckigen und löchrigen Kleid hätte sie sich in Grund und Boden geschämt, so war alles noch viel schlimmer. Hinter den Männern hatte Maria links und rechts von einem großen Fenster jeweils ein Ölgemälde gesehen, ehe sie die Augen wieder niederschlug. Welch eine Pracht! Zuletzt hatte sie einen solchen Saal in Danzig bei Zunftmeister Schindler zu sehen bekommen. Zu allem Überfluss entdeckte sie auf einer Bank zur Linken Ewing und Krüger, die sie anglotzten.

Von Appelmann kam auf sie zu. »Sieh mich an, Maria Schweidler!«, befahl er in eisigem Ton. Sie hob den Kopf. Ihre Blicke trafen sich, sofort begann sie zu zittern. Ungeniert betrachtete er ihren Körper vom Hals bis hinab zu den Füßen. Er ließ sich Zeit. Maria sah kurz zu den Herren am Tisch hinüber. Sie musterten sie nicht so unverschämt, sondern wirkten eher neugierig und an dem interessiert, was sie zu berichten hatte. Zumindest redete sie sich das ein.

»Dies sind die edlen Herren Tobias Stöver, Bürgermeister von Usedom, Richter Hans-Heinrich Valentin und der Gerichtsdiener Eckhart Haas.« Christoph von Neuenkirchen war also nicht dabei, schoss es ihr durch den Kopf. »Die Zeugen kennst du ja.« Er grinste dreckig. »Du wirst alle Fragen ehrlich beantworten. Am besten, du gibst gleich alles zu«, meinte er leise.

»Schon gut, verehrter von Appelmann, wir werden ihr alles Nötige erklären.« Richter Valentin faltete die Hände auf dem Tisch. »Nun, Maria Schweidler, es bestehen schwere Vorwürfe gegen deine Person. Der Gerichtsdiener wird sie im Einzelnen vortragen.«

Gerichtsdiener Haas griff nach einem Papier. »Maria Schweidler, du wirst beschuldigt, erstens die Hexerei von deiner Mutter gelernt zu haben.«

»Aber nein!«, entfuhr es ihr. Wie konnten sie so etwas Schändliches behaupten?

»Schweig!«, brüllte von Appelmann sie an. Sie hörte Ewing kichern.

»Du wirst Gelegenheit bekommen, dich zu den Vorwürfen zu äußern«, erklärte ihr der Richter ruhig.

»Also weiter.« Haas widmete sich wieder der Anklageschrift. »Du sollst dich zweitens mit Fleisch und Blut und Haut und Haar dem Teufel persönlich verschrieben, drittens bei Vollmond mit ihm getanzt und viertens dich ihm mehrere Male unzüchtig hingegeben haben, wofür er dich mit Gold und Edelsteinen entlohnt hat. Man wirft dir ferner vor, dass du fünftens durch das Aufsagen satanischer Texte den Leibhaftigen erst herbeigerufen hast. Sechstens sollst du ein Unwetter mit bösem Zauber ausgelöst haben, dem die Eiche von Coserow zum Opfer fiel, siebtens mit einem anderen Zauber dafür gesorgt haben, dass Hühner keine Eier mehr legen und Kühe keine Milch mehr geben. Und achtens und letztens wirft man dir vor, dass du mit bloßer Hand und unter Verwendung einer Hexensalbe eine Kugel aus dem Leib eines feindlichen Soldaten geholt hast.« Er ließ das Blatt sinken.

Maria war wie vom Donner gerührt. Woher konnten die Herren wissen, was sie in dem Lazarett getan hatte? Sie war sicher gewesen, alle Vorwürfe zu kennen, die es gegen sie gab, doch damit hatte sie nicht gerechnet.

»Das sind schwere Anschuldigungen«, meinte der Richter. »Möchtest du uns dazu etwas sagen?«

»Ja, das möchte ich.« Sie war unschuldig, und diese Männer waren anständige wohlerzogene Herren. Gott würde dafür sorgen, dass ihr Gerechtigkeit widerfuhr. »Meine Mutter war die ehrbare Frau eines Pfarrers. Sie hat mich gewiss keine Hexerei gelehrt. Und auch sonst niemand. Ich bin in einem guten christlichen Haus aufgewachsen und habe gelernt, nach den Geboten Gottes zu beten und zu leben. Was Ihr satanische Texte nennt, waren nichts weiter als harmlose Verse, die mein Vater für den König der Schweden geschrieben hat. Gewiss erinnert Ihr Euch, dass König Gustav Adolf nach Usedom kommen wollte. Ihm zu Ehren und zur Freude hat mein Vater die Zeilen verfasst. Wenn Ihr wollt, kann ich sie Euch vortragen.«

»Nein, schon gut«, sagte Richter Valentin streng. »Wir möchten lieber hören, was du zu den anderen Vorwürfen zu sagen hast. Wer oder was sollte das Ungeheuer sein, mit dem du in eindeutig unschicklicher Manier beobachtet wurdest, wenn nicht der Teufel?«

»Meistens war ich allein«, erklärte sie leise, »doch manchmal hat der Edelmann Rüdiger von Neuenkirchen in der Dunkelheit auf mich gewartet.«

»Wir alle kennen Rüdiger von Neuenkirchen als rechtschaffenen Mann. Warum sollte er wohl des Nachts auf dem Streckelsberg herumschleichen?« Von Appelmann war puterrot im Gesicht. »Was sollte er obendrein von dir gewollt haben?«

»Er hat dort eine Bernsteinader entdeckt, die er meinem Vater und mir geschenkt hat«, wiederholte sie, was sie schon einmal gesagt hatte, und was Rüdiger sich damals in jener unvergessenen Nacht hatte einfallen lassen, um sie zu retten.

»Aus welchem Grund sollte er wohl einer einfachen Pfarrerstochter einen derartig wertvollen Schatz überlassen?«, meldete sich zum ersten Mal der Bürgermeister zu Wort.

»Nun, Hauptmann von Appelmann hat es selbst gesagt, er ist ein rechtschaffener Mann. Es war ihm ein Anliegen, dass mein Vater den Reichtum unter den armen Menschen verteilt, die ihm in seiner Gemeinde anvertraut sind, was dieser auch getan hat.«

»Das ist lächerlich«, schrie von Appelmann aufgebracht. »Wäre es das gewesen, worum es ihm gegangen ist, hätte er eine großzügige Spende gegeben, und damit wäre der Fall erledigt gewesen. Doch du behauptest glatt, ihr habt euch einige Male getroffen. Wozu soll das wohl nötig gewesen sein, hm?«

»Eine berechtigte Frage«, stimmte der Richter ihm zu.

Ehe Maria sich verteidigen konnte, sprach der Hauptmann schon weiter: »Und es ist ja nicht so, dass die Zeugen einfach nur einen Mann in ihrer Nähe gesehen hätten. Sie mussten beobachten, wie die beiden engumschlungen getanzt haben. Ach, und wie hässlich die Kreatur war! Am besten, Ihr hört selbst, was die Zeugen zu berichten haben«, schlug von Appelmann dem Richter vor. Der nickte, woraufhin Claus Ewing aufsprang und vortrat.

»Es war ein Monstrum, ehrwürdiger Richter«, begann er sogleich und neigte immer wieder den Kopf, als wolle er sich verbeugen. »Mit Fell und Klauen und Zähnen wie Dolche. Das Ungeheuer ist erschienen, nachdem sie eine Weile diese unheimlichen Zaubersprüche gesungen hat. Als der Teufel dann da war, umgeben von Nebelschwaden und einem Schwefelgeruch, der einem den Atem geraubt hat, da hat er sie auf der Stelle an sich gerissen. Er fuhr ihr mit der Zunge durch das Gesicht, und dann hat er sich auf sie geworfen, und sie hat gejubelt vor

Lust, hat die Beine um ihn geschlungen und ihn freudig in sich aufgenommen.« Als er mit diesem Bericht fertig war, warf er von Appelmann eilig einen Blick zu. Der nickte kaum merklich. Die Herren dagegen sahen sie voller Abscheu an, als wäre sie ein hässlicher Käfer.

»Ich fordere dich noch einmal auf, Maria Schweidler, uns die Wahrheit zu sagen«, forderte Richter Valentin sie drohend auf. »Du willst doch wohl nicht dabei bleiben, dass Rüdiger von Neuenkirchen die grässliche Gestalt war, die uns dieser Zeuge beschrieben hat.«

»Doch, verehrter Richter, das muss ich.« Bürgermeister und Richter sahen sich entsetzt an.

»Nur eine Hexe traut sich so was«, rief Ewing und schnappte nach Luft.

»Denn er war der Einzige, mit dem ich auf dem Berg zusammen war. Und er war es auch, der sich einen Wolfspelz umgelegt hatte.«

»Warum sollte er so etwas vollkommen Abwegiges wohl tun?«, keifte von Appelmann. »Willst du uns weismachen, er habe den Verstand verloren?«

»Gewiss nicht. Er wollte nur nicht gesehen werden. Er hatte gehört, was über mich gesagt wird, und wollte sich selbst ein Bild machen.« Die Herren sahen nicht aus, als glaubten sie ihr auch nur ein Sterbenswörtchen. »Außerdem kam er, um mir seine Gefühle zu offenbaren«, schloss sie leise.

»Was erlaubst du dir, Weib?« Von Appelmann stürzte auf sie zu. Sie war schon sicher, er würde sie schlagen.

»Lass sie!« Der Richter beugte sich über den Tisch vor. Er ließ seinen Blick über ihren Körper wandern. »Man sagt von den Hexen, sie seien ein Übel der Natur, weil sie so makellos und schön geraten sind. Eine große Versuchung sind sie und begehrenswert bis in die Katastrophe.« Er nickte langsam. Maria hatte ihre Nacktheit beinahe vergessen, doch sogleich war sie ihr deutlicher bewusst als zuvor. »Wir brauchen sie nur anzusehen, meine Herren, um zu wissen, dass diese Worte auf sie in vollem Umfang zutreffen. Seien wir ehrlich, es kostet jeden von uns Beherrschung, dieses Weib nicht zu wollen. Ist es da nicht vorstellbar, dass Rüdiger von Neuenkirchen, dem sie womöglich voller Dankbarkeit um den Hals gefallen ist, nicht widerstehen konnte?«

Der Bürgermeister nickte. »Wir sollten ihn befragen.« Maria schöpfte Hoffnung.

»Meint Ihr wirklich, das ist nötig?« Von Appelmann trat zu den Herren. Leise und eindringlich sagte er: »Stellt Euch nur vor, es ist nichts dran an ihrer Geschichte, wovon auszugehen ist. Wird es den Herrn von Neuenkirchen nicht aufs Übelste beleidigen? Wäre es nicht klüger, Christoph von Neuenkirchen zu befragen. Nicht vor Gericht, sondern von Mann zu Mann gleich drüben in seinem Dienstzimmer. Sollte sein Bruder sein Herz verloren haben und, was undenkbar ist, ehrliche Absichten gegenüber einer einfachen Pfarrerstochter hegen, so wird Christoph von Neuenkirchen davon Kenntnis haben.« Er betrachtete seine Fingernägel, als interessiere ihn nicht sonderlich, wie die Herren auf seinen Vorschlag reagierten. »Das könnte eine Menge Aufregung und vielleicht sogar einen handfesten Streit ersparen.«

Richter Valentin legte nachdenklich die Stirn in Falten. »Kein schlechter Einfall«, sagte er dann. »Maria Schweidler, ich frage dich abschließend noch einmal, ob du eine Hexe bist. Was ist dran an den Geschichten, wie etwa der, dass du dem Feind mit bloßen Händen ein Geschoss aus dem Leib gezogen hast?«

»Ich habe in einem Lazarettzelt ausgeholfen«, erklärte sie. »Es geschah nicht mit bloßen Händen, sondern mit den Gerätschaften, die der Feldchirurg zur Verfügung hatte. Er hat mir aufgetragen, es zu versuchen, weil es ihm noch nie zuvor gelungen war. Und es handelte sich gewiss nicht um einen feindlichen Soldaten, sondern um ein Regiment, das gegen die kaiserlichen katholischen Truppen gekämpft hat. Ich habe unter ärztlicher Anleitung mein Bestes gegeben, um einen der Männer zu retten, die uns davor bewahren wollen, wieder dem Papst zu dienen, für unsere letzten Pfennige wieder Ablassbriefe kaufen zu müssen.«

»Mir scheint, dir ist deine Lage nicht bewusst. Wir benötigen dein Geständnis. Bekommen wir das nicht auf diesem gütlichen Wege, so wirst du dem peinlichen Verhör unterzogen.« Er schenkte ihr ein Lächeln. »Eine äußerst unerfreuliche Prozedur, auf die ich nur allzu gern verzichten würde. Allerdings kannst nur du uns das ersparen.«

Maria bekam an diesem Tag eine Schale mit einem Brei, dessen Inhalt sie weder vom Geruch noch vom Aussehen her hätte erraten können. Das Schälchen stand bereits in ihrem Verlies, als sie dorthin zurückkehren durfte. Jemand hatte auch ein wenig Wasser aufgefüllt. Als der Henkersknecht am nächsten Morgen eintrat, fürchtete sie schon, sie würde sich erneut ausziehen und einer weiteren Befragung unterziehen müssen, doch er legte ihr nur ein Stück Brot auf die nackten Steine und ging wieder ohne ein Wort. Niemand kümmerte sich um sie, niemand sprach mit ihr. Maria wusste nicht, ob das ein gutes oder schlechtes Zeichen war, ob es überhaupt etwas zu bedeuten hatte. In ihrem Kopf tobten die widersprüchlichsten Empfindungen und Gedanken. War sie auf der einen Seite auch voller Zuversicht, dass der Herr sie niemals im Stich lassen würde, hatte sie doch Sorge, dass sie seinen hohen Anforderungen vielleicht doch nicht ausreichend entsprochen hatte. Was, wenn sie keine so gute Christin war, wie sie von sich selbst glaubte, und Gott im Himmel sie bestrafen wollte? Ähnlich verwirrend war es, wenn sie an Rüdiger von Neuenkirchen dachte. Er hatte ihr seine Gefühle offenbart, hatte ihr gesagt, dass er sie sehr mochte. Er würde sie befreien. Gleichzeitig kam ihr in den Sinn, dass er der Einzige war, dem sie von der Operation erzählt hatte. War es möglich, dass er sie eingewickelt hatte, um Dinge über sie zu erfahren, die gegen sie genutzt werden konnten? Nein, völlig undenkbar! Und doch wusste der Richter davon. Dieser Valentin, was war von ihm zu halten? Seine letzten Worte machten ihr schreckliche Angst. Wir benötigen dein Geständnis, hatte er gesagt. Hieße das nicht, dass er bereits von ihrer Schuld überzeugt war? Es war zum Wahnsinnigwerden. Maria lief mal in ihrem kleinen Gefängnis hin und her, dann wieder hockte sie stundenlang auf der Decke und grübelte vor sich hin. Das zermürbende Ergebnis war immer gleich: Sie konnte nichts tun, außer zu warten, zu beten und zu hoffen.

Als sie so auf dem Boden saß, den Rücken an die feuchte Ziegelwand gelehnt, den Blick ins Nichts gerichtet, in einem Zustand zwischen Schlaf und Wachsein, da ging die Tür auf. Ehe sie begriff, schlitterte ein Brief über den Boden, dann war es wieder still und einsam in ihrem Gefängnis. Maria starrte das Papier an, als könne es sich jeden Moment bewegen. Konnte das ihr Urteil sein? Hatten die Herren noch einmal über sie zu Gericht gesessen, ohne ihr die Chance zu geben, sich zu erklären? Sie hatte keine Ahnung von diesen Dingen, sie hatte einfach nur schreckliche Angst. Es konnte ebenso gut eine erfreuliche Botschaft sein, sagte sie sich. Ganz langsam ging sie auf die Knie. Immer wieder blickte sie zu der hölzernen Pforte, ob nur ja nicht plötzlich jemand kam, der sie mit dem Brief erwischte. Wer wusste schon, was sie dann wieder behaupten würden? Auf allen vieren kroch sie zu dem Bogen, faltete ihn auseinander. Die Handschrift ihres Vaters! Maria schossen die Tränen in die Augen. Ein Schluchzen drang aus ihrer Kehle, das ihr fremd und unmenschlich erschien. Am ungleichmäßigen Schwung der Buchstaben konnte sie erkennen, wie aufgebracht ihr Vater gewesen sein musste, als er die Zeilen geschrieben hatte. Sie las.

Mein geliebtes Kind,
ich bin untröstlich über das, was dir zugestoßen ist. Ich trage die Schuld daran. Ich hätte dir verbieten müssen, nachts allein aus dem Haus zu gehen.
Wie du sagtest, habe ich eine Nachricht an Rüdiger von Neuenkirchen gesandt. Ich bete zu Gott, dass er dir helfen kann und will. Überdies werde ich das ganze Geld, das Geselle Wolfgang uns für den restlichen Bernstein bringen wird, dem Hauptmann von Appelmann geben. Dann wird er dich gehen lassen. Bis dahin, mein Kind, musst du alles tun, was auch immer er von dir verlangt. Ich mag mir nicht ausmalen, welcher Pein du ausgesetzt bist.
Wenn das Geld nicht hilft, werde ich mich anbieten, an deiner Stelle auf den Scheiterhaufen zu gehen. Ich werde jedem, der es hören will, die grässlichsten Schauergeschichten erzählen. Beten wir gemeinsam, dass das nicht nötig sein wird.
Ich wage nicht, dich um Verzeihung zu bitten.

In ewiger Liebe,
dein Vater

Die Tinte verschwamm vor ihren Augen. Maria presste den Brief an ihre Brust und ließ sich auf die Decke sinken. Eine Küchenschabe huschte über den Boden und verschwand irgendwo im Stroh. Maria weinte leise und murmelte vor sich hin.

»Nein, Vater, bitte nicht. Eher will ich brennen, als dass du das hier ertragen musst. Die Coserower brauchen ihren Pfarrer. Nein, Vater, du darfst nicht um meinetwillen lügen. Großer Gott, warum musst du mich so prüfen?« So lag sie da, flüsterte, weinte und hielt sich an dem Papier fest, das ihr Vater vor noch nicht allzu langer Zeit in den Händen gehalten hatte.

KAPITEL 9

»Der Richter wartet auf dich. Dann los, du weißt, was du zu tun hast.« Der Henkersknecht war eingetreten und hatte die Tür nicht einmal hinter sich geschlossen. Warum auch? Maria hatte kaum gegessen und getrunken. Sie war schwach. Falls sie auch nur versuchen würde fortzulaufen, bräuchte er sich nicht einmal anzustrengen, um sie zu fassen zu kriegen. Selbst wenn es ihr gelänge, ihn zu übertölpeln, wohin hätte sie rennen sollen?

»Ich weiß nicht, was du meinst«, schwindelte sie.

»Ausziehen, Weib, nun mach schon!«

»Aber warum denn? Es steht fest, dass ich nichts unter meinen Kleidern verberge«, wandte sie müde ein.

»Das sind die Regeln«, entgegnete er ungerührt. »Die Regeln sind die Regeln. Jeder hat sich daran zu halten.«

Maria überlegte, ob sie einen weiteren Versuch wagen sollte, doch sie wusste, dass es keinen Sinn haben würde. Ergeben schlüpfte sie aus sämtlichen Kleidern. »Gut so. Und jetzt hinknien!« Sie sah ihn verwirrt an. Erst in diesem Augenblick entdeckte sie das Messer in seiner Hand.

»Großer Gott im Himmel, sei mir gnädig«, stammelte sie. »Bitte, du wirst mich doch nicht töten. Du hast gesagt, der Richter wartet auf mich«, stieß sie hastig hervor.

»Ich bin zwar der Henker und zünde das Feuer an, wenn du auf dem Scheiterhaufen landest, aber noch hat mir niemand gesagt, dass ich dich abmurksen soll.« Er lachte. Anscheinend amüsierte er sich über ihre Panik. »Erst sind deine Haare dran.«

»Ich verstehe nicht«, flüsterte sie und ließ sich gehorsam auf die Knie sinken.

»Keine Angst, tut nicht weh«, meinte er und lachte wieder. Dann griff er in ihren Schopf und säbelte Strähne um Strähne ab. Maria sah ihre langen rötlich-braunen Haare büschelweise neben sich auf den Boden schweben. Etwas in ihr schien zu gefrieren, zu erstarren. Sie spürte nichts mehr, keine Angst, keine Scham, sie kniete einfach nur da und ließ über sich ergehen, was nicht zu verhindern war.

Das Verhör fand dieses Mal in einem anderen Saal statt. Der Bürgermeister und der Richter saßen an der Wand der Stirnseite an einem Tisch. Bei ihnen saß ein Herr, den Maria nie zuvor gesehen hatte. Der Gerichtsdiener saß mit Hauptmann von Appelmann, Peter Krüger und Claus Ewing an einem Tisch schräg vor den drei Herren. Zur Rechten gab es eine Stuhlreihe. Dort erkannte Maria Magda, die alte Trude, Bauer Matthies und vier andere Dorfbewohner.

»Wer soll das sein?«, brüllte Trude Magda gerade ins Ohr. Sie sah so schlecht, wie sie hörte. Magda flüsterte eine Antwort und musste sie dreimal wiederholen, ehe Bauer Matthies rief:

»Die Maria ist das, die Tochter von unserem Pfarrer. Was für eine Schande!«

Maria schluckte, schloss für einen Moment die Augen, dann richtete sie ihre ganze Aufmerksamkeit auf den Gerichtsdiener, der ihr erklärte, man würde nun mit ihrem Prozess fortfahren.

»Wie du siehst, haben wir heute den Hausherrn dieses Schlosses zu uns gebeten, den herzoglichen Amtshauptmann Christoph von Neuenkirchen«, begann Richter Valentin. Maria starrte Rüdigers Bruder an. Ja, eine gewisse Ähnlichkeit war zu erkennen. Sie atmete auf, schöpfte neuen Mut. »Damit er im Bilde ist, werden nun erneut die Anklagepunkte verlesen.« Das tat der Gerichtsdiener. Maria hörte das Zischeln und Raunen der Coserower. Sie konnte ihren Blick nicht von der versteinerten Miene Christophs von Neuenkirchen wenden. »Ich frage dich, Maria Schweidler«, wandte sich Valentin jetzt wieder an sie, »bekennst du dich der Punkte schuldig?«

»Nein.« Das Raunen wurde lauter.

»Gibst du zu, dass du eine Hexe bist?«

»Nein, ehrenwerter Richter«, antwortete sie laut und deutlich.

»Du bleibst also dabei, dass das Ungeheuer mit schrecklichen Reißzähnen und Klauen, das Monstrum, das keine Kleider, sondern ein struppiges Fell getragen hat, der Edelmann Rüdiger von Neuenkirchen war?«

»Nein, er hat keine scharfen Zähne oder Klauen gehabt, er …« Weiter kam sie nicht.

»Keine langen Geschichten, nur ja oder nein«, wies Valentin sie streng zurecht. »Hast du ihn nachts auf dem Streckelsberg getroffen?«

»Ja«, sagte sie leise. Christophs Augen wurden kurz schmal.

»Und behauptest du weiterhin, dass er sich in einen Wolfspelz gehüllt hat?«

Sie nickte. »So war es. Aber natürlich trug er auch Kleider. Er trug das Fell über den Kleidern.«

Die Zuschauer redeten aufgebracht miteinander, von Appelmann lachte laut auf und schüttelte übertrieben den Kopf. Der Gerichtsdiener klopfte auf den Tisch und forderte die Anwesenden auf, ruhig zu sein.

»Werter Christoph von Neuenkirchen«, begann Valentin, »könnt Ihr bestätigen, dass Euer Bruder Rüdiger für gewöhnlich nachts in der Gegend, vorzugsweise fern von Eurem Schloss Mellentin, auf dem Streckelsberg herumstreicht?«

»Natürlich nicht«, entgegnete der Angesprochene eisig.

»Würdet Ihr sagen, es ist seine Angewohnheit, sich hin und wieder in einen Wolfspelz zu hüllen und damit durch die Natur zu streifen?« Die Leute lachten.

»Das ist vollkommen lächerlich.« Er sah Maria in die Augen. »Wer so etwas behauptet, lügt.«

»Verzeiht, ehrenwerter Herr von Neuenkirchen, dass ich all diese Fragen stellen muss.« Der Richter lächelte matt.

»Ihr tut nur Eure Pflicht«, gab der zurück.

»Wohl wahr. Bedauerlicherweise ist dies manchmal allzu unerfreulich. Nun denn, eine letzte Frage habe ich noch. Hat Euer Bruder Rüdiger von Neuenkirchen darüber gesprochen, die einfache Pfarrerstochter Maria Schweidler zu lieben und heiraten zu wollen?«

Christoph sah sie lange an, ehe er antwortete: »Von allen Verdächtigungen ist das die abwegigste. Da würde er wohl eher im Wolfspelz nachts Veitstänze im Wald vollführen.« Gelächter brandete auf. Maria starrte auf ihre nackten Füße. »Mein Bruder Rüdiger ist mit Sophie von Borcke verlobt.« Sie sah kurz auf, in ihren Ohren war ein entsetzliches Tosen. Maria war verloren.

»Tja, es wäre klug, nun endlich die Wahrheit zu sagen, was?« Von Appelmann zeigte unverhohlen seine Freude.

»In der Tat, wir könnten das alles hier abkürzen, wenn du bereit wärst, deine Schuld zu gestehen.« Der Richter sah sie erwartungsvoll an.

»Wenn ich Schuld auf mich geladen habe, dann nur, weil ich das viel zu großzügige Geschenk des Edelmannes Rüdiger von Neuenkirchen angenommen habe. Und womöglich habe ich mich auch schuldig gemacht, weil ich mein Herz an ihn verloren habe«, flüsterte sie. »Mehr kann ich dazu nicht sagen.«

Wieder musste der Gerichtsdiener für Ordnung sorgen.

»Bedauerlich, ich hätte das wirklich gerne hinter mir«, sagte Valentin seufzend. »So müssen wir also auch noch die weiteren Zeugen befragen.«

In Marias Ohren rauschte es nur noch. Es kostete sie ihre ganze Kraft, sich auf den Beinen zu halten. Im Stillen betete sie das Vaterunser und das Glaubensbekenntnis nach Paulus. So drangen die absurden Berichte von Trude, Magda und Bauer Matthies und natürlich von Krüger und Ewing kaum in ihr Bewusstsein.

»He, Weib, antworte mir!« Richter Valentin starrte sie an.

Maria schluckte. »Verzeiht, ich …«, stammelte sie.

»Hast du etwas zu all diesen ungeheuerlichen Vorwürfen zu sagen?«

»Nein, nur dass es ungeheuerlich ist, wie die Menschen, denen Vater und ich Fleisch und Getreide gegeben haben, denen mein Vater beigestanden hat, als sie ihre Liebsten verloren«, sie reckte das Kinn und sah die vermeintlichen Zeugen nacheinander an, »wie sie jetzt bereit sind, mir die schrecklichsten Dinge zuzutrauen.«

»Was sagt sie?«, brüllte Trude. Niemand antwortete ihr, zu sehr waren alle damit beschäftigt, empört zu sein.

»Bist du eine Hexe, Maria Schweidler?«, donnerte der Richter und schlug mit der flachen Hand auf den Tisch.

»Nein, ehrenwerter Richter, das bin ich nicht. Ich bin eine Christin reinen Herzens.«

Valentin seufzte. »Der Gerichtsdiener wird dir jetzt

erklären, was dich erwartet, wenn wir dich wahrhaftig zum peinlichen Verhör rufen müssten.«

»Bisher bist du in einer ordentlichen Kammer untergebracht«, begann der Gerichtsdiener ein wenig gelangweilt. »Das könnte sich ändern. Angemessen ist eine Nische von zwei mal zwei Ellen, in der du in Ketten gelegt würdest. Auch der Schlund eines Brunnens käme für deine Unterbringung in Frage. Für das peinliche Verhör selbst kommen verschiedene Hilfsmittel zum Einsatz. Da wäre beispielsweise die Streckbank.« Er holte ein Papier hervor, rollte es auseinander und zeigte es herum. Magda schrie erschrocken auf, Ewing griente dreckig. »Die Angeklagte …« Der Gerichtsdiener sah Maria kurz an. »Du wirst auf diesem Gestell an Händen und Füßen festgebunden.« Er tickte auf die jeweiligen Stellen, wo ihre Gliedmaßen anscheinend befestigt werden würden. »Dann betätigt der Henker diese Walzen, wodurch dein Körper über das erträgliche Maß hinaus gedehnt wird.« Er legte die Zeichnung beiseite und griff nach der nächsten Papierrolle. Maria beschloss, sich das nicht länger anzusehen und blickte zu Boden.

Von Appelmann sprang auf. »Sieh hin!«, schrie er. Dann sagte er leiser: »Sieh dir das ganz genau an, damit du vorbereitet bist. Aber vielleicht bist du ja klüger und ersparst uns allen diese grauenhafte Darbietung.«

Maria reckte das Kinn, sah ihm in die Augen und dann zum Gerichtsdiener hinüber, der das zweite Folterinstrument präsentierte.

»Gerne wird die Streckbank zusammen mit dem gespickten Hasen verwendet, um die Wirkung zu erhöhen.«

»Gibt's was zu essen?«, wollte Trude von Magda wissen.

Maria betrachtete das Bild einer hölzernen Rolle, die über und über mit Spitzen versehen war. Niemand brauchte ihr erklären, was man damit anstellen konnte, wenn jemand hilflos auf die Streckbank gespannt war.

»Falls du glaubst, dass der Tod auf dem Scheiterhaufen dich schnell erlösen wird, dann muss ich dich enttäuschen.« Von Appelmann ging um den Tisch herum und trat zu ihr. Er war ganz nah, sie hörte ihn keuchen und roch seinen Schweiß. »Gut möglich, dass du nicht an einen Pfahl gebunden, sondern über dem Holzhaufen aufgehängt wirst zur Strafe, weil du dein Geständnis verweigert hast.« Er flüsterte heiser: »Hast du gewusst, dass es lange dauert, ehe menschliches Fleisch zu brennen anfängt? Wir können die Qual noch erhöhen, indem wir dich mal tiefer hinabsenken und dann wieder ein Stück heraufziehen. Das Reisig wird eine Hitze ausstrahlen, die dir einen Vorgeschmack auf die Hölle gibt.« Er spuckte seine Worte beinahe aus. Dann fuhr er sanft fort: »So bedauerlich es auch ist und so gerne ein jeder hier dir größeres Leid ersparen würde, du musst nun einmal lebendig brennen, sonst kann deine Seele nicht gereinigt werden.« Er machte kehrt. Während er zurück zu seinem Platz ging, sagte er: »Überlege es dir gut! Solltest du gestehen, könnten wir dich vorher würgen lassen, bis du bewusstlos bist oder dir ein Schwarzpulversäckchen um den Hals binden, damit es mit einem Knall vorbei ist.« Er ließ sich auf seinen Stuhl fallen und grinste zufrieden.

»Widerrufst du nun endlich deine Aussage?« Richter Valentin beugte sich vor. Im Saal herrschte angespanntes Schweigen.

Maria sah den Männern, einem nach dem anderen, in die Augen. Dann sagte sie mit fester Stimme: »Nein, ich widerrufe nicht.«

Der Henkersknecht führte sie zurück in ihr Verlies.

»Du bist zäh, Mädchen, das muss man dir lassen. Hätte ich nicht gedacht. Ich habe schon Kerle erlebt, die allein beim Anblick meiner Gerätschaften alles gestanden haben, was man von ihnen verlangte. Du bist zäh«, wiederholte er, als würden sie nett miteinander klönen. »Aber glaub mir, Mädchen, wenn die Werkzeuge erst zum Einsatz kommen, dann wirst auch du gestehen oder widerrufen oder was immer die Herren von dir wollen.«

Sie gingen einen anderen Weg als sonst. Maria kümmerte es nicht. Sie fühlte sich, als sei sie von innen erfroren. Sophie von Borcke, hämmerte es in ihr. Wie eine Puppe setzte sie einen Fuß vor den anderen und folgte dem Mann, wohin er sie auch führen würde. In einem Teil des Kellergewölbes, den sie nicht kannte, blieben sie vor einer mächtigen Tür stehen. Der Henkersknecht schloss auf und schubste Maria in einen großen dunklen

Raum. Er nahm eine Fackel zur Hand und folgte ihr. Im flackernden Licht des Feuers erkannte sie, wohin er sie gebracht hatte. Es war die Folterkammer.

Maria schluckte die Panik, die in ihr aufstieg, hinunter. »Jetzt gleich?«, fragte sie tonlos.

»Nee, nee.« Er schüttelte den Kopf. »Sollst nur gucken. Das is was anderes als Zeichnungen, was?« Er klang fast ein wenig stolz. Da stand sie also mit bloßen Füßen auf kaltem Stein, den das Blut unzähliger Menschen getränkt haben mochte, nackt und frierend und ihrer langen Haare beraubt, und betrachtete die furchterregendsten Apparaturen, die sie sich nur vorstellen konnte. Doch es war, als habe das nichts mit ihr zu tun. Ihr war, als sei nur noch ihre Hülle in diesem Kerker, doch ihr Geist machte sich langsam auf und davon.

»Kann ich jetzt zurück in meine Zelle gehen?«, fragte sie, nachdem sie sich umgesehen hatte.

Er schob sie hinaus. »Bist ’n zähes Ding«, sagte er wieder und wieder.

Endlich allein. Maria schlüpfte in ihre Kleider. Sie rochen, als würde schon der Schimmel darauf wachsen. Aber ihr war kalt, und sie hatte nun mal nichts anderes. Sie setzte sich in das Stroh, legte sich die Decke um und schickte ihre Seele hinaus in die Sonne. Sie stellte sich das Achterwasser vor, wie das Schilf an seinem Ufer leise im Wind raschelte. Und sie stellte sich die Ostsee vor, den salzigen Geruch, das Rauschen, das mit jeder Welle anschwoll und gleich darauf wieder abebbte. Sie malte sich aus, wie sich der nasse Sand unter ihren Füßen anfühlte, wie dunkel er war, wenn das Wasser ihn tränkte, und wie blendend hell, sobald sich die Feuchtigkeit daraus zurückzog. Rüdiger liebte die Ostsee. Sie sah ihn vor sich, wie er am Strand stand und auf das Meer blickte. Einfach so, ohne einen Sinn. Ihre Lippen verzogen sich zu einem Lächeln. Wenn er sie erst befreit hatte, konnten sie gemeinsam am Ufer stehen und den Wellen zusehen, wie sie kamen und gingen. Das Lächeln erstarb. Christoph von Neuenkirchen fiel ihr ein, sein harter Gesichtsausdruck, seine schneidende Stimme, seine Unnachgiebigkeit. Ihr Herz wurde ihr schwer. Hatte Rüdiger sie zu Hause auf Schloss Mellentin denn mit keinem Wort erwähnt? Würde das nicht bedeuten, dass er nur seinen Spaß mit ihr getrieben hatte, es aber kein bisschen ernst mit ihr meinte? Wie töricht sie war. Wie könnte er es ernst meinen, wenn er mit einer anderen verlobt war? Sie sah ihn vor sich, den warmen Glanz in seinen Augen. Konnte sie sich so in ihm täuschen? Es musste so sein. Natürlich. Wie hatte sie glauben können, dass ein reicher Edelmann sein Herz an eine einfache Tochter eines Pfarrers verschleudern könnte? Wie hatte Christoph gesagt? Das war vollkommen abwegig.

»Maria! He, Maria!«

Maria saß seit Stunden unbeweglich auf einem Fleck, seit der Henkersknecht sie in ihr Verlies zurückgebracht hatte. War sie zwischenzeitlich eingeschlafen? Oder hatte sie die ganze Zeit die Wand angestarrt? Sie wusste es nicht, sie wusste nur, dass jemand nach ihr rief. Ein Engel vielleicht, der sie gnädig von hier fortschaffte.

»Maria, sprich mit mir!« Das war nicht die Stimme eines Engels. Es war eine bekannte Stimme. Zwar kam sie von oben, jedoch sicher nicht aus dem Himmel. Maria drehte träge den Kopf und blickte zu dem schmalen Fenster.

»Lene!« Mit einem Schlag war sie hellwach. »Wie kommst du hierher? Was tust du hier?« Sie stand auf. Ihre Knochen und Gelenke schmerzten, waren unwillig. Doch Maria kümmerte sich nicht darum. Sie reckte sich auf die Zehenspitzen, wollte der Bernsteinschnitzerin so nah wie möglich sein.

»Ich bin nicht allein gekommen«, flüsterte Lene. »Georg hat mich begleitet. Er steht Schmiere, damit mich keiner erwischt.«

»Georg ist auch da?« Es kostete sie ihre letzte Kraft, nicht in Tränen auszubrechen oder laut aufzuschreien. Lene und Georg! Vertraute aus einem anderen Leben.

»Ja, gewiss. Wir zermartern uns die Schädel, wie wir dir nur helfen können. Wir mögen nicht die klügsten Menschen auf Gottes Erde sein, aber wir sind von ganz allein draufgekommen, dass es das Beste sein wird, dich einfach zu fragen.« Sie zwinkerte vergnügt. Dann wurde sie ernst, ihr Blick glitt über Marias beinahe kahl gerupften Kopf. »Wie geht es dir?« Maria wusste nicht, was sie antworten sollte. Ein Kloß hatte sich in ihrem Hals gebildet, der es ihr unmöglich machte, überhaupt ein Wort herauszubringen. »Entschuldige, das war dumm. Hör zu, dein Vater hat diesem Rüdiger von Neuenkirchen eine Nachricht geschickt. Er hat wohl noch nichts für dich getan, was?«

Maria schüttelte betrübt den Kopf. »Nein, noch nicht. Sein Bruder hat in diesem Schloss seinen Amtssitz. Er war bei einer Befragung zugegen und wusste nichts davon, dass Rüdiger sich mit mir getroffen hat.«

»Aber er wird ihn doch sicher fragen«, meinte Lene zuversichtlich. »Er wird ihm von deiner Not erzählen, und dann wendet sich alles zum Guten.«

»Das glaubst du doch selbst nicht«, widersprach Maria ruhig. »Rüdiger von Neuenkirchen hat einen Brief von meinem Vater erhalten. Und er wird gewiss längst gehört haben, dass ich schon mehrfach verhört worden bin. Er will mir nicht helfen, Lene. Sonst hätte er es längst getan.« Die Erkenntnis tat weh. Sie wusste nicht, was ihr mehr weh tat, dass er sie belogen hatte und sein Herz in Wahrheit einer anderen gehörte oder dass ihr Todesurteil damit besiegelt war.

»Ich werde zu ihm gehen«, stellte Lene fest.

»Das wirst du nicht. Wozu sollte das gut sein? Warum sollte er dich überhaupt empfangen?«

»Ich werde vorgeben, besonders schönen Bernsteinschmuck zu haben, den ich ihm anbieten werde. Oder ich biete ihm meine Dienste an. Immerhin heißt es doch, er habe eine Bernsteinader gefunden.« Ihr Blick ließ nicht erkennen, ob sie inzwischen die ganze Geschichte gehört hatte, ob sie wusste, dass Maria die Ader entdeckt hatte, statt in den Genuss eines Strandsegens gekommen zu sein. »Ich könnte ihm daraus so manches kostbare Stück schnitzen.«

»Und dann?«

»Dann werde ich ihn fragen, warum er dich im Stich lässt.«

»Wofür er dich rauswerfen lassen wird. Was wäre damit gewonnen?«

»Was ist denn, wenn er die Nachricht deines Vaters nicht bekommen hat? Was ist, wenn Hauptmann von Appelmann sie abgefangen hat?«

Auf den Gedanken war Maria noch gar nicht gekommen. Das wäre eine Erklärung. Aber nein. »Er ist mit Sophie von Borcke verlobt. Er weiß, wie es um mich steht, aber er wird weiter leugnen, mich getroffen zu haben, um mir seine Gefühle zu offenbaren. Er wird alles tun, damit seine Braut nichts von seinem nächtlichen Ausflug erfährt.«

»Schöner Mist!« Lene seufzte. Immer wieder sah sie sich um. Es war gefährlich. Wenn man sie dabei erwischte, wie sie mit einer angeklagten Hexe sprach, würde man sie bestrafen oder womöglich bezichtigen, ebenfalls eine Hexe zu sein.

»So leid es mir tut, aber wir können weder ihn noch seine Braut schonen«, meinte Lene plötzlich. Ihre Augen funkelten. »Gibt es nicht irgendeinen Nachweis, dass du mit Rüdiger zusammen warst, irgendetwas, das seinen nächtlichen Ausflug beweist?«

Maria dachte nach. Doch ihr fiel beim besten Willen nichts ein. »Sein Auftauchen hat Ewing und Krüger aufgescheucht. Die beiden sind geflohen«, erzählte sie. »Er hat sich mir gezeigt, hat den Wolfspelz abgeworfen. Wir haben geredet, und er versprach, dass er niemandem von unserem Schatz erzählen würde. Das heißt, er wollte behaupten, dass er auf die Ader gestoßen sei und sie Vater und mir überlassen hätte.« Sie zwang sich, jene Nacht in ihr Gedächtnis zu rufen. »Er hat von Appelmanns Schergen erkannt, als sie schreiend davongerannt sind. Und er hat mich getröstet, als ich Angst hatte, sie könnten mich denunzieren. Ich wollte mich von der Steilküste stürzen oder in die Ostsee gehen«, gestand sie leise. »Aber Rüdiger von Neuenkirchen hat meine Tränen getrocknet und mir verboten, solche Dinge zu sagen. Er wollte dafür sorgen, dass mir nichts geschieht.«

»So ein gemeiner Schuft!«

»Sag das nicht. Er …« Tja, was? Er ist ein guter Mensch? Ja, Maria glaubte daran, tief in ihrem Inneren war sie überzeugt davon, nur wie passte das alles zusammen?

»Hm«, machte Lene. »Er wird sein Wort halten, ob er will oder nicht«, sagte sie dann entschlossen.

Maria wollte nicht mehr über ihn sprechen. »Wie geht es meinem Vater?«, fragte sie.

»Gut, ganz gut.« Lenes Blick sagte genau das Gegenteil. Es zerriss Maria das Herz.

»Du musst auf ihn aufpassen, hörst du? Du musst ihm sagen, dass er auf keinen Fall behaupten darf, er selbst sei der Teufel, der mich verhext hat.«

»Das wird er schon nicht tun.«

»Lene, du musst es mir versprechen!«, flehte sie. »Die Leute brauchen ihren Pfarrer!«

»Du hältst noch immer zu ihnen, nach allem, was sie dir angetan haben?« Lene runzelte die Stirn.

»Es sind einfache Menschen. Es gibt so viel, wovon sie nichts verstehen«, wiederholte sie gedankenverloren die Worte, die Rüdiger einst zu ihr gesagt hatte. »Jemand braucht ihnen nur einen Floh ins Ohr zu setzen, schon glauben sie jedes Schauermärchen.« Sie seufzte tief. »Sie trifft keine Schuld.«

»Na, das sehe ich anders.« Lene machte Anstalten, sich aufzurichten. »Ich muss wieder los. Früher oder später fällt es jemandem auf, dass Georg die ganze Zeit da drüben an der Ecke herumlungert. Übrigens soll ich dich von ihm grüßen. Er macht sich schreckliche Sorgen um dich.«

»Er sollte sich lieber um sich selbst sorgen«, wandte Maria ein. »Richte ihm auch Grüße von mir aus. Sag ihm, er soll am besten für eine Weile verschwinden. Oder für immer.«

»Aber wieso?«

»Weil von Appelmann auch gegen ihn üble Pläne schmiedet. Ich sollte behaupten, Georg habe mich verzaubert, habe mich angestachelt, satanische Verse aufzusagen. Der Hauptmann will Georg hängen sehen. Ihm ist jeder Vorwand recht, fürchte ich.«

»Gütiger Gott«, hauchte Lene und sah wohl zu ihm hinüber.

»Es hat gutgetan, mit einem menschlichen Wesen zu sprechen«, sagte Maria leise. Ihre Lippen begannen zu zittern. »Geh jetzt! Ich danke euch, dass ihr gekommen seid, dass ihr mir helfen wolltet. Am besten helft ihr mir, indem ihr auf meinen Vater achtgebt. Sagt ihm, er kann nichts weiter tun und soll nur nicht von Appelmann Geld geben. Es wird nichts nützen.« Sie seufzte schwer. »Und gebt auf euch selbst acht.«

»Du darfst die Hoffnung nicht verlieren, Maria!« Lene schob eine Hand so weit durch die Gitterstäbe, wie sie nur konnte. »Hörst du mich? Du darfst die Hoffnung nicht verlieren.«

Maria berührte sacht ihre Fingerspitzen. Tränen stiegen in ihre Augen. Dann spürte sie wieder die Kälte in ihrem Inneren. Sie zog ihre Hand zurück, wischte damit hastig über ihre Wange.

»Es gibt keine Hoffnung mehr«, sagte sie hart.

Nachdem Lene gegangen war, fühlte sich Maria einsamer als je zuvor. Sie ging auf und ab, ließ sich ins Stroh fallen, stand im nächsten Augenblick wieder auf. Sie wünschte sich, dass sie sie aus ihrem Verlies holten und so schnell wie nur möglich auf den Scheiterhaufen brachten. Dann wäre es vorbei. Auch wenn von Appelmann gesagt hatte, dass sie eine lange Qual erwartete, so würden die Minuten doch vergehen, und Maria konnte vor ihren Schöpfer treten. Er würde über sie richten. Ihr Vater konnte sie betrauern, dann würde er neuen Lebensmut finden. Vielleicht blieb Lene eine Weile bei ihm. Ein tröstlicher Gedanke. Und auch Georg wäre gewiss in Sicherheit. Maria glaubte fest daran, dass von Appelmann das Interesse an ihm verlor, wenn Maria nicht mehr war. Sie betete dafür. Sie klammerte sich geradezu an Gebete. Dann wieder summte sie ein Kirchenlied. Sie versuchte, ihrem Geist etwas zu tun zu geben, etwas, das gut war und ehrlich, das sie fortbrachte von all dem Bösen. Wie konnten Menschen ihren Mitgeschöpfen nur so viel Grausames antun? Was mussten sie selbst erduldet und erlitten haben, dass sich so viel Hass in ihnen hatte einnisten können? Maria kämpfte darum, nicht den Verstand zu verlieren. Und doch konnte sie nicht verhindern, dass in ihrem Kopf immer öfter die Frage auftauchte, ob es nicht klüger wäre, ihren Verstand einfach ziehen zu lassen.

~ ~ ~

Am nächsten Morgen wurde sie vom Knarren und Quietschen der Tür geweckt. Sie blinzelte. Von Appelmann stand mit einem Eimer und einem Korb vor ihr. Brachte er ihr Wasser und etwas Essbares? Wohl kaum. Ein bestialischer Geruch drang in ihre Nase. Sie stützte sich auf.

»Stinkst du so fürchterlich«, fragte sie ihn schlaftrunken.

Er kniff die Augen zusammen. »Deine Kaltschnäuzigkeit wird dir gleich vergehen. Ist dir der Schwedentrunk bekannt?« Maria schüttelte den Kopf. »Der Name ist eine Ungerechtigkeit, denn wahrscheinlich sind es gar nicht die Schweden, die diese Foltermethode erfunden haben. Wir hoffen auf den Schwedenkönig, dass er uns gegen den Kaiser beisteht. Ist es nicht so?« Maria hatte keinen Schimmer, worauf er hinauswollte. Sie richtete sich auf und klopfte einige Halme von ihrem Kleid. »Wenn du mich fragst, sind es die Katholiken, die Papsttreuen, die sich diesen Trunk ausgedacht haben. Sei's drum, wirkungsvoll ist er allemal.« Maria spähte in den Eimer. »Jauche«, erklärte er ihr. »Dazu ein wenig Sand und Unrat aus der Küche. Ein Stück von dem Apfel vielleicht, den du verschmäht hast.«

»Er war schon verdorben, als man ihn mir brachte.«

»Nun, ich nehme nicht an, dass er jetzt besser ist.« Er lachte hämisch. »Dafür ist er jetzt schön weich, so dass du ihn nicht kauen musst.« Dann wurde sein Blick hart. »Dazu wirst du nämlich keine Gelegenheit haben.«

»Was hast du vor?«, fragte sie müde.

»Ich habe hier einen schönen dicken Trichter«, erklärte er, während er den Eimer abstellte, um den Trichter und einen hölzernen Gegenstand aus seinem Korb zu holen. »Und diese Mundsperre.« Er hielt ihr beides vor das Gesicht. »Ein Seil habe ich auch noch mitgebracht, damit werde ich deine Hände fesseln, damit du mir nicht die Augen auskratzen kannst.« Er machte einen Schritt auf sie zu, ihre Nasenspitzen berührten einander beinahe. »Ich werde mich auf deinen Bauch setzen, dann werde ich dir diese Sperre in den Mund stecken, so dass du die Lippen nicht mehr schließen kannst. Das ist eine wirklich nützliche Vorrichtung, denn man kann einen Kiefer damit sehr weit öffnen. Dürfte für dich ein bisschen schmerzhaft sein, erleichtert mir aber die Arbeit. Schließlich möchte ich nichts von dem stinkenden Zeug auf meine Hände bekommen.« Seine Miene verzog sich zu einem teuflischen Grinsen. »Ich werde dir den Trichter bis in den Hals schieben, und dann flöße ich dir die Brühe ein, die ich extra für dich beschafft habe. Und zwar alles«, flüsterte er. »Bis auf den letzten Tropfen.«

Maria warf einen Blick auf den Eimer. Er war nicht gerade klein. Allein von der Menge würden ihre Eingeweide platzen. Von der Widerlichkeit des Inhalts gar nicht zu reden. »Bisher war ich noch nicht zugegen, wenn dieser unappetitliche Trunk verabreicht wurde. Ist ein scharfes Gebräu. Wie ich hörte, waren die Gefangenen nach der Prozedur nicht mehr in der Lage, ein Geständnis abzulegen. Du solltest das vorher erledigen, solange du noch kannst. Es sei denn, du hast es dir anders überlegt. Mein Angebot gilt noch«, sagte er heiser. »Noch kannst du deine Haut retten und sie mir zu meinem und deinem Vergnügen zur Verfügung stellen. Nun?«

Sie sah ihm in die Augen. Ohne den Blick von ihm zu wenden, ging sie in die Knie, legte sich auf den Rücken und öffnete weit den Mund. Seine Stirn zog sich kurz in Falten, seine Mundwinkel zuckten. Dann begriff er.

»Verdammt, Maria!« Er packte den Eimer, machte einen Schritt auf sie zu. Sie schloss die Augen. Im nächsten Moment hörte sie ein Klatschen, stinkende dicke Spritzer trafen sie im Gesicht, auf der Zunge, in den Haaren. Ungläubig öffnete sie die Augen und sah gerade noch, wie er ausholte und den Eimer wutentbrannt auf den Boden schleuderte. Es schepperte gewaltig, dann war Ruhe. Nur noch sein Keuchen war zu hören.

»Verstehst du denn nicht, dass ich nur dein Bestes will?«, brüllte er.

»Verstehst du denn nicht, dass du das niemals bekommen wirst?«, entgegnete sie ruhig.

»Man hat Claus Ewing gefunden, einen meiner besten Männer.« Maria begriff nicht. Wie kam er jetzt auf den? Und hatte er nicht zu ihr gesagt, er sei von Einfaltspinseln umgeben? Sie sah irritiert zu ihm auf.

»Man hat ihn übel zugerichtet, aber er lebt. Das hat ihm dieser Teufel angetan«, zischte von Appelmann. »Dieser Georg, der auch dich verhext hat.« Er sah auf sie herunter, das Funkeln in seinen Augen war beängstigend. »Dafür wird er hängen, das ist sicher. Sei nicht dumm, Maria Schweidler. Er wird bezahlen, lass ihn deine Zeche auch übernehmen. Du musst sagen, dass er schuld an allem ist. Das ist der einzige Weg für dich.«

~ ~ ~

Die Sonne ging unter und irgendwann wieder auf. Mal pfiff ein kräftiger Wind und heulte in den Mauern, dann wieder wurde feuchte Hitze durch das Fenster hineingedrückt. Regen tropfte zu Boden und lief in Rinnsalen über den Stein. Käfer, Spinnen und Schaben krabbelten zu ihr herein und irgendwann auch wieder heraus. Einmal fiel eine Ratte in ihr Verlies. Sie fraß das kleine Stück Brot, das man Maria hingestellt hatte. Maria wusste, dass es für sie beide nicht lange reichen würde, es war ja so schon zu wenig, was man ihr gab. Also fing sie das Tier und schaffte es mit letzter Kraft, es hoch genug zu stemmen, dass es zwischen den Gitterstäben hindurch in die Freiheit schlüpfen konnte.

Niemand kam und sprach mit ihr, keiner sagte ihr, ob es weitere Befragungen geben oder wann ihr Urteil gesprochen würde. Das peinliche Verhör stand ihr noch bevor. Wann war es so weit, und welche Folterinstrumente würden sie benutzen? Maria hatte kein frisches Stroh bekommen. Sie hatte die Halme, die Jauche abbekommen hatten, zu einem kleinen Haufen zu ihren Füßen geschichtet. Verzichten konnte sie darauf nicht, sonst hätte sie auf dem nackten Stein gelegen. Auch die Decke hatte einige Flecken dazubekommen und klebte. Hatte der Gestank am Anfang noch Würgereiz ausgelöst, nahm Maria ihn längst nicht mehr wahr. Sie war schwach und am Ende ihrer Kräfte. Ihr kam in den Sinn, dass sie auch das wenige, was man ihr zuteilte, nicht mehr anrühren sollte. Dann würde der Tod sie holen, ehe sie den Reisighaufen für sie aufgeschichtet hatten. Doch als sie irgendwann zu sich kam und frisches Wasser in ihrer Schale entdeckte, trank sie es gierig. Hinterher liefen die Tränen über ihre eingefallenen Wangen, weil sie nicht hatte widerstehen können, weil sie sich vom Tod wieder entfernt hatte.

~~~

Als der Henkersknecht nach Tagen und Nächten der Einsamkeit zu ihr kam, um sie zu einer Hexenprobe zu holen, wie er sich ausdrückte, zog sie sich aus, ohne dass er sie dazu auffordern musste. Sie spürte die Kälte unter ihren Fußsohlen und überall auf ihrer Haut, sie erinnerte sich an die Scham und fühlte die Anstrengung, die es für sie bedeutete, die steinernen Stufen hinaufzusteigen, doch es war, als sei sie nur eine Zuschauerin. Sie wusste, dass es kalt war, dass sie Hunger hatte, dass ihr Körper keine Kraft mehr hatte, doch das alles schien nicht sie zu sein. Ihr war, als betrachte sie das Elend einer fremden Frau.

Maria wurde in den Saal ihres ersten Verhörs geführt. Außer dem Richter, dem Gerichtsdiener und von Appelmann war niemand anwesend. Christoph von Neuenkirchen ebenso wenig wie der Bürgermeister, vermeintliche Zeugen oder sensationslüsterne Dorfbewohner.

»Wir sind zivilisierte Menschen, Maria Schweidler«, erklärte Richter Valentin ihr. »Wir bringen niemanden um, nur weil derjenige unter Verdacht geraten ist. Du machst es uns allerdings nicht leicht. Du hättest längst
~~~

ein Geständnis ablegen können, dann wären wir bereits weiter mit dir. Womöglich ist dir nicht bekannt, dass es verschiedenste Wege gibt, um herauszufinden, ob ein Weib eine Hexe ist oder nicht. Hauptmann von Appelmann hat den durchaus nützlichen Vorschlag gemacht, dich auf Hexenmale zu untersuchen. Ich hoffe, du erkennst seine Freundlichkeit und sein Entgegenkommen, die darin liegen.« Als Maria nichts darauf sagte, seufzte er. »Bitte, werter Hauptmann, beginnt!«

Von Appelmann kam auf sie zu, in der Hand eine Nadel, die so lang war und so dick, dass Maria das Blut in den Adern gefror. Nun war es also so weit, sie würden sie foltern, sie würden ihr so große Schmerzen zufügen, dass sie alles sagen würde, was sie nur hören wollten. Nein, eher würde sie sich auf die Zähne beißen, bis ihr Kiefer brach, aber ein Geständnis würden sie ihr nicht entlocken. Sie sah von Appelmann stolz ins Gesicht, doch ihr geschwächter Körper führte ein Eigenleben. Während der Hauptmann sie ausgiebig von oben bis unten betrachtete, eine Hand über ihre Arme und Schultern und dann über ihren Rücken und die Rundungen ihres Hinterteils gleiten ließ, begann sie heftig zu zittern. Sie konnte nicht verhindern, dass sie vor Angst einige Tropfen Urin verlor, die an ihren Schenkeln hinabliefen.

»Hier, dieses Mal auf ihrer Hüfte«, rief von Appelmann. »Es könnte ein Zeichen sein, das der Teufel, der sich an unserem armen Claus Ewing vergriffen hat, ihr eingebrannt hat.«

»Es könnte aber auch ein einfaches Muttermal sein«, wandte der Richter ein.

»Ich werde nun diese Nadel in das Mal stechen. Ein Muttermal würde bluten, nicht wahr? Außerdem würde sich das Weib winden vor Schmerz, denn seht, dies ist eine lange dicke Nadel. Ich werde sie bis zum Schaft in das Mal stechen. Kommt kein Blut, erleidet sie keinen Schmerz, ist das der Beweis.«

Der Richter nickte. Maria schloss die Augen und gab sich alle Mühe, jedes Schluchzen oder Wimmern hinunterzuschlucken.

»Sieh hin!«, schrie von Appelmann sie an. »Du sollst sehen, wie tief die Nadel in deinem Fleisch verschwindet.«

Maria tat, wie ihr befohlen. Sie spürte seine Hand, die sich unzüchtig auf ihr Gesäß legte, als sei es nötig, sie dort zu halten. Die metallene Spitze lag auf ihrem Muttermal. Da war ein Kitzeln, aber kein Schmerz. Wie war das möglich?

»Seht Ihr das?«, fragte von Appelmann triumphierend. Der Richter nickte. Selbst aus seiner Entfernung musste gut zu erkennen sein, dass der Schaft sich immer mehr ihrer weißen Haut näherte. In Maria blitzte der Gedanke auf, dass sie womöglich wirklich eine Hexe war, dies nur selbst nicht gewusst hatte. Dann erkannte sie, dass die Nadel in einem Metallröhrchen, dem Schaft, verschwand. Es würde kein Blut fließen, und sie würde auch nicht die befürchteten höllischen Schmerzen ertragen müssen. Es war der billige Trick eines Gauklers! Maria begann zu lachen.

»Eine Hexe, seht Ihr? Das ist der Beweis. Kein Blut, kein Schmerz, stattdessen lacht sie uns noch aus.« Von Appelmann schnappte nach Luft.

Maria wollte erklären, was geschehen war, wieso sie unversehrt geblieben war. Doch sie konnte nicht. Sie lachte schallend, schrie beinahe. Tränen rannen über ihre Wangen, sie konnte sich nicht wieder beruhigen.

»In der Tat, das ist Beweis genug«, stellte Valentin fest. »Ich denke, eine weitere Probe wird nicht nötig sein. Wenn der verehrte Bürgermeister Stöver zugegen ist, werde ich das Urteil sprechen.«

Der Henkersknecht nahm ihren Ellenbogen und führte sie zurück in ihr Verlies. Marias hysterisches Lachen ging allmählich in Weinkrämpfe über. Sie war nicht in der Lage, auch nur ein einziges Wort herauszubringen. In ihrem Hirn hämmerte unaufhörlich der letzte Satz des Richters: Ich werde das Urteil sprechen!

~ ~ ~

»Maria! Wach auf! Hörst du mich, Maria?«

Wie durch einen Nebelschleier drang die Stimme zu ihr durch. Sie wollte nicht aufwachen, wollte in der Welt der Träume bleiben, die sie manches Mal nach Hause in das Pfarrhaus brachten, zu ihrem Vater. Oft genug musste sie im Traum auch schlimmste Folter erleiden, und mehr als einmal sah sie sich bereits auf dem Scheiterhaufen, hörte die Flammen knistern, spürte, wie sie an ihren Füßen leckten. Doch es gab eben auch gnädige Träume wie jetzt gerade, die sie an den Ostseestrand führten, sie die laue Luft riechen ließen, die ihr den gütigen, ehrlichen, wunderbaren Rüdiger von Neuenkirchen zurückbrachten, den sie zu kennen geglaubt hatte.

»Wach endlich auf, Maria! Ich kann nicht ewig bleiben.«

Das war doch … Sie schlug die Augen auf. Es wurde nicht heller, es war tiefste, finsterste Nacht. Und doch gab es keinen Zweifel, dass sie diese Stimme kannte.

»Georg? Bist du hier?«

»Gott sei Dank! Ich dachte schon, du bist tot.«

Sie brauchte lange, ehe sie es schaffte aufzustehen. Maria war froh, dass er sie nicht sehen konnte, dreckig und abgemagert, wie sie war. Sie schleppte sich die wenigen Schritte bis unter das Fenster. Dort lehnte sie sich erschöpft an das feuchte Mauerwerk.

»Was machst du nur hier? Hat Lene dir nicht gesagt, du sollst verschwinden?« Sie war kaum zu verstehen, so leise sprach sie.

»Ich dachte, du hast vielleicht Appetit auf ein Stück Schinken und auf etwas Gemüse«, sagte er, ohne auf ihren Einwand einzugehen. »Aufgepasst, ich lasse dir einen Beutel hinunter.«

Kurz darauf berührte etwas ihre Schulter. Maria griff danach, ihre Finger tasteten nach dem Lederband, mit dem das Tuch verschnürt war. Sie öffnete es, die Lebensmittel fielen neben ihr auf den Boden. »Hast du's?«

»Ja, danke«, hauchte sie und hörte, wie das Seil am Stein rieb. Georg zog das Stück Stoff wieder nach oben. »Sie sind hinter dir her«, sagte sie. »Von Appelmann ist hinter dir her. Er will dich hängen sehen.«

»Nur müsste er mich erst kriegen.« Ein bitteres Lachen.

»Du sollst Claus Ewing verletzt haben.«

»Allerdings, kräftig vermöbelt habe ich den. Ich hätte ihn besser töten sollen«, presste er zwischen den Zähnen hervor.

»Aber warum? Warum hast du das nur getan? Es muss aufhören«, wimmerte sie. »Das Töten und Foltern und Prügeln muss aufhören. Wir dürfen nicht sein wie sie. Es muss einen anderen Weg geben.«

»Einen anderen Weg? Pah! Ewing und Krüger tauchen ständig bei deinem Vater auf, erzählen ihm brühwarm und in allen Einzelheiten, was man dir antut. Sie lassen sich reich entlohnen und behaupten, sie würden dir dafür etwas Anständiges zu essen geben, und sie würden für dich aussagen.«

»Aber sie haben gegen mich ausgesagt.«

»Natürlich haben sie das. Dein Vater klammert sich an jeden Grashalm, den man ihm bietet. Er bezahlt, um wieder etwas Hoffnung zu haben. Lange hält er das nicht mehr aus«, meinte er leise.

»Du musst ihm sagen, dass ich tot bin«, flehte sie ihn

an. »Dann gibt er diesen bösen Menschen keinen Pfennig mehr, dann kann er seinen Frieden finden.«

»Das glaubst du doch selbst nicht. Wenn ich ihm sage, dass du tot bist, stirbt er auch.«

Sie rutschte an der Wand hinunter und blieb auf dem nackten Boden hocken. »Gott der Herr wird das verhindern«, sagte sie tonlos. »Und du kannst nichts für mich tun, als zu verschwinden und wenigstens dein Leben zu retten.«

»Das lass meine Sorge sein«, entgegnete er hart. »Ich bin gekommen, um dir zu sagen, warum Rüdiger von Neuenkirchen dir nicht geholfen hat.«

»Das brauchst du nicht, ich weiß es ja. Weil er verlobt ist mit dieser …«

»Nichts weißt du«, unterbrach er sie schroff. »Der Mann kann dir nicht helfen, weil er selber in einem Gefängnis verrottet, so wie du.« Einige Atemzüge lang war da nichts außer dem Zirpen der Grillen und dem leisen Seufzen des Windes.

»Was sagst du da?«, flüsterte Maria.

»Na ja, sein Gefängnis ist wohl um einiges bequemer als deines. Er liegt in seinem Bett. Lene war im Schloss. Sie hat behauptet, alle Welt spreche davon, dass der Edelmann eine Bernsteinader entdeckt habe, und da wolle sie ihre Dienste anbieten. Sie hat eins ihrer Schmuckstücke gezeigt, woraufhin man sie sofort hereingelassen hat. Nur hat nicht Rüdiger sie empfangen, sondern dieser Christoph. Er scheint sehr angetan von ihren Handwerkskünsten gewesen zu sein. Jedenfalls hat Lene natürlich nach Rüdiger gefragt. Er sei angeblich krank, hat sie zu hören bekommen.«

»Krank?«, fragte sie schwach.

»Das behauptet sein feiner Bruder. Doch das ist gelogen. Ich habe Lene begleitet. Zur Sicherheit«, sagte er schnell. »Du siehst ja selbst, wie schnell es gehen kann, dass dich einer beschuldigt. Lene hat unter eurem Dach gewohnt, sie stellt Kunstwerke her, die eine Frau niemals zustande bringen dürfte. Ich wollte sichergehen, dass dieser Edelmann«, er spuckte das Wort aus, »sie nicht beklaut und du hier Gesellschaft bekommst.«

»Das war sehr klug von dir.«

»Ich habe mich in der Nähe des Schlosses herumgedrückt. Wer läuft mir da über den Weg? Dieser Widerling Claus Ewing. Er hat mich erst nicht gesehen, so konnte ich anhören, wie er sich mit einem Kerl unterhalten hat, den ich nicht kannte. Dem hat er ein paar Münzen zugesteckt und gesagt, die seien vom Hauptmann. Er solle nur weiter dafür sorgen, dass Rüdiger mehr tot als lebendig in seinem Schlafgemach eingesperrt bleibe. Er dürfe auf keinen Fall von seinem Krankenlager aufstehen, solange du noch am Leben bist.«

Eine Träne rollte ihr über die Wange und tropfte vom Kinn herab. »Was fehlt ihm denn nur?«

»Sie flößen ihm irgendetwas ein, etwas, das ihn nicht tötet, aber zum Schweigen bringt. Falls der Bürgermeister oder der Richter auf die Idee kommt, mit ihm zu sprechen, darf er nicht in der Lage sein, auch nur ein Wort von sich zu geben. Das hat Ewing dem anderen eingeschärft.«

»Großer Gott im Himmel«, flüsterte sie.

»Der andere ist ins Schloss gegangen. Tja, dummerweise bin ich gegen ein Fass gestoßen, als ich mich zurückziehen wollte. Ewing hat mich entdeckt. Ihm war sofort klar, dass ich alles gehört hatte. Du weißt, was das bedeutet, Maria. Wenn ich ihn nicht mundtot gemacht hätte, wäre ich geliefert gewesen.«

»Du hast ihn verprügelt«, stellte sie fest.

»Ich will nicht mehr töten. Du hast recht, damit muss Schluss sein.« Er räusperte sich. »Hör zu, Maria, wenn sie dich das nächste Mal befragen, musst du ihnen sagen, dass Rüdiger von Neuenkirchen vergiftet wird, dass man ihn betäubt oder berauscht. Was weiß ich?! Sie sollen ihn aus dem Schloss holen und irgendwo gesund werden lassen. Ich weiß es doch auch nicht«, rief er verzweifelt. »Es gibt keine andere Möglichkeit. Wenn Rüdiger von Neuenkirchen nicht für dich aussagt, werden sie dich am Ende wirklich verurteilen.«

»Das haben sie schon.«

»Was?«

»Ich bin so gut wie verurteilt, Georg. Sie haben eine Hexenprobe gemacht. Das Ergebnis war eindeutig, ich bin eine Hexe.«

»Das ist doch Unsinn!«

»Nicht für sie. Für sie ist es genau das, was sie herausfinden wollten.«

»Verdammter Mist! In Ordnung, hör zu, ich werde mir etwas einfallen lassen. Aber du musst ihnen das von Rüdiger von Neuenkirchen sagen.«

»Es ist zu spät.«

»Nein, Maria, es ist erst zu spät, wenn du in Flammen stehst. Tu es! Um deines Vaters willen!«

Maria hatte nicht geschlafen. Sie hatte den Schinken und ein paar Moorrüben gegessen. Ihr Magen hatte daraufhin furchtbar weh getan, Krämpfe hatten sie gequält, sie hatte sich hin und her geworfen. Nun dämmerte der Morgen, und die Pein verging allmählich. Maria stand auf, reckte sich auf die Zehenspitzen. Was war da draußen los? Sie hörte Stimmen, hatte Wagenräder über das Kopfsteinpflaster poltern hören.

»Hier herüber, los, mach schon!«, brüllte jemand. »Willst du da etwa Wurzeln schlagen? Los, Kerl, beeil dich!«

Das Fenster war viel zu hoch, als dass sie den Hof des Schlosses von Pudgla hätte sehen können. Nur ihre Ohren verrieten ihr, dass Leute hin und her eilten. Dann sah sie das Ende eines Reisigbüschels, das jemand trug. Sie schichteten ihren Scheiterhaufen auf! Wenn ihr das rohe Gemüse und der Schinken nach Tagen des Hungers auch noch so große Beschwerden verursacht hatten, spürte sie doch neue Kraft in sich. Sie würde aussagen, was Georg ihr über Rüdiger von Neuenkirchen erzählt hatte. Richter Valentin war ein zivilisierter Mensch, das hatte er selbst gesagt. Vor allem war er ein Mann des Rechts. Er würde überprüfen müssen, ob es stimmte, ob Rüdiger in seinem Bett lag, ohne sprechen zu können. Valentin oder Bürgermeister Stöver mussten ihn dort rausholen. Dann würde er sich erholen, ihre Geschichte bestätigen, und alles würde doch noch in Ordnung kommen.

Es dauerte seine Zeit, ehe das Werk anscheinend vollbracht war. Maria sah nur noch einmal hinaus und erkannte einen Pfahl, der sich in den blauen Himmel reckte. Dort würde man sie festbinden, dort würde sie ihr Leben aushauchen, wenn das Wunder nicht noch geschah. Die Tür ging auf, der Henker trat ein.

»Kannst dein Kleid heute erst mal anbehalten, Mädchen«, sagte er. Seine Stimme klang bedrückt. »Nu isses also so weit. Is schade um dich. Weißt, es gibt Gefangene, da bist froh, wenn du die erledigen kannst. Und dann gibt's andere, die würdest gern laufen lassen.« Er seufzte. »Macht nich immer Spaß. So isses nun mal. Kannst nix gegen machen, ist meine Aufgabe.« Er packte ihren Ellenbogen und führte sie durch das Gewölbe.

»Wird der Richter zugegen sein oder der Bürgermeister oder besser noch beide?«, stotterte sie hastig.

»Jo, davon kannst ausgehen.«

»Das ist gut, das ist sehr gut. Ich muss nämlich eine Aussage machen. Es ist wirklich wichtig.«

»Nu doch noch? Das brauchst nu auch nich mehr«, ließ er sie wissen, während sie die Treppe hinaufstiegen. Er öffnete ihr die Tür, und sie betraten den Hof.

Maria blinzelte gegen die Sonne. Das Tuscheln und

Raunen verriet ihr, dass es einige Schaulustige gab. Sie nahm aus dem Augenwinkel eine Gruppe wahr, doch sie sah nicht hin. Bis ein Schrei durch die Mittagshitze gellte und sich an den Wänden des Schlosses brach.

»Maria! Großer Gott, warum hast du das zugelassen?« Zwei Kerle, groß und kräftig wie Bullen, hielten ihren Vater. »Mein liebes Kind«, schrie er, »meine brave Tochter! Sie ist unschuldig, hört ihr? Nehmt mich an ihrer Stelle!«

»Nein!« Ihre Lippen begannen zu zittern. Sie hatte stark sein wollen, hatte vorbringen wollen, was zu sagen war, und dann das Schicksal annehmen, das ihr zugedacht war. Sie war nicht darauf gefasst gewesen, ihren Vater zu sehen. Wahrscheinlich hatte man ihn hergeschafft, damit er das Schauspiel ansehen musste. Eine abgrundtiefe Verzweiflung ergriff Besitz von ihr. Da hatte sie plötzlich Georgs Stimme im Kopf. Es ist erst zu spät, wenn du in Flammen stehst, hatte er gesagt. Und dass sie durchhalten und kämpfen musste. Um ihres Vaters willen. Sie atmete zweimal tief durch, blickte sich um. Stöver und Valentin standen in ihren edlen Roben im Hof einige Fuß von dem Reisighaufen entfernt. Der Gerichtsdiener war bei ihnen, von Appelmann natürlich und Christoph von Neuenkirchen.

Noch ein tiefer Atemzug, dann rief sie: »Ich habe eine Aussage zu machen.«

»Das kommt ein bisschen spät«, gab von Appelmann höhnisch zurück.

»Aber nein«, unterbrach Richter Valentin ihn. »Es ist nie zu spät.« Er nickte dem Henker zu, der Maria zu den Männern führte. »Du hast es dir also anders überlegt?«, fragte er sanft. »Das ist gut, der Herrgott wird vielleicht Gnade mit dir armer Sünderin haben, wenn du dem Teufel hier und vor aller Ohren abschwörst und uns verrätst, wo wir ihn finden können.«

»Hier ist er. Ich bin der Teufel, der meinem armen Kind das alles eingebrockt hat«, schrie Pfarrer Schweidler.

»So ist es nicht«, erklärte Maria mit fester Stimme. »Der wahre Teufel steht hier im Hof des Schlosses.« Ein entsetztes Raunen ging durch die Menge, Frauen kreischten. Die Herren sahen sich verunsichert um. »Ihr werdet ihn nicht entdecken, denn ihr sucht nach dem Falschen.« Sie streckte den Arm aus und zeigte auf von Appelmann. »Er ist es.«

»So eine bodenlose Frechheit!« Der Hauptmann schnaubte, sein Gesicht war dunkelrot angelaufen. »Das müssen wir uns nicht länger anhören. Los, Henker, tu deine Pflicht! Sie soll endlich brennen.«

Sie hörte die Leute schreien und den Henker anfeuern. Ja, sie wollten die Hexe endlich in Flammen sehen. Die verzweifelten Rufe ihres Vaters gingen in dem Tumult unter. Maria wartete ab. Sie hatte bemerkt, dass der Henkersknecht sich nicht rührte, sondern fragend den Richter ansah. Der ließ Maria nicht aus den Augen. Schließlich hob er die Hand, und es kehrte Ruhe ein.

»Mit einem Geständnis und dem Verrat am Leibhaftigen könntest du deine Situation verbessern. Du aber beschimpfst auch noch diesen rechtschaffenen Hauptmann hier?«

»Ich muss es, ehrenwerter Richter Valentin. Denn ich weiß, dass Peter von Appelmann jemanden dafür bezahlt, dass der den Edelmann Rüdiger von Neuenkirchen krank macht.« Christoph warf ihr einen Blick zu, der ihr den Atem stocken ließ. Seine Augen funkelten voller Zorn. »Ich weiß nicht, was es für eine Substanz ist, aber Rüdiger von Neuenkirchen wird vergiftet, damit er nicht vor Euch erscheinen und seine Aussage machen kann.«

»Ihr Bruder liegt krank im Bett?« Valentin sah Christoph an.

»Leider, ja«, entgegnete der eisig. Dann sah er Maria an. Sie glaubte, im nächsten Moment würden Pfeile aus seinen Augen schießen und sie auf der Stelle töten. »Doch daran ist niemand anderer als diese Hexe schuld«, brüllte er. »Sie hat ihn mit einem Zauber gebannt, damit er nicht vor das Gericht treten und selbst sagen kann, dass alles, was sie behauptet, eine Lüge ist. Sie ist eifersüchtig und kann es nicht ertragen, dass mein Bruder mit der bezaubernden Sophie von Borcke verlobt ist und sie ehelichen wird. Falls er sich je von ihren Verwünschungen erholen und vom Krankenlager aufstehen sollte«, fügte er bitter hinzu.

»Das ist nicht wahr!« Maria machte einen Schritt auf Valentin zu. Sofort war der Henker zur Stelle, um sie festzuhalten. »Bitte, es gibt keinen Zauber, sondern irgendein Gift. Ich weiß, dass von Appelmann jemanden dafür bezahlt, Rüdiger von Neuenkirchen so viel davon zu geben, dass er auf keinen Fall sprechen kann. Ja, ich habe mein Herz an ihn verloren«, sagte sie, »doch ich wäre der glücklichste Mensch, wenn ich wüsste, dass er gesund wird. Und wenn es von Herzen sein Wunsch ist, Sophie von Borcke zur Frau zu nehmen, dann würde ich ihm vom Grund meiner Seele recht viele wunderbare Jahre mit ihr gönnen.«

»Deine Worte klingen ehrlich.« Valentin hatte ein gütiges Gesicht. Er glaubte ihr. In Maria keimte Hoffnung auf. »Wen bezahlt Hauptmann von Appelmann deiner Meinung nach? Und woher willst du Kenntnis davon haben?«

Maria schluckte. Sie sah sich um, Georg war weit und breit nicht zu sehen. Konnte sie ihn verraten, konnte sie sagen, dass er in der Nacht bei ihr gewesen war, ihr zu essen gebracht hatte?

»Claus Ewing hat den Mann bezahlt«, gab sie zur Antwort. »Fragt ihn! Er wird zugeben müssen, dass ich die Wahrheit spreche.«

»Du hast meine Frage nicht beantwortet«, beharrte Valentin.

»Das ist doch Unfug«, polterte von Appelmann. »Der ehrenwerte herzogliche Amtshauptmann Christoph von Neuenkirchen sagt uns, dass sein Bruder verhext wurde. Sein Wort steht gegen ihres. Was gibt es da wohl noch zu überlegen oder zu fragen? Wem sollten wir wohl glauben?«, fragte er laut und blickte in die Runde. Sofort riefen die Schaulustigen den Namen des Amtshauptmannes.

»Auf den Scheiterhaufen mit ihr!«, brüllten einige. »Die Hexe soll brennen«, verlangten die anderen.

»Ich frage dich zum letzten Mal«, forderte Valentin sie leise auf. »Nenne mir den Namen desjenigen, der Rüdiger von Neuenkirchen Schaden zufügt, und verrate mir, woher du davon weißt. Sonst kann ich nichts für dich tun.«

»Ich kenne den Namen nicht«, gestand sie. »Ich weiß nur, dass es Peter von Appelmann ist, der dahintersteckt. Das hat mir Georg gesagt. Er war hier …« Weiter kam sie nicht.

»Ausgerechnet!« Von Appelmann riss die Hände in die Höhe. »Der Teufel höchstpersönlich war bei seiner Buhlschaft, das Ungeheuer, nach dem wir suchen, der meinen braven Mann Claus Ewing aufs Übelste zugerichtet hat. Ist das nicht ein herrlicher Zeuge?« Die Leute lachten.

Valentin schüttelte den Kopf. »Schade um dich, Weib«, flüsterte er. Laut sagte er: »Ich verurteile dich, Maria Schweidler aus Coserow zum Tod durch Verbrennen!«

Sie starrte den Richter an, blickte dann zu Bürgermeister Stöver und zu Christoph von Neuenkirchen. Das konnte doch nicht alles gewesen sein. Sie mussten doch wenigstens versuchen, ihre Worte zu überprüfen.

Sie sah, wie ihr Vater sich wand, wie er sich mühte, sich loszureißen. Völlig unmöglich. Die Kerle hatten Hände wie Schraubstöcke. Einer von ihnen rammte ihrem Vater den Ellenbogen in die Seite. Sie musste mit ansehen, wie er einknickte und auf die Knie sank. Da war so ein Tumult um sie herum, dass Maria gar nicht begriff, dass sie bereits auf ein Brett geführt wurde, auf dem sie über das Reisig hinwegstieg. Oben am Fuße des Pfahls gab es eine winzige hölzerne Plattform, auf die sie sich stellen musste. Es gab nichts mehr zu tun, nur noch eins. Maria suchte den Blick ihres Vaters. Endlich sah er ihr in die Augen. Sie lächelte.

»Es ist gut, alles ist gut«, formten ihre Lippen immer wieder lautlos. »Lass mich gehen!«

»Halt! Aufhören! Sofort aufhören!« Lene kam über das Kopfsteinpflaster gerannt. »Diese Frau ist keine Hexe. Ich kann beweisen, dass sie die Wahrheit gesagt hat.« Ungläubiges Murmeln, der eine oder andere schien enttäuscht, wieder andere atmeten auf.

»Nimmt denn dieses unwürdige Spektakel gar kein Ende mehr«, fauchte von Appelmann. »Der Henker soll fortfahren. Schafft die Frau weg, ganz gleich, was sie will. Sie ist eine Lügnerin wie Maria Schweidler auch.«

Valentin würdigte ihn nur eines kurzen Blickes, ehe er sich der Frau zuwandte. »Wer bist du, Weib?«

»Ich bin Lene von Rügen. Ich bin auf eurer Insel Gast und wohne im Hause des ehrbaren Pfarrers Schweidler in Coserow.«

»Du weißt, dass deine Worte höchst gewagt sind. Von welchen Beweisen sprichst du?«

Lenes Brustkorb hob und senkte sich schnell. Sie musste den ganzen Weg gelaufen sein. Maria sah, wie sie einen Lederbeutel unter ihrer Schürze hervorholte, in dem sie üblicherweise ihren Bernstein aufbewahrte. Was sie ans Tageslicht beförderte, war jedoch kein Stein, kein Schmuckstück, es war ein Stück Stoff.

»Dieses Taschentuch gehört Rüdiger von Neuenkirchen«, rief sie, hielt den Fetzen in die Höhe und drehte sich damit, so dass jeder ihn sehen konnte. »Ihr könnt das Wappen leicht erkennen«, sagte sie, an Valentin gewandt. »Das gekrönte Visier eines Ritters, geschmückt mit Pfauenfedern. Wenn ich nicht irre, ist das das Wappen derer von Neuenkirchen. Und seht, darunter sind die Buchstaben R und N gestickt.« Sie reichte das Tuch dem Richter mit triumphierendem Lächeln. Die Blicke der beiden Frauen trafen sich, Marias Augen füllten sich mit Tränen. Eine Welle der Dankbarkeit erfasste sie mit einer Wucht, der sie kaum standhalten konnte.

»Die Frau sagt die Wahrheit«, stellte Valentin fest. »Jedenfalls, was den Besitzer dieses Taschentuchs angeht.« Er reichte es weiter an Christoph von Neuenkirchen. Der sah es sich kurz an und nickte.

»Ich sage die Wahrheit, werter Herr, das könnt Ihr mir glauben. Auch darüber, wie ich zu dem Tuch gekommen bin, werde ich Euch reinen Wein einschenken.« Es war totenstill auf dem Hof. Niemand wagte zu reden oder auch nur zu hüsteln. »Maria war auf dem Streckelsberg und hat nach Bernstein gegraben. Das hat sie mir erzählt. Da tauchte Rüdiger von Neuenkirchen auf. Er trug das Fell eines Wolfes, um Maria unerkannt beobachten zu können. Als er sich ihr zeigte, sind zwei Schergen Peter von Appelmanns auf und davon gelaufen. Peter Krüger und Claus Ewing sind ihre Namen. Sie glaubten, ihnen sei der Leibhaftige erschienen, der sich mit Maria im Mondenschein getroffen hätte.« Sie lachte. »Dummköpfe. Der Edelmann war es. Doch Maria wusste, dass diese Einfaltspinsel sie in eine schlimme Lage bringen würden. Vor lauter Angst als Hexe angeschwärzt zu werden, wollte sie sich das Leben nehmen. In der Ostsee wollte sie sich ertränken«, rief Lene laut, dass es jeder hören konnte. »Sie hat geweint und gebebt. Da hat der Edelmann ihr sein Taschentuch gereicht und ihre Tränen damit getrocknet. So hat sie es mir erzählt. Dieses Stück Stoff ist wohl Beweis genug, denn ich fand es in Marias Kammer.«

Nun gab es kein Halten mehr, die Leute debattierten miteinander, reckten die Hälse. Maria sah, dass ihrem Vater die Tränen in Strömen über das Gesicht rannen. Sie sah Christoph von Neuenkirchen, der einen Schritt auf Valentin zu trat. Dann sah sie ihn die Hände heben.

»Ich kenne diese Frau!« Seine Stimme dröhnte quer über den Hof und hallte vom Gemäuer wider. »Sie kam zu uns ins Schloss. Ich sage Euch, was sie wollte.« Er machte eine Pause und sah von Valentin zu Stöver. »Sie wollte Bernstein verkaufen, den sie selbst bearbeitet hat.«

»Das gibt's doch gar nicht!« »Eine Frau? Unmöglich!« »So eine Ungeheuerlichkeit!« Alle riefen durcheinander. Lene sah sich um, Maria konnte die Angst in ihren Augen sehen.

»Sie war mir von Anfang nicht geheuer«, erklärte Christoph weiter. »Wer weiß, vielleicht ist sie selbst eine Hexe. Eines ist gewiss, sie dürfte nicht im Besitz von Bernstein sein. Jeder weiß, dass das den Meistern der Zünfte in Stolpe, Lübeck oder Danzig vorbehalten ist. Sie wollte mir nicht erklären, woher sie den Schmuck hatte. Ich habe sie natürlich hinauswerfen lassen. Da rief sie voller Zorn, das würde ich noch bitter bereuen. Ich nehme an, sie wird das Taschentuch meines Bruders bei der Gelegenheit gestohlen haben. Und nun tischt sie uns eine dreiste Lüge auf.«

»Nein, sie sagt die Wahrheit«, rief Schweidler. »Sie lebt unter meinem Dach, und ich war dabei, als sie das Tuch in der Kammer meiner Tochter gefunden hat.«

»Aber sicher!« Von Appelmann verzog spöttisch das Gesicht. »Der Vater der Hexe hat vorhin behauptet, er sei der Leibhaftige höchstpersönlich. Jetzt will er uns weismachen, er war dabei, als das Taschentuch in seinem Hause entdeckt wurde. Vielleicht finden sich noch ein Mörder und ein alter Ziegenbock, die bereit sind, die Unschuld dieses Weibes zu beteuern. Dann müsste man sie wohl laufenlassen, wie?« Alles lachte.

Maria sah Lene an und lächelte. »Danke«, flüsterte sie. Lene hatte ihr helfen wollen, das bedeutete ihr viel. Auch wenn es nichts genutzt hatte. Maria würde sterben. Sie war bereit.

»Es lässt sich hier und jetzt nicht klären, woher diese Frau das Taschentuch hat«, begann Valentin. »Eins jedoch macht mich stutzig. Ihr habt einem Weib, das Euch von Beginn an nicht geheuer war, Einlass in Euer Schloss gewährt. Ihr werdet sie doch sicher nicht aus den Augen gelassen haben. Jemand wird immer bei ihr gewesen sein, oder nicht?«

»Selbstverständlich, ich bin kein Narr.«

»Dann weiß ich nicht, wie es ihr gelungen sein soll, ein Taschentuch Eures Bruders zu stehlen. Sie kann unmöglich in sein Schlafgemach gelangt sein.«

»Wahrscheinlich hat irgendwo eines herumgelegen. Vielleicht auf dem Boden. Es könnte meinem Bruder aus der Tasche gerutscht sein, als er noch in der Lage war, sich zu bewegen.« Sein Ärger war nicht zu überhören. Maria dagegen wäre am liebsten in Jubel ausgebrochen. Sie hatte sich in dem Richter nicht getäuscht, er war ein anständiger, aufrechter Mensch.

»Ja, das könnte es.« Valentin nickte. »Nur wüsste ich keinen Grund, warum Lene von Rügen es an sich hätte nehmen sollen. Ein am Boden liegendes Taschentuch, das bereits benutzt worden ist, scheint mir kein begehrenswertes Diebesgut zu sein.« Er hob die Stimme. »Bring Maria Schweidler zurück in ihr Verlies, Henker. Der Gerechtigkeit muss Genüge getan, ihre Aussagen müssen überprüft werden.«

Wieder allein in ihrem Verlies hatte Maria ein Lächeln auf den Lippen. Sie konnte den Anblick ihres Vaters nicht vergessen, der Lene in seine Arme schloss. Die beiden hatten gemeinsam geweint, während der Henkersknecht, vergnügt pfeifend, Maria zunächst vom Scheiterhaufen, quer über den Hof und dann zurück in das Schloss geführt hatte. Es gab wieder Hoffnung! Für sie selbst war das nicht von großer Bedeutung, das Leben, das ihr bisher vertraut gewesen war, hatte sie in den Tagen ihrer Gefangenschaft ohnehin schon verloren. Was würde ihr bleiben, wenn man sie verschonte, wie sollte sie den Leuten in Coserow wieder ins Gesicht sehen, wie mit ihnen leben? Doch für ihren Vater freute sie sich umso mehr.

Am gleichen Tag, an dem man ihre Hinrichtung in letzter Minute abgesagt hatte, erschien von Appelmann in ihrem Kellerloch. Er ließ sie wissen, dass Richter Valentin einen Boten zu Rüdiger von Neuenkirchen senden ließ. Dieser Mann sei ein Vertrauter des Richters und würde Marias Aussagen überprüfen. Sie sollte sich allerdings keine Hoffnung machen, es würde eine Weile dauern, bis der Bote zurück sei, um Bericht zu erstatten.

»Wenn er überhaupt unversehrt zurückkehrt«, flüsterte er und verzog die Lippen zu einem hämischen Grinsen. »Du hast dich mit dem Falschen angelegt, Maria Schweidler. Ich werde dafür sorgen, dass du ein vollständiges Geständnis ablegst und dass die Flammen dich auffressen. Ich werde nicht als Lügner oder Betrüger dastehen.«

»Obwohl du genau das bist?«

Seine Kieferknochen traten hervor, sein Brustkorb hob und senkte sich, als wolle er das feine Hemd und die Weste darüber sprengen. »Noch ehe der neue Tag anbricht, wirst du mich anflehen, meine Geliebte werden zu dürfen«, zischte er und ging.

Maria betete, dankte ihrem Gott. Die Drohung des Hauptmannes machte ihr wenig Sorge. Valentin ließ jemanden zu Rüdiger von Neuenkirchen gehen. Er würde die Wahrheit erfahren. Und er würde genau darauf achten, was mit Maria geschah. Von Appelmann würde es nicht wagen, ihr jetzt etwas zuleide zu tun. Wie sollte er das dem Richter erklären? Die Abenddämmerung brach herein, es wurde finster in ihrem Verlies. Sie legte sich ins Stroh, zog die Decke bis zum Kinn hinauf. Die Nächte wurden schon empfindlich kühl. Dann flüsterte sie ihr Abendgebet und schlief rasch ein.

Ein Rufen weckte sie, eine weibliche Stimme, die nach ihr rief.

Maria sprang auf. »Lene?«

»Maria, hör zu, ich kann nicht lange bleiben. Es ist hier nicht sicher für mich.«

»Du hättest nicht kommen sollen, du hast doch schon so viel für mich getan. Ich weiß gar nicht, wie ich dir danken soll.«

»Sollst du nicht, du sollst einfach nur zuhören. Der Bote, der zu Rüdiger von Neuenkirchen gehen soll, ist tot.«

»Was?« Beinahe hätte sie geschrien.

»Sie werden dir das anhängen. Sie werden behaupten, du hast den Vertrauten des Richters verhext, weil er dir auf die Schliche hätte kommen können.«

»Aber das ist Unsinn. Ich habe doch darum gebeten, dass jemand zu ihm geht.«

»Ist nicht alles Unsinn, was dieser Appelkopp bisher von sich gibt? Sie werden es dir anhängen, so oder so.« Maria hörte sie lachen. »Jedenfalls hatten sie das gewiss vor. Nur machen wir ihnen einen Strich durch ihre schöne Rechnung. Georg hat befürchtet, dass dem Boten etwas zustoßen könnte. Er war hier. Vorhin. Als sie dich zum Scheiterhaufen geführt haben.«

»Ich habe ihn nicht gesehen«, erklärte Maria überrascht.

»Du nicht und auch sonst niemand. Aber er war da. Und er hat sich an die Fersen des Richters geheftet. Georg und ich haben die letzten Krumen aus der Bernsteinader gekratzt, und dein Vater hat noch Geld übrig. In diesen Zeiten muss jeder sehen, wo er bleibt«, wisperte sie. »Da kamen einem braven Gerichtsdiener ein paar Pfennige gerade gelegen. Und was sollte schon schlecht daran sein, zu verraten, wer zum Schloss Mellentin reiten wird? Georg war zur Stelle, als der Mann aufgebrochen ist, und ist ihm gefolgt. So hat er beobachtet, wie zwei vermummte Strauchdiebe ihn auf halber Strecke von seinem Pferd geholt und ihm die Kehle durchgeschnitten haben.«

Die Worte von Appelmanns dröhnten in ihrem Schädel. Es würde dauern, ehe der Bote zurückkehrte, falls er überhaupt unversehrt zurückkam. Hatte er das nicht gesagt? Maria spürte alle Hoffnung schwinden. »Und jetzt?«

»Einer der beiden Maskierten war Peter Krüger.« Das war keine Überraschung. »Der andere sollte in die Kleider des Boten schlüpfen und sich durch ein Schreiben des Richters ausweisen. Dummerweise wurde er im Kampf verletzt. Den Krüger hat Georg überwältigt. Er hat ihm einen Handel vorgeschlagen, den der nicht ausschlagen konnte. Entweder tötet Georg ihn, oder der Krüger hilft Georg, Rüdiger von Neuenkirchen aus dem Schloss zu holen und hierher nach Pudgla zu bringen. Dafür hat Georg ihm sein Leben und eine Silbermünze versprochen.«

»Ich verstehe das nicht. Wie wollen sie ihn aus dem Schloss bekommen? Christoph von Neuenkirchen wird seinen Bruder bewachen lassen.«

»Das ist zu befürchten.«

»Und überhaupt, sie werden erst gar nicht in das Schloss gelangen«, stellte Maria betrübt fest.

»Doch, das werden sie gewiss. Schließlich können sie das Schreiben des Richters vorweisen. Niemand dort kennt Georg von Angesicht. Er wird als Bote durchkommen, und er wird sagen, dass von Appelmann ihm den Krüger als Begleitung und zum Schutz mitgegeben hat.«

Maria wagte noch nicht, neue Hoffnung zu schöpfen. Sie war bisher immer wieder zerstört worden. »Aber es war doch gar nicht die Rede davon, Rüdiger hierher zu bringen. Er sollte nur befragt werden.«

»Wenn der Bote sieht, dass dein Rüdiger nicht ansprechbar ist, wird er eben darauf bestehen.« Maria atmete hörbar aus. »Es wird nicht einfach, aber Georg wird es schaffen. Wir müssen daran glauben.«

»Das müssen wir wohl«, stimmte Maria ihr zu.

»Krüger hat zugegeben, dass jemand dem Armen einen Tee aus Bilsenkraut eingeflößt hat. Ein paar Samen haben sie im Gemach liegenlassen als Beweis gegen dich. Du weißt ja, dass das üble Gewächs auch Hexenkraut genannt wird.«

»Das kann ihn töten«, hauchte sie entsetzt.

»Umso wichtiger, dass Georg ihn aus dem Schloss holt. Ich muss gehen, Maria. Hier ein Stück die Straße hinunter gibt es eine verlassene Scheune mit eingestürztem Dach. Dort werde ich die Männer erwarten. Ich werde deinem Rüdiger ein Glas warmes Wasser mit etwas Salz und ranzigem Öl geben. Das sollte helfen, damit er das Bilsenkraut auskotzt, das noch in ihm steckt.«

»Großer Gott, hoffentlich ist es nicht schon zu spät.«

»Maria, du musst dem Richter und dem Bürgermeister sagen, dass Krüger heute Nacht bei dir war und dir verraten hat, wo Rüdiger zu finden ist. Sie sollen in die Scheune kommen und sich selbst überzeugen. Dann bist du gerettet.«

»Warum sollte ausgerechnet Peter Krüger zu mir kommen und mir helfen?«

»Weil er Angst bekommen hat, dass seine Seele an den Teufel fällt, wenn er die Tochter eines Pfarrers unschuldig auf den Scheiterhaufen bringt. Klingt doch gut, nicht?« Sie lachte. »Ich muss jetzt gehen. Wir sehen uns bald wieder. Und dann bist du frei!«

»Danke, Lene!«, rief sie. »Ich danke dir so sehr.« Sie ging zurück zu ihrem Schlaflager. Kurz darauf hörte sie einen Schrei, der ihr durch Mark und Bein ging. Lene! Sie hatten sie erwischt.

Maria hörte die Laute eines Kampfes.

»Lene!«, schrie sie immer wieder. Sie stand unter dem Fenster und reckte sich, so hoch sie konnte, auf ihre Zehenspitzen. Ab und zu sah sie das Flackern einer Fackel. Die Stimmen waren ein gutes Stück entfernt, jemand musste sich Lene auf der Straße auf dem Weg in die Scheune geschnappt haben. Lieber Gott im Himmel, wenn sie ihr nur nichts zuleide taten. Ein frommer Wunsch. Und was würde aus Rüdiger werden? Wenn Georg es schaffte, ihn in Sicherheit zu bringen, würde er dann auch wissen, wie man das Bilsenkraut aus seinem Körper brachte? In Marias Kopf rasten die Gedanken hin und her. Sie lief in völliger Dunkelheit von einer Wand zur anderen. Selten zuvor hatte sie sich dermaßen eingesperrt gefühlt.

»Vater im Himmel«, betete sie, »bitte, steh Lene bei.

Sie hat sich meinetwegen in Gefahr gebracht. Bitte lass es mich sein, die Folter und Schmerz erleiden muss, und nicht sie.«

Maria blieb abrupt stehen. Es war ruhig geworden. Vollkommen ruhig, geradezu totenstill. Sie hatten Lene doch nicht etwa …? Maria verbot sich diesen Gedanken. Sie begann wieder von einer Ecke ihres Gefängnisses in die andere zu laufen, blind und voller Angst um die Freundin, die ihr Leben für sie riskiert hatte. Und um den Mann, in den sie sich verliebt hatte.

KAPITEL 10

Schritte, das Knarzen einer Tür, die Schritte wurden lauter. Der Spalt unter ihrer Tür war plötzlich zu erkennen, von einem rötlichen Schein erhellt.

»Bring sie weg! Wir kommen später nach.« Das war von Appelmanns Stimme. Maria schloss die Augen und sog Luft in ihre Lungen. Da öffnete sich ihre Tür, und der Hauptmann trat ein, eine Laterne in der Hand, die er sofort an einem Haken in der Wand befestigte.

»Dem Fleißigen hilft Gott. Sagt man das nicht?« Er baute sich vor ihr auf und sah höchst zufrieden aus.

»Ovid sagt: Am Abend werden die Faulen fleißig«, entgegnete sie. »Nun, es ist dunkel.«

Er funkelte sie zornig an, ging aber nicht darauf ein. »Mir ist soeben ein Vögelchen ins Netz gegangen, das mir und dem Richter die schönsten Lieder singen wird. Davon bin ich überzeugt. Man muss das kleine Geschöpf nur zum Gesang anstiften.« Er kam näher, legte eine Hand unter ihr Kinn und zwang sie, ihm in die Augen zu sehen. »Ich weiß, wie man den Spatz dazu bringt, in den höchsten Tönen zu trällern.« Ohne dass sie etwas dazu gesagt hätte, fuhr er fort: »Du glaubst mir nicht? Nun, dann lade ich dich ein, mich in den Käfig zu begleiten, in dem das Vögelchen schon auf mich wartet.«

Er hatte Lene nicht getötet. Immerhin. Doch war es besser für sie, noch am Leben zu sein? Er hatte sie in seiner Gewalt. Maria zweifelte keinen Augenblick daran, dass er ihr Schrecklichstes antun würde, damit sie gegen Maria aussagte.

»Bitte, Hauptmann, tut ihr nichts«, flüsterte Maria. »Ihr habt mich. Lasst sie gehen.«

Er legte einen Arm um ihre Taille und zog sie an sich. »Endlich sprichst du zu mir, wie es sich für eine niedere Dirne einem Herrn gegenüber gebührt«, zischte er heiser. »Du hast recht, ich habe dich.« Er fuhr mit dem Zeigefinger über ihre Wangen und über ihre Lippen. »Dann bist du jetzt bereit, den Handel mit mir zu machen?« Sie wusste genau, was er meinte. Ihr Körper begann zu zittern, eine Träne lief ihr über das Gesicht. »Du bebst ja schon vor freudiger Erregung. Gib dich mir hin, und ich werde mir eine Geschichte einfallen lassen, die dich vor dem Scheiterhaufen bewahrt.« Sein Finger glitt über ihren Hals und weiter hinab. Er fasste in ihren Ausschnitt. Mit einem Ruck war der Stoff ihres Kleides zerrissen. Sie hatte ja noch ihr Unterkleid und die Wäsche, tröstete sie sich. Und er hatte sie schon ganz nackt gesehen. Da zerriss er auch noch den Stoff, der ihre Brüste bedeckt hatte. »Du bist so schön, Maria Schweidler, diese

Schönheit ist nicht irdisch. Du musst eine Hexe sein.« Er presste seine feuchten Lippen auf ihren Hals, dann auf ihre nackten Brüste. »Es ist mir gleich«, murmelte er, während er mit fahrigen Handgriffen ihre Röcke raffte. »Es ist mir gleich, selbst wenn du mich verhext. Du gehörst mir.« Seine Hand griff grob zwischen ihre Beine, er drängte sie an die Wand. Maria stolperte rückwärts und erstickte beinahe an den Tränen und dem Schluchzen, das sie hinunterschluckte.

Als er mit ihr fertig war, zerrte er sie aus ihrem Verlies. Sie gingen den Weg, den der Henkersknecht schon einmal mit Maria gegangen war. Maria fühlte sich schmutzig und innerlich abgestorben. Würde er sie jetzt auch noch foltern? Ihr war es gleich. Eine schlimmere Folter als die, die sie soeben hatte über sich ergehen lassen müssen, konnte sie sich nicht ausmalen. Sollte er mit ihrem Körper anstellen, was immer er wollte. Ihre Seele konnte er niemals beherrschen. Er klopfte dreimal an die mächtige Tür der Folterkammer. Sie wurde wenige Augenblicke später geöffnet. Von Appelmann stieß Maria hinein. Die blieb wie angewurzelt stehen. Der Henker hatte Lene an Händen und Füßen auf eine Art Leiter gebunden. Sie war völlig nackt, warf ihren Kopf hin und her und flehte die beiden Männer an, sie gehen zu lassen.

»Seid mir gnädig, ich habe doch nichts getan«, schluchzte sie.

Maria erkannte entsetzt die Walzen, mit denen man

die Länge des hölzernen Gestells variieren konnte. Sie würden Lenes Körper über das erträgliche Maß hinaus strecken. So hatte es ihr der Gerichtsdiener anhand einer Zeichnung erklärt.

»Oh Gott, es tut mir so leid«, wisperte Maria. »Du hättest nicht kommen dürfen, Lene. Ich werde nicht zulassen, dass sie dir das antun.« An von Appelmann gewandt flehte sie: »Sie ist unschuldig. Bitte, lasst sie nicht für mich leiden!« Er sah sie nicht einmal an, sondern betrachtete Lene, die hilflos vor ihm lag. »Ihr habt doch, was Ihr wollt, Ihr habt mich!«, rief Maria. »Lasst sie gehen, das war unsere Abmachung.«

»Wie?« Er sah sie erstaunt an. »Aber nein, da musst du mich ganz falsch verstanden haben.« Er lächelte und streichelte ihr über die Wange. Maria hätte sich am liebsten zur Seite gedreht. Ekel stieg in ihr auf, doch sie beherrschte sich und ertrug seine Berührung. Sie durfte ihn nicht verärgern, nicht, solange er Lene noch nicht freigelassen hatte. »Unsere Abmachung ist eine andere, und du hast mir erst einen Vorgeschmack darauf gegeben, dass du bereit bist, sie einzuhalten. Dafür habe ich dir versprochen, mir eine Geschichte einfallen zu lassen, die dich vor dem Scheiterhaufen bewahrt. Und sieh nur, hier liegt die Geschichte vor uns.« Er setzte sich auf Lenes Oberschenkel, als sei sie ein Möbelstück. Lene schrie auf. Doch es kümmerte ihn nicht. »Ein paar Umdrehungen der Walzen, und dieses Weib wird gestehen, dass sie es war, die auf dem Streckelsberg Bernstein ausgegraben hat. Schließlich zaubert sie daraus kleine Kunstwerke, die nicht in den Händen einer Frau entstehen könnten, würde alles mit rechten Dingen zugehen. Sie war es, die im Mondschein den Teufel beschworen hat. Sie hat mit ihm getanzt und sich ihm auf unzüchtigste Weise hingegeben.« Er sah Lene an und schlug ihr spielerisch auf den Bauch. »Merke dir meine Worte gut. Ich will sie vor dem Richter als dein Geständnis hören«, sagte er gutgelaunt, eher er sich wieder an Maria wandte. »Es passt geradezu perfekt. Sie hat euch von ihrem Reichtum abgegeben und dafür von dir verlangt, dass du behauptest, selbst dort oben bei der Bernsteinader gewesen zu sein. Deine heimlichen Treffen mit dem Edelmann von Neuenkirchen hat sie erfunden, damit es eine Erklärung für diejenigen gibt, die den Teufel gesehen haben wollen. Beinahe wärst du für sie auf den Scheiterhaufen gegangen«, führte er im Plauderton aus. »Und weil du eine so hohe Moral hast, deinem Vater weiter den Reichtum gönnen wolltest, hast du selbst dann nicht die Wahrheit gesagt. Du wärst eher bereit gewesen, für die Hexe zu sterben.«

»Bitte, steht auf«, wimmerte Lene. »Meine Beine!«

Von Appelmann bewegte sein Hinterteil ein paarmal auf und nieder, als wollte er die Bequemlichkeit eines Stuhls prüfen. »Man sitzt nicht sehr komfortabel, du bist ein wenig knochig.«

»Niemand wird dir glauben«, sagte Maria leise und sah ihm in die Augen.

Er sprang auf, Lene entfuhr ein Schrei, dann schluchzte

sie nur noch. »Du sprichst wieder mit mir wie mit deinesgleichen«, stellte er zornig fest. »Ich dachte, wir wären schon weiter. Oder ist es die vertrauliche Ansprache der Liebhaberin?« Er packte sie, presste sie an sich und grapschte grob nach ihrer Brust. Er würde doch nicht schon wieder … hier vor den Augen des Henkers und vor Lene?

»Wie schwach du bist, Hauptmann«, sagte sie kühl. »Wie armselig und jämmerlich! Obwohl ich schon am Boden liege, trittst du noch immer zu. Nicht einmal Hunde betragen sich derartig feige.«

»Du verstehst nicht, in welcher Situation du bist«, zischte er und zog ihr den zerfetzten Stoff von den Schultern.

»Ich glaube, du begreifst deine Lage nicht«, entgegnete sie. »Warum sollte eine Hexe mich vor dem Scheiterhaufen bewahren, wenn sie dadurch doch außer Gefahr wäre? Und hast du dir einmal überlegt, was geschieht, wenn Peter Krüger dem Valentin erzählt, dass er und sein Kumpan den Boten des Richters töten und ersetzen sollten? Dass du sie beauftragt hast?«

»Anfangen!«, befahl er dem Knecht. Sofort griff der nach der ersten Kurbel und drehte daran. Lenes Körper, der eben noch locker auf der Bank gelegen hatte, wurde gedehnt. Arme und Beine waren gerade ausgestreckt, die Haut über dem Rumpf spannte sich, alles schien sich zu spannen.

Lene jammerte: »Wir sind verloren, Maria, das ist gewiss. Ich kann das nicht aushalten.«

»Aufhören!«, rief Maria und warf dem Henker einen flehenden Blick zu. Er war kein schlechter Mensch, er musste doch begreifen, dass von Appelmann ein übles Spiel trieb. »Das kannst du ihr doch nicht antun. Du weißt, dass sie keine Hexe ist. Genauso wenig wie ich eine bin.«

Der Hauptmann nickte dem Mann zu, der drehte daraufhin an der zweiten Kurbel. Wieder ertönte ein hässliches Knirschen von dem Holz und den Lederschlaufen, die Lenes Hände und Füße hielten. Gleich darauf waren Lenes Schreie zu hören.

»Bitte, bitte, hör doch auf!«, bettelte Maria mit gesenktem Kopf.

Von Appelmann packte ihren Kopf mit beiden Händen und hielt ihn fest. »Sieh hin!«, brüllte er sie an. »Du sollst die Qual deiner Hexenfreundin ansehen. Ich lasse ihn weitermachen, bis sie in Stücke reißt.«

»Nein, bitte, ich gestehe ja«, rief Lene keuchend.

»Schon?« Der Hauptmann hob die Augenbrauen. »Wie schade. Es knallt so schön, wenn die Sehnen reißen.« Er ließ Marias Kopf los und sah Lene erwartungsvoll an.

»Nein, Lene, tu es nicht. Wir kennen beide den bösen Plan dieses Ungeheuers.« Wieder sah sie den Henker verzweifelt an. »Du musst den Richter holen, schnell! Oder den Bürgermeister. Er muss erfahren, was von Appelmann mit dem Boten angestellt hat, der zum Schloss Mellentin geschickt wurde.« Der Mann erweckte nicht den Eindruck, als würde ihn sonderlich interessieren, was sie zu sagen hatte. Trotzdem redete sie weiter auf ihn ein, sie durfte einfach nicht aufgeben. »Nicht nur das, er hat auch noch Rüdiger von Neuenkirchen zunächst vergiften und dann auch noch entführen lassen. Diese Frau hier kann Auskunft über seinen Aufenthaltsort geben. Sie ist die Einzige, die das kann. Du musst dem Richter Bescheid geben, ehe sie zu keinem Wort mehr fähig ist. Dann ist es auch um den Edelmann geschehen, und du trägst einen Teil der Schuld daran.«

Der Henker sah erschrocken aus. »Das gefällt mir nich, Hauptmann, das gefällt mir gar nich. Können wir nich morgen früh weitermachen, wenn der Richter dabei ist?«

»Was sagst du da?« Von Appelmann bebte vor Zorn. »Du Narr glaubst dieser dreckigen Dirne?«

»Ich dachte nur«, begann der Knecht verunsichert.

»Du sollst nicht denken«, fuhr von Appelmann ihm ins Wort. »Dafür wirst du nicht bezahlt. Du sollst deine Pflicht erledigen.« Er deutete mit dem Kopf auf Lene. »Die da wollte doch schon singen wie ein Vögelchen. Los, sorge dafür, dass sie ihr Geständnis vollendet.«

»Is gut.« Er griff nach der ersten Kurbel.

Ehe er sie drehen konnte, schrie Lene: »Nein, nicht, das ist nicht nötig. Ich gestehe. Ja, es ist so gewesen. Ich war die Frau auf dem Streckelsberg, ich bin die Hexe, die Geliebte des Teufels. Ich allein.« Tränen liefen ihr in Strömen über die Wangen.

Von Appelmann betrachtete sie kurz, dann nickte er

dem Henker ungerührt zu. Der drehte erneut die erste Walze. Es knirschte und knackte. Maria hätte sich am liebsten die Ohren zugehalten. Lenes Schreie waren so entsetzlich, als stammten sie von keinem menschlichen Wesen. Und doch konnten sie die anderen fürchterlichen Geräusche nicht übertönen.

»Sie hat doch gestanden. Was willst du denn noch, du Vieh?« Maria hatte die Fäuste geballt. Sie schlug auf von Appelmann ein. Sie war außer sich, raste, versuchte, ihm in die Augen zu stechen, ihre Nägel in seine Haut zu schlagen. Doch die Entbehrungen und Anstrengungen der vergangenen Tage forderten ihren Tribut. Es war ein Leichtes für den Hauptmann, ihre Handgelenke zu packen, so dass sie ihm nichts mehr antun konnte. Fast nichts. Sie beschimpfte ihn, verfluchte ihn und spuckte ihm ins Gesicht.

»Hast du es noch immer nicht kapiert?«, keifte er. »Nicht ihr Geständnis will ich haben, sondern deins. Der Henker wird weitermachen, bis ich es habe. Und wenn die da tot ist, dann ist dein Vater dran. Den werde ich mir auch holen und foltern. Mal sehen, ob du wenigstens ihn retten wirst.«

Maria hörte wieder das Knarren, die verzweifelten heiseren Schreie. Sie würde diese Töne bis an ihr Lebensende in ihrem Kopf behalten.

»Du kriegst mein Geständnis«, sagte sie hart. »Und du kriegst noch viel mehr von mir«, ergänzte sie heiser. »Lass sie auf der Stelle in Ruhe, und du kriegst alles von mir.«

Von Appelmann hob die Hand, der Henker hörte auf. »Binde sie los!«, verlangte Maria. Dabei sah sie von Appelmann in die Augen, löste eine Hand aus seiner Umklammerung und ließ sie über seine Brust gleiten.

»Du hast es gehört, Henker«, keuchte von Appelmann, »du kannst das Weib losbinden.« Er legte einen Arm um Marias Taille.

Die atmete auf. Lene war gerettet. Vorerst wenigstens. Sie küsste ihn auf die Wange, ließ ihre Lippen zu seinem Ohr gleiten.

»Sie soll sich wieder anziehen. Und dann bringen wir sie gemeinsam nach oben auf den Hof«, hauchte sie, während sie seinen Nacken streichelte und mit der anderen Hand langsam über seinen Bauch abwärts fuhr. Der Hauptmann stöhnte. »Ich will sehen, dass sie frei ist. Danach gehen wir beide in mein Verlies oder in deine Kammer, wohin auch immer du willst.« Ihre Hand hatte ihr Ziel erreicht, sie verstärkte den Druck und entlockte ihm damit einen Zischlaut. Wie sie sich ekelte, doch es war ihr gleich. Sie würde alles ertragen, denn sie wusste, dass er irgendwann für all das bezahlen musste. Ihre Lippen liebkosten sein Ohrläppchen. »Ich werde dir eine unvergessliche Nacht schenken«, raunte sie, »das verspreche ich.«

»Das musst du mir nicht zweimal sagen.« Er schob sie ein Stück von sich. »Los, Weib, zieh dich an. Und dann verschwinde!« Er warf Lene einen kurzen Blick zu und wollte sich wieder Maria zuwenden.

»Ich helfe ihr, dann geht's schneller«, sagte die eilig, huschte an ihm vorbei und beugte sich über Lene. »Es ist vorbei. Gleich bist du frei«, flüsterte sie. Maria fasste behutsam ihre Schultern und richtete sie auf.

»Es tut so weh«, wimmerte Lene. »Ich kann keinen Schritt machen.«

»Du musst! Bitte, Lene, du musst es versuchen.« Während sie auf sie einredete, zog sie ihr das Kleid über den Kopf. Dass von Appelmann dicht hinter ihr stand, sich an sie presste und mit beiden Händen unaufhörlich ihre Brüste rieb, machte es ihr nicht leichter. Endlich war es geschafft. Maria half Lene von der Streckbank herunter. Die knickte augenblicklich ein, brüllte wie am Spieß.

Von Appelmann ließ Maria los und hielt sich die Ohren zu. »Ist ja nicht auszuhalten. Das ist geradezu Folter«, sagte er und lachte. »Wenn das Weib nicht Ruhe gibt, muss ich ihr das Maul stopfen.«

»Lene, reiß dich zusammen«, raunte Maria der Freundin zu. »Du kommst hier raus, aber nur, wenn du zu schreien aufhörst. Keine Sorge, ich helfe dir.« Sie ging tief in die Knie, damit Lene auf ihren Buckel steigen konnte. Lieber Gott, gib mir die Kraft, sie bis nach oben zu tragen, flehte sie im Stillen. Da sah sie auf dem Boden die Nadel liegen, mit der der Hauptmann ihr angeblich in ihr Muttermal gestochen hatte. Maria griff blitzschnell zu und sah zu Peter von Appelmann hinüber. Er hatte nichts bemerkt, sondern pulte sich gerade etwas unter dem Fingernagel hervor. Ohne ihn aus den Augen zu lassen, schob sie die Nadel in das, was von ihrem Ausschnitt geblieben war. Sie spürte das kalte Metall und betete, dass es an Ort und Stelle bliebe. Als sie zum Henker hinübersah, trafen sich ihre Blicke. Er hatte es gesehen, er wusste, dass sie etwas eingesteckt hatte. Mit ihren Augen flehte sie ihn an, sie nicht zu verraten. Ein Lächeln huschte über seine Lippen, dann machte er sich an den Walzen zu schaffen, die er wieder in ihre Ausgangsposition brachte.

»Ich werde für dich beten«, hauchte sie. »Komm, Lene, du musst mir helfen«, sagte sie dann laut. »Wenigstens ein bisschen.«

»Is ja nich mit anzusehen«, brummte der Henker. »Soll ich das Weib nach oben schaffen, Hauptmann?« Er deutete auf Maria. »Wenn die da zusammenbricht, is mit ihr heut Nacht nix mehr anzufangen.«

»Wohl wahr, wohl wahr«, gab von Appelmann ungeduldig zurück. »So machen wir's.«

»Gut, aber wir begleiten sie, damit ich sicher sein kann, dass sie frei ist«, beharrte Maria.

»Meinetwegen. Wir müssen ohnehin hinauf. Dein Verlies ist mir nicht bequem genug.«

Der Henker trug Lene auf seinen starken Armen, Maria und von Appelmann folgten ihnen. Nachdem der Hüne sie vorsichtig auf den Boden gesetzt hatte, machte der Hauptmann sich einen Spaß daraus, sie anzutreiben. Lene kroch auf allen vieren, versuchte immer wieder, auf die Beine zu kommen, doch die Schmerzen waren zu groß. Von Appelmann lief neben ihr her, versetzte ihr mal einen Klaps auf das Hinterteil, dann wieder in die Kniekehlen. Am liebsten hätte Maria sich auf ihn gestürzt und ihm die Nadel in den Hals gerammt, doch sie war sicher, dass der Henker sie hätte verraten müssen. Er hätte ihr das niemals durchgehen lassen können. Also nutzte sie die Zeit, holte die Nadel kurz hervor und brach den Schaft ab. Dann ließ sie sie wieder in ihrer Wäsche verschwinden. Als Lene die Straße erreicht hatte, ließ der Hauptmann von ihr ab. Er kam zurück. Maria sah sein böses Grinsen im Schein der Laterne, die er trug.

»Geh schlafen, Henker, morgen kriegst du was zu tun. Dann wird dieses Weib hier nämlich gestehen und endlich brennen.« Er blickte zu dem Reisighaufen, der noch immer auf Maria wartete. »Aber zuvor wird sie mir noch eine unvergessliche Nacht bereiten. Ist das nicht reizend von ihr?«

Der Mann nickte. »Kann man wohl sagen«, erwiderte er schmunzelnd, drehte um und verschwand in Richtung Kellergewölbe.

»Los, ich kann's kaum erwarten«, stieß von Appelmann hervor, packte ihre Hand und zog sie hinter sich her.

Maria tastete nach der Nadel, zog sie hervor. »Ich auch nicht, Peter«, säuselte sie. »Warum noch weit laufen? Lass uns gleich hier …« Er blieb nicht stehen, drehte sich nicht um, wie sie gehofft hatte.

»Bist wohl auf den Geschmack gekommen«, meinte er nur und lief weiter.

»Das bin ich. Und ich will dir einen weiteren Vorgeschmack geben. Gleich jetzt und hier.«

Er zerrte sie in eine Nische neben einer Tür, stellte sich mit dem Rücken an die Wand und zwang sie unvermittelt auf die Knie.

»Also schön, warum nicht?«, sagte er heiser und führte ihren Kopf zu seinem Gemächt.

Maria nahm ihren Mut zusammen und ihren Hass. Mit ganzer Kraft stieß sie mit der Nadel zu. »Für dich!«, rief sie. »Es soll unvergesslich sein.«

In dem Moment geschah alles auf einmal. Er röchelte und schrie, schleuderte die Laterne von sich und riss ein Knie hoch, ehe er sich zusammenkrümmte. Sein Knie hatte Marias Kinn getroffen. Ihr Kopf wurde nach hinten geschleudert, sie flog rückwärts und blieb benommen liegen.

»Verfluchte Hexe, dafür wirst du bezahlen«, brüllte er. »Du wirst brennen. Dieses Weib Lene ebenfalls und auch dein Vater und Georg. Ich werde sie alle töten.«

Allmählich kam Maria wieder ganz zu sich. Der Hauptmann hatte sich die Nadel aus dem Fleisch gezogen, hielt sich aber noch immer den Unterleib und krümmte sich auf allen vieren. Sie war nicht gefesselt, der Weg in die Freiheit lag direkt vor ihr. Sie musste nur aufstehen und rennen. Von Appelmann begriff das im gleichen Moment. Sie schaffte es nicht, auf die Füße zu kommen. Schon stürzte er sich auf sie. Sein Gewicht presste sie auf das Kopfsteinpflaster. Sobald der Schmerz ihn nur ein wenig aus seinen Klauen ließ, würde er sie totschlagen, dessen war sie ganz sicher. Da öffnete sich die Tür, neben der von Appelmann eben noch auf etwas Spaß gehofft hatte.

»Liebe Güte, was ist denn hier los? Der Lärm weckt ja Tote auf.« Es war der Gerichtsdiener in Nachtzeug. Er hatte offenbar eine Kammer im Schloss. »Hauptmann?«, fragte er überrascht.

»Die Hexe hat mich überfallen und mit einem Fluch belegt, so dass ich nicht mehr gehen kann«, jammerte er. »Hol den Henker! Er soll sie auf der Stelle in ihr Verlies zurückbringen. Morgen früh wird sie vor den Richter treten und ein Geständnis ablegen.«

»Meint Ihr?«, wollte er ungläubig wissen.

»Ich weiß es. Nun los doch, Kerl!«

»Gewiss doch, natürlich!« Weg war er.

Wenig später lag Maria wieder in ihrem Verlies unter der stinkenden Decke. Peter von Appelmann hatte gewonnen. Sie hatte alles versucht, doch sie würde niemals gegen ihn ankommen können. Sie betete um die Vergebung ihrer Sünden und wusste, was zu tun war. Sie würde alles gestehen, was man von ihr hören wollte. Außerdem würde sie beteuern, dass weder ihr Vater noch Lene oder Georg irgendeine Schuld auf sich geladen hatten. Richter Valentin diente der Gerechtigkeit oder dem, was er dafür hielt. Sie war zuversichtlich, dass er die drei verschonen würde. Mit diesem Gedanken fiel sie in einen unruhigen Schlaf.

~ ~ ~

Sturm fegte über die Insel, als man Maria ein zweites Mal auf den Scheiterhaufen führte. Alles trug sich so zu wie schon am Tag zuvor. Pfarrer Schweidler musste von zwei starken Männern festgehalten werden. Die alte Trude war nicht unter den Schaulustigen, wahrscheinlich hatte ihr die Kraft gefehlt, auf den Wagen zu steigen, der alle zu dem Schauspiel abgeholt hatte. Dafür erkannte Maria andere Coserower, die am Vortag nicht dort gewesen waren. Die Zahl der Menschen, die dem Spektakel beiwohnen wollten, war deutlich gestiegen, sogar Kinder reckten gespannt ihre Hälse und wurden in die erste Reihe gelassen. Maria blickte in die Gesichter. Die Jüngsten schwankten zwischen Neugier und Angst. Lehrer Hoog blickte zu Boden, seine Frau sah Maria voller Abscheu an. Magda stachelte den Henker an, nun aber endlich seine Pflicht zu tun. Als ihre Blicke sich trafen, verstummte sie und sah rasch in eine andere Richtung. Es gab einige, die wohl hofften, dass das Wunder noch einmal passieren würde, dass Maria dem Tod in den Flammen noch einmal entkommen konnte. Tischler Paasch war einer von ihnen, und auch in den Augen von Bauer Arend, der sich so gut auf den Umgang mit Waldbienen verstand, erkannte sie einen traurigen Schimmer.

»Wie ich hörte, hast du letzte Nacht unseren braven

Hauptmann von Appelmann angegriffen«, begann Bürgermeister Stöver. »Du sollst ihn mit einem Fluch belegt haben, der dafür sorgte, dass er nicht mehr aufrecht gehen konnte.«

»Ich habe ihm eine Nadel in sein Geschlecht gestoßen, damit er keinem Weib mehr antun kann, was er mir angetan hat«, entgegnete sie leise. Unter den Zuschauern war hämisches Gelächter zu hören. Ihr Vater stöhnte auf, als habe ihm jemand die Faust in den Magen gerammt.

»Das ist eine Lüge!«, zeterte von Appelmann. »Sie soll sagen, warum sie heute vor Euch steht. Bringen wir es endlich hinter uns.«

»Der Hauptmann sagte uns, du wärst bereit, ein Geständnis abzulegen«, meldete sich Richter Valentin jetzt zu Wort. »Das überrascht mich, denn wir haben noch nicht gehört, was mein Bote von Rüdiger von Neuenkirchen zu sagen hat. Er ist ja gerade erst losgeritten. Gewiss wird er heute im Laufe des Tages zurückkehren. Willst du nicht so lange warten?«

»Euer Bote wird niemals zurückkehren«, antwortete sie.

»Wahrscheinlich hat sie ihn auch verhext«, brachte von Appelmann hastig hervor. »Ich bitte euch, hochverehrter Richter, dieses Weib ist gefährlich. Je länger wir sie reden lassen, desto höher ist das Risiko. Gut möglich, dass der Leibhaftige höchstpersönlich hier auftaucht, um sie zu befreien. Wenn Ihr wollt, bringen wir ihren Vater dazu, die Wahrheit über sie zu sagen«, schlug er hinterhältig vor und sah Maria dabei in die Augen.

»Das ist nicht nötig«, sagte sie sogleich. »Peter von Appelmann hat recht, ich will ein Geständnis ablegen.«

Der Richter legte die Stirn in Falten. »Sonderbar, das ist wirklich sonderbar. Nun gut, wie du willst. Sprich!«

»Ich bekenne mich schuldig, eine Hexe zu sein. Ich habe auf dem Streckelsberg Zaubersprüche aufgesagt und damit den Teufel angelockt. Ich habe mit ihm getanzt und mich ihm hingegeben. Niemand hat davon gewusst, nicht mein armer Vater, nicht Lene oder sonst wer. Mich allein trifft die ganze Schuld.«

»Das ist nicht wahr! Was habt ihr ihr angetan, dass sie so spricht?« Pfarrer Schweidler raufte sich die Haare, sein Gesicht war zu einer Fratze verzerrt.

Valentin sah sie lange an. Schließlich atmete er aus und verkündete das Urteil: »Maria Schweidler aus Coserow, ich verurteile dich zum Tod in den Flammen. Das Urteil wird ohne weitere Verzögerung an Ort und Stelle vollstreckt.«

Einige schrien entsetzt auf, andere jubelten und meinten, es sei höchste Zeit, dass die Insel endlich von der gefährlichen Hexe befreit werde. Gleichzeitig setzte ein merkwürdiges Raunen ein, ein Wispern. Maria sah, wie einige mit den Fingern zeigten. Immer mehr Schaulustige wandten sich von dem Scheiterhaufen ab, an dem der Henker sich mit einer Fackel zu schaffen machte. Die ersten Zweige knisterten im Feuer, doch etwas anderes schien ihre Aufmerksamkeit mehr auf sich zu ziehen. Maria, die Hände hinter ihrem Rücken an den Pfahl gebunden, drehte ihren Kopf, so gut es ging. Sie traute ihren Augen nicht.

»Halt, nicht so schnell!« Georg betrat den Schlosshof. Er führte ein Pferd am Zügel, auf dessen Rücken Lene mehr hing, als dass sie saß. »Löscht das Feuer, Richter. Wenn hier einer brennen soll, dann der da!« Er sah von Appelmann an. Alle Blicke richteten sich auf den Hauptmann.

»Nicht schon wieder«, jammerte der. »Wie oft wollen wir diesem Theater noch beiwohnen? Wollen wir uns wieder Schauermärchen anhören, die Hinrichtung verschieben? Seht, sie brennt doch schon.«

Die Flammen fraßen das trockene Holz immer schneller, die Hitze verbrannte schon die Härchen auf Marias Haut. Sie schloss die Augen. Noch ein oder zwei Atemzüge, dann würde das Feuer nach dem Saum ihres Rockes greifen. Dann war alles zu spät.

»Löscht die Flammen!«, kommandierte Valentin. »Schnell!«

Maria sah durch die halbgeöffneten Lider, wie der Henker einen mächtigen Eimer griff, gleich darauf fühlte sie kaltes Wasser, das ihr bis zu den Oberschenkeln spritzte. Ein lautes Zischen, dann stieg nur noch Rauch von dem Haufen auf.

»Das ist doch nicht Euer Ernst. Ihr wisst ja nicht, was Ihr tut«, stotterte von Appelmann. »Sie hat gestanden. Alle haben es gehört.«

Georg half Lene behutsam vom Pferd. Mit seiner Hilfe konnte sie stehen.

»Ich weiß sehr wohl, was ich tue, verehrter Hauptmann«, gab der Richter ruhig zurück. »Ich tue meine Pflicht. Dazu gehört es, alle anzuhören, die zu einem Fall etwas zu sagen haben. Erst danach kann ich ein gerechtes Urteil fällen.«

»Aber das sind dahergelaufene Lügner. Sie stecken mit der Hexe unter einer Decke. Und Euer Urteil habt Ihr doch bereits gefällt.«

»Kein Wort mehr!« Offenbar war dem Richter der Geduldsfaden gerissen. »Ich will hören, was der Mann zu sagen hat.«

Georg beugte kurz den Kopf. »Ich danke Euch, Richter.« Dann sah er zu von Appelmann hinüber. Seine Augen funkelten voller Zorn. »Dieser dreckige Kerl da hat dieses unschuldige Weib letzte Nacht auf der Streckbank gefoltert. Seht sie Euch an, sie kann nicht mehr alleine stehen, so hat er sie zugerichtet.«

»Ist das wahr?« Valentin sah zu dem Henker hinüber.

»Jo, sicher. Hat der Hauptmann ja so gewollt«, antwortete der sofort.

»Wollt Ihr mir das bitte erklären, Hauptmann?«

»Ich habe das Weib überrascht, wie es in finsterer Nacht vor dem Fenster zum Verlies der Maria Schweidler aufgetaucht ist. Sie haben beide satanische Verse deklamiert und den Teufel herbeigerufen. Ich musste etwas unternehmen.«

»Unfug!«, rief Georg. »Er hat sie benutzt, um Maria ein Geständnis zu entlocken, ein falsches Geständnis. Er wusste, dass er das nie bekäme, wenn er ihr selbst Schmerzen zufügen würde. Darum dieser bösartige Umweg.« Valentin und Stöver flüsterten miteinander. »Er hat noch mehr auf dem Kerbholz«, fuhr Georg fort.

»Das kann man wohl sagen. Viel mehr«, ertönte da eine Stimme laut und deutlich. Wieder blickten alle zum Tor. Da stand ein goldbrauner Hengst. Auf dessen Rücken saß Rüdiger von Neuenkirchen.

Maria glaubte, ihr Herz müsste aussetzen. Er lebte! »Danke, großer Gott!«, flüsterte sie überglücklich.

»Verehrter von Neuenkirchen, das ist in der Tat eine Überraschung.« Valentin nickte ihm höflich zu. »So hat mein Bote Euch also erreicht, und Ihr habt entschieden, gleich selbst herzukommen. Ein famoser Einfall.«

»So war es nicht.« Rüdiger sah in die Runde und dann zu Maria herüber. In seinem Blick lagen Verzweiflung und Schmerz. Sie erkannte aber auch Zorn. Geschmeidig glitt er von seinem Pferd. Er schwankte kurz, das Gift war also noch nicht vollständig aus seinem Körper vertrieben. »Euer Bote hat mich nie erreicht.«

»Was?« Stöver runzelte die Stirn. »Wie ist das möglich?«

»Er ist tot, auf seinen Befehl hin ermordet«, erklärte Rüdiger hart und zeigte auf von Appelmann.

»Das kann doch nicht wahr sein.« Valentin war erschüttert.

»Es ist leider die Wahrheit. Und noch viel schlimmer: Mein Bruder hat mit diesem speichelleckenden Nichtsnutz gemeinsame Sache gemacht.«

»Christoph von Neuenkirchen?« Valentin schüttelte ungläubig den Kopf.

»So ist es. Als ich erfuhr, dass man Maria hierher geschleppt hat, dass man ihr wahrhaftig den Prozess machen will, da habe ich meinem Bruder gesagt, dass ich herkommen und sie entlasten werde.« Er warf Maria einen langen liebevollen Blick zu. »Ich habe ihm mitgeteilt, dass ich die Wahrheit über Maria Schweidler kenne, dass ich für ihre Unschuld meine Hand ins Feuer legen und Maria heiraten werde.« Ein Raunen und Schnattern brach los, doch Maria hörte es kaum. Sie sah nur noch Rüdiger, hörte nur noch seine Stimme und fragte sich, ob sie schon tot war oder ob sie noch in ihrem Verlies lag und den schönsten Traum hatte, der ihr je vergönnt gewesen war.

»Ich habe einen schweren Fehler gemacht. Ich wollte meinen Bruder davon überzeugen, was für ein besonderer und besonders wertvoller Mensch Maria ist. Ich nannte ihm Beispiele, und als das alles nichts nutzte, da erzählte ich ihm, dass sie sogar einem Soldaten das Leben gerettet hatte, indem sie ihm zwei Kugeln aus dem Leib geholt hat.« Er senkte den Kopf. »Doch anstatt, dass er sie bewunderte, so wie ich es tue, rief mein Bruder, dass Maria eine Hexe sei. Zu spät wurde mir klar, dass ich hätte sagen können, was ich wollte. Christoph sieht vor allem eins, nämlich wie durchaus nützlich eine Verbindung zur Familie von Borcke für uns sein könnte. Darum hat er mich in meiner Kammer eingeschlossen und mit von Appelmann einen Plan ausgeheckt, wie man mich zum Schweigen bringen kann. Dieser tapfere Mann hier hat mich befreit.« Georg reckte stolz das Kinn. »Ohne ihn wäre ich jetzt vielleicht schon tot, vergiftet von meinem eigenen Bruder. Bindet die Frau auf der Stelle los«, verlangte er. »Sie hat nichts getan. Schon gar nicht mit dem Teufel getanzt. Ich war in der Nacht bei ihr. Ich hatte mir einen Wolfspelz umgelegt, um sie unentdeckt beobachten zu können.«

Der Henkersknecht trottete zu Maria und band ihre Hände los. Niemand hielt ihn auf.

»Ich habe mich in Maria Schweidler an dem Tag verliebt, an dem ich sie das erste Mal traf. Ich war es auch, der oben im Wald eine Bernsteinader entdeckt hat. Ich habe sie ihr gezeigt und überlassen, denn ihre Not war so viel größer als die meine. Und ich wusste, dass sie meine Braut werden würde, die ich heiraten werde. Das ist die Wahrheit, geschätzter Bürgermeister, werter Richter, so wahr ich hier stehe. Wenn Ihr einen weiteren Zeugen braucht, so befragt Peter Krüger, der gezwungen war, von Appelmanns böse Pläne auszuführen. Er wird alles bestätigen, und er kann Euch auch sagen, welches Gift man mir gegeben hat, um mich an meiner Aussage zu hindern.«

Maria sah Lene lächeln, ihren Vater kniend beten. Sie sah in erleichterte und in enttäuschte Gesichter. Langsam ging sie das Brett hinunter, das über den Reisighaufen gelegt war. Sie hielt nach von Appelmann Ausschau. Wo hatte er sich verkrochen? Eben hatte er doch noch mit versteinerter Miene Rüdigers Ausführungen gelauscht. Sie entdeckte ihn in dem Moment, als er Rüdiger grob zur Seite stieß, auf dessen Pferd sprang und davonjagte. Georg konnte Lene nicht einfach loslassen. Während er sie noch behutsam auf den Boden setzte, war Maria schon bei ihm, riss ihm die Zügel aus der Hand und saß auch schon auf seinem Hengst. Sie stieß dem Tier die Fersen in die Seiten. Das Pferd stellte sich auf die Hinterbeine. Maria musste sich festklammern. Sie hörte die Schreie der erschrockenen Menschen. Als der Hengst wieder mit allen vier Beinen auf dem Boden stand, trat sie erneut zu. Schon preschte sie hinter dem flüchtenden Peter von Appelmann hinterher. Rüdiger und Georg riefen ihr nach, brüllten, sie solle auf der Stelle kehrtmachen, doch sie dachte nicht daran.

KAPITEL 11

Es hatte zu regnen begonnen. Der Sturm trieb ihr die Tränen in die Augen und fuhr durch ihr kurzes Haar. Maria hatte keinen Schimmer, was sie tun sollte, falls sie den Hauptmann erwischte. Was, wenn er einfach stehen blieb? Sie hatte keine Waffe bei sich. Selbst wenn, sie wusste ja nicht einmal, ob sie sie benutzt hätte. Sie hätte es Georg überlassen sollen, dachte sie mehr als einmal. Doch jedes Mal spürte sie, dass das falsch gewesen wäre. Er hätte von Appelmann getötet, aber Georg wollte nicht mehr töten. Es war ihre Sache, ganz allein ihre Sache. Peter war nach Osten geritten. Er hatte einen stattlichen Vorsprung, allerdings nicht genug, als dass sie ihn aus den Augen verloren hätte. Sie hatten den Wald erreicht. Maria war erst einmal in dieser Gegend gewesen. Der Hauptmann dagegen kannte sich anscheinend gut aus. Er trieb sein Pferd an, galoppierte jetzt in Richtung Süden zur Swineschen Heide hin. Zweige zerkratzten Maria die Beine. Immer wieder musste sie sich ducken, um einem Ast auszuweichen, der sie womöglich im Gesicht erwischt hätte. Mit einem Mal hörte sie hinter sich dumpfe Schläge, Hufe auf dem weichen Boden. Jemand war hinter ihr her. Sie drehte sich um, konnte aber niemanden sehen. Zu dicht standen die Bäume, zu gewunden schlängelte sich der Pfad durch den Wald. Sie wollte gerade wieder nach vorn schauen, als etwas ihre Brust traf und sie vom Rücken des Tieres schleuderte.

Schwärze hüllte Maria ein. Sie mochte nicht dagegen ankämpfen, sie war zu müde. Ihr war warm und behaglich wie lange nicht. Nein, sie würde ihre Augen nicht öffnen, am liebsten nie wieder. Warum sollte sie nicht einfach so liegen bleiben? Es fühlte sich an, als sei sie von einem Kokon umgeben. Eine bequeme Hülle, weich und doch fest genug, um ihr als Schutz zu dienen. Als Schutz vor Verfolgern und als Schutz vor den Stimmen, die sie riefen, die verlangten, sie solle wieder zu sich kommen. Immer deutlicher drangen die Worte an ihr Ohr. Es war eine einzige Stimme. Und sie war Maria nur allzu bekannt.

»Welch ein glücklicher Zufall. Verstehst du das Wortspiel? Dein Fall vom Pferd ist ein glücklicher Zufall für mich.« Das hämische Lachen hätte sie unter Hunderten erkannt. »Du bist nicht tot, ich kann sehen, dass du atmest. Na los, sieh mich an. Ich will dir in die Augen blicken, wenn ich dich töte.«

Sosehr sich ein Teil von ihr auch weigerte, regte sich in einem anderen Teil von ihr doch der Stolz. Sie durfte nicht einfach hier liegen und darauf warten, dass er sie umbrachte. Der Kokon löste sich auf, sie spürte den feuchten Waldboden unter sich, fühlte den Regen auf ihrem Gesicht und hörte den Wind heulen. In ihrem Brustkorb brannte ein Schmerz, und auch ihr linker Arm tat schrecklich weh.

»Du hast mich genau verstanden, Maria Schweidler. Los doch, ich will ein letztes Mal in deine Augen sehen«, fauchte Peter von Appelmann. »Ich will auf keinen Fall den Moment verpassen, wenn das Leben daraus weicht. Aber vielleicht ist das bei einer Hexe anders. Womöglich zerfällst du auf der Stelle zu Asche.«

Sie hob mühsam die Lider und blickte geradewegs in den Lauf einer Pistole.

»Du willst mich also töten?« Sie stützte sich schwer auf den rechten Arm, stöhnte auf, weil der Schmerz in ihrer Brust stärker wurde. »Ich habe nichts dagegen«, sagte sie keuchend und lächelte ihn an. »Mir ist das Beste widerfahren, das ich je hätte erträumen können. Du aber wirst in der Hölle schmoren. Wer von uns ist also besser dran?« Ein Schatten der Verunsicherung huschte über sein Gesicht. »Lade du nur ruhig noch mehr Schuld auf dich. Du wirst damit nur deine Qualen vergrößern, die dich erwarten.«

Es knackte nicht weit von ihr im Gehölz. Von Appelmann riss die Waffe hoch und starrte in die Richtung, aus der die Geräusche kamen. Im nächsten Augenblick zielte er wieder auf Maria.

»Das würde ich an deiner Stelle sein lassen.« Georg!

»Ich bring sie um, ich tu's«, rief von Appelmann. Sein Gesicht war blass mit einzelnen roten Flecken, seine Augen flackerten.

»Du bist tot, sobald du auch nur daran denkst, deinen Finger zu bewegen. Los, du dreckiges Aas, lass die Pistole fallen, und komm mit mir. Ich gebe dir die Gelegenheit, dich wie ein Mann dem Richter zu stellen.«

Maria rappelte sich auf und sah ihn an. »Nein, Georg, das Töten muss ein Ende haben. Wenn er's tut, soll es so sein. Aber du bist besser als er.«

»Du hast es gehört, es soll so sein.« Von Appelmann lachte krächzend und drückte ab. Maria starrte ihn an. Statt des erwarteten Knalls hatte es nur ein Klickgeräusch gegeben. Der Hauptmann stand mit dümmlichem Gesicht da, schüttelte die Pistole und hantierte hilflos.

»Ladehemmung?« Georgs Schadenfreude war nicht zu überhören. »Hat dieser Krüger also Wort gehalten.« Von Appelmann hielt in der Bewegung inne und starrte ihn an. »Ist kein übler Kerl, dieser Peter Krüger«, sagte Georg an Maria gewandt. »Er kannte eben nichts anderes, als diesem Unmenschen zu gehorchen. Stell dir vor, die schiefe Nase und die Narbe unter dem rechten Auge verdankt Krüger dem da.« Er spuckte die Worte aus und sah von Appelmann voller Abscheu an. »Der Hauptmann hat seine Familie auf dem Gewissen. Nur Peter ist übriggeblieben. Dem hat er die Visage ramponiert und ihn dann mitgenommen. Durfte für den feinen Herrn die Drecksarbeiten übernehmen. Dabei war er noch ein Kind«, sagte Georg leise. »Krüger weiß, dass ich den Ewing vermöbelt habe. Das wollte er nicht auch erleben. Brauchte er auch nicht, ich habe ihm nämlich ein Geschäft vorgeschlagen. Am Ende hat er kapiert, dass er nicht nur dir hilft, Maria, wenn er an meiner Seite kämpft, sondern dass das auch seine Chance ist, endlich seine Rechnung mit dem da zu begleichen.«

»Wer hätte das gedacht?« Maria sah ihn dankbar an.

»Peter Krüger ist ein Lügner. Das war er schon immer. Es ist wahr, dass seine Familie umgekommen ist und ich ihn zu mir genommen habe«, erklärte von Appelmann. »Ein Zuhause habe ich ihm gegeben, und wie dankt er es mir? Indem er mir in den Rücken fällt.« Wieder nestelte er hektisch an seiner Waffe herum.

»Du bist der Lügner«, presste Georg voller Hass hervor. »Als Lene zu dir kam«, sagte er zu Maria, »schlich sich Krüger zu seinem Peiniger. Er hat dafür gesorgt, dass dessen Pistole niemandem mehr Angst einjagen kann. Zur Sicherheit, falls es zum Kampf kommt, hat er gesagt, und als Beweis, auf wessen Seite er jetzt steht.« Georg wandte sich wieder von Appelmann zu und hob seine eigene Waffe. »Sieht ganz so aus, als hätte Peter Krüger mich nicht belogen oder betrogen.«

»Können wir ihn nicht fesseln?«, bat Maria. »Du musst ihn nicht töten. Es wäre viel besser, wenn du ihn dem Richter übergibst.«

»Nein, Maria«, entgegnete er heiser, »wie oft dachtest du schon, dieser Mistkerl hätte verloren? Und immer wieder wusste er, das Blatt zu seinen Gunsten zu wenden. Er ist wie eine tollwütige Katze, die immer wieder auf die Pfoten fällt und sogleich die Krallen ausfährt, um sie dem Nächsten ins Fleisch zu schlagen. Krüger muss ihn geweckt haben, als er sich an der Pistole zu schaffen gemacht hat. Er konnte noch verschwinden, aber dieser dreckige Hund war misstrauisch, hat nach dem Rechten gesehen und Lene entdeckt, die gerade bei dir gewesen war. Krüger macht dieser Gedanke fast wahnsinnig. Mich treibt etwas anderes in den Wahn.« Er machte zwei Schritte auf den Hauptmann zu, zielte auf seinen Kopf. »Was er dir angetan hat. Was er mit Lene gemacht hat, als er sie in seinen dreckigen Klauen hatte. Dafür bezahlt er. Jetzt und hier.«

»Nein, bitte!« Maria fasste behutsam seinen Arm. »Richter Valentin weiß, was mit ihm zu tun ist. Du musst dir nicht die Hände an ihm schmutzig machen.«

»Lass mich los, Maria!« Er wollte sie abschütteln, doch sie hielt ihn, so fest sie konnte. Da sah sie, wie von Appelmann losrannte. Er sprang in den Steigbügel und in den Sattel. Ein Schuss zerriss die Luft. Maria wich entsetzt zurück. Der braune Hengst scheute, riss die Vorderläufe hoch. Der Hauptmann angelte nach den Zügeln, doch seine Hand griff ins Leere. Er kippte zur Seite, stürzte, blieb am Boden liegen. Das Pferd wieherte und ließ sich nach vorne fallen. Ein Huf landete krachend auf von Appelmanns Schädel. Dann war es still. Sogar das leise Rauschen des Regens hatte aufgehört, und der braune

Hengst, den der Hauptmann Rüdiger von Neuenkirchen abgenommen hatte, stand ruhig und schnaubte nur noch leise.

Georg steckte seine Waffe ein und legte einen Arm um sie. »Siehst du, Maria, Gott wollte auch, dass er stirbt.«

»Und er hat es erledigt«, erwiderte sie ruhig, »nicht du.«

Es war Abend geworden, als Maria und ihr Vater Rüdiger ins Schloss Mellentin begleiteten. Peter Krüger hatte seine Aussage gemacht, woraufhin Christoph von Neuenkirchen in Gewahrsam genommen worden war. Georg hatte Lene zurück nach Coserow gebracht. Sie wollte sich im Pfarrhaus erholen. Krüger war mit ihnen gegangen. Er brauchte ein Dach über dem Kopf.

Nun saßen Maria, ihr Vater und Rüdiger also zu dritt in einem prächtigen Saal im Obergeschoss. Im Kamin knisterte ein Feuer.

»Da hat dieser Unmensch im wahrsten Sinne des Wortes auf das falsche Pferd gesetzt«, meinte Rüdiger mit einem traurigen Lächeln. »Dieser Hengst hat ein feuriges Temperament und ist nur schwer zu kontrollieren.«

»Er hat Gottes gerechte Strafe bekommen«, stellte Schweidler zufrieden fest.

Rüdiger nickte nachdenklich. »Und doch ist damit nicht rückgängig zu machen, was er angerichtet hat.« Er warf Maria einen betrübten Blick zu. Sie sah schnell weg. Schon die ganze Zeit hatte sie sich schmutzig gefühlt, als habe sie kein Recht, ein neues kostbares Kleid zu tragen, an einem Eichentisch mit gedrechselten und auf Hochglanz polierten Beinen auf einem gepolsterten Stuhl zu sitzen. Sie war gerettet, sie war in Sicherheit, Dienstboten würden in wenigen Augenblicken das Essen auftragen. Und doch war nichts in Ordnung. Sie war geschändet, nicht mehr in der Lage, einem Mann eine gute liebende Frau zu sein. Sie wagte ja nicht einmal mehr, Rüdiger in die Augen zu sehen. Allein der Gedanke, dass er ihren beschmutzten Körper berührte, jagte ihr die Schamesröte ins Gesicht.

»Was werdet Ihr jetzt tun, Pfarrer?«, wollte Rüdiger wissen. »Es wird schwer sein, in der Gemeinde zu bleiben, oder nicht?«

Schweidler nickte. »Darüber habe ich auch schon nachgedacht. Ich weiß nicht, ob ich den Coserowern gegenübertreten kann, wenn ich meine Predigt lese. Ich weiß nicht, ob ich in der Stunde ihres Todes bei ihnen sein und ihnen wirklich beistehen kann. Jedenfalls weiß ich das für die nicht, die meine Tochter verleumdet haben.«

»Den gleichen Gedanken hatte ich auch. Darum will ich Euch einen Tausch vorschlagen.« Maria sah überrascht von ihrem Vater zum Hausherrn. »In Mellentin gibt es einen Pfarrer, der, vorsichtig ausgedrückt, nicht unbedingt der Fleißigste und Frömmste ist. Womöglich ist er in Coserow besser aufgehoben.« Rüdigers Augen funkelten. »Allerdings bräuchte ich dann einen Pfarrer für Mellentin.«

Schweidler sah zunächst nicht überzeugt aus, doch dann verzog sich seine Miene zu einem Strahlen. »So ein Tausch ist vielleicht gar kein übler Einfall.«

»Sehr schön, dann ist es abgemacht.« Er verschränkte die Finger ineinander, im nächsten Moment sprang er auf. »Da ist noch etwas, und ich hoffe von Herzen, dass wir uns auch darüber so schnell einig werden können.« Die beiden beobachteten ihn erwartungsvoll. »Wie Ihr wisst, habe ich heute vor dem Richter und der versammelten Menge nicht vollständig die Wahrheit gesagt. Die Bernsteinader hat mir nie gehört, doch es war klüger, das zu behaupten, ehe man Euch beschuldigt hätte, dass Ihr den Fund hättet melden müssen.«

»Wir können Euch nicht genug dafür danken, dass Ihr für uns gelogen habt«, erklärte Schweidler. »Ich werde für Euch beten.«

Rüdiger strich sich eine blonde Strähne aus der Stirn. »Ja, ich habe für Euch gelogen, allerdings nicht, als ich sagte, dass ich Maria zu meiner Frau nehmen will.« Einen Augenblick war es still. Maria starrte auf das weiße Tischtuch. Ihr Herz klopfte so heftig in ihrer Brust, dass die Schmerzen sich zurückmeldeten. In ihrem Kopf rasten die Gedanken. Es hätte nichts Schöneres auf der Welt geben können als diese Worte aus seinem Mund. Gleichzeitig lösten sie eine tiefe Traurigkeit aus, denn sie wusste, dass sie ihn niemals heiraten konnte. Nicht nach allem, was ihr geschehen war. Schweidler räusperte sich, sagte jedoch nichts.

»Nun, nach überschwänglicher Freude seht Ihr nicht gerade aus.« Rüdiger lächelte verunsichert. »Ich wage es dennoch und bitte Euch, Pfarrer Abraham Schweidler aus Coserow, um die Hand Eurer Tochter Maria.« Während er sprach, kniete er vor Marias Stuhl nieder und berührte zärtlich ihre Fingerspitzen.

»Bitte, steht auf«, flüsterte sie.

»Hoch mit Euch, werter Rüdiger«, brummte ihr Vater. Rüdiger stand langsam auf. »Ihr seid in der Tat ein Ehrenmann, daran besteht kein Zweifel.« Schweidler erhob sich ebenfalls und begann vor dem Kamin auf und ab zu gehen. Das Parkett knarzte unter seinen Schritten. »Und Euer Antrag kann jeden Vater nur von Herzen erfreuen, der das Beste für sein Kind will. Nur, werter Herr von Neuenkirchen, eben weil Ihr ein Mann mit Herz und Moral seid, will ich Euch die Gelegenheit geben, noch einmal alles in Ruhe zu bedenken. Ihr seid ein Kerl mit Leidenschaft. Es ist nicht ungewöhnlich, dass Ihr für eine Frau entflammt, die wunderschön und obendrein in höchster Not ist. Ich will nur nicht, dass Ihr da etwas verwechselt. Maria war halbnackt, verzeih, mein Kind, als man sie auf den Scheiterhaufen brachte. Ihr konntet als ihr Retter auftreten. Kein Wunder, dass Ihr aufgewühlt seid.«

»Lieber Pfarrer Schweidler, Ihr dürft mir zutrauen, dass ich den Unterschied erkenne. Und ich habe mich ja nicht in Maria verliebt, als man sie schon verurteilt hatte.« Er sah Maria an, ihre Blicke trafen sich, und sosehr sie es auch gewollt hätte, sie konnte sich nicht abwenden. Sie sah in seine Augen, als er sagte: »Ich verliebte mich in sie, als ich sie das erste Mal sah. Damals auf dem Weg nach Damerow. Sie wusste nicht, wer ich bin, und behandelte mich wie ihresgleichen. Sie behandelte mich mit Respekt und Freundlichkeit, jedoch ohne Unterwürfigkeit.«

»Wie ihre Mutter und ich es ihr beigebracht haben«, meinte Schweidler stolz. »Es scheint also kein Strohfeuer zu sein, das Euch verleitet. Das höre ich gern. Dennoch.« Er verschränkte die Arme auf dem Rücken. »Ihr sollt Euch nicht unglücklich machen, lieber Freund. Ihr entstammt einem pommerschen Adelsgeschlecht, Maria ist nur die Tochter eines einfachen Geistlichen.«

»Verehrter Abraham Schweidler, ich bin nicht auf der Suche nach einer vernünftigen Verbindung, die Einfluss oder Reichtum eines pommerschen Adelsgeschlechts vermehren könnte. Wäre es so, hätte ich wahrhaftig um Sophie von Borcke angehalten, wie mein Bruder es sich gewünscht hat. Wusstet Ihr übrigens, dass diese Sophie einige Jahre älter ist als ich, einen Bart hat, der manches Mannsbild vor Neid erblassen lassen würde, und mit ihrer Körperfülle die des Henkers weit übertrifft?« Schweidler konnte ein Schmunzeln nicht unterdrücken. »Ich will eine Familie«, fuhr Rüdiger ernst fort. »Dazu gehört zuerst die Frau, die ich liebe. Außerdem wünsche ich mir jemanden, zu dem ich aufsehen kann wie einst zu meinem Vater, der viel zu früh gestorben ist. Ich wüsste keinen Besseren als den störrischen Pfarrer von Coserow, der dafür bekannt ist, kein Blatt vor den Mund zu nehmen, auch nicht, wenn es um Männer von Rang geht. Ihr schaut nur auf das Herz eines Menschen, nicht auf seinen Stand. Das ist nicht immer ungefährlich, doch ich bewundere es zutiefst. Gerade darum wäre es mir eine Ehre, Euch meinen Vater nennen zu dürfen.«

»Ihr scheint fest entschlossen zu sein«, stellte Schweidler lächelnd fest. »Eins gebe ich noch zu bedenken. Maria hat einiges durchgemacht. Sie ist von den Verleumdungen freigesprochen, doch Ihr wisst, wie die Menschen sind. Sie reden, sie erzählen weiter, was ihnen in Erinnerung geblieben ist, und füllen es noch mit ihrer eigenen Fantasie auf, um eine bessere Geschichte zu haben, um mehr Zuhörer in ihren Bann ziehen zu können. Die Eitelkeit ist des Teufels liebste Sünde. Durch sie kriegt er die meisten Seelen, durch sie wird so viel Unheil angerichtet. Es wird die Eitelkeit sein, die immer wieder jemanden dazu bringt, sich mit einer Geschichte über die Bernsteinhexe in den Mittelpunkt zu stellen. Maria wird diesen Ruf niemals ganz verlieren.«

»Es ist mir gleich«, erwiderte Rüdiger entschieden. »Sollen die Leute ihre Märchen erzählen. Wir werden gemeinsam darüber lachen.« Er sah Maria an.

»Ich habe meine Einwände vorgebracht«, stellte Schweidler fest und seufzte lächelnd. »Nun liegt es an ihr. Es geht um dein Lebensglück, Maria. Was sagst du selbst zu seinem Antrag, mein Kind?«

Die Augen der beiden waren auf sie gerichtet. Maria schluckte, ihre Wangen brannten. »Ihr habt es selbst gesagt«, flüsterte sie, »was von Appelmann getan hat, ist nicht ungeschehen zu machen. Ich bin nicht mehr in der Lage, in eine Ehe zu gehen, so wie Ihr es mit gutem Recht von einer Frau erwartet.«

Rüdiger trat auf sie zu und reichte ihr die Hand. »Ich erwarte von meiner zukünftigen Frau, dass sie mich mit Respekt und Freundlichkeit behandelt und ohne Unterwürfigkeit. Ich erwarte von ihr, dass sie mir ihre Liebe schenkt, dass sie mit mir am Strand der Ostsee steht und auf das Meer hinaussieht ganz ohne Sinn. Ich erwarte von ihr, dass sie mit mir über Ovid philosophiert und über Vergil. Wenn du mir Zeit gibst, Maria, fällt mir bestimmt noch mehr ein. Doch fürs Erste sollte das wohl reichen.« Er legte einen Arm um ihre Taille.

Maria schmiegte sich an ihn. Wie behutsam er war, wie verständnisvoll. Er wusste alles und zögerte doch nicht, sie wirklich und wahrhaftig zu seiner Frau zu machen.

»Nun, das sieht mir nach einer Antwort aus«, sagte Schweidler fröhlich. »Dann, mein Sohn, will ich dir mit Freuden die Hand meiner Tochter geben.«

EPILOG

Der Winter war hart, grausam und ohne Gnade. Er hielt das Land fest in seinen eisigen Krallen, drosselte es, presste den letzten Funken Leben aus ihm heraus. Noch immer hieß der Winter Krieg. Er dauerte schon mehr als zwölf lange Jahre und würde noch viele weitere dauern. Doch das ahnten die Menschen überall auf dem Kontinent nicht. Denn sonst hätten sie die Qualen nicht länger ertragen. Noch weniger von ihnen hätten die Torturen überstanden.

Für Maria fühlte sich der Winter des Jahres 1630 milder an als die davor. Wolfgang, der Geselle des Zunftmeisters Schindler war gekommen, hatte abgeholt, was vom restlichen Bernstein übriggeblieben war, und anständig dafür bezahlt. Lene reiste nicht mit ihm nach Danzig. Zwar hatte sie sich von der Folter recht gut erholt, doch behauptete sie, ihr Alter stärker zu spüren als vor dem schändlichen Geschehen im Keller des Schlosses zu Pudgla. Sie hatte sich auf den Weg nach Rügen gemacht, zu ihrer Tochter, wo sie zu bleiben gedachte, bis es dem Herrn gefiel, sie heimzuholen. Das erste Stück hatte sie mit Georg gemeinsam gehen können. Dann jedoch würden sich ihre Wege trennen, denn er wollte nach Süden.

»Mal sehen, ob von meiner Familie noch jemand geblieben ist«, hatte er bitter gesagt. »Wenn meine Eltern, mein Bruder und meine beiden Schwestern es bis jetzt geschafft haben, werden sie auch einen durchbringen, der nicht länger ein Söldner sein kann.«

Pfarrer Schweidler bewohnte ein kleines Pfarrhaus in Mellentin. Das erschien ihm richtiger, als mit seiner Tochter und ihrem Mann im Schloss zu leben. Längst hatte er den Schäfchen seiner neuen Gemeinde Beine gemacht und ihnen, jedenfalls den meisten von ihnen, nahegebracht, dass es sich lohnte, regelmäßig in die Kirche zu gehen und ein gottgefälliges Leben zu führen. Dabei half ihm die Entschädigung nicht wenig, die Herzog Bogislaw XIV. ihm hatte zukommen lassen. Rüdiger von Neuenkirchen hatte dem Regenten in einem Schreiben erklärt, wie es zu dem tödlichen Unfall des Hauptmannes Peter von Appelmann gekommen war. Er hatte in diesem Zusammenhang nicht nur dessen Missetaten aufgeführt, die unmittelbar beinahe zu einer Katastrophe geführt hatten, sondern ebenfalls die Verfehlungen, die es über die Jahre gegeben hatte. Von Appelmann war den Kirchen der Insel große Summen schuldig geblieben. Herzog Bogislaw war zwar wenig angetan davon gewesen, dass man ihm den Hauptmann nicht übergeben hatte, damit dieser ordentlich hätte verurteilt werden können, doch sein Ärger hierüber hielt sich anscheinend in Grenzen. Er war viel zu sehr mit König Gustav Adolf von Schweden beschäftigt, der ihm eine Allianz nach seinen Bedingungen aufnötigte.

Eines Tages bekam Schweidler Besuch in seinem kleinen Pfarrhaus. Ein junger Mann klopfte an seine Tür. Er hatte rotes strubbeliges Haar und humpelte.

»Mein Name ist Abraham, genau wie Eurer, Herr Pfarrer«, stellte er sich vor. »Ich bin Postknecht in Plathe. Eure Tochter hat mir eine Nachricht geschickt. In Coserow habe ich vergeblich nach Euch gefragt, doch man hat mir schnell gesagt, wo ich Euch finden kann.«

Nachdem er sein Anliegen erklärt hatte, brachte Schweidler seinen Namensvetter zu seiner Tochter.

»Abraham«, rief sie erfreut. »Das ist eine schöne Überraschung.«

»Wieso?« Er sah sie mit großen Augen an. »Du hast gesagt, es gibt da ein Mädchen, das gern einen braven Mann heiraten würde. Na ja, ich habe noch immer niemanden, der mir die Wäsche macht und für mich kocht.«

»Ich werde dich zu ihr bringen. Ihr Name ist Hildegard, wie ich dir geschrieben habe. Ich glaube, ihr könntet gut zueinanderpassen.«

Abraham strahlte. »Du hast anscheinend auch einen gefunden. Nicht übel.« Er sah sich in der Schlosshalle um. »Du hast geschrieben, dass du wieder auf deiner Insel angekommen bist. Hast du denn alles erledigen können, was dich umgetrieben hat? Oder muss ich dem Wahnsinn verfallen, wenn du mir erzählst, was sich zugetragen hat?« Er zwinkerte ihr schelmisch zu.

»Das könnte leicht passieren, Abraham«, sagte sie ruhig.

Noch am gleichen Tag lernte der Postknecht Hildegard kennen, und nicht lange danach ritten die beiden gemeinsam nach Plathe, wie Maria erfuhr.

So gingen die Tage dahin. Oft saß Schweidler bei Maria und Rüdiger, deklamierte Ovid, Vergil oder Verse, die er selbst verfasst hatte. Die beiden, Maria mit einer Handarbeit beschäftigt, Rüdiger, ganz davon ausgefüllt, seine Frau zu betrachten, ihr zärtlich über das Haar zu streicheln oder ab und zu ein Holzscheit in den Kamin zu legen, lauschten den Vorträgen des Pfarrers. Anschließend debattierten sie über das Gelesene.

»Wie gut, dass die Leute in Mellentin nicht alle ihre Philosophen kennen«, stellte Schweidler eines Abends belustigt fest.

»Warum?« Rüdiger sah ihn erstaunt an. »Ich glaube, es wäre von Vorteil, wenn alle, auch die einfachen Bauern und Fischer, eine gute Bildung hätten. Sie würden mehr verstehen.«

»Du überraschst mich, Vater.« Maria runzelte die Stirn. »Du warst es doch, der mich zum Lernen angehalten hat. Nur wer weiß und versteht, kann klug handeln. Hast du das nicht immer zu mir gesagt?«

»Wohl wahr, wohl wahr. Doch wer versteht, der kann

auch mehr durchschauen«, entgegnete Schweidler, und seine Augen blitzten. »Wie sagt Vergil: Ich fürchte die Griechen, selbst wenn sie Geschenke bringen. Nun, ich bin kein Grieche, aber ich habe ihnen auch Geschenke gebracht.«

»Du hast ihnen geholfen zu überleben«, wandte Maria ein.

»Das ist etwas völlig anderes«, stimmte Rüdiger ihr zu. »Ich bleibe dabei: Je mehr die Leute verstehen, desto besser. Sie würden keine unschuldige und herzensgute Frau mehr bezichtigen, eine Hexe zu sein, weil diese Verse in lateinischer Sprache vortragen kann. Mancher braven Frau würde einiges Übel erspart bleiben.« Er drückte ihre Hand.

»War es nicht auch Vergil, der sagte: Weiche dem Übel nicht, gehe mutiger ihm entgegen?« Sie sah Rüdiger in die Augen und erwiderte den Druck seiner Hand.

»Dem ist nichts hinzuzufügen«, brummte Schweidler. Bald darauf verabschiedete er sich.

Maria seufzte. »Seit Tagen nur Schnee oder Regen. Ich habe das Gefühl, meine Lungen haben ewig keine frische Luft geatmet.« Wieder seufzte sie. »Jetzt scheint es trocken zu sein. Vielleicht haben wir Glück, und dieser Zustand hält auch morgen an.« Sie legte ihre Handarbeit zur Seite. »Zeit, zu Bett zu gehen.« Sie hievte sich schwer aus ihrem Sessel, stöhnte.

»Geht es dir nicht gut?«

Sie lächelte. »Es könnte nicht besser gehen.«

»Vielleicht doch.« Seine Augen funkelten. Sie kannte diesen Ausdruck, er hatte soeben einen Einfall, der ihm ausgesprochen gut gefiel. »Was hältst du von einem Ausflug an den Strand?«

»Morgen? Es wird sehr kalt sein und …«

»Nicht morgen«, unterbrach er sie. »Jetzt!«

Wenig später saßen sie in ihrer Kutsche, einen Wolfspelz auf der Bank, damit sie bequemer und wärmer saßen, und ein Schaffell über den Knien. Der Kutscher brachte sie unweit von Coserow an die Ostsee. Dort, wo die Steilküste vom Streckelsberg bis auf den Strand hinabfiel, stiegen sie aus und gingen ein Stück spazieren. Es war windig und sehr kalt, die Luft war klar. Maria trug einen wollenen Umhang und zusätzlich ein Schultertuch, das ihren Hals wärmte. Hand in Hand gingen sie durch den weichen Sand.

»Wie schön das ist«, hauchte sie.

Rüdiger legte den Arm um sie. »Ja«, sagte er, »das ist es.« Am Meeressaum blieben sie stehen und sahen schweigend auf die sanften Wellen der Ostsee. Ein gelber Vollmond ließ sie funkeln und glitzern wie ein nicht enden wollendes Feld voller Diamanten. »Doch nichts ist so schön wie du, meine Frau«, sagte Rüdiger und wandte sich zu ihr. Liebevoll streichelte er ihren Bauch. »Ich habe überlegt, dass wir unser erstes Kind Georg nennen sollten, wenn es ein Junge wird. Was meinst du?«

»Ein sehr guter Name. Und wenn es ein Mädchen wird, soll es Lene heißen.«

GLOSSAR

Albe – Gewand des Pfarrers

Bandemin – alter Name für Bannemin

Coserow – alte Schreibweise für Koserow

Liper Winkel – alte Schreibweise für Lieper Winkel

Mellentin – alte Schreibweise für Mellenthin

peinliches Verhör – Folter; Pein – Schmerz; also Verhör unter Schmerzen

Pikenier – Fußsoldat, dessen Aufgabe es war, mit der Pike gegnerische Reitersoldaten vom Pferd zu stoßen

Postkurs – zunächst vom Aufenthalt des Kaisers abhängige wechselnde Route, später feste Strecke, an der Poststationen lagen

Pudgla – alte Schreibweise für Pudagla

Schanzknecht – auch Schanzengräber; hebt Schützengräben aus

sich gefroren machen – mit Hilfe eines Zaubers den Körper so steif machen, dass kein Schwert und nicht einmal eine Kugel ihn verletzen kann

Trossbube – junger Mann, der für einen Soldat gearbeitet hat. Er brachte Wasser und Holz, kümmerte sich um das Pferd, stahl und spionierte für seinen Herrn und zog ihn, wenn es sein musste, auch vom Schlachtfeld

Tzys – alter Name für Zinnowitz

NACHWORT

Vor rund vierhundert Jahren war Europa eine Ansammlung unzähliger Königreiche, Fürsten- und Herzogtümer. Überall, vor allem aber in den reichen Ländern, gab es Bestrebungen nach Unabhängigkeit, nach nationaler Geschlossenheit und Separation. Gleichzeitig waren die deutschen Länder Ziel von Einwanderern. Die Bevölkerungszahl hatte sich in knapp siebzig Jahren nahezu verdoppelt.

Solidarität und Zusammenhalt über Grenzen hinweg suchte man auf dem Kontinent vergeblich. Die Folge: ein dreißig Jahre tobender Krieg, der Europa um gut und gerne hundert Jahre in seiner wirtschaftlichen und technischen Entwicklung zurückwarf, der beinahe die Hälfte aller Europäer ihr Leben kostete und großflächig nichts als Verwüstung und Zerstörung hinterließ.

In dieser Zeit, in der Zeit des Dreißigjährigen Krieges, spielt die Novelle *Die Hexe von Coserow* auf Usedom. Die kleine Geschichte von Wilhelm Meinhold, die nicht nur das Schicksal einer Pfarrerstochter erzählt, sondern den Alltag in einer dunklen Epoche beschreibt, inspirierte mich zu meinem Roman.

Der Dreißigjährige Krieg endete 1648 mit dem Westfälischen Frieden. Er war die Basis für das heutige friedliche Miteinander europäischer Staaten. Führt man sich vor Augen, welchen enorm hohen Preis die Menschen damals – und noch Generationen nach ihnen – für die Entstehung dieser Basis gezahlt haben, wird der unvorstellbare Wert des Westfälischen Friedens klar. Das unermessliche Opfer unserer Vorfahren ist Grund genug, an sie zu erinnern, und diese Geschichte noch einmal zu erzählen. Ich habe die Namen der Figuren übernommen, darunter auch solche, die wirklich gelebt haben. Dem alten Adelsgeschlecht derer von Neuenkirchen habe ich einen Spross hinzugedichtet. Dass ich Christoph von Neuenkirchen, der tatsächlich gelebt hat, so böse darstelle, beruht nicht auf historischen Fakten, sondern ist allein der Dramaturgie geschuldet. Ebenso hat ein Feldzug, der sich von Wolgast nach Osten bewegte, in dieser Form nicht stattgefunden. Ich habe mir erlaubt, die Geschichte ein wenig umzudichten, um bestimmte Aspekte des damaligen täglichen Lebens beschreiben zu können. Wichtig war mir dabei immer, dass es so hätte stattgefunden haben können, denn Feldzüge auf anderen Routen haben sich in der von mir beschriebenen Art abgespielt.